Éditions Druide
1435, rue Saint-Alexandre, bureau 1040
Montréal (Québec) H3A 2G4

www.editionsdruide.com

RELIEFS

Collection dirigée par
Anne-Marie Villeneuve

DE LA MÊME AUTEURE

Sur les ruines de sa vie, roman, Druide, 2024.

Née sous une insondable étoile, roman, Druide, 2023.

Dans l'ombre de la Sainte Mafia, roman, Druide, 2022.

Les secrets d'une âme brisée, roman, Druide, 2021.

Mirages sur la Vallée-de-l'Or, roman, Druide, 2020.

Le crime de sœur Marie-Hosanna, roman, Druide, 2019.

Les enfants de Putainville, roman, Druide, 2018.

Ciel de guerre sur nos amours, roman, Druide, 2017.

Les amants maudits de Spirit Lake, roman, Druide, 2016.

Une justice à la dérive, roman, Druide, 2015.

Quand les femmes étaient des ombres, roman, Druide, 2014.

La promesse d'Émile, roman, Éditions JCL, 2012.

Sous le manteau du silence, roman, Éditions JCL, 2011.

LES GRÂCES DU PRESBYTÈRE

Catalogage avant publication de Bibliothèque et Archives nationales du Québec et Bibliothèque et Archives Canada

Titre : Les Grâces du presbytère : roman / Claire Bergeron.
Noms : Bergeron, Claire, 1946- auteur.
Collections : Reliefs.
Description : Mention de collection : Reliefs
Identifiants : Canadiana 20250022192 | ISBN 9782897117481
Classification : LCC PS8603.E682 G73 2025 | CDD C843/.6—dc23

Direction littéraire : Anne-Marie Villeneuve
Édition : Luc Roberge et Anne-Marie Villeneuve
Assistance à l'édition : Karine Labelle
Révision linguistique : Lise Duquette et Isabelle Chartrand-Delorme
Assistance à la révision linguistique : Antidote 12
Maquette intérieure : Anne Tremblay
Mise en pages et versions numériques : Studio C1C4
Conception graphique de la couverture : Karine Raymond
Illustrations en page couverture : montage à partir d'images d'Adobe Stock
Photographie de l'auteure : Isabelle Larose
Diffusion : Druide informatique

Les Éditions Druide remercient le Conseil des arts du Canada
et la SODEC de leur soutien.

Gouvernement du Québec – Programme de crédit d'impôt
pour l'édition de livres – Gestion SODEC.

Ce projet a été rendu possible en partie grâce au gouvernement du Canada.

Canada

ISBN PAPIER : 978-2-89711-748-1
ISBN EPUB : 978-2-89711-749-8
ISBN PDF : 978-2-89711-750-4

Éditions Druide inc.
1435, rue Saint-Alexandre, bureau 1040
Montréal (Québec) H3A 2G4
Téléphone : 514-484-4998

Dépôt légal : 1er trimestre 2025
Bibliothèque et Archives nationales du Québec
Bibliothèque et Archives Canada

www.editionsdruide.com

Imprimé au Canada

Claire Bergeron

LES GRÂCES DU PRESBYTÈRE

roman

Druide

À toutes les personnes aux cheveux de neige,
qui, comme moi, ont le privilège de vieillir.

On ne peut pas s'empêcher de vieillir,
mais on peut s'empêcher de devenir vieux.

Henri Matisse

1

Blainville, vendredi 6 mars 2020

Des larmes roulaient sur les joues d'Évangéline. Recroquevillée dans une berçante, la jeune femme de trente-deux ans laissait libre cours à son chagrin. Chaque matin, avant de partir pour son travail, Mathéo, son mari, lui rappelait qu'il serait préférable qu'elle évite cette pièce de la maison. Avec ses murs roses, ses fleurs peintes à la main, ses lapins et ses oursons, l'endroit était prédestiné à devenir la chambre du bonheur, et pourtant...

Aujourd'hui, 6 mars, c'était la date que la sage-femme avait annoncée pour la naissance de leur fille. Le prénom avait été choisi, Maui, en souvenir de l'île paradisiaque de l'archipel d'Hawaï, endroit où elle avait été conçue. Un quantième sur le calendrier, marqué d'un soleil, qu'émerveillés, ils avaient embrassé des yeux à chaque aurore, tandis que l'attente de la naissance de leur fille s'écoulait douce et sans heurts. Ils s'y préparaient depuis de longues années. Pour franchir l'étape de donner le jour à un enfant, ils avaient attendu d'être solidement installés dans l'existence, avec des carrières bien ancrées.

Décoratrice d'intérieur, un métier qu'elle chérissait, Évangéline Desmarais était contrainte de refuser des clients tellement sa réputation la devançait dans les cercles huppés des banlieues de Montréal. C'est en début de carrière qu'elle avait fait la connaissance de Mathéo Desrosiers, un jeune architecte devenu entrepreneur. Ils s'étaient connus par l'intermédiaire d'un oncle maternel de Mathéo, Stéphane Morand. À l'époque, l'entreprise de ce dernier, Les Constructions Fontainebleau, venait d'obtenir un important contrat dans un parc d'habitations au nord de Montréal, et Stéphane avait offert à Mathéo de le prendre comme associé. Ensemble, ils avaient conçu des plans de maisons révolutionnaires, bâties en vitre et en béton, lumineuses, fonctionnelles, éblouissantes et confortables. Mathéo sortait à peine de l'école d'architecture, mais son ambition le poussait à vouloir être le meilleur, à devenir une figure de proue dans son domaine, afin que les visiteurs s'arrachent leurs maisons de prestige à prix d'or. Quelques années plus tard, en unissant leurs forces, les deux hommes avaient atteint des sommets et visaient toujours plus haut. Le succès leur souriait.

Évangéline avait vingt-deux ans et Mathéo, vingt-cinq, lors de leur rencontre. Dès le premier regard, ils avaient su qu'il ne s'agissait pas d'un hasard: la vie leur avait fixé ce rendez-vous. Convaincus d'être faits l'un pour l'autre, ils s'étaient jetés passionnément dans l'aventure d'une vie de couple. Un feu de paille, croyaient leurs amis, tellement la flamme de leur amour était vive, mais toutes les prédictions avaient été déjouées. Une décennie plus tard, leurs sentiments fleurissaient toujours... enfin, jusqu'à la perte de leur bébé, né trois mois avant terme.

Maui, minuscule, n'avait survécu qu'une demi-journée. Douze heures, pendant lesquelles ses parents s'étaient tenus à son chevet, leurs mains nouées pour ne pas se perdre, le cœur plein d'espoir, en lui murmurant de mots d'encouragement.

— Tiens le coup, mon poussin, avait répété Mathéo, comme une litanie. Tiens le coup... encore une heure, puis deux, puis trois... papa est là. Je serai toujours près de toi, c'est promis.

De son côté, la tête appuyée sur l'épaule du père de son enfant, Évangéline avait, d'une voix à peine perceptible, fredonné une berceuse, celle de Brahms, qu'elle avait souvent turlutée depuis qu'elle se savait enceinte. Elle nourrissait l'espoir que le souvenir de cet air, entendu dans l'antre chaud de ses entrailles, raccroche sa petite fille à la vie.

— Vous devriez aller vous coucher quelques heures, lui suggéraient les infirmières. Vous êtes épuisée ; votre accouchement a été difficile.

Lovée dans les bras de Mathéo, elle refusait de quitter la pouponnière. La chaleur de son mari l'enveloppait et la rassurait. La profondeur de leur amour était si manifeste, que leur petit trésor, si jolie malgré les tubes qui la retenaient au monde, devait en ressentir les vibrations. Le couple était convaincu qu'elle s'y accrocherait comme à une bouée de sauvetage.

Les premiers rayons de soleil de sa courte vie filtraient à travers les lattes du store, quand Maui, petit corps fragile, avait exhalé son ultime soupir. Une infirmière l'avait débranchée, puis l'avait enveloppée dans une couverture duveteuse, avant de la leur remettre, une tristesse infinie dans le regard. C'est Mathéo qui l'avait accueillie le premier. De son côté, Évangéline était demeurée figée, telle une statue de sel, dans la douleur de cette perte incommensurable. Au fond de la pièce, il y avait une causeuse, ils étaient allés s'y asseoir. Et là, elle avait accepté de recevoir le petit paquet de langes qui contenait le corps de son enfant. Mathéo les avait attirées à lui, contre sa poitrine. Il les avait pressées contre son cœur en retenant ses pleurs. Ces instants de vie, le doux câlin qui les unissait tous les trois, qui réchauffait leur deuil, Évangéline les aurait souhaités éternels... ce fut extrêmement cruel de devoir y mettre fin. Souvent, malgré sa volonté de surmonter son épreuve, elle se replongeait au cœur de cette étreinte.

Le bruit de la porte du garage qui s'ouvrait vint interrompre les pensées d'Évangéline. Mathéo rentrait à la maison, avec plusieurs heures de retard. Les employés avaient dû saluer son départ par une réunion spontanée ; ce vendredi était sa dernière journée au travail pour les six prochains mois. Cette date, prévue pour l'accouchement, était aussi celle du début d'un congé de paternité, que son entreprise avait les moyens de lui offrir… Étant donné le décès de Maui, il aurait pu y renoncer, mais il avait préféré ne rien y changer.

— Dans trois mois, tu auras repris des forces, avait-il souligné à sa femme, alors nous partirons en voyage. N'importe où, quelque part sur la planète, dans un endroit qui nous plaira à tous les deux.

Submergés de chagrin, ils n'avaient encore choisi aucune destination. Et c'était tant mieux, car les nouvelles mondiales étaient affolantes. Une épidémie de grippe se répandait à travers la planète, à une vitesse fulgurante, ne cessaient de répéter les animateurs des journaux télévisés.

En tournant dans son entrée, Mathéo avait remarqué la veilleuse allumée dans la chambre du bébé. Il y avait trois mois que la mort de Maui avait jeté une ombre sur leur bonheur, et aucune éclaircie n'était visible au bout du tunnel de leur malheur… pour Évangéline, surtout. De son côté, peut-être parce qu'il avait continué à travailler, à discuter avec son équipe, à fréquenter des gens, le deuil de son enfant s'accomplissait plus naturellement. Sa douleur était devenue moins vive, il lui arrivait même de rire comme autrefois, avec des amis. Néanmoins, chaque jour, en ouvrant la porte de sa maison, une résidence de prestige dans le chic Domaine Fontainebleau, qu'ils avaient choisie ensemble trois ans plus tôt, un épais brouillard revenait assombrir sa vie. Certains soirs, il éprouvait l'envie de faire demi-tour, mais une petite voix l'invitait à ne pas perdre espoir, lui soufflait que les pires blessures finissent par se cicatriser.

— Tu devrais recommencer à sortir, suggérait-il à sa femme, régulièrement. Tu ne vois plus tes amies…

— Elles ont des enfants, elles ! lui répondait-elle, d'une voix sèche, altérée par le chagrin.

Depuis leur retour à la maison avec une poussette vide, chaque fois qu'il l'attirait dans ses bras, elle se raidissait, sans toutefois se retirer de l'étreinte. Son abandon, qui ressemblait davantage à une soumission qu'au plaisir de leur intimité, le laissait pantois, découragé de la sentir si peu réceptive à son amour. Dans son idée, c'est ensemble, dans le partage de leurs émotions, qu'ils parviendraient à réapprendre à vivre, à se tourner de nouveau vers la lumière. Plus tard, quand leur deuil serait accepté, ils pourraient alors songer à une nouvelle maternité. Évangéline n'était pas réceptive à cette façon d'envisager l'avenir, aussi il gardait ses suggestions pour lui.

Ce soir, il hésitait sur le pas de la porte, sachant d'avance que l'atmosphère de la maison n'aurait rien de chaleureux. Lui aussi était accablé d'une lourde peine, qu'il s'obligeait à dissimuler pour supporter celle de son épouse. Il l'aimait profondément, mais il se sentait défaillir, sa patience avait ses limites. Aujourd'hui, au bureau, son regard s'était attardé sur Émilie, leur nouvelle comptable. La jeune femme était sympathique, pétillante, tout le monde l'appréciait. Les sourires qu'elle lui avait adressés, particulièrement ce soir, lui rappelaient ceux d'Évangéline, avant le drame. Pour la première fois, depuis trois mois, il avait senti son corps s'éveiller aux charmes d'une autre… Il avait vite réagi ; il ne devait pas risquer le bonheur de son couple pour un moment de plaisir charnel. Sa femme finirait bien par s'extirper du poids de son chagrin et faire de nouveau de la place à leur vie amoureuse.

En poussant la porte de sa maison, c'est pourtant le sourire d'Émilie qui flottait dans ses pensées ; il frissonna. Par chance, il commençait un congé de six mois. D'ici là, il en était convaincu, Évangéline et lui auraient renoué les liens affectifs qui les unissaient si tendrement avant le décès de Maui.

: :

Debout devant le comptoir de cuisine, Mathéo se préparait un café latté. Ça ne lui avait pas échappé qu'en l'entendant rentrer, la veille, Évangéline s'était empressée de quitter la chambre du bébé pour aller se glisser sous les draps et simuler le sommeil. Au bureau, les employés avaient salué son départ par une rencontre de dernière minute, qui s'était étirée dans le temps. Aussi, étant donné l'heure tardive à laquelle il était rentré, il avait préféré ne pas la rejoindre dans le lit conjugal. Solitaire, il avait levé un dernier verre à la lune, l'ancienne complice de leurs amours, puis il était allé dormir dans la chambre d'amis.

Son café à la main, il s'installa dans la salle familiale et alluma le téléviseur. À peine assis, il vit Évangéline descendre l'escalier. Il jeta un œil vers elle, attentif à son humeur matinale.

— Cette couleur te va tellement bien, souligna-t-il en l'apercevant dans son pyjama de flanelle turquoise.

Sa femme esquissa un rare sourire. *Tu es si belle quand tu souris*, pensa-t-il, évitant de le mentionner à haute voix, de peur que son compliment ne la fasse se renfrogner.

— Tu veux un latté ? s'informa-t-il.

Sans répondre, les yeux rivés sur l'écran du téléviseur, Évangéline l'interrogea :

— Dis-moi, est-ce que le monde s'est écroulé pendant qu'on dormait ?

Mathéo fut surpris par cette question, que sa femme posait régulièrement avant la perte de leur enfant. C'était un rituel de bonheur entre eux, une célébration de leur joie de vivre, d'être heureux de commencer une nouvelle journée dans la paix et l'harmonie, alors qu'ailleurs des guerres faisaient rage.

— Il ne s'est pas écroulé, lui répondit-il, mais il ne me semble pas très solide.

— Comment ça ? s'inquiéta-t-elle.

— L'épidémie de grippe dont je t'ai parlé, en Chine, en Europe...

— Oui, tu m'en as glissé un mot. Ça empire ?

— Des cas ont été répertoriés au Canada, même au Québec, l'informa-t-il. Selon nos éminents chercheurs, la propagation du virus est inévitable au sein de la population canadienne.

— Ce n'est pas très réjouissant, cette perspective. Elle fait des victimes, cette grippe ?

Mathéo réalisait qu'Évangéline, centrée sur sa peine, se tenait peu au courant de l'actualité.

— Oui, déjà des centaines, pour ne pas dire des milliers à travers le monde, lui fit-il savoir, préférant ne pas lui dissimuler la vérité.

Évangéline prit place sur la causeuse, à côté de son mari. Elle prêta l'oreille aux nouvelles du jour, pour constater à son tour qu'elles étaient alarmantes.

— Nous devrions profiter de ton congé pour aller nous cacher quelque part, au fond des bois, suggéra-t-elle, mi-figue mi-raisin. Mais où ? Tu connais un endroit qui pourrait échapper à cette épidémie ?

Mathéo tourna vers elle un regard énigmatique.

— Peut-être... énonça-t-il.

Surprise de la réponse, Évangéline le pressa de s'expliquer.

— Je te trouve bien mystérieux, tout à coup.

Mathéo se leva.

— Je vais nous préparer des cafés et je reviens.

Avant de prendre la direction de la cuisine, il lança d'un air indécryptable :

— J'ai été convoqué chez le notaire, à Sainte-Rose, hier avant-midi...

— Quoi ? Il t'a annoncé que tu héritais d'une fortune ? le taquina Évangéline.

— Tu n'es pas loin de la vérité, s'amusa-t-il, content de piquer sa curiosité.

— Alors, dépêche-toi de revenir, je suis impatiente de savoir.

Mathéo lui adressa un clin d'œil et il quitta la pièce.

Quelques minutes plus tard, quand il revint dans la salle familiale, sa femme avait éteint le téléviseur. Curieuse d'en apprendre davantage, elle l'interrogeait du regard. Son intérêt plut à Mathéo. Évangéline semblait s'être délestée, pour un moment, de la lourdeur de sa peine.

— Va ! Raconte ! le pressa-t-elle.

Mathéo sourit à l'impatience de sa femme, puis prit une longue gorgée de café, avant de préciser :

— Mon père avait un oncle en Abitibi, Cyriac Desrosiers, le frère de grand-père Antoine.

— J'ai toujours pensé qu'Antoine était fils unique…

— C'est normal, les deux vieux ne se parlaient plus depuis des décennies. Une histoire de famille, je crois, dont ils avaient sûrement oublié les détails. En tout cas, moi, je n'ai jamais été au courant de la raison de leur chicane. Toujours est-il que grand-papa est décédé sans qu'ils se soient réconciliés.

— Qu'est-ce que leur dispute vient faire dans ton héritage ?

— Ce grand-oncle est mort à son tour, la semaine dernière… à quatre-vingt-onze ans, selon les informations du notaire Auclair, chez qui j'ai été convoqué. Crois-le ou non, Cyriac Desrosiers, un parfait inconnu à mes yeux, m'a désigné comme son unique héritier…

— Étrange !

— En effet.

— Tu penses qu'il était riche ? s'enquit Évangéline, espiègle.

Mathéo éclata de rire.

— Dis donc, je ne te savais pas si âpre au gain, petite coquine.

— Ben quoi ? Pour moi, un héritage, c'est… c'est devenir propriétaire d'un château en Espagne, par exemple.

— Dommage pour ton rêve ! Tu devras te contenter d'un vieux presbytère en Abitibi, l'instruisit Mathéo, taquin.

— Tu te fiches de moi…

— Pas du tout ! Tu as très bien compris. L'oncle Cyriac me laisse quelques sous noirs… et un presbytère en ruine… à Val Roussillon.

— Val Roussillon ? Jamais entendu parler !

— Paraît qu'il s'agit d'une paroisse, entre Amos et La Sarre, dans la région d'Abitibi. Un endroit que je ne connais pas davantage que toi, même si j'y suis allé une fois avec mon père. J'avais dix ans. J'ai conservé de ce voyage de très vagues souvenirs. Le plus précis qui me vient, c'est celui d'un homme d'un certain âge qui ressemblait à grand-père. Ce devait être cet oncle, Cyriac…

— Ainsi, tu hérites d'un presbytère ! clama Évangéline. Comme c'est mystérieux… Le notaire t'a fourni d'autres détails ?

— Pas beaucoup. Une clé… Tiens, j'y pense, il y avait une photo avec le testament…

— C'est maintenant que tu le dis ! J'aimerais la voir.

— Bien sûr ! Je cours la chercher, déclara Mathéo en bondissant de son siège. Elle est dans ma voiture, avec les papiers qu'on m'a remis.

Évangéline profita de l'absence de son mari pour se rendre à la cuisine ; la faim la tiraillait, ce qui lui arrivait rarement ces derniers temps. Un gai soleil, précurseur du printemps, inondait la pièce de ses rayons. *La vie suit son cours*, songea-t-elle, *les rigueurs de l'hiver cèdent la place à la douceur d'une nouvelle saison… que je vivrai sans mon bébé.* Elle essuya une larme.

De retour avec le dossier, Mathéo le déposa sur l'îlot central et l'ouvrit. Il en extirpa une photo, qu'il tendit à Évangéline.

— Voici le presbytère dont je suis l'héritier, énonça-t-il, pompeusement.

Sa femme prit le cliché.

— Tu es certain qu'il s'agit d'un presbytère ? On dirait un petit château… et pas si en ruines que ça.

— Qui n'est malheureusement pas situé sous le chaud soleil d'Espagne, mais dans la froidure abitibienne.

Sans relever la taquinerie, Évangéline avoua :

— C'est très joli, cette construction, dressée sur un cap rocheux, encerclée de verdure. Tu as remarqué les pignons, les lucarnes... une superbe architecture ! Le genre de propriété que j'aimerais qu'on m'invite à redécorer. Il est habité, actuellement ?

— Selon les notes du notaire, Cyriac Desrosiers y a vécu jusqu'à son décès, survenu subitement, il y a une semaine. Comme il est mort à quatre-vingt-onze ans, il est possible que cet endroit ait manqué d'amour, au cours des dernières années.

D'un regard professionnel, Évangéline observa la photo avec circonspection, puis, sur un ton teinté de mystère, elle présuma :

— Je sens que derrière les murs de ce presbytère se dissimulent d'étranges histoires... de curés... de relations interdites... que nous aurions plaisir à découvrir. Tu as raison, Mathéo, c'est la région idéale où nous réfugier pour les quelques semaines que durera l'épidémie de grippe.

— Je suggérais ça à la blague, s'étonna son mari. Je pensais le mettre en vente...

— Tu es en congé pour six mois, lui rappela sa femme. Pourquoi ne pas prendre un moment pour nous rendre en Abitibi ? Nous parlions d'un voyage... Celui-ci n'est peut-être pas aussi exotique que ce que nous avions prévu, mais j'ai l'impression qu'il pourrait s'avérer très intéressant. Une vieille bâtisse... à rénover pour toi... à décorer pour moi... quoi de plus approprié pour nous deux ? C'est dans nos domaines respectifs.

Mathéo n'eut pas à réfléchir longtemps : l'enthousiasme d'Évangéline refaisait surface, après des mois de profonde indifférence. Ça l'encourageait à partir en Abitibi. Un projet commun, ne serait-ce que pour quelques semaines, lui apparaissait comme un excellent remède à sa déprime. Surtout, quitter la maison dans laquelle trônait un berceau vide ne pouvait que leur être salutaire.

Le temps de préparer quelques bagages, ils prendraient la route du nord-ouest de la province à la découverte de cet héritage inattendu, qui surgissait à point nommé dans leur vie.

2

Blainville, mercredi 11 mars 2020

Les nouvelles de l'épidémie de grippe devenaient chaque jour plus alarmantes. L'Organisation mondiale de la santé venait de la qualifier de pandémie, ce qui signifiait que le monde entier était désormais frappé et que des mesures adéquates pour en stopper la propagation devaient être prises d'urgence.

Une fois passée la surprise d'avoir hérité d'un presbytère, Évangéline et Mathéo s'étaient demandé s'ils souhaitaient vraiment aller passer leurs vacances dans une région qu'ils ne connaissaient pas. Après tout, comme l'avait souligné Mathéo, il était possible de vendre cette vieille bâtisse, reçue en héritage, sans la visiter. Quand ils avaient discuté d'un moment d'évasion, après le décès de Maui, ils projetaient de se rendre en Australie, en Italie ou en Espagne… l'Abitibi était loin d'être à la hauteur de l'escapade rêvée.

Ce matin, en constatant que l'épidémie de grippe s'avérait mondiale, ils comprirent qu'il devenait inconcevable de voyager à l'étranger. Cet état de fait ne serait certainement pas passager : une pandémie ne se résorbe pas en quelques semaines. Aussi, ils firent leurs bagages et prirent la route vers le nord-ouest de la province.

Une neige légère valsait dans l'air froid, rien d'inquiétant pour Mathéo, confiant en ses habiletés de conducteur.

— Ça fait du bien de quitter la ville, nota Évangéline, calée dans le confortable siège de leur Mercedes. Avec cet affreux virus qui flotte dans l'air, on va se sentir plus en sécurité dans de vastes espaces.

— Je suis d'accord avec toi ! approuva Mathéo.

L'homme de trente-cinq ans était surtout content de changer d'atmosphère. Leur maison, si confortable fût-elle, demeurait imprégnée des tristes relents de la perte de leur enfant. Pour avoir une chance de s'en sortir, leur couple avait besoin d'une diversion… et cet héritage leur apparaissait comme un cadeau inattendu.

Au milieu du parc de La Vérendrye, les volatiles flocons duveteux se transformèrent en une neige lourde, qui se mit à tomber dru, au point de rendre en quelques minutes la visibilité pratiquement nulle. Les yeux fixés sur la route, Mathéo se félicita d'avoir encore ses pneus d'hiver. Il ralentit. Des éclairs de lumière percèrent soudain l'épais brouillard ; il se rendit compte qu'il suivait une voiture de police qui, elle, se trouvait derrière un chasse-neige.

— Ça va prendre plus de temps que prévu, dit-il à sa compagne de voyage, mais, tant que nous aurons ces véhicules prioritaires devant nous, nous serons en sécurité.

— Nous sommes bien, à l'abri dans l'auto, et je suis avec toi… Je me sens protégée du danger, le rassura Évangéline.

La confiance de sa femme réchauffa le cœur de Mathéo.

— Après tout, nous sommes en vacances, même si ce ne sont pas celles dont on rêvait. Rien ne presse, ajouta la jeune femme.

Mathéo alluma la radio ; l'animateur discourait au sujet du virus… il l'éteignit aussitôt.

— Parlons plutôt de cet impressionnant presbytère dont j'ai hérité, suggéra-t-il. J'ai effectué quelques recherches, en début de semaine, et j'ai découvert que ce village de Val Roussillon a été un important carrefour ferroviaire à une certaine époque.

— Vraiment ? Raconte.

— En Abitibi, au début de la colonie, le chemin de fer était l'unique lien qui rattachait la région aux grands centres. La vie économique dépendait de ce moyen de transport. Quand le Transcontinental a choisi Val Roussillon pour y installer une usine d'entretien de ses locomotives et de ses wagons, la municipalité a connu un bel essor. L'agriculture et l'industrie forestière contribuaient également à sa prospérité, les fermes jouissaient de terres riches et fertiles. Il y avait aussi des moulins à scie, érigés le long des cours d'eau, qui ne chômaient pas, paraît-il.

— Malgré cela, je suis certaine que la vie ne devait pas être facile, dans la région. Tout était à construire… j'imagine les mères de famille, contrainte de s'occuper de leur nichée avec le strict minimum.

— Ces défricheurs étaient des géants... ajouta Mathéo. Ces gens étaient sûrement des êtres avides de liberté, de grand air. Ils quittaient les usines enfumées pour une existence en pleine nature.

— Probablement qu'ils mouraient de faim dans les villes, avec le chômage, les meilleurs emplois aux Anglais… tu vois, je me suis également renseignée. Au moins, en Abitibi, installés sur de bonnes terres, ils mangeaient à satiété.

Mathéo lui sourit, heureux de la voir se distancer de sa peine.

Devant eux, le chasse-neige bifurqua à gauche, alors qu'un panneau indiquait « Amos » à droite.

— Il va falloir dire bonsoir à notre guide, se désola Mathéo en empruntant la direction d'Amos.

Quelques kilomètres plus loin, la neige cessa, aussi brusquement qu'elle avait commencé. Une lune d'argent illumina aussitôt les alentours. Rassuré, Mathéo suggéra :

— Je pensais arrêter dormir à Amos… mais si tu es d'accord, on peut se rendre à Val Roussillon… chez nous.

— Pour faire du camping dans notre nouveau domaine, s'amusa Évangéline. Pourquoi pas ? J'ai apporté notre matelas gonflable, nos sacs de couchage, des serviettes, et même notre précieuse cafetière. Pour rien au monde je ne me priverais de mon délicieux latté du matin.

— Tu as eu raison de prendre ces précautions, la félicita son mari.

Évangéline esquissa un sourire.

— Je suis très intriguée par ce que nous allons découvrir dans cet étrange petit château, qui soit dit entre nous, n'a rien des presbytères traditionnels de l'époque en Abitibi.

— Tu as raison, approuva Mathéo. L'argent des fabriques était davantage mis sur la construction des églises, bien que certaines résidences de curés étaient plutôt spacieuses…

Mathéo regarda l'heure au tableau de bord. Après un bref calcul, il conclut que, si la neige ne recommençait pas à tomber, ils atteindraient leur nouvelle propriété aux environs de vingt-trois heures. Ses déductions concordaient avec le GPS de son véhicule.

Une heure quinze plus tard, un écriteau joliment lettré, sur lequel dansait un rayon de lune, surgit au tournant de la route. Il annonçait la municipalité de Val Roussillon.

— Ma chérie, nous sommes arrivés, déclara Mathéo, extirpant Évangéline de son demi-sommeil. Il nous reste à trouver notre résidence…

C'était impossible de la manquer. Elle était située à l'entrée du village, juchée sur un cap rocheux.

— Wow ! pointa sa femme. À mon avis, le curé qui a supervisé la construction avait des idées de grandeur. Je n'ai rien vu de semblable à côté des églises des villages que nous avons traversés jusqu'ici.

— En tout cas, il souhaitait se rapprocher du Ciel... De mon point de vue, les lucarnes donnent l'impression d'être accrochées aux étoiles, s'amusa Mathéo en tournant dans l'allée, vers un garage creusé dans le roc.

— Laissons les bagages dans la voiture, suggéra-t-il. Je viendrai les chercher plus tard. Allons d'abord visiter notre... notre héritage.

Main dans la main, ils empruntèrent un trottoir de pierres plates qui avait dû connaître ses heures de gloire. Cette nuit, il avait plutôt l'aspect d'un sentier rocailleux au pied d'une montagne.

— On voit qu'ici il n'a pas neigé, constata Évangéline, tandis que Mathéo sortait la clé reçue de son notaire.

Théâtralement, il la glissa dans la serrure de l'entrée principale et la fit tourner.

— Ça fonctionne ! clama-t-il en poussant la lourde porte en bois. Ma chérie, nous voilà réellement propriétaires d'un presbytère en Abitibi.

Il s'inclina légèrement devant elle.

— Madame, bienvenue chez vous ! l'invita-t-il.

Évangéline franchit le seuil. Une odeur de renfermé la saisit à la gorge.

— Je crois qu'il y a un moment que cet endroit n'a pas été aéré, je vais...

Incrédule, elle ne termina pas sa phrase. Mathéo avait allumé... Le spectacle qui s'offrait à ses yeux était à couper le souffle. Un majestueux escalier de chêne occupait la partie centrale d'une vaste pièce avec, de chaque côté, des portes françaises, ouvertes, qui laissaient entrevoir un immense salon à droite et, à gauche, une salle à manger richement meublée. Deux autres portes, au fond, étaient fermées. Le plafond, à douze pieds de hauteur, donnait aux nouveaux venus l'impression de pénétrer dans une cathédrale. Et les caissons moulurés qui le recouvraient étaient superbes. Ils demeurèrent sur le seuil un long moment, à contempler les détails de cet aménagement.

— Je ne regrette pas d'être venu, finit par conclure Mathéo.

— En effet, le seconda Évangéline.

— Je pense que nous allons passer du bon temps ici ! Il me semble que nous ne sommes pas au bout de nos découvertes.

— Pour l'instant, si tu allais chercher la glacière dans l'auto ? suggéra Évangéline. Je croquerais bien un petit quelque chose. Notre collation de cet après-midi est digérée depuis longtemps.

Heureux de la voir retrouver son appétit des beaux jours, Mathéo s'empressa d'obtempérer. Quelques minutes plus tard, installés sur un coin de la table de la salle à manger, ils portèrent un toast à l'aventure qui s'offrait à eux. Une vague d'énergie les submergeait. Stimulés par leur curiosité, ils étaient impatients de découvrir les secrets de leur presbytère…

: :

Étendu sur le matelas gonflable, qu'il avait installé sous la porte d'arche du salon, Mathéo ouvrit les yeux. La tête enfouie dans son oreiller, Évangéline dormait encore. Un rayon de soleil matinal lui caressa le visage. Instinctivement, il se tourna vers la lumière, pour se rendre compte qu'elle traversait des fenêtres en losanges de plomb, claires et sans peinture.

— Cette vitrerie est hallucinante, s'extasia-t-il, malgré lui.

— Tu parles tout seul, s'étonna Évangéline, alanguie à ses côtés.

— Regarde ! Le dessin géométrique de ces carreaux est superbe…

Il se leva. Les yeux rivés aux vitraux de couleur, qui surplombaient les fenêtres, il poussa un sifflement admiratif.

— Je n'y connais pas grand-chose en liturgie, émit-il, mais je pense que ces vitraux représentent des stations du chemin de croix… Il y en avait combien, déjà, de ces stations ? Tu t'en souviens ?

Assise sur le matelas, Évangéline creusa sa mémoire :

— Si mes souvenirs sont exacts, il y en avait douze… non, quatorze.

— Il y en a quatre ici, dans le salon. J'imagine que les suivantes sont au-dessus des châssis, dans les autres pièces.

Émerveillée, Évangéline s'exclama :

— Ça ne me serait jamais venu à l'idée qu'il puisse exister des œuvres d'art comme celles-ci, dans le presbytère d'un village de campagne. Dans une cathédrale, oui ! Mais pas ici, au fond des bois.

Debout devant les fenêtres qu'il examinait attentivement, Mathéo constata :

— Le curé qui a supervisé la construction de ce presbytère possédait sûrement des compétences en architecture… ou il avait un excellent conseiller.

— Probablement un homme d'Église qui appréciait le luxe… peut-être simplement la beauté des choses… ajouta Évangéline, contemplative.

Le carillon de l'entrée principale interrompit leur conversation. Mathéo vérifia sa montre.

— Il n'est que sept heures trente… Qui peut bien nous rendre visite à une heure aussi matinale ?

Il enfila son pantalon et son chandail, abandonnés la veille sur le dossier d'une chaise, et il se dirigea vers le portique. Il ouvrit.

— J'ai vu votre auto dans l'allée, cria plus qu'il ne parla le nouveau venu. J'ai pensé que ce serait de mise de venir vous souhaiter la bienvenue.

Évangéline s'habilla à son tour et, décoiffée, elle rejoignit son mari.

— Je ne vous dérange pas, au moins ? s'informa leur visiteur en constatant son aspect débraillé. Je me suis dit qu'à cette heure-là, vous étiez certainement levés…

— Maintenant, nous le sommes, approuva Mathéo, intrigué par l'étrange vieillard qui se tenait devant eux.

Appuyé sur sa canne, l'homme les scrutait d'un regard vif.

— Je me présente, dit-il, Honoré Plamondon.

— Mathéo Desrosiers, et voici ma femme, Évangéline Desmarais. Nous avons hérité ce presbytère de mon oncle…

— Depuis presque trente ans, depuis qu'il avait acheté ce presbytère, en fait, Cyriac et moi, nous étions amis, débita Honoré, interrompant son interlocuteur. J'habite juste en face. Sa mort, la semaine passée, m'a étonné ; il avait seulement quatre-vingt-onze ans.

Évangéline et Mathéo échangèrent un regard amusé : un décès à cet âge vénérable n'avait pour eux rien d'invraisemblable, ça leur paraissait dans la normalité des choses. *Faut croire que dans la vie tout est relatif*, songea Évangéline, avant de s'informer :

— Vous, Honoré, on peut savoir quel âge…

— Bien sûr, répondit le vieil homme en se redressant. J'ai eu quatre-vingt-huit le mois dernier. Je me suis fait la promesse de célébrer mes cent ans…

— Ça ne m'étonnerait pas, l'encouragea Mathéo. Vous me paraissez en excellente forme.

Le torse bombé, Honoré afficha fièrement un large sourire un brin édenté.

— Je suis né à Val Roussillon, les informa-t-il. Rien dans ce patelin ne m'est étranger. J'ai connu le curé Augustin Davignon, vous savez, celui qui a fait construire ce presbytère. J'ai été son servant de messe durant de nombreuses années… Un prêtre très aimé dans la paroisse, jusqu'au jour où… où… enfin, parlons d'autre chose.

Le regard du vieillard parut se perdre dans ses souvenirs, il s'essuya les yeux d'un revers de main. Ses paroles avaient intrigué Mathéo, aussi il l'invita à entrer :

— Ça vous dirait de boire un café avec nous ? Vous connaissiez Cyriac Desrosiers depuis trente ans, vous pourriez nous renseigner sur lui. Je vous avoue qu'être son héritier m'a pris par surprise. Cyriac était le frère de mon grand-père et, à ce que je sache, les deux hommes étaient en froid. Avec mon père, Charles, son neveu, nous lui avions rendu visite, une fois… ça doit bien faire un quart de siècle. Alors, imaginez le peu de choses que je connais de ce grand-oncle. Qu'il ait fait de moi son légataire universel m'étonne au plus haut point.

— Vous pourriez aussi nous renseigner sur le curé Davignon, s'empressa d'ajouter Évangéline. Pour avoir fait ériger cette superbe bâtisse, sur un promontoire rocheux, ce prêtre me semble avoir eu une vision exceptionnelle de la place qu'il occupait dans votre communauté. Surtout qu'en arrivant, hier soir, j'ai remarqué que l'église était construite beaucoup plus bas, dans une dénivellation.

Le vieillard ne se fit pas prier pour accepter l'invitation du jeune couple. D'une démarche assurée, il les devança vers le fond du hall, où se trouvait l'entrée de la cuisine, derrière une porte que les nouveaux propriétaires n'avaient pas encore franchie. Évangéline attrapa la boîte contenant la cafetière et elle le suivit. De son côté, Mathéo récupéra la glacière dans la salle à manger et leur emboîta le pas.

L'endroit n'avait rien de moderne ; les électroménagers dataient vraisemblablement de l'époque de Mathusalem. Toutefois, la pièce était lumineuse, avec de minuscules grains de poussière qui voletaient dans les rayons de soleil.

D'un coup de chiffon mouillé, Évangéline nettoya le comptoir et la table, puis elle prépara les cafés, tandis qu'Honoré faisait découvrir à Mathéo les différentes essences de bois utilisées et la finesse des boiseries. Elle déposait la dernière tasse sur la table, et les hommes prenaient place, quand une dame d'un certain âge frappa à la porte de la cuisine. En la reconnaissant à travers les carreaux, Honoré afficha un air contrarié.

Il leur chuchota:

— C'est Bertha Rainville, la femme de ménage de Cyriac. Cette chère Bertha est la rapporteuse officielle de la municipalité. J'imagine qu'elle a dû apercevoir votre voiture dans l'allée, et elle vient écornifler... pour ensuite aller répandre des rumeurs dans le village.

— Et vous, souligna narquoisement Évangéline, ce n'est pas ce que vous avez fait en voyant notre auto dans la cour du presbytère... venir aux nouvelles?

— Oh, moi, ce n'est pas pareil! se rebiffa Honoré. J'étais pour ainsi dire le seul vrai ami de Cyriac, depuis trois décennies. J'ai beaucoup de choses à vous raconter à son sujet, même des secrets... qu'il n'avait confiés qu'à moi.

Le vieil homme posa un index sur ses lèvres, puis il se tut. Mathéo avait ouvert à Bertha.

Évangéline se leva pour accueillir leur visiteuse, en se disant qu'elle était la bienvenue. Un entretien en profondeur de ce presbytère poussiéreux, aux odeurs de renfermé, ne serait pas un luxe. De son côté, Mathéo était désolé d'être privé d'une discussion avec Honoré. Le ton du vieil homme, en parlant de son intimité avec Cyriac, qu'il avait côtoyé quotidiennement, aussi de sa connaissance du curé Davignon, l'interpellait grandement. Honoré possédait sans doute les réponses à ses nombreuses questions. La première étant: pourquoi un lointain parent, quasi inconnu, avait-il fait de lui son héritier? Il se consola en se disant que ce n'était que partie remise, puisqu'il avait l'intention de séjourner un bon moment dans cette fascinante résidence. Architecte, il était émerveillé par sa conception, et davantage par la richesse des matériaux utilisés: du marbre d'Italie, de l'acajou africain. Tout cela étonnait dans ce village d'une région éloignée des grands centres.

3

Val Roussillon, jeudi 12 mars 2020

Après un bref salut à Bertha, abandonnant son café sur la table, Honoré les avait quittés pour rentrer chez lui. D'évidence, ces deux-là n'avaient pas d'atomes crochus, en avait conclu Évangéline en voyant le vieil homme s'éloigner précipitamment. À peine les présentations faites, Bertha s'était lancée dans un long monologue, qui semblait s'adresser autant à elle-même qu'aux nouveaux propriétaires.

— Cyriac n'avait rien d'un joyeux luron, vous savez. À part ses fréquentations avec Honoré, il côtoyait très peu de monde. Il jouait au bridge au club de l'âge d'or, toujours avec Honoré, à de rares occasions. L'été, c'étaient des parties de pêche, seul dans sa chaloupe et, l'hiver, de la marche en raquettes sur le lac ou en forêt, toujours en solitaire. Faut dire que, les dernières années, il sortait de moins en moins. Ses rhumatismes, voyez-vous.

— Vous le connaissiez depuis longtemps ?

— Depuis qu'il est devenu propriétaire de cette bâtisse, en 1991.

Puis, visiblement nostalgique, elle ajouta :

— Personne n'a oublié ce... ce ténébreux célibataire... les veuves, en tout cas.

— Vous étiez de celle-là ? la taquina Mathéo.

— Non ! J'étais trop jeune pour lui, pis mon Jules vivait encore quand il est arrivé dans la paroisse.

Évangéline voulait connaître la suite, elle l'invita à poursuivre :

— Vous nous parliez des anciens propriétaires du presbytère… ça m'intéresse.

Contente d'être écoutée, Bertha reprit :

— Pendant des années, après le départ du dernier prêtre résidant, la fabrique a loué ce presbytère, devenu inutile faute de curés, à un directeur du Canadien National. Sa femme n'a jamais voulu venir habiter à Val Roussillon. Puis, quand ce dernier nous a quittés, les marguilliers ont décidé de mettre la bâtisse en vente. C'était lourd à supporter, pour la fabrique, une résidence comme celle-là. Elle a été sur le marché pendant au moins… je dirais quatre ans, avant de trouver acquéreur. Un jour, nous avons appris qu'un étranger l'avait acheté : il s'agissait de Cyriac Desrosiers, votre grand-oncle.

Mathéo fit un calcul mental : Cyriac était donc arrivé dans la paroisse à peu près à l'âge de Charles ; actuellement, ce dernier en avait soixante. S'il se référait à son paternel, alerte, avec toujours un plan en tête, Cyriac devait être débordant d'énergie.

— Après son installation à Val Roussillon, est-ce qu'il y a eu des femmes dans sa vie ? osa-t-il s'informer, ayant appris par Bertha qu'il plaisait à la gent féminine.

— Curieux ! lui reprocha Évangéline.

— Cherchez la femme et vous connaîtrez l'homme, lui répondit-il, sur un ton énigmatique.

— Il y en a eu une, souligna Bertha. Elle se prénommait Syrinie… une ancienne maîtresse d'école de Val Roussillon. Au début, ils se sont fréquentés, puis ils ont fini par habiter ensemble, ici, au presbytère. Ils s'aimaient, ça, c'est sûr ! Vous auriez dû les voir, les soirs d'été, deux beaux vieux assis dans la balancelle, juste là, dans la cour arrière, à se tenir par la main.

Évangéline jeta un œil vers la fenêtre qu'indiquait Bertha. Sous une talle de bouleaux, il y avait effectivement toujours le squelette métallique d'une balançoire. Une image de Cyriac et de Syrinie, les doigts entrelacés, effleura son imaginaire.

— Je pense que l'hiver, ça devait être au coin du feu qu'ils se faisaient des mamours, enchaîna Bertha, sur un ton railleur, laissant percevoir un brin d'envie.

Émue par cette histoire, Évangéline questionna :

— Vous savez pourquoi ils se sont séparés ?

Sans répondre, Bertha quitta la cuisine et se rendit au salon, suivie par ses hôtes. Elle s'avança vers le piano, sur lequel étaient posées de multiples cadres. Elle en saisit un et le tendit à Évangéline.

— Regardez sur cette photo, là, c'est Syrinie !

— Charmante vieille dame, ne put s'empêcher de constater Mathéo en regardant par-dessus l'épaule de son épouse.

— Ils ne se sont pas quittés, spécifia Bertha. Syrinie est décédée dans son lit, après une courte maladie. Elle avait quelques années de plus que lui. Je me souviens, c'était il y a dix ans. Cyriac s'est effondré. À compter de ce jour-là, il s'est totalement retiré de la vie publique… c'est vrai qu'il avait plus de quatre-vingts ans. Depuis, il a vécu en ermite, seul dans son presbytère.

Penché vers l'instrument de musique, Mathéo étudiait les autres photographies.

— Tu connais ces gens ? lui demanda Évangéline.

— Oui, quelques-uns. Regarde celle-ci : c'est Charles et moi, quand nous sommes venus à Val Roussillon, il y a des années. Je t'en ai parlé.

Évangéline reconnut aussitôt son beau-père. Le petit garçon aux mèches blondes ébouriffées, à ses côtés, l'amusa :

— Dis donc, tu étais beau bonhomme, à l'époque.

— Comme si je ne l'étais plus ! Tu as de la chance d'avoir épousé un mâle de ma qualité, la taquina-t-il.

Il souleva un autre cadre. Un bref instant, il examina les visages.

— Sur celle-ci, c'est grand-père Antoine, le jour de son mariage avec grand-maman Élodie… et Cyriac, à leurs côtés.

— Donc, ils n'étaient pas en froid lors des noces, calcula Évangéline.

— J'imagine. Mais ça m'étonne de trouver cette photo sur le piano de Cyriac… Papa m'a souvent répété qu'ils ne pouvaient pas se sentir, ces deux-là.

— Faut croire que ton grand-oncle avait oublié la raison de leur querelle, sinon il n'aurait pas mis la binette rayonnante de son frère à un endroit où il pouvait la voir tous les jours.

— Cyriac était un excellent pianiste, les interrompit Bertha, que leur généalogie ou leur querelle n'intéressait guère. L'été, quand les fenêtres étaient grandes ouvertes, nous l'entendions de l'extérieur. Des gens s'asseyaient, dans le parc, entre le presbytère et l'église, pour l'écouter jouer. J'y suis souvent venue moi-même… après le décès de mon Jules.

À travers le bavardage de Bertha, Mathéo découvrait des côtés captivants de la personnalité du vieil homme, jamais marié, décédé à quatre-vingt-onze ans, qui lui avait légué un presbytère désuet. Apparemment, Cyriac était un homme de chair et de sentiments, qui avait su aimer, les femmes, la musique… et sa famille. Les photos, bien en évidence sur le piano, en témoignaient.

Émue de ce qu'elle apprenait, Évangéline tenait dans ses mains une photo de Cyriac debout devant son presbytère, probablement à son arrivée dans la paroisse, vers la mi-soixantaine.

— Il a le sourire des Desrosiers, souligna-t-elle. Il ressemble beaucoup à ton grand-père. Je l'ai peu connu, Antoine, mais je me souviens combien il était sympathique… Sais-tu si Cyriac et lui étaient jumeaux ?

— Pas à ce que je sache, mais je demanderai à papa. Comme les deux frères étaient en froid, parler de Cyriac était un sujet tabou à la maison. Je ne crois pas avoir entendu mes parents discuter de ce grand-oncle.

— Dis-moi, au fait… est-ce que Charles a été étonné que Cyriac fasse de toi son héritier?

— Je ne lui en ai pas parlé. Au début, je pensais venir ici seulement pour vendre cette vieille bâtisse.

— Je suis contente qu'on ait décidé de la visiter ensemble, ces lieux me fascinent… J'avoue que, depuis que je suis là, le désir de m'impliquer dans un projet commence à me titiller. La décoration, c'est mon métier. Nous pourrions passer d'agréables instants dans cet endroit… à l'abri de la pandémie.

— Dans ce cas, plus aucune hésitation, nous la gardons, du moins pour l'instant. Nous restons, statua Mathéo, en attirant sa femme contre lui, content de la voir reprendre goût à une activité.

Se sentant de trop, Bertha choisit de quitter le salon. À la cuisine, il y avait un peu de vaisselle à ramasser. Les nouveaux propriétaires ne l'avaient pas engagée, mais, en leur montrant ce qu'elle savait faire, elle pourrait peut-être conserver son emploi de femme de ménage.

Serrée contre Mathéo, Évangéline leva les yeux vers un cadre en bois richement sculpté, suspendu au-dessus de la cheminée, qui contenait la photo d'un ecclésiastique. En dessous, sur une plaquette de cuivre, était libellé: *Augustin Davignon, décembre 1945.* Elle quitta l'étreinte de son mari et s'approcha. Le regard perçant du concepteur de leur mystérieux presbytère avait quelque chose d'intrigant. Elle ressentit un frisson, avec l'étrange impression que le prêtre cherchait à lui confier quelque chose…

: :

Au cours de leur visite des lieux, qui avait suivi le départ de Bertha, les nouveaux propriétaires étaient allés de surprise en surprise. D'abord, les plafonds de neuf pieds au deuxième étage et les riches boiseries avaient suscité leur admiration. Quatre chambres entièrement meublées et une salle de bain, de construction plus récente, occupaient la partie ouest. Une autre partie, environ le quart de la surface, n'était accessible que par la cuisine. Un escalier, raide et étroit, conduisait à ce qui avait dû être les appartements de la bonne. De ce côté, il y avait aussi un espace de rangement et un grenier, sous les combles.

La pièce la plus fascinante, toutefois, était celle qui se trouvait à gauche de la salle à manger ; une porte y donnait accès, et il y avait aussi une entrée par l'extérieur. Probablement le bureau où le prêtre recevait ses visiteurs. Un mur complet était érigé en bibliothèque et, en façade, il y avait les mêmes fenêtres en losanges de plomb qu'au salon, également surmontées de vitraux, qui représentaient quatre autres stations du chemin de la croix, deux en façade et les deux autres sur le mur de côté. Ils choisirent de nommer cet endroit : la bibliothèque.

Mathéo passa un doigt sur le bureau de chêne, au centre de la pièce, en imaginant le curé Davignon, assis dans le fauteuil de velours bourgogne, recevoir un paroissien ou un prélat de l'Église, qu'il cherchait à impressionner par le faste de son logis. Par une des fenêtres, il apercevait l'église, érigée en contrebas.

— Ça m'étonne, fit-il valoir à sa femme, un presbytère aussi somptueux pour une si modeste église…

— Je te propose de résoudre cette énigme plus tard, lui suggéra-t-elle. Le garde-manger était presque vide et j'ai dit à Bertha de jeter à la poubelle le peu qui s'y trouvait. Les derniers temps, je crois que ton oncle ne mangeait que du gruau en sachet, de la soupe Lipton et des œufs… même le pain était moisi. Heureusement que nous avons apporté de quoi nous sustenter.

— Je trouve ça triste de vieillir dans la solitude, ne put s'empêcher de constater Mathéo. Imagine le vieil homme, les dernières années de sa vie, furetant de pièce en pièce, avec pour seule escorte les souvenirs de sa belle Syrinie…

— Une chose est certaine, tu as occupé ses pensées... sinon, il n'aurait pas fait de toi son unique héritier.

— Tu as raison. Dès que j'aurai une minute, je vais fouiller ses papiers. Il m'a peut-être laissé un message, dissimulé quelque part...

— En attendant, va à l'épicerie, petit curieux, si tu ne veux pas qu'on meure de faim. Bertha m'a dit qu'il y avait un supermarché, au centre du village. C'est petit, Val Roussillon, tu ne devrais pas le manquer.

Mathéo consulta son cellulaire pour connaître la température extérieure ; c'était plutôt frisquet. Il endossa sa veste de duvet, fit un signe de la main à sa femme et quitta le presbytère. Arrivé à son auto, il leva les yeux pour contempler l'architecture de la bâtisse à la lumière du jour. Elle était superbe.

En se stationnant devant l'unique épicerie du village, l'incessant va-et-vient l'étonna. À croire que toute la population s'était donné rendez-vous à la même heure, au même endroit. Ce qui le surprit par-dessus tout, c'était la quantité de papier de toilette qui se trouvait dans chacun des chariots qui passait devant lui. À son tour, il entra dans le supermarché.

— Il y a une razzia chez vous ? s'informa-t-il auprès d'un homme qui parlait à tous, avec l'assurance d'un propriétaire.

Sans égard à sa question, ce dernier lança :

— J'imagine que vous êtes le nouvel occupant du presbytère ? Je connais tout le monde, ici.

— En effet, c'est bien moi.

— Vous n'auriez pas croisé le fantôme des lieux, à tout hasard ? s'amusa le commerçant.

Mathéo esquissa un sourire.

— Si je comprends ce que vous dites, j'ai déjà un locataire. Il est sympathique, au moins, ce...

— Ça dépend, si vous parvenez à l'apprivoiser ou pas...

— Vous m'intriguez, vous allez devoir me raconter.

— Avec plaisir, assura l'homme en continuant de saluer ses clients au passage.

— Je vois qu'effectivement, vous connaissez tout le monde, ne put que constater Mathéo. Je me présente, Mathéo Desrosiers. Je suis le petit-neveu de Cyriac.

— Raymond Boudriault, le propriétaire de ce commerce, le renseigna ce dernier, se retenant de tendre la main.

— Raymond, vous n'avez pas répondu à ma question. Qu'est-ce qui se passe chez vous, ce matin ? Votre épicerie est-elle toujours aussi achalandée ?

— C'est à cause de la pandémie…

— Ah ! C'est vrai ! J'oubliais, reconnut Mathéo. Il va falloir se faire à cette nouvelle situation.

— Les gens font des provisions, au cas où des mesures sanitaires les empêcheraient de sortir de chez eux.

— Vous croyez vraiment que nous pourrions être obligés de demeurer à domicile ? s'étonna Mathéo.

— Ça ne me surprendrait pas, lui répondit Raymond. Il y a déjà des pays qui ont manifesté ce genre d'exigence.

— Eh bien !

— Je vous conseille de prévoir des victuailles pour plusieurs jours, des semaines peut-être… et dépêchez-vous ! Comme vous le constatez, plusieurs de mes étalages sont presque vides. J'espère que, malgré le contexte actuel, il ne sera pas trop difficile de nous approvisionner.

Mathéo remercia son hôte, il accepta le chariot qu'il lui offrait et se dirigea vers le comptoir de la viande pendant qu'il en restait. En passant devant les rayonnages du papier hygiénique, il s'empara du dernier paquet, qui trônait, au centre de l'étagère. *Quelle chance*, songea-t-il, goguenard.

En rentrant chez lui avec ses nombreux sacs, la seule chose que Mathéo avait en tête était le mystérieux fantôme, qui hantait supposément son logis. Pragmatique, il ne croyait pas au spectre surgissant d'outre-tombe. Toutefois, si la première chose que l'épicier lui avait soulignée, avant même de se présenter, était la présence d'un revenant, c'est que des événements insolites avaient dû se produire dans la demeure dont il avait hérité… Il se promit d'interroger Honoré. Le vieil homme était aux premières loges depuis toujours, puisqu'il avait été le servant de messe d'Augustin Davignon. Mais qui donc était ce curieux prêtre ? Surtout qu'Honoré avait souligné : *un curé très aimé dans la paroisse, jusqu'au jour où... Où quoi ?* s'interrogeait Mathéo en franchissant le seuil de sa nouvelle demeure.

4

Val Roussillon, jeudi 12 mars 2020

Avant de partir, Bertha avait pris le temps d'effectuer le ménage dans la plus grande chambre, afin d'accommoder les nouveaux propriétaires. Elle l'avait aérée et avait changé le lit avec des draps frais lavés. Depuis plusieurs années, Cyriac occupait le minuscule appartement jouxtant la cuisine, où se trouvaient un lit simple, une étroite penderie et une table de nuit, sur laquelle il avait déposé ses lunettes, le dernier soir. S'il dormait là, c'était probablement pour la chaleur, mais surtout parce qu'il n'avait plus la force de monter le long escalier qui menait à l'étage.

Pour sa part, Évangéline s'était réservé le plaisir de faire du rangement dans la bibliothèque, une pièce enveloppante, mystérieuse, qu'elle se plaisait à imaginer détentrice de secrets. D'évidence, l'âtre avait servi récemment : il y avait des cendres et des écorces sur les tuiles, des reliquats qu'une femme de ménage aussi minutieuse que Bertha n'aurait pas négligé de ramasser. Elle était convaincue que c'est à cet endroit que Cyriac devait passer la majorité de son temps pendant les derniers moments de sa vie.

Dans le carreau à cet effet, il y avait des bûches et du papier. Elle entreprit d'allumer un feu, pendant qu'à la cuisine, Mathéo leur concoctait un souper froid, composé de fromage, de charcuterie et de pain, qu'ils dégusteraient ici, devant une bonne flambée.

Les premières flammes illuminaient la pièce lorsque Mathéo entra avec un plateau, qu'il déposa sur une table basse.

— À quelques pas de l'épicerie, il y a une SAQ EXPRESS, précisa-t-il. J'ai pu faire quelques provisions. Si le cœur t'en dit, nous pourrions célébrer la prise de possession de notre presbytère… après tout, je suis l'héritier d'un vieil oncle !

Recluse dans sa peine depuis trois mois, Évangéline n'avait pas eu le cœur à festoyer, mais voilà que, ce soir, dans l'ambiance feutrée de la pièce, elle éprouvait l'envie de renouer avec quelques plaisirs de l'existence. Aussi, assise par terre devant l'âtre où le feu commençait à pétiller, elle lança :

— Je veux bien ! Après tout, ce n'est pas tous les jours qu'un cadeau comme celui-là nous tombe du ciel…

— Ou nous monte de l'enfer, suggéra Mathéo, prenant une voix d'outre-tombe.

— N'essaie pas de me faire peur, vilain garnement, le rabroua-t-elle en riant. Va plutôt chercher le pain et le fromage.

— D'accord, s'empressa d'accepter Mathéo, ravi de la gaieté de sa femme.

Quelques minutes plus tard, il était de retour. Il leur servit à boire et, heureux, il se glissa sur le tapis auprès d'elle.

— Nous sommes dans un presbytère, précisa-t-il. Toutefois, une petite voix me souffle à l'oreille que nous ne sommes pas le premier couple amoureux à nous asseoir devant les flammes de ce foyer…

— Si on se fie au bavardage de Bertha, tu as sans doute raison. Il y a eu Cyriac et Syrinie… Le curé Davignon, tu crois qu'il a trahi ses vœux de chasteté ?

— Bien sûr ! J'en suis même certain !

— Tu n'y penses pas ! Un saint homme, l'interrompit Évangéline, mi-figue mi-raisin. C'est très mal de médire du curé ! Autrefois, à dire de telles choses, tu aurais directement pris le chemin de l'enfer.

Mathéo esquissa un sourire rempli de sous-entendus avant de poursuivre :

— Un prêtre qui s'est entouré d'autant de luxe, c'est curieux, mais ça m'amène à penser qu'il y avait un homme sous la soutane, un homme qui ne devait pas lever le nez sur quelques-unes de ses jolies paroissiennes.

Évangéline se montra perplexe.

— Tu vois, moi, je pencherais plutôt pour le fait qu'il devait avoir du goût pour une seule femme, estima-t-elle. Et ce serait à sa gloire qu'il aurait fait bâtir ce petit château. Une mystérieuse créature qui a su conquérir le cœur d'un prêtre. Je me demande quel attrait particulier elle pouvait bien posséder…

— Tu aurais dû être romancière, ma chérie. Tu es en train de transformer notre presbytère en véritable Taj Mahal.

— Tu n'as pas remarqué sur la photo d'Augustin Davignon, dans le salon, au-dessus de la cheminée…

— Oui, quoi ?

— Dans son regard… un nuage de tristesse… ou de béatitude… je ne sais trop. En tout cas, je suis convaincue que ses yeux sont trop vifs pour ne pas avoir contemplé le corps d'une femme…

— Voilà que madame se découvre des dons de voyante, en plus de verser dans la sensualité, la taquina Mathéo en riant.

— Ris tant que tu voudras, je demeure convaincue que ton presbytère recèle d'étonnants secrets… que j'aimerais bien découvrir.

— Tu pourrais t'adresser à Honoré, il a été son servant de messe. Il doit savoir des choses. Mais tu risques d'être déçue. Peut-être qu'il n'y a eu personne dans la vie de cet homme d'Église, conclut Mathéo. L'imagination est une faculté qui nous joue souvent des tours.

— Quoi qu'il en soit, j'aimerais bien remonter dans le passé et découvrir certains événements qui se sont déroulés ici, dans cette pièce. Des conversations, des rendez-vous mystérieux…

— C'est vrai, j'oubliais, l'interrompit Mathéo, soudain énigmatique. À l'épicerie, j'ai appris que…

Il s'interrompit, afin de créer l'ambiance.

— Parle ! Tu m'intrigues.

Sur un ton ambigu, il poursuivit :

— Selon Raymond Boudriault, le propriétaire du magasin, il y aurait… en ces lieux… un fantôme…

Évangéline sursauta. Elle jeta un regard inquisiteur autour de la pièce.

— Tu veux dire ici, dans ce bureau ?

— Pas particulièrement. Dans le presbytère tout entier, selon ce que j'ai compris.

— Est-ce que tu lui as demandé de préciser de quelle sorte de revenant il parlait ?

— J'aurais bien aimé, mais il y avait tellement de monde qui circulait autour de nous, ça été impossible de s'étendre sur le sujet.

Évangéline but une gorgée du vin mousseux que Mathéo lui avait servi et, enjouée, elle mentionna :

— Chaque fois que j'ai refait la décoration d'une demeure ancestrale, je rêvais d'y dénicher un fantôme. Et voilà que mon souhait se réalise, chez nous, dans notre presbytère. Wow ! Est-ce que tu lui as demandé s'il s'agissait d'un gentil ou d'un méchant revenant ?

Étonné de sa réaction, Mathéo observait sa femme.

— Moi qui hésitais à t'en parler, je craignais de te faire peur…

— Alors, c'est un spectre sympathique ou pas ?

— Monsieur Boudriault m'a répondu ceci : *ça dépend, si vous parvenez à l'apprivoiser ou pas…*

Évangéline esquissa un sourire.

— Donc, nous ne sommes pas seuls dans cette bâtisse désuète, s'amusa-t-elle.

— En effet ! Mais j'y pense, et si on rendait l'esprit qui hante ces lieux un brin jaloux ? s'enquit Mathéo en s'approchant de sa femme.

Depuis trois mois, il ne l'avait pas touchée, sachant qu'elle se refuserait à ses avances. Ce soir, il eut envie d'oser. Devant la flamme pétillante, il entoura doucement ses épaules de son bras et, à son agréable surprise, Évangéline s'abandonna contre sa poitrine. Tendrement, elle prit son autre main et la glissa à l'intérieur de son chemisier, sur son sein nu. Mathéo tressaillit.

— J'ai recommencé à prendre la pilule, renseigna-t-elle son mari. C'est fini pour moi, les grossesses. Je ne veux plus d'enfants.

Il serait temps, plus tard, d'aborder le sujet de la famille. Avec d'infinies précautions, Mathéo renoua avec les gestes familiers de leur sensualité, si plaisante, avant le drame de la perte de leur enfant. La fraîcheur des lèvres de son épouse éveilla chez lui le doux souvenir de leur intimité qu'ils avaient eu tellement de bonheur à partager, dans la profondeur de ce qu'ils appelaient leur indéfectible amour.

: :

Val Roussillon, samedi 14 mars 2020

Pour Évangéline et Mathéo, la journée du vendredi avait été occupée à fureter dans leur nouvelle résidence, à prendre note des travaux d'urgence, tout en admirant la richesse des matériaux utilisés, trois quarts de siècle plus tôt, par l'intrigant Augustin Davignon, curé de la paroisse Saint-Émile-de-Val Roussillon. Leur installation dans le vieux presbytère les captivait, au point où ils avaient délaissé leurs cellulaires et le monde extérieur.

Ils venaient d'arriver dans le bureau ensoleillé, pour la pause de l'avant-midi, quand la sonnerie du téléphone de Mathéo les fit sursauter.

— J'avais oublié les bruits agressants de la civilisation, rigola Mathéo, partant en quête de son téléphone.

Il était sur un rayon de la bibliothèque.

— C'est papa, annonça-t-il à Évangéline. Un FaceTime… je le prends ?

— Bien sûr ! Voilà l'occasion de lui parler de ton héritage.

Mathéo accepta l'appel.

— Dis donc, veux-tu bien me dire où tu te trouves ? s'étonna Charles en apercevant le décor autour de son fils. Les vitraux de couleur, derrière toi, c'est joli… Mais attends un peu… ça me rappelle quelque chose. Tu ne serais pas à… chez…

— À Val Roussillon, chez l'oncle Cyriac. Oui, je suis bien là.

Médusé, Charles se tut. Évangéline s'avança près de son mari, pour être perçue à l'écran.

— Bonjour, Charles, salua-t-elle son beau-père. Figurez-vous que Mathéo a hérité du presbytère de son oncle Cyriac, en Abitibi.

— Nous étions venus pour le vendre, précisa Mathéo, mais nous trouvons cette bâtisse intéressante… Je pense que nous allons y passer quelque temps.

Charles ferma les yeux, le temps de se ressaisir. Puis il changea de sujet.

— Vous avez écouté les nouvelles ? Le discours de notre premier ministre, à treize heures ?

— Non, avouèrent en chœur les deux jeunes gens.

— C'était au sujet de la pandémie ? s'informa Mathéo.

— Oui. Depuis hier, les écoles sont fermées pour deux semaines. Aujourd'hui, monsieur Legault a déclaré l'état d'urgence sanitaire. Les personnes de soixante-dix ans et plus sont priées de ne pas sortir de chez elle, et les visites sont totalement interdites dans les hôpitaux et les CHSLD.

— Honoré, se rappela Évangéline, nous voulions aller le voir, ce soir…

— Qui est Honoré ? s'informa Charles.

— Un voisin, lui répondit Mathéo. J'espère que, toi et maman, vous faites attention. Si c'est aussi grave qu'on le dit, ne sortez pas ! Soyez prudents !

Charles étudiait le décor autour de son fils qui circulait dans la pièce, son cellulaire à la main.

Il revint à Cyriac.

— Ton grand-oncle était un solitaire, précisa-t-il. Selon ce que nous savons de lui, il n'avait personne dans sa vie, enfin pas de descendants... Ça ne m'étonne pas trop qu'il ait fait de toi son héritier.

— J'aimerais que tu me parles de lui.

— Une autre fois, se déroba Charles. J'appelais pour m'assurer que vous étiez en sécurité... De vous savoir en Abitibi me réconforte. L'air y est plus sain qu'en ville. Vous devriez y rester le temps que ce virus, la COVID-19, c'est ainsi qu'on le nomme, disparaisse comme il est apparu.

— Je m'en fais surtout pour toi et maman, s'inquiéta Mathéo.

— Pourquoi ne pas venir nous rejoindre à Val Roussillon ? l'invita Évangéline. Vous et Joanne, vous seriez bien ici. Il y a plusieurs chambres... et de l'air pur, comme vous venez de le souligner.

Charles promit d'y penser, avant de mettre fin à l'appel qui semblait l'avoir déstabilisé. Mathéo remit son cellulaire sur le coin de la bibliothèque. Il chercha dans ses souvenirs des bribes de ce passage en Abitibi, avec son père, vingt-cinq ans plus tôt. Leur séjour au presbytère avait été court, ils y avaient dormi une nuit, peut-être deux... À dix ans, le but de ce voyage lui avait échappé. Une chose était certaine, cependant : l'atmosphère de leur rencontre n'avait rien de lourd, au contraire. Il se rappelait le rire de Cyriac, sa gentillesse à son égard. Toutefois, aucun événement précis ne lui revenait en mémoire.

: :

Au début de l'après-midi, assise au bureau du curé Davignon, qui avait aussi été celui de ses successeurs en ces lieux, Évangéline, curieuse, s'amusait à inspecter le contenu des tiroirs.

— Tu cherches quelque chose ? s'informa Mathéo.

— Je fouille. Tu devrais en faire autant… Je sens des vibrations dans cette pièce. Si un fantôme habite ici, il souhaite certainement entrer en communication avec nous…

— Et tu veux lui donner un coup de main pour nous rejoindre ? rigola Mathéo.

— Tout à fait, répondit-elle sérieusement. Les fantômes sont parfois des âmes brisées, qui ont un message à livrer avant de pouvoir trouver la paix dans l'au-delà.

— Dans ce cas, je te laisse à la rédaction de ton invitation. De mon côté, je vais aller frapper à la porte d'Honoré, notre vieux voisin d'en face. S'il est condamné à demeurer chez lui à cause de… du virus, j'oublie son nom, il a peut-être besoin de quelque chose. Je vais également lui donner nos numéros de téléphone. Ça pourrait lui être utile, en cas d'urgence.

— Bonne idée, salua Évangéline. Dis-lui bonjour de ma part.

Mathéo se pencha pour embrasser sa femme sur le front, avant de regagner le vestibule. À l'extérieur, un chaud soleil dardait ses réconfortants rayons. Mathéo profita de sa chaleur pour admirer une nouvelle fois les vitraux de couleur, la finesse des détails. Il suffisait d'arpenter la galerie, sur trois côtés de la bâtisse, pour suivre chaque moment de la passion du Christ. Comme il ne connaissait pas grand-chose à la liturgie catholique, il avait dû investiguer sur son cellulaire pour découvrir en quoi consistait cet acte dévotionnel. Après tout, il était devenu propriétaire d'un presbytère, il se devait de s'instruire sur la religion. C'est ainsi qu'il avait appris qu'un prêtre italien, franciscain réformé, Léonard de Port-Maurice, avait développé le chemin de croix dans sa forme actuelle et fixé le nombre de stations à quatorze, du procès de Jésus à sa mise au tombeau.

Au moment où il se retournait pour se rendre chez Plamondon, Mathéo aperçut le vieil homme, debout sous le porche de sa résidence, qui lui faisait signe de le rejoindre. Mathéo traversa la route au pas de course, avant de s'arrêter à bonne distance d'Honoré, comme le suggéraient les mesures sanitaires.

— Je venais justement vous voir, souligna-t-il à l'adresse d'Honoré. Je tenais à m'assurer que tout allait bien pour vous et, surtout, vous offrir notre aide, en cas de besoin.

— Je ne pense pas qu'une bébite comme ce méchant virus, qui inquiète tout le monde, puisse m'atteindre. C'est plutôt vous, qui devriez faire attention... Je vous conseille de repartir vers chez vous.

— Je ne vous comprends pas, s'étonna Mathéo. L'air est plus pur en région que dans les grandes villes... En tout cas, c'est ce que l'on prétend.

Le vieil homme fit quelques pas en direction de Mathéo. D'instinct, celui-ci recula.

— Le gouvernement exige que chacun reste chez lui, précisa Honoré. Vous serez pris au presbytère, sans pouvoir en sortir, ou alors très peu...

— C'est un bel endroit, ne put s'empêcher de lui faire remarquer Mathéo. Notre nouvelle demeure n'a rien d'une prison, au contraire, je la trouve intéressante... je dirais même mystérieuse. J'ai le sentiment que d'agréables découvertes nous attendent.

Honoré eut un froncement des sourcils. C'est en affichant une moue difficile à déchiffrer qu'il débita :

— Un presbytère, c'est une maison de curé. Les femmes qui ont le droit d'y vivre... Enfin, je me souviens du gérant du Canadien National, il voulait que son épouse vienne habiter à Val Roussillon, alors que, de son côté, elle refusait de s'enterrer en Abitibi...

— Et ?

— Elle a fini par accepter. Eh bien, crois-le ou non, elle n'a jamais mis les pieds dans le presbytère.

— Comment ça ?

— Le jour de son arrivée, en montant l'escalier de pierres, elle a fait une chute. Sa tête a heurté une énorme pierre... transportée à l'hôpital, elle n'a pas survécu.

— C'est terrible !

— Quant à Syrinie, l'amie de votre oncle Cyriac...

— Ça va comme ça ! le coupa Mathéo. Bertha nous a raconté qu'elle était morte subitement, de sa belle mort. On peut dire ce que l'on veut des aléas du destin ! Penser autrement suffit à transformer une malédiction en une bénédiction. Pour Évangéline et moi, avoir hérité de ce presbytère, ça s'annonce un événement heureux, inespéré dans le contexte de nos vies. Ce n'est pas facile en ce moment, nous venons de perdre un bébé.

— Je suis désolé pour vous deux.

— J'entends bien profiter de cette retraite obligée pour nous remonter le moral, en nous concentrant sur autre chose que notre malheur.

Honoré hocha la tête.

— Tu as raison, jeune homme, je suis un vieux radoteux. Ta femme et toi, ne tenez pas compte de ce que je raconte. À vivre seul, on finit par s'inventer des chimères... et on y croit.

Devant l'air dépité de son voisin, Mathéo avança d'un pas.

— Prenez bien soin de vous, Honoré, lui recommanda-t-il, parce que, dès que ce sera possible, Évangéline et moi, nous aimerions beaucoup que vous nous parliez du curé Davignon. Vous avez été son servant de messe, si ma mémoire est exacte.

Honoré porta un regard sur le presbytère d'en face. Il sembla se perdre dans les méandres du passé. Puis il recommença à parler :

— Peu de personnes se souviennent de cet homme pour les bonnes raisons, murmura-t-il. Avec le curé Davignon, le poids de la religion ne pesait pas lourd sur nos épaules, sur celles des femmes surtout. Il répétait que Dieu était amour et que, si on obéissait à ce seul commandement, « Tu aimeras le Seigneur, ton Dieu, de tout cœur, et ton prochain comme toi-même », notre Ciel était assuré. Il jugeait qu'il y avait peu de péchés commis dans sa paroisse, alors il expédiait les confessions.

— Un prêtre d'avant-garde.

— On peut dire ça.

Mathéo repensa à la photo dans le cadre, suspendu au-dessus du piano et, curieux, il s'informa :

— Vous savez s'il y a eu une femme dans sa vie ?

— C'est ce que certaines personnes sous-entendaient, à l'époque. J'étais jeune, je ne m'attardais pas à ce genre de choses. Je n'ai rien remarqué, en tout cas. C'est son départ précipité, sa fuite, je devrais dire, qui a suscité le plus de questionnements sur...

Le vieillard laissa sa phrase inachevée.

— Ça s'est passé comment, au juste ? insista Mathéo

— Je vous raconterai tout ce que je sais une autre fois, se déroba Honoré. Lorsqu'on pourra de nouveau se réunir, bien au chaud, autour d'un bon café, ce sera avec plaisir. C'est une mystérieuse histoire, celle d'Augustin Davignon.

Bien que très intrigué, Mathéo accepta la suggestion. Puis, après qu'ils eurent échangé leurs numéros de téléphone, il invita son voisin à ne pas hésiter à le contacter à la moindre alerte. Honoré le lui promit et lui tourna le dos pour regagner son domicile. Sa démarche vacillante étonna Mathéo. Lors de sa visite au presbytère, deux jours plus tôt, le vieil homme lui avait semblé beaucoup plus agile...

5

Val Roussillon, mercredi 18 mars 2020

Étendue dans son lit, Évangéline était figée dans un demi-sommeil, incapable de bouger, prise qu'elle était entre le rêve et la réalité. La respiration régulière de Mathéo, qu'elle percevait à ses côtés, la rassurait, mais la sensation d'une autre présence dans la chambre l'affolait; les battements de son cœur résonnaient à ses oreilles. Incapable d'ouvrir les yeux, elle glissa une main en direction de Mathéo, pour l'éveiller. Elle ne rencontra qu'un espace vide, pourtant elle l'entendait… Au prix d'un énorme effort, elle parvint à desserrer les paupières: une forme blanche, ondulante, flottait au pied de son lit. Les traits du visage lui échappaient, mais elle devinait qu'il s'agissait d'une femme. Dans une lenteur étudiée, l'intruse avança la main droite en sa direction: sur son annulaire, il y avait la trace d'une alliance qui lui aurait été retirée… et le bras s'allongea, s'allongea, jusqu'à effleurer son visage.

Parvenant à se libérer du poids qui la terrassait, Évangéline se redressa sur sa couche. Elle poussa un cri de frayeur… et le spectre s'évapora. Arraché à son sommeil, étourdi, Mathéo s'assit dans le lit à son tour. Il l'attira contre lui.

— Tu as fait un cauchemar, la prévint-il.

— Non! Pas du tout! Elle était là, dans la chambre…

— Qui?

— La dame du presbytère ! Je l'ai vue, comme je te vois !

Roulée en boule contre le corps de son mari, Évangéline tremblait de tous ses membres, frigorifiée, incapable de se réchauffer.

— Les fantômes n'existent pas, la réconforta Mathéo en lui frottant le dos. En revanche, si tu te mets en tête qu'il y en a un qui voltige quelque part dans la maison, il est très plausible que ton imaginaire le fasse surgir pendant ton sommeil.

— Je ne dormais pas, se rebiffa Évangéline. La dame… Je l'ai vue, de mes yeux vue !

Sous le couvert de la noirceur, Mathéo esquissa un sourire. Il pressa davantage le corps de son épouse contre le sien. Pour lui, cette créature éthérée était la bienvenue si, au petit matin, elle poussait sa femme à se blottir contre lui.

: :

Les nouvelles de la pandémie étaient alarmantes. Tous les jours, à treize heures précises, comme des milliers d'autres Québécois, Mathéo allumait le téléviseur en compagnie d'Évangéline et ils écoutaient François Legault faire le bilan de la situation dans la province, au sujet du fléau qui frappait la planète entière. Ce 18 mars ne fit pas défaut.

— Aujourd'hui, un premier décès a été recensé au Québec, annonça le premier ministre.

— Voilà que ça commence chez nous, prophétisa Mathéo.

Évangéline bondit sur ses pieds.

— Ferme la télé ! ordonna-t-elle à son mari. Nous avons la chance d'être ici, à des lieux des grands centres, dans notre presbytère, en sécurité…

Mathéo obtempéra.

— Il y a plusieurs jours que tu promets de m'aider avec le tiroir, celui fermé à clé, dans le bureau de ton oncle, poursuivit

Évangéline. Cette fois, même si tu dois briser la serrure, j'aimerais qu'il soit ouvert !

— À vos ordres, maître, s'amusa Mathéo en s'inclinant devant elle.

Tous deux se dirigèrent vers la bibliothèque.

Depuis leur arrivée à Val Roussillon, une semaine auparavant, le couple, conscient que le contexte les obligeait à la prudence, se trouvait chanceux d'être à l'abri dans leur nouvelle demeure, le temps que les choses reviennent à la normale. Pour s'occuper, ils avaient entrepris de rénover la cuisine, une pièce que Cyriac, vieux garçon, avait particulièrement négligée. Évangéline s'était plu à dessiner des esquisses et Mathéo avait commandé les matériaux nécessaires, au centre de rénovation de la municipalité.

Aujourd'hui, le moment était venu d'ouvrir le mystérieux tiroir, un geste remis de jour en jour, puisqu'ils s'étaient concentrés à trouver la clé, ne voulant pas briser le superbe meuble de chêne.

— Je parie que ce tiroir ne contient absolument rien, lança Mathéo, un tournevis à la main.

— Moi, je crois que nous y ferons une découverte sensationnelle, prédit Évangéline, qui cherchait à se montrer enthousiaste afin de contrer le sentiment de déprime que faisait naître en elle la pandémie.

Mathéo s'attaqua à la serrure.

— C'est sûr que je vais le briser, constata-t-il. Heureusement, je suis un artiste de la restauration.

Le dispositif finit par céder, en même temps que quelques éclats de bois volèrent dans la pièce.

Évangéline échangea un regard fébrile avec Mathéo et, avide de dénicher une surprise, elle tira sur la poignée… qui lui resta dans la main. Mathéo dut utiliser son tournevis pour enfin libérer le tiroir et en connaître le contenu : une seule enveloppe jaune reposait au fond.

Déçue d'apercevoir si peu, Évangéline laissa son mari s'en emparer et la décacheter : il s'agissait de photos de leur presbytère, à différentes étapes de son édification, depuis le minage du rocher pour l'aplanir, jusqu'à la journée de l'inauguration, en présence des notables du village, de même que de nombreux citoyens.

— Si on en juge par la mine réjouie des invités, nous avons la preuve que la construction de cette bâtisse avait l'aval des gens de la paroisse, nota Mathéo. Tous ont l'air tellement fiers.

Évangéline choisit un cliché pour l'examiner avec plus de minutie : elle reconnut le curé Davignon, avec à ses côtés un homme à chapeau, le maire sans doute, ainsi qu'une religieuse et un jeune garçon.

— Ce petit bonhomme… crois-tu qu'il s'agisse d'Honoré ? interrogea Mathéo.

Évangéline ne répondit pas. Une personne sur le cliché retenait davantage son attention : la religieuse en robe noire, qui se tenait bien droite, souriante sous sa cornette…

: :

Val Roussillon, mardi 24 mars 2020

Ce mardi, lors de son allocution quotidienne de treize heures, le premier ministre du Québec annonça que toutes les entreprises, à l'exception des services essentiels, devaient fermer leurs portes, au plus tard à minuit zéro une, le mercredi 25 mars.

— Le Québec est mis sur pause, clama Mathéo en bondissant de son siège. Ça va être un choc terrible pour tous ceux qui sont en affaires ! Dont nous, Les Constructions Fontainebleau. Il faut absolument que j'appelle Stéphane… As-tu pensé au chaos que cela va entraîner dans la population ?

— Oui, tu devrais lui téléphoner, mais, étant donné les circonstances, tu ne pourras pas faire grand-chose de plus que lui, constata Évangéline, pragmatique.

— C'est vrai que tout est arrêté. Au moins, je prendrai le pouls de l'entreprise et nous pourrons discuter du sort des employés. C'est une véritable catastrophe qui nous tombe dessus !

Évangéline approuva, avant d'ajouter sur une note qu'elle souhaita positive :

— C'est une chance pour nous deux d'être en congé ! Et, tu as déjà reçu les matériaux, les outils, enfin, tout ce dont tu as besoin pour commencer la rénovation de la cuisine.

— Oui, en effet. Je ne peux rien faire d'autre pour nos affaires que d'attendre la suite. Alors, aussi bien profiter de mon congé. Je ne suis pas super bien installé dans le hangar, mais suffisamment pour divers travaux, comme les murs endommagés, les cadres de portes, la peinture... Pour fabriquer les armoires, il va falloir attendre.

— J'ai une idée ! Si tu commençais par réparer le tiroir du bureau, que tu as brisé en l'ouvrant. Ça ferait plus propre dans la pièce d'en avant, il traîne dans un coin depuis au moins cinq jours.

Depuis l'installation dans leur presbytère, le temps tournait au ralenti pour le couple Desrosiers. Habitués de se lever à l'aurore, de courir au travail et de n'en revenir qu'avec la tombée du jour, ils voyaient en cette escale sans pression extérieure un cadeau fort bienvenu. La pandémie et ses restrictions ne les effrayaient pas. Au contraire, ils profitaient d'un repos bien mérité. Surtout que, au dire des spécialistes, les personnes dans leur groupe d'âge paraissaient avoir une excellente résistance au virus.

Mathéo alla chercher le tiroir amoché et il se rendit à la remise, derrière la maison, où il s'était organisé un atelier de fortune. Le meuble avait de l'usure, le bois était fragile. Il travaillait avec diligence quand, soudain, le fond du tiroir se détacha et tomba par terre, suivi d'un épais cahier aux coins écornés. Mathéo le ramassa avec précaution, en secoua la poussière, puis l'ouvrit à la première page.

Ébahi, il lut:

Mon journal: Augustin Davignon, 24 mars 1943

— Soixante-dix-sept ans… pile aujourd'hui! constata Mathéo à haute voix, en vérifiant la date sur sa montre intelligente.

Sans oser lire la première ligne, il glissa le cahier sous son manteau pour le protéger des flocons de neige et il courut vers le presbytère, fébrile à l'idée de faire part à Évangéline de sa découverte. Ce n'était pas un fantôme qu'il pressait contre sa poitrine… même si ces écrits lui semblaient venir d'outre-tombe.

À peine à l'intérieur, hors d'haleine, il cria:

— Évan, où es-tu? Viens! J'ai une surprise!

La jeune femme lui répondit du salon. Il s'y précipita sans retirer ses bottes enneigées. Assise près du piano, elle frottait un chandelier d'argent, dans l'espoir de lui restituer son lustre d'antan.

— Qu'est-ce qui te met dans cet état? s'inquiéta-t-elle. Tu salis le plancher…

— Regarde! souffla-t-il en lui tendant le précieux objet. Ce cahier est tombé du tiroir que je réparais… Il avait un double fond.

— Qu'est-ce que c'est?

Avec un air de conspirateur, Mathéo murmura:

— Crois-le ou non, c'est un voyage dans le temps: le journal d'Augustin Davignon.

— Quoi?

Excitée à son tour, Évangéline accepta le carnet qu'on lui offrait. Avant de l'ouvrir, elle le caressa du bout des doigts, un long moment, puis elle leva le regard vers son mari. Perplexe, elle quêtait sa permission, pour ce qui lui apparaissait comme un sacrilège. Ce dernier cligna des yeux.

Rassurée, elle ouvrit le cahier à la première page. Elle lut la date:

— 24 mars 1943…

— Soixante-dix-sept ans aujourd'hui, jour pour jour, précisa son mari. Tu te rends compte de l'étrange synchronicité ?

Évangéline tourna les pages jusqu'à la dernière. Mathéo interrompit son geste.

— Tut ! Tut ! Ne va pas voir la fin... ce serait comme lire le punch d'un roman avant d'en faire la lecture !

— Je voulais seulement savoir quelle période couvraient les écrits du curé Davignon, s'excusa-t-elle.

— Dans ce cas, tu peux regarder... seulement la date !

Elle jeta un œil rapide, puis elle annonça :

— La dernière inscription c'est... c'est le 12 juin 1952.

— Neuf ans, calcula Mathéo. Wow ! Sais-tu que c'est un véritable trésor que nous venons de dénicher ?

— J'espère qu'il ne s'agit pas simplement d'un constat journalier de l'évolution de sa paroisse. Souhaitons que notre mystérieux curé y ait noté quelques-unes de ses émotions.

— Tu es bien curieuse ! plaisanta son mari. Pour le savoir, ma très chère, il faut le lire.

Évangéline se sentait émue de tenir entre ses mains ce cahier, tout en éprouvant un sentiment de voyeuse...

— Comme nous disposons d'énormément de temps avec cette pandémie qui nous confine à domicile, je propose de faire de ce journal intime un plaisir de nos soirées au coin du feu, suggéra-t-elle.

— Peut-être que tu y découvriras ton fantôme.

Évangéline ne releva pas la taquinerie de Mathéo, trop préoccupée par le contenu du carnet qui lui brûlait le bout des doigts. Sur le point de pénétrer le passé, et d'en découvrir quelques bribes, elle ne ressentait aucune impatience. C'est une date à la fois qu'ils découvriraient le parcours de vie de cet étrange curé, du moins, les traces qu'il avait bien voulu en laisser. Sa motivation pour faire ériger un si majestueux presbytère, par exemple...

6

JOURNAL D'AUGUSTIN DAVIGNON

Val Roussillon, mercredi 24 mars 1943

Je viens à peine d'arriver dans ma nouvelle paroisse que j'ai une folle envie de repartir. Aussi, pour me donner du courage, je prends ma plume, une habitude qui m'a toujours servi depuis que mère me l'a conseillé quand j'avais quinze ans. Déposer sur papier une émotion qui nous préoccupe, bonne ou mauvaise, nous pousse à l'analyser et, rapidement, à la ranger dans le panier aux souvenirs pour nous permettre d'avancer.

Si je suis dans cette paroisse, c'est que, après avoir subi six refus de la part d'autres candidats, l'évêque d'Amos a insisté pour que je prenne en charge Val Roussillon qui, selon lui, court à sa perte. Il s'est permis de souligner – petite flatterie – que Val Roussillon avait besoin d'un pilote d'expérience à sa barre. Une faveur qu'il m'a demandé de lui accorder, personnellement, ajoutant qu'il m'en serait éternellement reconnaissant. J'ai plié. Ce fut toutefois très difficile de quitter Saint-Étienne, où je me targue d'avoir accompli de véritables miracles au cours de mes cinq années d'apostolat. Mon acceptation a cependant été conditionnelle : l'évêque devait garantir que j'occuperai cette cure pour les dix prochaines années. Si je prends la peine de m'impliquer, il faut que ce soit sans crainte d'être expédié ailleurs aussitôt qu'un autre bateau de l'escadrille du Vatican s'échouera contre un récif. J'avoue qu'en cet instant, un lourd regret flotte sur la mer de ma destinée… Bon, me voilà devenu poète !

Quand je suis arrivé, je n'ai aperçu ni église ni presbytère. Un garçon était assis dans les marches de la salle paroissiale, je me suis donc informé auprès de lui pour savoir où se trouvaient la maison de Dieu et celle de son représentant, habituellement très visibles dans une paroisse. Il m'a répondu que j'étais parvenu à destination. Le curé habitait en haut et il disait la messe en bas, dans la grande salle. Devant mon air ahuri, le petit s'est empressé de préciser que leur église et leur presbytère avaient brûlé, trois ans plus tôt. J'avoue que je fus inquiet de ce qu'il aurait pu ajouter, aussi me suis-je abstenu de le questionner davantage. J'ai grimpé l'escalier. Damien Hurtubise, un vieux prêtre possiblement centenaire, m'a poliment accueilli. Il semblait voûté sous la lourdeur et la durée de sa charge.

Me voilà ainsi, cette nuit, assis sur une chaise bancale, à scruter sous un rayon de lune, un vieux crucifix accroché sur un mur défraîchi, dans une chambre qui ne paie pas de mine.

: :

Val Roussillon, jeudi 25 mars 1943

Après une nuit cauchemardesque, le curé Davignon s'extirpa de son lit avant le lever du soleil et il enfila ses vêtements. Sans boire ni manger, il endossa son manteau de drap, puis sortit. Revigoré par la froide matinée de printemps, il se sentait d'attaque pour dire sa première messe. Il dévala l'escalier qui conduisait au parvis de la salle paroissiale.

Toujours installé dans les marches, le jeune garçon de la veille paraissait l'attendre.

— Dis donc, toi, tu ne dors jamais ? s'informa-t-il.

— Si, lui répondit l'enfant, mais j'arrive toujours tôt… je suis votre servant de messe.

— Dans ce cas, accompagne-moi. Tu vas pouvoir me mettre au courant de vos rituels…

— De nos quoi ?

— De vos pratiques, de vos manières de faire, ici, dans la paroisse. En passant, c'est quoi, ton nom ?

— Honoré Plamondon, et j'ai onze ans.

— Tu m'as l'air d'un petit dégourdi, Honoré. Je sens que nous allons bien nous entendre.

Ravi du compliment, le garçon bondit sur ses pieds.

— Vous pouvez compter sur moi, monsieur le curé ! affirma-t-il fièrement.

— Dis-moi, Honoré, est-ce qu'il y a des gens qui viennent à la messe, quelquefois ? Comme aujourd'hui, par exemple…

— Il faut que vous sonniez la cloche qui se trouve là-bas, pointa Honoré, et vous aurez du monde. Notre vieux monsieur le curé ne se lève pas toujours à la même heure… Alors, les matins de semaine, les paroissiens ne savent jamais s'il va y avoir une messe ou pas. En revanche, le dimanche, elle est toujours à dix heures… tapant !

Le prêtre jeta un regard vers l'endroit indiqué, pour apercevoir une cloche, suspendue à un tréteau de bois. Il demanda à Honoré d'aller la sonner, dans l'espoir d'accueillir quelques-uns de ses fidèles. *Décidément*, songea-t-il, *le naufrage de cette paroisse n'était pas une sainte blague de la part de monseigneur… Il y a réellement beaucoup de travail à accomplir, si je veux remettre la barque à flot.*

C'est en grommelant entre ses dents qu'il n'allait pas s'ennuyer à Val Roussillon qu'il poussa la porte de la salle paroissiale. Ahuri, il aperçut des rangées de chaises mal alignées, avec, au fond, une table brinquebalante qui devait servir d'autel. N'ayant pas d'autre choix, il fit contre mauvaise fortune bon cœur. Après tout, il en avait pour dix ans dans ce village perdu… le temps et sa détermination finiraient bien par améliorer les choses.

Trois dames d'un certain âge, ainsi qu'un homme plus jeune, avaient répondu à l'appel de la cloche. L'office terminé, c'est avec plaisir qu'Augustin les rejoignit à l'arrière de la salle, au moment où le curé Hurtubise faisait son entrée, le col romain installé de travers.

— Je suis désolé d'être en retard, s'excusa le vieux prêtre en s'arrêtant près de son confrère. Est-ce que votre messe est déjà dite?

Sans laisser à quiconque le temps de lui répondre, l'une des femmes se présenta à son nouveau pasteur.

— Nous sommes des dames de Sainte-Anne. Voici Juliette Levasseur, Pénélope Boulet et moi, je suis Armande Rainville.

Chacune inclina la tête au prononcé de son nom, tandis qu'Augustin leur répondait d'un sourire.

— Nous connaissons tout le monde dans la paroisse, l'instruisit Juliette. Si vous avez besoin de renseignements sur quoi que ce soit ou qui que ce soit, n'hésitez pas.

L'homme s'avança à son tour, la main tendue.

— Je suis l'épicier et le maire du village, Archibald Boudriault. Comme l'a précisé Juliette, considérez-nous comme à votre service.

Le curé Davignon accepta la main offerte.

— La chose que j'apprécierais le plus, ce serait que vous réunissiez les marguilliers, spécifia-t-il à Archibald.

Ce dernier ne put s'empêcher de rougir en répondant:

— C'est que... nous... enfin...

Augustin insista:

— C'est important que je sois mis au courant du fonctionnement de la fabrique et de son budget. À mon avis, votre paroisse... notre paroisse, je dois le dire, a un urgent besoin d'une église. C'est piteux une salle paroissiale pour dire la messe.

— Ça fait longtemps que j'en parle, nota le curé Hurtubise.

Visiblement mal à l'aise, Archibald bredouilla:

— La paroisse de Val Roussillon n'a plus de marguilliers... depuis trois ans. Imaginez-vous qu'après l'incendie qui a détruit l'église et le presbytère, la chicane a pris sur le site à choisir pour la reconstruction.

— Il y en a qui voulaient construire l'église sur le cap rocheux, grogna Armande. Personne n'avait pensé aux vieilles personnes. Heureusement que j'étais là ! Elles auraient été incapables de grimper là-haut, surtout l'hiver, sur la glace.

— Ce n'était pas mieux de vouloir la bâtir au fond d'un trou, s'emporta Pénélope. Une église, ça doit obligatoirement être l'édifice le plus haut dans une paroisse.

— Il aurait suffi de lui ériger un très haut clocher, statua Armande. Ça aurait réglé le problème. Tout le monde aurait été content !

Les trois femmes parlaient en même temps, sans s'écouter. Augustin Davignon dut intervenir pour tempérer la discussion. Lorsque le calme fut revenu, il s'adressa à Archibald :

— J'aimerais beaucoup que vous m'accompagniez, aujourd'hui, pour une visite paroissiale. J'aimerais faire connaissance avec mes gens, savoir sur qui je peux compter, identifier des personnes-ressources capables de nous donner un coup de main... Selon le secrétaire de son éminence, votre communauté est prospère. À ce qu'il m'a dit, Val Roussillon est un important carrefour ferroviaire, puisque le Canadien National y a installé un atelier d'entretien et de réparation. Votre industrie forestière est en plein essor, vos moulins à scie fonctionnent à plein régime, sans compter vos terres agricoles qui sont très fertiles. Est-ce qu'il se trompe ?

— Ce qu'il vous a dit est tout à fait exact. Nous disposons effectivement de nombreuses richesses, attesta Archibald en jetant un œil du côté du curé Hurtubise, lequel, ennuyé par la conversation, leur avait tourné le dos. Après tout, il partait dans deux jours, leur discussion ne le concernait plus.

— Ce qui nous manque, c'est quelqu'un avec une poigne de fer, pour remettre de l'ordre au sein de notre communauté, déclara Pénélope.

— Si j'ai votre appui à tous… et à toutes, bien sûr, je suis votre homme, certifia Augustin Davignon, prêt à relever le défi. Avec la participation de chacun, il n'y aura plus aucun obstacle à ce que nous puissions nous construire une superbe église à Val Roussillon !

— Un magnifique presbytère, aussi, clama Juliette, fière que les femmes soient incluses dans les personnes-ressources.

Le nouveau curé approuva, puis suggéra d'aller déjeuner.

— J'ai l'estomac qui crie famine, se plaignit-il en se frappant l'abdomen.

Le jeune Honoré, qui avait assisté à la discussion, devança Archibald, sur le point d'inviter son pasteur, et lança :

— Quand je suis parti, ce matin, maman m'a dit qu'elle aimerait bien vous connaître. Ça vous dirait de venir manger chez nous ? J'habite tout près.

— Pourquoi pas ! accepta Augustin. Pour rencontrer tout mon monde, il faut bien que je commence quelque part.

Le prêtre salua à la ronde, puis, ravi de l'invitation, il suivit son servant de messe sur la route qui menait vers une sortie du village. C'était une belle matinée printanière. Les oiseaux, de retour de leur escapade au sud, sifflotaient dans l'air doux. Augustin Davignon respira à pleins poumons, conscient de franchir une importante étape de sa vie, qui s'étalerait sur les dix prochaines années.

Le babillage d'Honoré l'égayait. Du haut de ses onze ans, le garçon avait la parole facile. Sautant du coq-à-l'âne, il lui mentionna qu'il avait divisé les gens de sa communauté en deux catégories : les gentils et les mauvais.

— Là, dit-il en pointant une maison, ce sont les Comeau, des gentils, et de l'autre côté de la rue, dans la maison bleue, ce sont des mauvais, les…

— Pourrais-tu m'expliquer sur quels critères tu te bases pour catégoriser les gens ? l'interrompit Augustin.

— Bien sûr ! Sur ceux qui aiment les chats et ceux qui les détestent, répondit-il le plus sérieusement du monde. Les chats sont doux, affectueux… Tout ce qu'ils veulent, c'est manger à leur faim et se faire flatter. Ils y ont droit, non ? Des malotrus les chassent à coup de balai quand ils viennent miauler sur leur perron…

Puis, plus bas, comme pour lui-même, il ajouta :

— C'est pareil pour les enfants…

Interpellé par le discours de son jeune ami, Augustin s'informa :

— Dis-moi, Honoré, est-ce que tu manges toujours à ta faim ?

Le jeune garçon s'abstint de répondre, il bifurqua vers une maison recouverte de papier brique déchiré par endroits.

Augustin Davignon sentit un poids peser sur ses épaules. Sa nouvelle paroisse disposait de richesses, qui, d'évidence, n'avaient pas été distribuées à parts égales. Pour qu'un enfant compare sa faim à celle d'un chat, il existait des disparités sociales à Val Roussillon… comme partout ailleurs, bien sûr. Avec la ferme intention de trouver une solution pour régler ce problème dans sa paroisse, il franchit le seuil de la maison où habitait le jeune Honoré. Il vivait avec Justine, sa mère, et sa sœur, Maude, de trois ans son aînée.

L'accueil des deux femmes fut des plus chaleureux, de même que celui du chat Mango, un gros félin orange qui s'accrocha à ses pas. Au cours du déjeuner, Augustin apprit que le père de famille était décédé deux ans auparavant, dans un accident au moulin à scie où il était employé. Depuis, pour nourrir sa famille, Justine faisait des ménages chez les bourgeoises de Val Roussillon. Bien qu'il n'ait pas encore de vrai presbytère, le curé Davignon l'engagea sur-le-champ pour entretenir son logis, de même que la salle poussiéreuse qui lui servait d'église. La fabrique n'existait pas, elle n'avait donc pas de fonds, aussi il se dit qu'il la paierait de sa poche. Après tout, il ne pouvait pas vaquer à ses tâches de pasteur et être le concierge de la maison de Dieu. L'aide de madame Justine serait la bienvenue.

Le ventre plein, et content de sa décision, une heure plus tard, il quitta les Plamondon pour aller rejoindre Archibald à son épicerie. Une visite paroissiale l'attendait. Sous un superbe ciel bleu, le cœur en joie, il sentait naître en lui une réelle affection pour le jeune Honoré, un garçon aux valeurs bien trempées pour son âge.

7

Val Roussillon, samedi 28 mars 2020

Malgré le virus qui flottait dans l'air, une agréable journée printanière étirait sa chute. Les rayons dorés du soleil teintaient la bibliothèque d'une couleur ambrée. Assis dans le coin lecture, Évangéline et Mathéo savouraient ce moment, entre chien et loup, calme et silencieux. Leur rythme de vie jusqu'ici avait davantage ressemblé à un tourbillon qu'à une plage tranquille. Pressés par leur désir de se créer une place enviable dans le monde des affaires, ils s'étaient jetés à corps perdu dans le travail, et ce, de l'aube au crépuscule. Les rares vacances qu'ils s'étaient octroyées avaient été de rapides escapades au soleil, pour s'adonner au *kitesurf*, leur sport favori. Une activité qui n'avait rien de paisible, mais qui les ramenait énergisés à leur bureau. L'annonce d'un bébé n'avait en rien changé la cadence de leurs journées, tellement il y avait à prévoir et à organiser pour sa venue, à travers leurs occupations. Aujourd'hui, dans ses moments d'amertume, Évangéline se reprochait de ne pas avoir su se détendre pendant sa grossesse, au lieu de continuer à courir après le temps. Ce remords la torturait et la rendait responsable de la perte de leur petite fille.

L'horloge grand-père rompit le silence, égrenant les accords du carillon de Westminster, avant de sonner cinq coups. Surpris que l'après-midi soit si avancé, Mathéo déposa sur la table basse le journal du curé Davignon qu'il tenait à la main.

— Ça me fait tout drôle de t'entendre lire ces instants de la vie d'Honoré, alors qu'il était un jeune garçon qui protégeait les chats, émit Évangéline en s'étirant.

— Je te l'accorde. Ce qui me trouble davantage, toutefois, c'est de pénétrer dans l'intimité d'un homme, d'un prêtre. Je trouve que c'est bien de parcourir son journal à petite dose, comme ça, je me sens moins coupable de ma curiosité.

Tous les deux aimaient beaucoup parcourir les écrits du prêtre, en se permettant de lire entre les lignes ou de combler les vides par leur imaginaire, comme le faisaient les historiens dans les grands livres d'Histoire, afin de concevoir les réactions, les dialogues ou les pensées des personnes que citait Augustin.

Parlant d'Honoré, Évangéline souligna :

— Est-ce que tu l'as vu dans sa cour dernièrement ? Hier ou aujourd'hui ?

— Tu me fais penser que non, en effet. Nous devrions lui téléphoner.

Mathéo se leva pour chercher son iPhone, qu'il avait déposé sur le rebord d'une fenêtre. En voulant s'en saisir, il jeta un regard vers la propriété de son voisin d'en face, au cas où il l'apercevrait.

— Évangéline, viens voir.

— Quoi ?

— Une ambulance monte dans l'entrée, chez Honoré.

La jeune femme s'avança vers la fenêtre, le véhicule prioritaire venait de s'arrêter au pied de l'escalier.

— Mon Dieu ! Pourvu que ce ne soit pas…

— Je vais aux nouvelles, décida Mathéo en se précipitant vers le hall.

Il saisit sa veste de duvet et, sans l'enfiler, il ouvrit la porte.

— Prends un masque, l'invita Évangéline, et surtout n'entre pas dans la maison. Attends que les ambulanciers ressortent avec lui, ce sera plus prudent.

Sans répondre, Mathéo s'élança au pas de course. Il traversa la rue à la hâte et grimpa la côte qui menait à la résidence d'Honoré, puis il s'arrêta près de l'ambulance. Alors, seulement, il enfila son manteau.

Quelques minutes plus tard, les deux intervenants, masqués, réapparurent avec une civière sur laquelle était allongé Honoré, le teint grisâtre.

— Ne vous approchez pas, le prévint l'un d'eux. Je crois qu'il s'agit du virus de la COVID… et c'est super contagieux.

Mathéo obtempéra. De loin, il chercha le regard d'Honoré. Dès qu'il le croisa, il lui demanda comment il se sentait. Interpellé par sa voix, le vieillard le fixa de ses yeux vitreux. Entre deux quintes de toux, il parvint à murmurer :

— S'il vous plaît… Mathéo… occupez-vous de mon chat.

— Votre chat ? s'étonna le jeune homme, qui n'avait jamais aperçu l'animal.

— Oui, il s'appelle… Watson… monsieur Watson… haleta Honoré. Vous acceptez… d'en prendre… soin ?

— Bien sûr ! s'empressa de le rassurer Mathéo. J'adore les minous.

Honoré esquissa une grimace, qui se voulait un sourire, et il ajouta :

— La clé… sous le tapis… devant…

— D'accord. Pensez plutôt à guérir, le pressa Mathéo. N'oubliez pas que vous nous avez dit que vous souhaitiez mourir centenaire… Vous avez l'obligation de tenir votre promesse !

Honoré cligna des yeux, secoué aussitôt d'une violente quinte de toux, juste au moment où les ambulanciers soulevaient la civière pour la glisser à l'intérieur du véhicule.

— Où est-ce que vous l'emmenez ? s'informa Mathéo.

— À l'hôpital d'Amos, répondit le plus costaud. Mais vous savez que toutes les visites sont interdites…

— Oui, je l'ai entendu à la télé, admit-il tristement.

Puis, plus fort, il lança :

— Pensez à guérir, Honoré ! Dès que ce sera possible, nous viendrons vous faire un petit coucou.

Le malade grogna des sons inintelligibles, tandis qu'un des brancardiers grimpait avec lui, à l'arrière du véhicule.

Une fois les portes de l'ambulance refermées, Mathéo demeura debout dans la neige à regarder cette dernière s'éloigner, inquiet pour le vieil homme. Quand elle fut disparue de sa vue, il repensa au chat… une promesse était une promesse. Il enfila son masque et, malgré le conseil d'Évangéline, il pénétra dans la maison. Aussitôt, un chat noir s'extirpa de l'ombre pour venir à sa rencontre. Le félin renifla ses souliers, couverts de gadoue, une odeur qui parut le satisfaire, car il enroula sa longue queue autour de son mollet en miaulant impérieusement. Mathéo n'eut aucune peine à le prendre dans ses bras, pour ensuite le glisser sous sa veste de duvet. Il se dit qu'il reviendrait plus tard chercher les affaires nécessaires à son confort. Tandis que l'animal ronronnait, blotti contre sa poitrine, Mathéo repensa au jeune garçon affamé du journal de Davignon, lequel, trois quarts de siècle auparavant, classait les gens en mauvais ou en gentils, selon leur attitude envers les chats…

Le presbytère était sombre et silencieux. Mathéo déposa le chat par terre. Le félin huma l'air, puis, la queue bien haute, il partit à la conquête des lieux. Mathéo se dirigea vers la bibliothèque, dans l'espoir d'y retrouver sa femme. Assise dans un coin du divan, enroulée dans une couverture de polar, Évangéline hoquetait, un mouchoir de papier dans les mains. Il s'avança vers elle, hésitant à l'aborder. Depuis le décès de Maui, quand elle était dans cet état, il ne savait pas comment elle pouvait réagir. Il posa une main sur les siennes, elle leva vers lui des yeux embués de larmes.

— C'est la vue de l'ambulance qui te trouble ?

— Oui, avoua-t-elle, ça m'a fait penser à la mort de… de notre petite fille.

Depuis leur arrivée à Val Roussillon, Évangéline s'était sentie plus forte face à l'épreuve, mais Mathéo comprenait à quel point sa résilience était fragile. Il l'attira contre son épaule.

— Nous sommes jeunes, murmura-t-il à son oreille, nous aurons un autre bébé…

Abruptement, Évangéline le repoussa.

— Non ! C'est fini les grossesses ! Je ne veux plus jamais souffrir de la sorte !

— Nous ferons comme tu le souhaites, l'encouragea Mathéo, à contrecœur, car son désir de devenir père ne l'avait pas quitté.

Évangéline se laissa retomber contre sa poitrine.

— Pardonne-moi, chuchota-t-elle, mais ça fait trop mal de perdre un enfant.

Mathéo, qui partageait sa peine, l'embrassa sur le front. Soudain, sortant silencieusement de l'ombre, monsieur Watson sauta sur les genoux de Mathéo et, habilement, il se glissa entre lui et sa femme.

Évangéline sursauta, sans être effrayée.

— Veux-tu bien me dire d'où vient cette boule de poils ?

Le chat grimpait déjà sur sa poitrine, pressé de humer son visage. Elle le souleva pour mieux le voir. Mathéo fit les présentations :

— Voici monsieur Watson, le chat d'Honoré. Avant de partir en ambulance, il m'a demandé de m'en occuper. Je ne pouvais pas refuser…

— Tu as bien fait, reconnut Évangéline. Quant à vous, monsieur Watson, soyez le bienvenu chez nous.

Watson répondit d'un miaulement langoureux, en tentant de se dénicher une place confortable sur la couverture. Une fois installé, il se roula en boule et commença à ronronner.

Mathéo passa un bras autour des épaules de sa compagne et une main dans les poils du félin. Il constata :

— Si les humains avaient le sens de l'adaptation des chats, nos vies seraient bien moins compliquées.

Évangéline lui sourit.

— Peut-être pour l'adaptation, accepta-t-elle. Mais je serais bien déçue de ton amour si, dès mon départ, tu allais te blottir sur les genoux d'une autre… en ronronnant.

Faisant mine de ronronner à son oreille, Mathéo susurra :

— Tu sais bien, ma belle chérie, que tu seras toujours la seule chatte de ma vie…

Évangéline éclata de rire.

Puis, soudain, elle se souvint :

— Tu avais oublié ton iPhone. Il y a eu deux appels de ton père en ton absence. Je n'ai pas osé répondre. J'ai pensé que tu préférerais le rappeler…

— Tu as bien fait, la rassura Mathéo en se levant pour quérir son cellulaire.

Mathéo chercha dans ses contacts et il appuya sur le numéro de son père, pour un FaceTime. Charles répondit à la première sonnerie, le visage ravagé.

— Enfin, c'est toi ! lança-t-il, d'une voix enrouée.

— Papa ! Qu'est-ce qui se passe ? Tu m'inquiètes…

— Il y a de quoi être angoissé… Ta mère est partie en ambulance, il y a une heure… et je n'ai pas eu le droit de l'accompagner. Les ambulanciers m'ont prévenu de ne pas me rendre à l'hôpital… Les visites ne sont pas autorisées.

— Ça n'a aucun sens !

— Tu as raison, mais c'est comme ça. Je me suis informé, ils ne laissent entrer personne.

Mathéo repensa à Honoré. C'est aussi ce que lui avait spécifié l'ambulancier venu le chercher.

— Je saute dans mon auto, et je viens te rejoindre, décida-t-il, inquiet pour ses parents, autant pour la solitude de son père que pour l'hospitalisation de sa mère.

— Tu ne peux pas... les déplacements sont interdits entre l'Abitibi et ici...

— C'est vrai, fut forcé d'admettre le jeune homme. On l'a spécifié à la télé.

— De toute façon, je préfère te savoir à l'abri, au grand air, conclut Charles. Il y a peu de cas en Abitibi, Évangéline et toi, vous êtes plus en sécurité à Val Roussillon.

Le chat dans les bras, Évangéline s'avança et, par-dessus l'épaule de son mari, elle salua son beau-père.

— Soyez confiant, l'invita-t-elle. Je suis convaincue que Joanne va terrasser ce stupide virus en un rien de temps. Elle est solide comme un roc, vous le savez aussi bien que moi.

— Vous avez adopté un chat ? s'informa Charles en apercevant le félin que tenait sa bru.

— C'est celui d'un voisin, lui expliqua Mathéo. Honoré est également parti à l'hôpital, cet après-midi. Il a quatre-vingt-huit ans, c'est plus inquiétant pour lui que pour maman.

Charles fixait intensément ses enfants, sa bru et son fils, heureux qu'ils soient en sécurité. Toutefois, il était désolé que sa femme et lui ne puissent pas être avec eux...

— Dès que Joanne reviendra à la maison, on vous rejoindra en Abitibi.

— Les chemins sont barrés entre différentes régions, sur ordre du gouvernement, lui rappela Mathéo.

— Si des immigrants parviennent à traverser nos frontières en pleine pandémie, je trouverai bien le moyen d'en faire autant avec ta mère pour me rendre en Abitibi.

— Voilà ! Nous ferons comme tu dis ! Je vous aiderai, maman et toi, à venir nous retrouver, promit Mathéo.

Le jeune homme ne voulait surtout rien dire qui pourrait nuire aux espoirs de son père quant à la guérison de sa femme. Évangéline avait raison, peu de personnes décédaient dans la cinquantaine. C'est pourtant le cœur à la dérive que Mathéo mit fin à l'appel. Dans l'impossibilité de se rendre au chevet de sa mère, il se sentait piégé par un ennemi invisible, qu'il maudissait en silence…

8

JOURNAL D'AUGUSTIN DAVIGNON

Val Roussillon, samedi 3 avril 1943

Je hais l'argent. L'argent est une saleté qui divise les gens. Elle les classe en deux catégories: les riches, qui du haut de leur sommet dominant le monde, font entendre leur voix; et les pauvres, écrasés sous la botte des fortunés, un petit peuple muet, parce que sans le sou.

L'argent, que je maudis, m'a privé de la seule femme que j'ai aimée. Le fils unique de l'éminent juge Théophile Davignon ne pouvait se permettre une mésalliance, en épousant la fille d'un simple employé d'usine. C'est par la faute de l'argent, divinisé par mon père, que j'ai été séparé de Doralice, ma douce et tendre Doralice. Ces événements se sont produits il y a vingt ans et j'ai encore la main qui tremble en écrivant son nom. Le souvenir de cette femme restera gravé sur mon cœur jusqu'à ce que nous soyons réunis dans les étoiles.

Par ma faute, ma très grande faute, mon adorée a été arrachée à sa vie. Léger baume sur ma blessure: j'ai vengé sa mort. En bifurquant vers la prêtrise, alors que j'étudiais le droit, l'orgueilleux Théophile Davignon a perdu l'espoir de voir son précieux nom être perpétué. Un patronyme d'une telle importance à ses yeux, qu'il refusait qu'il soit transmis par le ventre d'une pauvresse. Il a si mal traité mon adorable Doralice, une femme exceptionnelle, ce triste soir...

Voilà que ma plume s'égare. Une bulle de nostalgie...

Revenons à Val Roussillon. Au cours de ma visite paroissiale en compagnie d'Archibald, j'ai remarqué que chaque foyer possédait une photo de Notre Saint-Père le pape, accrochée aux côtés d'un crucifix. Il m'est alors venu une idée. Dès que les marguilliers seront choisis et que j'aurai épongé la dette de la fabrique avec mes propres deniers, nous lancerons une collecte de financement pour la construction de notre église et de notre presbytère. Je pense solliciter une souscription de cinquante dollars auprès de chaque famille, mais non imposée. Pour les commerces, ce sera cent piastres. Dès qu'une maisonnée ou un marchand aura payé son dû, il recevra une photo de moi, en reconnaissance de son don, qu'il pourra afficher avec celle du pape. Je crois que, si chacun des marguilliers se charge d'un groupe de paroissiens et que chaque personne recrutée fait valoir adroitement ses arguments auprès des fournisseurs, nous aurons rapidement ramassé la somme nécessaire pour démarrer les travaux.

: :

Val Roussillon, dimanche 25 avril 1943

C'est le cœur en joie que le curé Davignon dévala les marches de l'escalier qui menait au perron de la salle paroissiale. En ce jour de Pâques, il se rendait célébrer la grand-messe, avec une superbe nouvelle : en trois semaines seulement, son plan avait fonctionné, au-delà de ses espérances.

Justine était déjà arrivée, en compagnie de son fils, Honoré. Tous les matins, de même qu'aux deux messes du dimanche, la jeune veuve le précédait pour mettre en place tout ce dont il avait besoin pour sa liturgie. Puis, avant que soit prononcé le *ite missa est*, elle grimpait à l'étage préparer son déjeuner. Son idée de l'engager comme ménagère avait été excellente ; elle lui offrait davantage que les tâches pour lesquelles il avait requis ses services. Justine était une grande dame, qu'il appréciait à sa juste valeur.

Sur le pas de la porte, en accueillant ses paroissiens, le curé Davignon se félicitait de son sens de l'organisation. Surtout de la facilité avec laquelle il était parvenu à motiver ses ouailles : tous tenaient à exhiber sa photo, preuve de leur coopération au projet de la nouvelle église. Par l'intermédiaire d'Archibald Boudriault, qui connaissait les revenus de tout le monde puisqu'il faisait crédit aux moins nantis, il avait appris lesquels n'étaient pas en mesure de souscrire à sa demande. À ces gens, il avait remis gratuitement sa photo pour éviter toute disparité, en les assurant de sa confiance en leur éventuelle participation, au meilleur de leur possibilité.

Augustin Davignon vivait au sein de la communauté de Val Roussillon depuis un mois à peine que, déjà, il avait acquis le respect et l'amitié de tous. Ce jour de Pâques, au moment de commencer son sermon, debout sur une estrade bricolée à la hâte, il toisa l'assistance. Puis, avec fierté, il annonça :

— Mes chers paroissiens, jamais de dimanche pascal ne fut plus agréable pour moi. Grâce à votre coopération à tous, nous pouvons enfin démarrer la construction de notre église.

Sa déclaration fut accueillie par une salve d'applaudissements… qui cessa abruptement avec l'entrée au pas de course d'Émile Boulet, le nouveau bedeau.

Haletant, debout au milieu de l'allée centrale, Émile lança :

— Il y a le feu au bout de la rue… chez madame Justine !

Puis, sans attendre, il tourna les talons, pressé d'aller sonner la cloche, afin de prévenir les pompiers, enfin, ceux qui n'assistaient pas à la messe.

Ce fut la cohue pour se précipiter à l'extérieur. Justine tentait de se frayer un chemin dans la foule, mais, tremblante, elle n'y parvenait pas. Augustin la saisit par un bras et l'entraîna avec lui vers le fond de la salle, là où se trouvait une sortie d'urgence. Dehors, ils perçurent l'odeur de la fumée, avant de la voir s'élever dans le ciel. Justine s'élança vers chez elle, Augustin lui emboîta le pas. À leur arrivée, des flammes s'échappaient de chacune des fenêtres d'en haut, le deuxième étage flambait.

— Maude ! cria désespérément Justine.

— Quelqu'un l'a vue ? s'informa Augustin.

Personne ne répondit.

— Elle s'est rendue à la première messe, bafouilla sa mère. Elle ne se sentait pas bien, elle voulait se recoucher... Où est-elle ?

Seuls les craquements du brasier firent écho à son interrogation. Il était désormais impossible d'entrer pour y rescaper quelqu'un. Bouleversés, les pompiers se contentaient d'arroser, devant une foule muette.

Justine poussa un long cri de détresse, avant de s'écrouler en sanglots dans les bras de son pasteur, qui se tenait à ses côtés. Augustin leva les yeux, pour apercevoir Honoré, debout, figé dans l'horreur. Les yeux hagards, l'enfant fixait sa maison, devenue une fournaise rougeoyante, dans le fol espoir d'en voir surgir sa grande sœur.

Augustin confia Justine à Juliette Levasseur, qui se trouvait près d'eux. Puis, le cœur dévasté, il alla rejoindre le jeune garçon, encore vêtu de sa soutane et de son surplis de servant de messe. Ne sachant comment réagir devant une telle tragédie, le prêtre posa une main sur son épaule, en lui murmurant qu'il était là pour lui. Au son de sa voix, Honoré sursauta, une cascade de larmes retenues coula et mouilla ses joues. Abasourdi devant l'ampleur du drame, il s'élança à la course vers le boisé voisin, accompagné de Mango, son gros chat, qui avait échappé aux flammes. L'enfant avait perdu son père dans un accident, deux ans auparavant, et voilà qu'on lui enlevait sa sœur dans un incendie. C'était beaucoup à absorber pour un garçon de son âge. Augustin s'apprêtait à le suivre, quand Archibald Boudriault s'avança vers lui. Justine et ses paroissiens, tous incrédules devant la catastrophe incompréhensible, avaient besoin de son soutien moral. Il les rejoignit, en se promettant de retrouver Honoré plus tard, dès qu'il pourrait se libérer de ses devoirs de pasteur.

: :

Val Roussillon, mardi 4 mai 1943

Archibald Boudriault disposait d'un appartement libre, à l'étage supérieur de son épicerie. Il l'avait offert à Justine, qui n'avait pas eu d'autre choix que d'accepter. Désormais, elle était dans la rue, tous ses biens s'étant envolés en fumée. Ses concitoyens avaient fait preuve d'une grande générosité, ils avaient meublé le logement et lui avaient fourni le nécessaire au bon fonctionnement d'une famille, incluant des vêtements, pour elle et Honoré.

De peine et de misère, la jeune femme, soutenue par Archibald, était parvenue à assister aux funérailles de sa fille, dont le cercueil était fermé.

— Le plus difficile, répétait-elle comme une litanie, aux gens venus lui offrir leurs sympathies, c'est de ne pas l'avoir revue, de ne pas avoir pu la serrer dans mes bras une dernière fois.

Ses paroles, imprégnées d'une immense tristesse, leur tiraient des larmes. Depuis l'enterrement, une semaine auparavant, elle ne quittait plus son loyer, même pas pour effectuer le ménage chez son curé, et pas davantage pour préparer ses liturgies. Augustin lui avait rendu visite à quelques reprises, dans l'espoir de l'encourager, mais c'était sans succès : elle refusait catégoriquement qu'on lui parle de Dieu et de son amour pour le genre humain.

Confiant qu'elle reviendrait à de meilleurs sentiments, Augustin avait préféré la laisser tranquille, pour un moment. Par chance, Honoré, l'air dévasté, mais résigné, continuait de venir servir la messe. Il pouvait ainsi veiller sur l'enfant et, par lui, avoir des nouvelles de sa mère.

Ce mardi, après l'office de sept heures, le prêtre accepta l'invitation à déjeuner que lui fit Honoré. Il était convaincu que la sollicitation du garçon était dans l'espoir d'encourager sa maman à s'extirper de son abattement.

Honoré et Augustin furent contraints de manger seuls, car Justine ne sortit pas de sa chambre. Augustin prenait conscience des efforts de son jeune ami pour tenter de survivre au malheur qui les frappait. Honoré lui fit des rôties, accompagnées d'un pot de beurre d'arachide qu'il posa sur la table, et c'était sans compter le douteux breuvage qu'il lui servit.

— Je n'ai pas trouvé le vrai café, le renseigna Honoré en prenant place en face de lui. Ce que vous buvez, c'est du Postum…

— Du quoi ? Ça goûte la mélasse.

— Maman boit ça… pour ses nerfs qu'elle dit.

Augustin sourit.

— Dans ce cas, ça doit être bon pour les miens également.

— Vous aimez ça ?

— C'est bon, mentit religieusement le prêtre, qui s'obligea à faire honneur au Postum.

Augustin était satisfait de voir qu'Honoré se débrouillait, mais inquiet de constater sa solitude.

Au moment où le curé Davignon se levait de table, Justine sortit de sa chambre pour venir le saluer. Malgré sa peine, elle avait conservé son savoir-vivre. Augustin eut un choc en le voyant : les cheveux en broussaille, le chandail sale et boutonné de travers, la jeune femme avait la pâleur d'une morte-vivante.

— Justine, vous me manquez, à l'appartement et à l'église. Vous devriez revenir m'aider, l'invita-t-il.

— Bientôt, je vous le promets, se contenta de répondre la malheureuse en toussotant.

— Si vous veniez marcher avec nous, suggéra Augustin, l'air pur vous ferait du bien. J'accompagne Honoré à l'école. J'ai rendez-vous avec la mère supérieure, ce matin. Je dois m'entretenir avec elle.

— Sœur Stella-de-Marie, précisa Justine, le regard vague.

— Oui, je parle bien d'elle. Maintenant que nous avons réglé les finances de la fabrique et que notre projet d'une nouvelle église est en bonne voie, je compte m'attaquer à l'éducation dans la paroisse.

— Stella-de-Marie fait la classe aux finissants depuis de nombreuses années, souligna Justine. Étant donné son enseignement obsolète et son âge avancé, je suis d'accord avec vous, elle devrait céder sa place. Maude me disait dernièrement que…

Justine se tut. Avoir prononcé le nom de sa fille, pour la première fois depuis son décès, embua ses yeux. Pour éviter un déluge de larmes qu'il sentait venir, Augustin s'empressa d'ajouter :

— Maude n'est pas la seule à s'être plainte de son incompétence. Plusieurs mamans m'en ont parlé, en espérant que je pourrais aider leurs grands dans leur scolarité. Malgré sa bonne volonté, notre vieille religieuse est dépassée par les nouveautés qui affluent dans l'enseignement moderne. Je veux m'entretenir avec elle pour lui offrir des pistes de solution, tout en ne manquant pas de souligner son apport dans l'éducation des enfants de Val Roussillon. Et ce, au cours des vingt-cinq dernières années.

— Vous avez raison, elle est là depuis bien longtemps. Elle m'a fait l'école, nota Justine. Mes camarades et moi, nous l'aimions beaucoup. Elle était dynamique, avant-gardiste… mais le temps passe pour tout le monde. Il faut savoir céder sa place, pour le bien de tous.

— Vous qui la connaissez, pouvez-vous m'aider à la persuader de penser à elle… de prendre enfin une retraite bien méritée ?

Songeuse, Justine serra les bras autour de sa taille. Puis, soudain, en signe d'ouverture, elle les dénoua.

— Pour l'amour de Maude, je veux bien, décida-t-elle, sans toutefois afficher une conviction profonde.

À la satisfaction du prêtre, Justine venait de franchir un premier pas sur le chemin de son deuil. La route était encore longue, jonchée d'obstacles, mais elle avançait. Le curé Davignon jeta un regard en direction d'Honoré ; le jeune garçon arborait un tout petit sourire.

9

Val Roussillon, lundi 30 mars 2020

Les traits crispés, Mathéo geignait dans son sommeil, sa tête virevoltait d'un bord à l'autre sur l'oreiller. Son agitation éveilla Évangéline, au moment précis où son mari s'asseyait dans le lit. Les bras tendus devant lui, visiblement à la recherche d'un objet invisible.

— Mathéo, tu fais un cauchemar, le prévint-elle doucement, cherchant à éviter un réveil trop brusque.

Mathéo porta les mains à son cou, il étouffait, puis les laissa mollement retomber. Le regard ahuri, il se tourna vers Évangéline.

— La dame que tu as vue au pied du lit, ton fantôme… elle est revenue…

— Oh…

— Elle était juste là, dit-il en pointant un coin sombre de la chambre. Elle avait le visage de maman…

— C'est un mauvais rêve, mon chéri, l'encouragea sa femme.

— Et si maman était morte…

— Mais non, Joanne a cinquante-huit ans, elle n'est pas en danger. Ce sont les vieilles personnes de plus de soixante-dix ans qui sont touchées mortellement par la COVID.

— Pas seulement elles, s'inquiéta Mathéo en s'emparant de son cellulaire sur la table de nuit.

— Qu'est-ce que tu fais ?

— J'appelle papa !

— Il est cinq heures du matin, lui fit remarquer Évangéline. Tu vas le réveiller.

— Charles est un lève-tôt. Avec sa femme absente, il doit dormir encore moins que d'habitude, répliqua-t-il en appuyant sur l'écran tactile et en activant le haut-parleur.

Charles répondit à la première sonnerie.

— C'est toi, constata-t-il en reconnaissant la voix de son fils. Tant mieux ! Chaque fois que j'entends le téléphone, je crains toujours que ce soit l'hôpital. C'est affreux d'être dans l'impossibilité de rendre visite à ta mère. Si tu savais à quel point je me fais du mauvais sang !

— Tu ne devrais pas, maman est encore jeune, nota Mathéo. Elle va bientôt rentrer à la maison…

— Tu as raison, je me torture pour rien. Joanne était en excellente santé au moment d'attraper ce stupide virus, elle va s'en sortir. Mais pourquoi m'appelles-tu si tôt ? Vous n'êtes pas malades, au moins ? Ne me cache rien !

— Non, papa, c'est OK pour nous deux. Je voulais seulement te…

— Mon mari oublie l'heure, maintenant qu'il est en vacances, précisa Évangéline, volant à son secours. De plus, il s'ennuie beaucoup de la ville et de vous deux, surtout depuis que Joanne est à l'hôpital. Mais ne vous inquiétez pas pour nous, tout va bien ici. La rénovation de la bibliothèque va bon train, on se sent en sécurité…

— Votre vieux voisin ? Le propriétaire du chat qui est parti en ambulance à la même date que Joanne… vous en avez des nouvelles ?

— Non, ça fait seulement deux jours, précisa Mathéo. Cet après-midi, je passerai à l'épicerie, c'est le perron d'église de

Val Roussillon, et je vais m'informer. Tout le monde connaît Honoré dans la paroisse, il est né ici.

Sur cette promesse, Mathéo invita son père à lui téléphoner au moindre changement de l'état de sa mère et il mit fin à la conversation. Incapable de se rendormir, il choisit de se lever. Il ne voulait pas nuire à Évangéline, qui s'était blottie sous la couette dans l'espoir de retrouver le sommeil. Monsieur Watson, installé sur sa table de nuit, la surveillait étroitement.

Un café à la main, debout devant la fenêtre de la bibliothèque, Mathéo fixait la résidence d'Honoré, en imaginant le petit garçon du journal d'Augustin Davignon. Perdre sa sœur aînée avait dû être extrêmement douloureux pour un enfant de son âge, surtout qu'il s'était occupé de sa mère, terrassée par le chagrin. Mû par un désir d'en apprendre davantage sur le vieil homme, devenu à ses yeux un personnage de roman, il décida de se rendre chez lui. Il y était passé en coup de vent, pour récupérer les affaires de monsieur Watson, mais voilà qu'il ressentait l'envie d'examiner les lieux. Il mit ses bottes et enfila sa veste de duvet par-dessus son pyjama. À cette heure matinale, personne ne s'offusquerait de son accoutrement.

La résidence d'Honoré se découpait dans la clarté du petit matin, des reflets pastel dansaient sur les carreaux des châssis. En poussant la porte, Mathéo eut le sentiment de perturber le silence d'un sanctuaire. À sa première visite, pressé de ressortir à cause du virus, il n'avait pas remarqué à quel point la maison était bien rangée. Il commença par examiner le salon, décoré à l'ancienne, avec des tricots crochetés posés sur le dossier des fauteuils. Une galerie de photos, disposées sur un meuble de chêne au fond de la pièce, attira son attention. Il s'approcha. Sur la première, il distingua un couple avec une petite fille, une boucle de satin sur la tête. La dame tenait un bébé. Probablement Honoré, déduisit Mathéo, dans les bras de Justine, sa mère. À côté, ce devait être son mari, décédé accidentellement quelques années plus tard. Et la fillette au ruban, ce serait Maude. Tous souriaient à la vie, inconscients des drames à venir…

Sur un deuxième cliché, dans un chic cadre en bois, il y avait un jeune homme, et sur une plaque de métal était gravé : Honoré Plamondon, notaire.

— Tiens ! Tiens ! constata Mathéo à haute voix, je ne savais pas que vous aviez exercé cette profession, cher voisin.

La photo suivante était celle d'un mariage. Sans peine, il reconnut Honoré, le torse bombé, avec à son bras une ravissante jeune femme. Parmi l'étalage de souvenirs, il n'y avait aucun portrait de bébés. *Leur union a dû être stérile*, songea Mathéo en se rappelant la quantité de photos de lui, à toutes les étapes de sa vie, qui trônaient chez ses parents. Sur les autres clichés, plusieurs visages inconnus lui souriaient.

Du regard, Mathéo fit le tour de la pièce. Accroché au mur, au-dessus de la cheminée, un cadre à la vitre bombée, objet antique difficile à dénicher de nos jours, attira son attention. La photographie jaunie qui y était insérée représentait une famille. La dame, il la reconnut aisément, c'était Justine, plus âgée, l'air… c'était difficile à décrire, triste… soumise… mais peut-être que sa mauvaise impression était due au fait qu'il était au courant de ses malheurs. Un homme la tenait par la taille. Deux adolescents étaient aussi présents, l'un d'eux était Honoré, il le reconnut malgré son air jeune, tandis que l'autre garçon, plus vieux et portant un poupon dans ses bras, ne lui disait rien. Les enfants de l'inconnu, sans doute. À tout hasard, Mathéo sortit son iPhone, et il prit un cliché de ce groupe d'individus. La lecture du journal d'Augustin Davignon, qu'Évangéline et lui savouraient une page à la fois, ne lui avait pas encore appris si Justine s'était remariée.

En revenant au presbytère, sous un éclatant soleil printanier, Mathéo songeait que la meilleure personne auprès de laquelle il pouvait se renseigner était Raymond Boudriault. Comme ils étaient épiciers de père en fils dans la paroisse de Val Roussillon, l'homme connaissait probablement les antécédents de tout le monde. Dommage que la pandémie le restreigne à de courtes conversations avec lui, il aurait souhaité de longues jasettes. C'est tout juste s'ils parvenaient à échanger quelques mots, lorsqu'il allait s'approvisionner. Quant à s'adresser aux clients, c'était peine perdue. Masqués jusqu'aux yeux, ils circulaient la tête baissée, en attrapant au passage ce dont ils avaient besoin, pressés qu'ils étaient de rentrer chez eux, à l'abri du virus.

À son arrivée à l'épicerie, ce même après-midi, Mathéo eut la surprise d'être interpellé par Raymond, que lui-même venait consulter. À bonne distance, et masqué, le commerçant l'invita à l'écart de ses clients, qui se suivaient à la queue leu leu entre les allées. *Une véritable famille de canards*, songea Mathéo.

— Avez-vous eu des nouvelles d'Honoré Plamondon ? questionna d'emblée Raymond. Je vous ai vu sortir de chez lui, ce matin.

Étonné d'avoir été aperçu – la résidence d'Honoré se trouvait plutôt loin de l'établissement de Raymond –, il lui répondit :

— Justement, je venais vous voir pour m'informer à son sujet. Au déjeuner, ma femme et moi, on s'interrogeait à savoir si le vieil homme avait de la famille, des personnes qu'il serait bon de prévenir de son hospitalisation. Des enfants, par exemple, ou des frères, des sœurs ?

— Non, Honoré n'a plus de famille. Jusqu'à tout récemment, quelques mois en fait, il avait une demi-sœur, Lucette, qui habitait aussi à Val Roussillon.

Mathéo sortit son iPhone et tendit vers Raymond le cliché qu'il avait pris le matin même.

— Vous reconnaissez ces gens ? demanda-t-il, sans trop se rapprocher par crainte de la contagion.

Raymond étira le cou, un sourire éclairant son visage.

— Voulez-vous bien me dire ce que cette photo fait dans votre cellulaire ? Bien sûr que je les connais ! Celui-là, indiqua-t-il, c'est Archibald Boudriault, mon grand-père, en compagnie de sa seconde femme, Justine, une veuve de la paroisse. Cet adolescent, c'est Honoré, le fils de Justine, et à côté de lui, Abel, mon père…

— Je m'adresse à la bonne personne ! se félicita Mathéo. Et j'imagine que le bébé, c'est l'enfant du couple, qui serait, si mes déductions sont bonnes… votre tante Lucette ?

— En effet, le bébé dans les bras de papa, c'est Lucette, sa demi-sœur. Et celle d'Honoré, par le fait même.

Mathéo demeura sans voix, avec l'impression d'être coincé entre deux époques. Le journal du curé Davignon le ramenait en 1943 et, étrangement, il retrouvait ses personnages et leurs descendants… en 2020.

— Lucette, dites-moi, elle a eu des enfants ?

— Oui, un garçon et une fille. Son garçon a malheureusement trouvé la mort dans une avalanche, près de Whistler, en Colombie-Britannique, il y a plusieurs années.

— C'est vraiment triste.

— Quant à sa fille, Marguerite, elle habite à Victoria, sur l'île de Vancouver. Elle est venue aux funérailles de sa mère. À cette occasion, elle a croisé Honoré, un oncle que toutes les deux avaient peu fréquenté. Je l'ai prévenue de son hospitalisation ; elle m'a répondu de veiller sur lui et de la prévenir s'il venait à mourir. J'avoue que j'ai à peine connu les enfants de Lucette. Elle les a élevés dans l'Ouest canadien, avant de revenir s'installer à Val Roussillon, après le décès de son mari. Ça doit faire une dizaine d'années.

— Il faut que vous m'en racontiez davantage, insista Mathéo, vivement intéressé. Votre père, Abel, il vous a sûrement parlé du curé Davignon, le prêtre qui a fait construire le presbytère que je viens de recevoir en héritage. Il y a aussi ce fantôme, dont vous m'avez parlé…

L'épicier n'eut toutefois pas la possibilité de poursuivre, une cliente irritée de devoir faire la file pour ses achats le réclamait en vociférant des insultes, à travers son masque.

Pressé d'aller retrouver Évangéline pour lui faire part de ses découvertes, Mathéo quitta les lieux, oubliant d'effectuer les emplettes pour lesquelles il était venu. Une fois sur le trottoir, il vit une ambulance partir de la maison d'en face. *Un autre destin qui bascule,* songea-t-il en accélérant le pas. *Qui aurait pu prédire qu'un jour, dans notre monde ultra moderne, notre planète serait contrainte de se mettre sur pause, et ce, à cause d'un ennemi si minuscule qu'il nous est invisible à l'œil nu ?*

Mathéo leva les yeux. Sous le soleil de midi, majestueusement dressé sur son promontoire rocheux, l'étrange presbytère du curé Davignon semblait l'inviter à découvrir ses secrets.

10

JOURNAL D'AUGUSTIN DAVIGNON

Val Roussillon, samedi 17 juin 1944

Cher journal, je m'excuse de t'avoir été infidèle pendant une si longue période, plus d'une année. J'imagine qu'il y a un temps où notre existence devient si fertile en rebondissements qu'il faut s'y concentrer, une sorte d'étape durant laquelle le monde des mots s'efface devant notre ardeur de vivre.

Je me réjouis de constater qu'ailleurs, dans les vieux pays, la guerre semble tourner en notre faveur. Un débarquement de nos troupes sur les plages de Normandie, le six de ce mois, est salué comme un pas énorme vers la victoire finale. Hier, Martial, le fils des Levasseur, est descendu du train, une jambe en moins, mais vivant. La majorité des gens de la paroisse l'attendait sur le quai de la gare pour l'accueillir. J'étais parmi eux pour bénir cet enfant de notre communauté, ce héros qui était prêt à donner sa vie au nom de la survie de notre démocratie.

La paix. Quel mot magnifique ! Quatre petites lettres synonymes de sérénité, de calme, d'équilibre mondial, d'entente parmi les peuples et, de ce fait, d'une promesse de quiétude et de bonheur pour chacun.

Aujourd'hui, samedi, je me prépare à célébrer un premier mariage dans notre nouvelle église. Je me félicite de la diligence et de la compétence de mes ouailles. Tous ont mis la main à la pâte :

les hommes pour les lourds travaux et les dames pour l'ornementation intérieure, incluant mes vêtements sacerdotaux. Je suis un pasteur choyé ! Une seule démarche s'est avérée vaine : celle de convaincre sœur Stella-de-Marie d'une retraite bien méritée. Malgré les interventions de Justine et de monsieur le maire, notre vieille adversaire est demeurée campée sur ses positions. À maintes reprises, elle nous a répété que ce serait uniquement les pieds devant qu'elle quitterait son poste d'enseignante et de mère supérieure.

Avant de poursuivre, je me signe de la croix...

Notre sœur a été retrouvée morte dans son lit, le premier jour du mois de Marie. Comble de malheur, l'intérieur de notre église était toujours en chantier, inutilisable pour ses funérailles. Ce fut d'une profonde tristesse. Elle était si fière de ce temple, qu'elle nous avait convaincus de consacrer à la Vierge.

La croisade entreprise pour améliorer l'éducation de nos enfants a tout de même porté ses fruits : cette tâche commune entre Justine et Archibald, deux veufs, leur a permis de se découvrir. Et voilà que, cet avant-midi, je vais les unir par les liens sacrés du mariage, devant Dieu et devant les hommes, selon la formule consacrée.

J'avoue que la décision de ces deux-là m'a surpris. Mais qui suis-je pour juger de la pertinence des sentiments entre deux personnes ? Des souvenirs de mon idylle avec Doralice m'effleurent parfois... mais c'est si loin. Quand je pense à elle, aujourd'hui, ça me paraît irréel, comme un amour de jeunesse vécu dans un monde parallèle... tendre et douloureux, à la fois. Alors, je me jette à corps perdu dans le travail. Voilà, il est temps de me rendre à ma nouvelle église et de l'inaugurer par un mariage.

: :

Val Roussillon, vendredi 1er septembre 1944

L'été avait passé en coup de vent, les jardins débordaient de légumes prêts à cueillir et les parterres abondaient de fleurs à mettre en gerbes. Heureux dans son appartement au-dessus de la salle paroissiale, Augustin Davignon avait convaincu les marguilliers d'attendre que l'église soit payée avant de s'endetter pour la construction d'un presbytère, ce qui reportait la mise en chantier au printemps 1946.

Assis à son bureau, près d'une fenêtre entrouverte, le prêtre rédigeait son journal pendant que Justine terminait le ménage. Il souhaitait qu'elle l'accompagne pour se rendre à l'école. Bien que mariée et devenue l'assistante de son époux à l'épicerie, elle avait insisté pour continuer à faire l'entretien de son logis et aussi à aider les religieuses dans leur tâche de sacristines. Depuis le décès de Stella-de-Marie, elles n'étaient plus que deux à résider au couvent. Aujourd'hui, toutefois, c'est avec elle qu'il allait faire connaissance avec la nouvelle supérieure : sœur Jeanne-de-Bohème.

Quel joli nom, songeait Augustin, d'autant plus qu'il lui rappelait l'opéra de Giacomo Puccini : *La Bohème*. Les premières notes de l'œuvre lui vinrent à l'esprit et ramenèrent à sa mémoire le souvenir d'un soir d'été. À la fin juillet 1921, il avait invité Doralice à l'accompagner au théâtre où, dissimulés au fond de la salle, ils avaient été émerveillés par la performance de la cantatrice. Pendant six mois, jusqu'à cette soirée, ils s'étaient fréquentés en cachette, lui, l'étudiant en droit, et elle, l'employée de maison, chez un juge de la cour supérieure. C'est d'ailleurs au domicile de ce réputé magistrat, un collègue de son père, qu'ils s'étaient croisés pour la première fois.

— Notre rencontre n'est pas le fruit du hasard, se souvenait-il avoir souligné à Doralice. Nous avions rendez-vous, tellement j'ai le sentiment de vous connaître depuis la nuit des temps.

Puis, impulsivement, sans réfléchir, il se rappelait avoir demandé à cette adorable jeune femme si elle savait patiner. Dans l'affirmative, il lui avait suggéré une rencontre, à sa convenance, à la patinoire municipale, là où, perdus au milieu de la foule, personne ne ferait attention à leur présence. Il ne souhaitait surtout pas nuire à sa réputation.

Contre toute attente, elle avait accepté, pour le lendemain en début de soirée.

— Au fait, avait-il ajouté avant de la laisser filer, puis-je savoir votre prénom ?

— Doralice, avait lancé la jeune fille en éclatant d'un joli rire cristallin, étonnée de se sentir aussi à l'aise avec un inconnu.

Augustin avait eu la certitude, dès cet instant, que le prénom de Doralice venait de s'imprimer sur son cœur à tout jamais.

Quelques mois plus tard, lors de leur sortie au théâtre, assis sur un banc public, alors que les notes du superbe opéra résonnaient encore à leurs oreilles, ils s'étaient embrassés pour la première fois. Craignant d'être reconnu par des collègues de classe, mais poussé par l'ardent désir d'effleurer la peau de son adorée, Augustin se rappelait lui avoir offert de prendre une chambre, dans le petit hôtel d'en face, qui pourtant ne payait pas de mine.

— Je promets de te respecter, l'avait-il rassurée. J'aimerais seulement être avec toi, pouvoir te tenir dans mes bras. Nos rendez-vous à la sauvette, dans la crainte d'être épiés, commencent à me peser. Tu es la femme de ma vie…

Doralice, portée sur les ailes de l'amour, s'était levée la première. C'est elle qui l'avait tiré par la main pour l'entraîner vers l'immeuble aux volets brinquebalants. Au creux d'un lit inconfortable, un coin de paradis pour eux, ils avaient pu savourer quelques heures d'une douce intimité, dont les parfums effleuraient encore les narines d'Augustin certaines nuits.

Hélas, quelqu'un les avait vus s'embrasser, puis franchir le seuil de l'hôtel miteux, serrés l'un contre l'autre. Le présomptueux Théophile Davignon avait été mis au courant de leur escapade. Un long affrontement entre lui et son fils s'en était suivi, qui s'était soldé d'une tragique façon quelques semaines plus tard…

Augustin Davignon sentit monter une larme, bloquée par l'arrivée de Justine, venue interrompre l'errance de son esprit.

— Monsieur le curé, j'ai terminé votre ménage. Si vous êtes prêt, je suis disponible pour vous accompagner au couvent, le prévint-elle. Sœur Jeanne-de-Bohème est jeune, mi-quarantaine, je dirais, et très dynamique. Son enseignement va faire changement de celui de Stella-de-Marie, Dieu ait son âme, qui peinait à intéresser nos grands écoliers les derniers temps. En tout cas, Honoré est content de sa venue.

Augustin déposa sa plume et il ferma son journal sur les souvenirs du passé. Seul comptait le présent et le moment était venu d'aller faire connaissance avec la nouvelle supérieure du couvent.

Son installation à Val Roussillon suivait son cours et, il devait l'avouer, il se plaisait dans sa nouvelle paroisse où ses ouailles le considéraient déjà comme l'un des leurs. Les prochaines années de son apostolat à Val Roussillon s'annonçaient agréables.

Chaque fois qu'il parcourait à pied la rue principale, Augustin jetait un œil vers le promontoire en imaginant le superbe presbytère qu'il pourrait construire sur cet escarpement… puis il se reprochait ses idées de grandeur, reliquats issus de sa jeunesse, tandis qu'il vivait avec sa sœur et ses parents sur la Grande Allée, lieu de résidence de la haute bourgeoisie de Québec.

— Vous pensez que ce serait bien de bâtir le presbytère là-haut? suggéra-t-il à Justine en pointant le rocher à droite de l'église.

— Vous êtes sérieux?

— Bien sûr!

Justine esquissa un sourire malicieux.

— Ça ferait jaser les dames de Sainte-Anne, estima-t-elle, surtout celles qui voulaient que ce soit l'église qu'on érige sur ce promontoire.

— Étant donné que notre temple est maintenant construit, on ne peut pas revenir en arrière… ce qui fait que ce majestueux cap demeure libre.

— Vous avez raison, approuva Justine. Mais songez-vous sérieusement à cet endroit pour votre presbytère ?

— Peut-être…

— Il faudrait le dynamiter pour aplanir sa surface… est-ce que c'est faisable ?

— Oui ! Je connais quelqu'un pour qui ce serait sûrement facile.

Justine s'arrêta. Ils étaient parvenus devant le couvent, à gauche de l'église.

— Regardez, indiqua-t-elle, je pense que c'est la nouvelle supérieure, là, dans le jardin.

— Comment faites-vous pour la distinguer de ses deux consœurs ? De dos, habillées en noir… moi, je ne vois pas de différence.

— Sœur Anne-des-Anges et sa compagne, Madeleine-de-Jésus, sont courtes sur pattes, alors que celle qui vient d'arriver est beaucoup plus grande. Vous ne trouvez pas ?

Le prêtre hocha la tête.

Arrivant au triple galop, Archibald Boudriault vint interrompre la conversation entre sa femme et son pasteur.

Il arrêta son attelage à leur hauteur.

— Monsieur le curé, montez ! l'invita-t-il. Il y a eu un accident au moulin d'Adalbert Beaudry. C'est grave à ce qu'y paraît.

Augustin grimpa prestement à bord.

— Et toi, va t'occuper du magasin, ordonna-t-il sèchement à son épouse, avant de reprendre la route.

Au son des voix, la mère supérieure s'était retournée, souriante. Justine la salua de la main. De nouveau, elle lui trouva l'air sympathique, notant une énorme différence avec Stella-de-Marie qui, apparemment, n'avait jamais appris à sourire.

: :

Les accidents qui se produisaient régulièrement dans les moulins étaient souvent mortels, ce qui avait été le cas, chez Beaudry, ce jour-là. Augustin était arrivé à temps pour bénir le malheureux et lui pardonner ses fautes, au nom de Dieu.

En fin de soirée, revenant à Val Roussillon en compagnie d'Archibald, il lui fit part de son intention d'instituer, avec la coopération de tous les patrons, des mesures de sécurité dans les entreprises.

— Même chez vous, au magasin, nota-t-il, j'ai vu certains de vos employés s'éreinter sous le poids de sacs ou de boîtes qu'ils peinaient à soulever. Votre boucher, également, avec ses couteaux, je frissonne chaque fois que je le regarde les agiter dans l'air...

— Ne vous mêlez pas de ça ! l'interrompit Archibald. Tant que vous vous occuperez de vos bondieuseries et moi de mes affaires, on va bien s'entendre. Je vous conseille de...

Archibald laissa sa phrase en suspens, il venait d'apercevoir Honoré sur le trottoir, qui courait à leur rencontre.

Il stoppa son attelage.

— C'est maman ! cria l'adolescent... Elle est tombée, dehors... dans l'escalier...

— Monte, l'invita son beau-père, qui attendit qu'il soit à bord pour relancer ses chevaux au galop.

Arrivé devant chez lui, Archibald sauta de voiture, avant même qu'elle soit complètement arrêtée, et il s'élança à la course, Honoré sur les talons. Ils grimpèrent à l'étage, où se trouvait le logis de sa famille. Augustin prit le temps d'attacher les chevaux à la barre à cet effet et il les suivit. Il entra dans la cuisine au moment où Juliette Levasseur sortait de la chambre de Justine. Elle s'adressa à Archibald, qui attendait, haletant.

— Heureusement que sœur Jeanne-de-Bohème a aperçu ta Justine par terre, lui expliqua-t-elle. Elle l'a aidée à se relever et elle l'a accompagnée jusqu'ici...

— Qu'est-ce qui lui est arrivé ? s'impatienta Archibald. Quelqu'un l'a frappée ? Elle est tombée toute seule ?

Juliette jeta un œil en direction du prêtre, avant de suggérer à Archibald d'aller voir sa femme.

— C'est une histoire entre un mari et son épouse, lui spécifia-t-elle.

— Et pas entre son fils et elle ? s'offusqua Honoré. Ce qui touche maman me concerne !

Juliette sourit à l'adolescent.

— C'est une bonne nouvelle, le rassura-t-elle. Ta maman va te la raconter, plus tard. Elle doit d'abord en parler avec ton beau-père.

— Justine est seule dans la chambre ? s'informa Archibald, hésitant sur le seuil.

— Sœur Jeanne est toujours à son chevet.

— Est-ce que je peux y aller maintenant ? demanda-t-il à Juliette.

— Bien sûr !

Dès qu'Archibald fut entré, la religieuse apparut dans l'encadrement de la porte. Honoré s'avança et il prit sa main, pour l'attirer vers Augustin.

— Sœur Jeanne-de-Bohème, je vous présente notre curé Davignon, annonça-t-il fièrement, heureux d'être le premier à les faire se rencontrer.

Immobile, Augustin ne broncha pas.

— Monsieur le curé, qu'est-ce qui vous arrive ? s'inquiéta Honoré. Vous êtes blanc comme de la neige…

— Augustin, soupira sœur Jeanne, le souffle court.

Le regard accroché l'un à l'autre, le prêtre et la religieuse se dévisageaient, projetés dans le temps.

— Augustin, répéta sœur Jeanne.

— Doralice, murmura Augustin.

— On m'avait dit le nom du pasteur d'ici… mais… mais je croyais à un homonyme. Jamais je n'aurais pensé que… toi… toi, prêtre !

Abasourdie, Jeanne-de-Bohème se tut, alors que, décontenancé par les événements, le prêtre demeurait coi.

— C'est inconcevable, finit-il par balbutier. Je rêve. Tu es… mon père m'a dit que… que tu étais décédée dans l'accident…

— Vous vous connaissez ? s'étonna Juliette Levasseur, inconsciente de la lourdeur de l'ambiance. C'est fou comme le monde est petit !

Sans prêter attention aux propos de madame Levasseur, Jeanne-de-Bohème, les yeux toujours rivés à ceux de son interlocuteur, ajouta :

— Mes lettres… je t'en ai écrit des dizaines…

Assommé par un passé qui lui échappait, Augustin sentit ses forces l'abandonner. L'esprit en déroute, il éprouva une sensation de défaillance… il devait sortir au grand air, sinon, il s'écroulerait sur le sol, comme un pantin désarticulé. Il utilisa le peu d'énergie qu'il lui restait pour quitter les lieux… ce qu'il vivait lui paraissait du domaine de l'invraisemblance. Doralice était une revenante, surgie de l'au-delà… il devait fuir.

Dehors, sous la clarté de la lune, son ombre s'allongea à perte de vue, tremblotante devant son regard mouillé. Le drame s'était produit il y avait plus de vingt ans… deux décennies que Doralice était morte… enfin, qu'il la croyait morte… Il ne savait plus quoi penser. Cette apparition inattendue, de celle qu'il avait tant aimée, était un choc à faire vaciller son esprit.

D'instinct, sa fuite le conduisit vers le promontoire rocheux, que l'astre de la nuit éclairait de ses rayons d'argent, à la recherche d'une réponse capable de démêler l'écheveau de son passé.

11

Val Roussillon, vendredi 1er septembre 1944

Honoré avait suivi le prêtre à l'extérieur et, incrédule, l'avait vu s'élancer au pas de course vers le rocher. Quelques secondes plus tard, sœur Jeanne-de-Bohème, que Juliette Levasseur avait tenté de retenir pour en apprendre davantage, le rejoignit sur le trottoir.

Elle s'informa :

— Dis-moi, Honoré, est-ce que tu sais quel chemin monsieur le curé a emprunté ?

Toujours étonné par l'événement auquel il venait d'assister, l'adolescent pointa le rocher et, d'une voix à peine perceptible, il spécifia :

— Il va souvent là-haut, pour lire… pour être en paix, comme il dit.

Reconnaissante, la religieuse le remercia, avant d'ajouter :

— Maintenant, va retrouver ta maman… elle a quelque chose à t'annoncer, qui devrait te plaire.

Inquiet pour son ami, mais curieux de connaître l'information que possédait sa mère, Honoré regarda sœur Jeanne-de-Bohème prendre la direction indiquée. En mettant la main sur la poignée de la porte, il hésita… puis il changea d'idée. Il était suffisamment adulte pour comprendre que ces deux-là, le prêtre et la religieuse, détenaient un secret sûrement plus fascinant que celui d'une maman.

Déterminé, il lança:

— Sœur Jeanne, il fait noir sur le rocher. Attendez-moi! Je vais vous accompagner. Je sais où monsieur le curé va toujours se cacher... se reposer.

Jeanne-de-Bohème ne refusa pas l'offre du jeune garçon, consciente qu'il était préférable, pour conserver intacte sa réputation de nouvelle venue dans la communauté de Val Roussillon, de ne pas être vue seule sous les étoiles, en compagnie du curé de la paroisse. Au-delà de cette inquiétude, elle se demandait comment s'adresser à Augustin, qu'elle revoyait après vingt ans. Surtout que, pour lui, elle était une apparition; il lui avait révélé l'avoir crue morte. Leurs étonnantes retrouvailles méritaient une explication, qui ne devait pas se faire sous le coup d'émotions trop vives. C'est le cœur dans l'eau, partagée entre la joie et l'angoisse, qu'elle suivit l'adolescent.

Assis sur une énorme pierre, à l'abri d'une talle de bouleaux, Augustin Davignon, perdu entre la colère et la douleur, hoquetait. Le visage entre ses paumes, il ne parvenait pas à ajuster la cascade de ses émotions. Sa détresse l'amenait à fulminer contre son père, qui lui avait fait croire au décès de Doralice, mais sa fureur irrationnelle s'adressait davantage à Dieu, qui avait permis à cette méprise de se produire. La femme qu'il aimait était vivante... belle comme à vingt ans... et lui, il était prêtre... une existence vouée à Dieu. D'un geste rageur, il arracha son col romain, qu'il lança vers un buisson.

Doralice avait souligné lui avoir écrit, pourtant, aucune de ses lettres ne lui était parvenue... son père, sûrement! Au moins, il s'était vengé en privant ce monstre d'une descendance.

Profondément bouleversé, Augustin ferma les yeux pour mieux se souvenir. La nuit du terrible drame qui l'avait séparé de Doralice s'accrocha à sa mémoire et revint le hanter.

Ce soir-là, défiant les interdits, il avait osé venir chez ses parents avec Doralice à son bras, décidé à leur faire accepter sa nouvelle fiancée.

Sans respect pour la femme que son fils souhaitait épouser, Théophile Davignon avait dédaigneusement clamé :

— Jamais une vulgaire servante n'entrera dans notre famille ! Mon fils, quand tu auras une personne digne de notre rang à nous présenter, tu reviendras. D'ici à ce que tu retrouves la raison, ne compte plus sur moi pour payer tes études ni ton pain quotidien. Maintenant, sors de chez moi avec ta boniche !

Rigide comme la loi qu'il personnifiait, le vieux juge leur avait tourné le dos. Stupéfaite devant les mots grossiers de son mari, Marie-Germaine s'était excusée d'un regard triste à la compagne de son garçon, et à son fils d'un haussement d'épaules impuissant. Soumise à son époux, elle avait suivi ce dernier au salon, les abandonnant, lui et sa fiancée, pantois sur le seuil de leur maison.

Chaviré par cet accueil avilissant, et mortifié pour Doralice, obligée de subir cet abominable affront, il avait claqué la porte de la demeure de son père, convaincu qu'il n'avait pas besoin de lui et de son maudit argent pour poursuivre ses études, et encore moins pour survivre.

C'était en novembre, les premiers flocons de neige tombaient sur Québec. Doralice et lui avaient marché main dans la main, en silence, analysant chacun à sa manière la cruelle altercation qui venait de se produire. Puis, sans prévenir, arrivée en face de chez elle, Doralice s'était élancée en pleurs pour traverser la rue. Surpris, impuissant à la retenir, il s'était précipité derrière elle… et il était parvenu à la rattraper au moment où un attelage, sorti de nulle part, les avait heurtés de plein fouet.

Pour lui, un long coma s'en était suivi, au sortir duquel sa mère lui avait annoncé, avec infiniment de ménagement, le décès de Doralice. Son corps, meurtri par des fractures multiples, avait nécessité une pénible rééducation qui l'avait contraint à reporter ses études de plusieurs mois. Physiquement remis sur pied, il avait compris que ses blessures morales, elles, ne guériraient jamais. Étant donné la responsabilité de son père à causer son malheur, ce fut pour lui une douce vengeance de quitter ses cours de droit, pour entrer au Séminaire de Québec. La vie ne lui offrait plus aucun intérêt. S'il continuait de battre, son cœur était mort en même temps que celui de la femme qu'il chérissait.

Mais voilà qu'elle était vivante !

Augustin ouvrit les yeux, étonné des ténèbres qui l'entouraient, alors que quelques minutes auparavant, l'astre de la nuit illuminait son promontoire.

Une voix connue, sortie de l'ombre, le fit sursauter. C'était celle du jeune Honoré.

— Monsieur le curé, sœur Jeanne est avec moi, le prévint-il.

Jeanne-de-Bohème s'avança. Sa haute silhouette, habillée de noir, se découpa dans le clair-obscur d'une lune qui cherchait à percer les nuages.

En apercevant le col romain traînant dans la boue, la religieuse recula d'un pas.

— Augustin, osa-t-elle finalement, je ne savais pas que l'on t'avait dit que j'étais morte. On m'a aussi menti, en me faisant croire que tu me rejetais... Si j'avais su... je... je...

Le prêtre leva vers elle un visage mouillé, heureux de la retrouver vivante, mais incapable de lui sourire. Il porta une main à son front, qu'il essuya gauchement, comme pour en chasser un douloureux souvenir.

— Je t'ai pleurée... tellement pleurée, avoua-t-il d'une voix éteinte. J'ai souhaité mourir...

— Mon ami, s'apitoya doucement la religieuse, j'ai souffert également.

— Je dois ma survie à un jeune séminariste, poursuivit le malheureux. Il était hospitalisé en même temps que moi... il m'a convaincu de remettre ma peine entre les mains de Dieu...

— C'est de cette façon que tu as choisi la prêtrise ?

— Une machination du Ciel ! s'emporta Augustin en bondissant sur ses pieds. Dieu savait que tu étais vivante, Il voit tout ! Au lieu de me mener à toi, Il a manigancé pour me faire entrer dans les ordres, à son service...

— Augustin, Dieu est juste, Il sait ce dont nous avons besoin...

— Doralice, je t'en prie... pas de prêchi-prêcha entre nous... J'ai le cœur déchiré de te retrouver, et révolté... désolé, de porter cette soutane, s'excusa-t-il, s'avançant à quelques pas d'elle.

— Augustin, mon ami, répéta Doralice, trop émue pour trouver d'autres mots.

Cette voix, cette présence... le parfum de sa peau, Augustin était anéanti par les réminiscences d'autrefois qui tourbillonnaient autour de lui.

— Doralice... tu es toujours tellement belle, chuchota-t-il en levant une main vers son visage.

Cette femme fleurait trop de doux souvenirs pour qu'il puisse la toucher sans succomber à son envie de la serrer dans ses bras. Il stoppa son geste, pour le regretter aussitôt... il sentait un désir d'elle aussi fort qu'au premier jour... un appel des sens qu'il avait oublié...

— Monsieur le curé, voici votre col romain, l'interrompit Honoré, inconscient de l'intensité du moment. Il est un peu sale, c'est parce qu'il est tombé dans la boue.

Augustin sursauta, la voix du garçon le rappelait à son devoir... et à la réalité. Pour la première fois depuis leurs retrouvailles, il sourit à Doralice.

— Sœur Jeanne-de-Bohème, vous devriez rentrer au couvent, lui suggéra-t-il à regret, utilisant le vouvoiement. Honoré vous accompagnera, pour votre sécurité. De mon côté, je vais m'attarder un peu sur ce rocher, j'ai des... des prières à adresser à Dieu.

À son tour, la religieuse esquissa un sourire.

— On se revoit demain, ou plus tard… à votre convenance, proposa-t-elle. Et si vous souhaitez que je quitte votre paroisse…

— Nous n'en sommes pas là ! l'interrompit aussitôt Augustin. Vous et moi, nous avons à discuter de votre présence à Val Roussillon. Il n'y a pas de hasard, vous savez…

— … il n'y a que des rendez-vous fixés depuis la nuit des temps, compléta spontanément Doralice, se souvenant des paroles d'Augustin le jour de leur première rencontre.

Honoré, qui ne comprenait rien à leur échange, prit la main de la religieuse et l'invita à le suivre. Il se faisait tard et sa mère devait s'inquiéter. Après un ultime regard vers Augustin, sœur Jeanne lui emboîta le pas.

Debout sur son promontoire, Augustin Davignon les vit s'éloigner. Dans ces retrouvailles inattendues, il lui était impossible de discerner les desseins de Dieu. Depuis quelque temps, de surcroît, il remettait en question le choix de sa vocation. Il croyait en Dieu ! Ses réflexions le poussaient cependant, parfois, à douter des soumissions qu'exigeaient ses représentants… dont il faisait partie. L'événement de ce jour n'aidait pas à le ramener sur le chemin d'une foi indéfectible…

: :

Val Roussillon, mercredi 1er avril 2020

Les yeux dans l'eau, Évangéline laissa tomber le carnet d'Augustin Davignon sur ses genoux.

— Jamais je n'aurais pensé, avoua-t-elle, qu'en parcourant le récit d'un curé de campagne bien ordinaire, on dénicherait une si grande histoire d'amour… et si triste.

Mathéo acquiesça, tandis que sa femme tournait les pages du journal vers la dernière. Il interrompit son geste.

— Petite coquine, tu triches ! Tu n'as pas le droit d'aller voir la fin, lui reprocha-t-il. Nous nous sommes promis de lire lentement, avec l'espoir de découvrir comment est née l'idée d'un si somptueux presbytère. Comme la pandémie nous oblige à la patience d'un confinement, il vaut mieux faire durer le plaisir.

Évangéline ferma le cahier.

— Tu as raison, je me retiens ! consentit-elle. Mais je ne te cache pas à quel point j'ai hâte de savoir ce qui va se passer dans la vie de ces deux-là… un prêtre et une sœur en 1944… amoureux l'un de l'autre… dans une petite paroisse où les cancans étaient aussi forts que la religion.

— Si on effectuait une recherche sur internet ? suggéra Mathéo.

Ce fut au tour d'Évangéline de s'opposer.

— C'est vrai qu'on pourrait trouver des renseignements sur eux… mais, comme on a beaucoup de temps devant nous, je préfère apprendre par le journal d'Augustin ce qui s'est produit, ici, à Val Roussillon, il y a des décennies.

Mathéo se leva et il se dirigea vers la fenêtre, d'où il aperçut la maison d'Honoré, en face de son presbytère. Honoré, l'adolescent de l'histoire. *Un petit futé, auquel rien n'échappait, si on se fie à la plume du curé Davignon,* songea-t-il en espérant que le vieil homme se tire d'affaire et revienne chez lui. Que de plaisir en perspective à l'écouter parfaire le lointain et intéressant récit qu'Évangéline et lui découvraient une page à la fois, dans un ancien carnet, contenants de succulents moments de vie !

12

JOURNAL D'AUGUSTIN DAVIGNON

Val Roussillon, dimanche 3 septembre 1944

L'existence est parfois déroutante, au point de faire basculer l'esprit aux confins de la folie. Revoir Doralice, que je croyais emportée dans la mort par ma faute, m'a projeté dans un monde parallèle où j'ai senti vaciller ma logique. Mon souhait, si souvent formulé, de l'apercevoir une dernière fois afin de lui exprimer la profondeur de mon amour l'aurait-il ramenée à la vie ?

Non, Doralice n'est pas une revenante de l'au-delà. Avec sa présence charnelle, s'est manifesté de nouveau chez moi l'appétit des sens, une faim qui m'avait quitté en même temps qu'elle. Sur le promontoire, quand elle m'a rejointe, je n'éprouvais qu'une envie, serrer son corps chaud contre le mien, l'embrasser à en perdre... consciemment la raison. Par chance, Honoré était témoin de nos retrouvailles, ce qui a freiné mon élan et m'a permis de réagir en bon curé de notre sainte mère l'Église catholique que je suis... malheureusement.

Après leur départ, je n'arrivais pas à organiser mes pensées. Je ressentais un immense besoin de réfléchir. D'abord, pour ramener la paix dans le tumulte de mon âme, mais davantage pour calmer l'orage de sensualité qui déchirait mes chairs. Je suis descendu au quai, en contrebas du promontoire, et là, j'ai mis à l'eau le canot qu'Archibald laisse toujours sur la grève. Puis j'ai ramé jusqu'à l'île aux Canards. Je savais qu'à cette époque de l'année, son camp de chasse n'était pas occupé et que je pourrais y trouver refuge, dans la solitude des lieux. Une courte retraite qui m'a permis de faire le point entre aujourd'hui et la déchirure de mon passé. Sous une lune trop belle, j'ai maudit Dieu ! J'ai hurlé au Ciel mes récriminations d'humain révolté. Seul le silence m'a répondu. Après une journée de jeûne et une seconde nuit sous les étoiles, à réfléchir à la suite à donner aux événements, j'ai compris que je ne pouvais pas échapper à mon devoir de pasteur. Je suis prêtre pour la vie, que cela me plaise ou non. Je suis lié à Dieu par des vœux sacrés. Je ne suis pas entré en religion uniquement parce que mon cœur était mort aux passions humaines, je l'ai fait aussi pour soutenir mes semblables dans leurs souffrances, ce qui m'a aidé à oublier mes propres problèmes. J'ai retrouvé la sérénité dans l'accomplissement de ma tâche.

Je suis donc revenu au petit matin, rasséréné, dans mon appartement en haut de la salle paroissiale. Je me sens prêt à aller dire la messe des moissons. La célébration sera suivie d'un repas champêtre préparé par les dames de la paroisse. Des festivités importantes pour mes ouailles, que je ne peux manquer. Je suis leur pasteur. Un pasteur qui a choisi de faire de son devoir sa figure de proue.

: :

Du haut de la chaire, face à l'assistance, Augustin Davignon toisa ses gens. Les yeux levés vers lui, tous se montraient réceptifs à recevoir ses paroles. Après un bref silence, il commença son prêche par une annonce :

— Mes bien chers frères, en ce premier dimanche de septembre, avant de vous entretenir de Dieu et de ses commandements, c'est pour moi un honneur de vous présenter sœur Jeanne-de-Bohème, la nouvelle supérieure de notre couvent. Elle sera également titulaire de la classe de nos finissants de septième année.

Augustin croisa le regard de la religieuse, assise entre ses deux compagnes, sur un banc d'en avant. Il lui adressa un sourire.

— Certains d'entre vous l'ont déjà rencontrée, poursuivit-il, mais ce dont je veux surtout vous faire part, c'est que, sœur Jeanne et moi, nous sommes des connaissances, des amis de jeunesse. Nous nous étions perdus de vue depuis de nombreuses années, alors imaginez ma surprise quand je l'ai aperçue, ce vendredi ! Sœur Jeanne-de-Bohème est ici pour se dévouer auprès de vos enfants.

La religieuse baissa humblement la tête, gênée des regards posés sur elle.

Le prêtre jugea en avoir suffisamment dit pour éviter d'éventuels cancans, qui auraient pu être rapportés par madame Levasseur, témoin de son émoi, lors de sa première rencontre avec cette femme qu'il croyait morte.

Il entreprit son sermon, ce qui ramena l'attention des fidèles sur la liturgie de ce dimanche de septembre.

À la fin de la messe, sur le perron de l'église, les fidèles se massèrent autour de la nouvelle supérieure du couvent, avides de faire connaissance avec celle qui allait enseigner à leurs adolescents. Délesté de ses vêtements sacerdotaux, Augustin les rejoignit, et c'est dans la bonne humeur qu'il aida sœur Jeanne-de-Bohème à s'intégrer aux gens de la paroisse. La religieuse échangea un regard avec lui : d'un clignement des paupières, elle le remercia de lui permettre de demeurer à Val Roussillon. Depuis deux jours, elle souhaitait que ce soit la décision qu'il prenne. Bien sûr, elle était consciente qu'une histoire d'amour n'était plus possible entre eux, cependant, elle entrevoyait de la joie à travailler à ses côtés, dans l'amitié.

: :

Val Roussillon, samedi 2 décembre 1944

D'un accord tacite, la religieuse et le prêtre évitaient, lors de leurs diverses rencontres, d'évoquer le passé. Sœur Jeanne-de-Bohème s'était installée avec tact dans son nouveau rôle de supérieure et d'enseignante, tandis que, de son côté, le curé Davignon avait ramené à l'ordre du jour la construction d'un modeste presbytère, sur le terrain vacant entre l'église et le promontoire.

Ce samedi, après la répétition matinale de la chorale qu'elle accompagnait à l'harmonium, Jeanne-de-Bohème rejoignit le prêtre et Justine dans le chœur. Ils étaient occupés à préparer l'autel pour les messes du lendemain. Elle profita de l'occasion pour souligner :

— Il y a quelque chose qui m'intrigue dans votre paroisse.

— Faites-m'en part, l'invita Augustin. Si je peux éclairer votre lanterne…

— Vous allez peut-être dire que je ne me mêle pas de mes affaires, mais, après avoir visité plusieurs familles, j'ai remarqué qu'à côté de la photo de notre Saint-Père le pape, il y a toujours la vôtre, monsieur le curé.

Justine éclata de rire.

— Je vais vous expliquer pourquoi, devança-t-elle le prêtre en lançant à ce dernier un regard taquin. Figurez-vous que, pour inciter les gens à participer au financement de notre église, monsieur le curé donnait une photo de lui dès que quelqu'un avait remis la somme suggérée. Étant donné que personne ne voulait se sentir radin, face à ses semblables, tous se sont fait un devoir de verser leur dû afin d'afficher l'image, dédicacée s'il vous plaît, de notre bien-aimé pasteur.

Un sourire espiègle illumina le visage de sœur Jeanne-de-Bohème.

— Je vous reconnais bien, là, mon ami, s'amusa-t-elle. Toujours une excellente idée pour obtenir ce que vous désirez…

— J'en manque parfois, et c'est bien dommage, avoua Augustin d'un ton mélancolique, qui tranchait avec l'hilarité du moment.

Sentant l'ambiance aller à vau-l'eau, la religieuse s'empressa de souligner :

— Votre mari a une superbe voix, madame Boudriault. Peut-être que l'enfant que vous portez en héritera...

Leur discussion fut interrompue par l'arrivée de Philémon Levasseur, le chef de gare, qui accourait, un télégramme à la main.

— C'est pour vous, monsieur le curé ! l'informa-t-il en lui remettant le pli.

Étonné, parce qu'il recevait si peu de nouvelles, Augustin l'ouvrit.

Il lut à haute voix :

— Mère décédée, stop, funérailles mardi, stop, viens pour moi, stop, Marie.

— Votre mère n'est plus, murmura sœur Jeanne, se rappelant le regard triste de cette dame, l'unique fois où elle l'avait rencontrée. Vous devriez y aller, monsieur le curé. Une maman, c'est précieux. Et ce moment de lui faire vos adieux ne reviendra pas.

— Il y a un train cet après-midi, souligna Philémon.

— Demain, c'est dimanche. Je dois dire deux messes...

— Dieu comprendra votre absence, l'encouragea sœur Jeanne. À la place, je m'occuperai de prendre en charge une célébration de prières.

— Je cours préparer votre valise, déclara Justine en se dirigeant vers la sortie.

Philémon la suivit en lançant :

— Je vous réserve un billet. Et une chambrette à bord du train.

Augustin se laissa choir sur le banc des servants de messe. Sœur Jeanne-de-Bohème prit place à ses côtés.

— Il y a longtemps que tu l'as vue ? demanda-t-elle, employant sciemment le tutoiement de leur jeunesse, en l'absence d'autres personnes.

— Oui, des années. C'est elle qui m'a annoncé ton décès, sur les ordres de mon père, j'imagine. Elle avait l'air tellement désolée... je ne pouvais pas me douter qu'elle me mentait.

— Quel gâchis...

Pour la première fois depuis leurs retrouvailles, les amoureux de jadis se permettaient d'évoquer le passé. Augustin leva les yeux vers celle qu'il adorait ; le décès de sa mère lui rappelait la brièveté de la vie

— Doralice, chuchota-t-il, est-ce qu'il t'arrive, de temps en temps, de penser à nous deux ?

— Tous les jours…

Une larme roula sur la joue de la religieuse, une perle d'eau qu'Augustin sécha du bout de son index.

— Ne pleure pas. Je t'aime toujours, lui avoua-t-il, ne l'oublie jamais. Je me dois à Dieu, j'ai prononcé des vœux… mais tu conserves la meilleure place dans mon cœur.

— C'est douloureux.

— Je sais… faisons confiance à… à notre destinée. Nos sentiments sont si purs, si grands, il est inadmissible que nous ne trouvions pas une manière de leur ouvrir la porte de nos cœurs… de nos corps, osa Augustin. Tu te rappelles ce fameux soir, de notre sortie au théâtre ?

Au souvenir de leur nuit, dans une misérable chambre d'un petit hôtel miteux de Québec, Doralice frissonna.

— Tu es prêtre… je suis religieuse… évoqua-t-elle, tristement. Ça fait des années que je consacre mon existence à Dieu… et nous savons tous les deux quel châtiment entraîne la trahison de nos vœux… ça mérite l'excommunication.

Ils étaient dans la nef de son église, aussi Augustin réprima son élan de lui dire à quel point sa soumission à Dieu lui pesait certaines nuits. Surtout que, de plus en plus, il croyait que l'excommunication était une peine inventée par l'Église pour soumettre dans la peur les récalcitrants à ses directives.

Pour faire taire sa conscience, il se força à répondre :

— Nos vœux sont exigeants, mais ils ne devraient pas nous empêcher d'être amis. Qu'en dites-vous, sœur Jeanne ?

La religieuse lui adressa un triste sourire, avant de se lever et de s'éloigner.

Pour l'instant, Augustin Davignon avait un devoir filial à accomplir : rendre un dernier hommage à sa mère. Marie-Germaine aussi avait été une victime de l'Église, qui ordonnait, à travers ses commandements, la soumission de la femme à son époux. Dans son cas, l'obéissance à un homme autoritaire l'avait privée de toute possibilité de choisir, dans quelque domaine que ce soit. Contrainte à ce patriarcat, dicté par l'Église, elle avait renoncé à ses propres rêves de vie… Aujourd'hui, il en prenait conscience.

13

JOURNAL D'AUGUSTIN DAVIGNON

Val Roussillon, jeudi 7 décembre 1944

Je suis descendu du train, tard hier soir, au cœur d'une violente tempête de neige. En faisant face à la bourrasque, pour rejoindre mon logis en haut de la salle municipale, il m'est venu une idée.

Mais commençons par le début.

Revoir mon père, retrouver sa suffisance qui n'a pas vieilli d'un iota, contrairement à lui qui ressemble maintenant au croquemitaine de mes contes d'enfant, m'a blessé au plus profond de mon être. Savoir qu'il m'a privé des lettres de Doralice, en me faisant croire qu'elle était morte, n'avait rien pour m'inciter à tenter un rapprochement. J'ai eu envie de lui révéler sa présence, à Val Roussillon, pour voir sa réaction. Puis j'ai renoncé. Cet homme est cruel et manipulateur. Dans le but de me faire mal, de me faire payer ma révolte face à ses odieux préceptes, il aurait pu jouer de ses influences à l'évêché, afin que sœur Jeanne soit expédiée ailleurs.

Je me suis donc offert la dignité de l'ignorer.

Chaque fois que je replonge dans ce milieu, où l'argent et le prestige de la profession font loi, j'ai envie de hurler au nom des sans-voix que la pauvreté réduit au rang d'invisibles. Au salon funéraire, en circulant au milieu des gens présents, pas une seule fois je n'ai entendu vanter les mérites de ma mère, une dame qui pourtant se dévouait à plusieurs causes, celle des orphelins, entre autres.

Il n'était question que de la guerre qui se prolonge, du nouveau juge nommé à la cour supérieure ou de la cote de la bourse.

Comble de l'abomination, dans son homélie, son éminence, monseigneur Jean-Marie Rodrigue Villeneuve, archevêque de Québec, a souligné la bienveillance de la défunte, en l'appelant ainsi : madame Théophile Davignon. Quelle absurdité ! Maman n'a pas pu quitter ce monde sous son propre nom… Elle s'appelait Marie-Germaine Bouffard.

Heureusement, ma jeune sœur Marie était présente. Une sœur que j'ai à peine connue, puisqu'elle est née vingt-deux ans après moi. Sans être au courant des détails, je sais que maman a fait plusieurs fausses couches après ma naissance, aussi Marie fut certainement un bébé surprise. Indulgente, elle a tenté de m'influencer pour que je pardonne à notre père, mais, cela, je ne pouvais pas le lui consentir. En revanche, je lui ai accordé la majorité de mon temps. Marie va poursuivre les œuvres de maman, et aussi s'occuper de notre père… Pauvre elle, encore au début de la vingtaine. Elle sera pour lui un parfait bâton de vieillesse. Tiens, c'est peut-être ce que souhaitait Théophile en lui donnant la vie. Quoi qu'il en soit, j'anticipe une existence de sacrifices à venir pour ma sœur.

Après les funérailles, elle et moi avons eu la surprise d'être convoqués chez le notaire. À notre grand étonnement, Marie-Germaine Bouffard – elle a pu faire son testament sous son véritable nom – faisait de nous ses héritiers d'une somme assez rondelette, qu'elle avait reçue au décès de ses parents. Comment cette épouse sans nom était-elle parvenue à soustraire cet argent à la mainmise de son mari ? Une preuve que Marie-Germaine avait ses secrets… Une découverte qui nous a fait sourire, Marie et moi.

Sur le coup, j'ai pensé abandonner ma part à Marie, puis l'idée du presbytère de mes rêves, sur le promontoire m'est revenue. Voilà un projet enthousiasmant qui m'aidera à passer par-dessus les sentiments contradictoires qui me tiraillent actuellement. Une suggestion à présenter aux marguilliers dès notre prochaine réunion.

Je serais étonné qu'ils s'y opposent, étant donné que je me chargerai presque entièrement des frais de construction de la bâtisse.

Je suis conquis à la perspective de voir s'ériger sur le pic rocheux, là où tous les gens pourront l'admirer, une magnifique demeure... construite à la gloire de Dieu, bien sûr ! J'y ferai installer des vitraux qui représenteront les quatorze stations du chemin de la croix. Je m'emballe ! Mais je suis certain que monseigneur l'évêque ne pourra pas faire autrement que d'être ravi de mon initiative...

: :

Val Roussillon, samedi 17 mars 1945

Si le projet de construire le presbytère sur le roc avait d'abord étonné les gens de Val Roussillon, en apprenant que c'était leur curé qui paierait de sa poche la majorité des frais engendrés, ils s'étaient ralliés à son projet.

En cette belle matinée de mars, un entrepreneur de Québec, ayant une succursale à Amos, Esdras Dubreuil, une connaissance de longue date d'Augustin, arriva sur place avec sa machinerie pour niveler le rocher.

— Je profite de la saison morte et de la fin de semaine pour effectuer vos travaux, fit-il savoir au maire et au prêtre venus à sa rencontre. De cette façon, mes services et ceux de mes hommes, mécaniciens, dynamiteurs, et tout le reste, vous seront fournis à prix d'ami.

— Vous pensez vraiment parvenir à aplanir suffisamment ce gros caillou pour y construire un presbytère ? s'inquiéta Archibald

— Sans aucun problème, se vanta Dubreuil. Nous creuserons aussi une cave, assez profonde pour y marcher debout.

— Étonnant ce que nous pouvons faire de nos jours avec de l'équipement approprié ! s'exclama Archibald.

— Puis nous excaverons le roc. Il faut un garage à monsieur le curé, s'il veut abriter sa nouvelle automobile, ajouta l'entrepreneur en lançant une œillade sympathique vers son ami Augustin.

— Vous avez toute mon admiration, nota le maire. Moi, c'est à peine si j'arrive à creuser le sol, quand ma femme me demande de l'aide dans le jardin, derrière chez moi.

— À chacun son métier, s'enorgueillit Esdras. Nous avons également prévu une chambre froide. Ensuite, je suggère qu'avec ces gros cailloux de granit extrêmement durs, nous érigions une terrasse. La perspective que vous auriez sur le lac serait superbe, à cette hauteur. Imaginez les couchers de soleil, la lune qui se mire dans l'eau… Mon cher Augustin, j'applaudis ton idée de construire ton presbytère sur ce promontoire.

— Et moi, tes talents d'entrepreneur, le remercia Augustin, fier que son rêve puisse se réaliser. Je suis parfaitement d'accord pour un belvédère face au plan d'eau. La vue, comme tu dis, y sera magnifique.

Dressé fièrement sur le cap rocheux, le prêtre jeta un œil sur les alentours. Tout lui semblait plus petit, regardé d'en haut. Il eut une pensée pour sa mère, à laquelle il devait l'argent des travaux. Une femme discrète, distante avec lui, qui l'avait sûrement aimé et protégé, à sa manière, dans la mesure de ses possibilités.

Des dames de la paroisse, invitées par Justine et sœur Jeanne-de-Bohème, imaginaient le décor, intérieur et extérieur de leur nouveau presbytère. Pour certaines, c'étaient les rideaux, les cadres et, pour d'autres, les aménagements floraux ou paysagers. Le projet d'un presbytère haut perché, qui deviendrait un symbole de leur communauté, faisait la joie de tous.

Sœur Jeanne, habile en dessin, esquissait au crayon les stations du chemin de la croix pour les vitraux auxquels Augustin avait songé. Dans le but de rendre le travail plus coopératif et intéressant, elle avait suggéré à ses élèves de septième année de lui soumettre des croquis. Elle pourrait ensuite les parfaire avant de les présenter à un vitrailliste de Québec, dont Justine avait repéré l'annonce dans un exemplaire du journal *Le Soleil* que le prêtre recevait par la poste.

Malgré son état de femme enceinte, Justine avait obtenu la permission d'Archibald qu'il la laisse poursuivre ses tâches de ménagère et de sacristine. Le soutien de monsieur le curé dans sa démarche l'avait aidée.

— Comme c'est pour l'Église, je suis d'accord. À condition, toutefois, que tu ne négliges pas ta besogne à l'épicerie ni l'entretien de la maison, l'avait-il prévenue.

Archibald était tantôt brusque, sans tendresse, mais toujours bon et généreux. Justine avait appris à le connaître et, consciente qu'elle ne pouvait pas le changer, elle se contentait de ce qu'il lui offrait. L'amour, elle l'avait connu dans les bras de son premier mari, c'était maintenant derrière elle, et c'était bien ainsi.

Tôt ce matin de mars, à quelques jours d'accoucher, Justine rejoignit sœur Jeanne à la sacristie, tandis qu'Honoré, qui l'avait accompagnée, se rendait dans le chœur pour s'assurer que tout était prêt pour la messe. À sa grande surprise, la religieuse avait les yeux rougis ; d'évidence, elle avait pleuré. Bien qu'elles soient devenues des amies, et qu'elles échangent des confidences à l'occasion, Justine n'osa pas la questionner. Si elle souhaitait se raconter, sœur Jeanne-de-Bohème savait qu'elle pouvait compter sur sa discrétion. Les deux femmes travaillèrent en silence à préparer le nécessaire pour l'office de ce jour et prendre de l'avance pour les deux messes du lendemain.

Quand tout fut prêt, au moment où Justine s'apprêtait à partir, sœur Jeanne se laissa choir sur un banc. Elle essuya une larme.

— Ce que je trouve le plus ardu en religion, avoua-t-elle, c'est de ne pas pouvoir rendre visite à la famille dans les moments difficiles. C'est comme si le fait de devenir religieuse nous rendait inaptes à avoir des sentiments envers ceux que nous avons aimés dans notre vie d'avant.

— Vous ne m'avez jamais parlé des vôtres, nota Justine. Vous avez encore vos parents ?

— Non. Ni frère ni sœur. Il me restait une cousine, Aglaé, une amie pour moi, avec laquelle j'ai toujours maintenu une correspondance, espacée, mais régulière. Je viens d'apprendre qu'elle est morte, il y a plus d'un mois. Personne n'a eu l'obligeance de me prévenir, pourtant ma supérieure a certainement été avertie de son décès. Aglaé était ma seule parente encore vivante, inscrite à mon dossier. Faute d'aller à ses funérailles, j'aurais pu écrire un mot à ses enfants, pour les consoler au moment du départ de leur mère.

— Je suis désolée… vous avez toute ma sympathie.

Sœur Jeanne-de-Bohème sortit un mouchoir et s'essuya les yeux.

— Parfois, dans des moments aussi dénués d'humanité, si je n'avais pas prononcé des vœux perpétuels, je quitterais ma communauté. Et sans regrets ! ajouta-t-elle en haussant le ton.

La voix du prêtre leur parvint de la nef. Augustin Davignon venait d'arriver pour dire sa messe du matin. Sœur Jeanne se redressa et reprit contenance.

— Ne lui parlez pas de mon problème, supplia-t-elle Justine. Vous êtes ma confidente, je préfère que nous gardions ça entre nous.

— Bien sûr, il est permis d'avoir de petits secrets, entre…

La future maman ne termina pas sa phrase, elle porta une main à son ventre en grimaçant.

— Ça ne va pas ? s'inquiéta la religieuse.

— Une douleur très forte, répondit Justine, retenant une plainte. Si je me fie aux fois précédentes, je ne serais pas étonnée d'accoucher aujourd'hui.

— Alors, il faut rentrer chez vous tout de suite.

Augustin venait d'arriver dans la sacristie. Devant leur affolement, il s'informa de ce qui se passait. En apprenant l'état de Justine, il s'offrit aussitôt pour la reconduire chez elle, en automobile.

— Ne refusez pas, la prévint-il. J'ai amplement le temps avant le début de la messe. Si je dois commencer en retard, ce sera pour la bonne cause.

Justine se leva, mais une violente crampe l'obligea à se rasseoir.

— Je vous accompagne, décida Jeanne-de-Bohème en l'aidant à se mettre debout. Visiblement, le temps pressait.

Pendant que les premiers paroissiens entraient dans l'église pour la messe du matin, le trio quittait les lieux par la porte de côté. En quelques minutes, ils furent devant l'épicerie. Étonné de voir son curé stationner sa voiture en face de chez lui si tôt le matin, Archibald sortit dans le froid sans endosser son manteau. Dès qu'il vit le faciès crispé de Justine, il comprit qu'elle était sur le point d'accoucher. Nerveux – son unique enfant, Abel, avait déjà dix-sept ans –, il s'empressa de l'aider. Avec précaution, ne sachant pas trop comment s'y prendre, il passa un bras autour de sa taille. Pour la première fois depuis leur mariage, Justine ressentit une vague de tendresse de la part de son mari, qui l'encourageait avec des mots très doux, un ton qu'il n'avait jamais emprunté avec elle.

: :

Val Roussillon, jeudi 2 avril 2020

Mathéo éteignit son cellulaire. Le FaceTime avec son père, qui n'avait duré que quelques minutes, l'inquiétait. Il trouvait inadmissible l'impossibilité d'échanger avec les gens malades, dans les hôpitaux et les centres d'hébergement de longue durée.

— Quand tu es souffrant, tu as besoin des tiens à tes côtés! s'emporta-t-il. Papa a eu une conversation avec maman, quelques minutes seulement, grâce à une infirmière qui s'est servie de son iPad… C'est pitoyable, cette situation!

— Il y a au moins une bonne nouvelle. Joanne semble en voie de guérison, selon les dires de Charles, l'encouragea sa femme.

— J'ai hâte que maman soit de retour à la maison, c'est uniquement là que je pourrai respirer. Ce satané virus… nous ne savons jamais comment il va frapper. Il paraît avoir tellement d'angles d'attaque différents.

— L'âge de Joanne joue en sa faveur. Il faut avoir confiance, mon chéri. Sinon, on va devenir fous, à attendre dans la crainte permanente d'une mauvaise nouvelle.

Évangéline alla quérir un sac qu'elle avait déposé sur le bureau en revenant de faire quelques emplettes.

— Qu'est-ce que c'est? s'informa son mari.

— Je ne sais pas si tu l'as remarqué, mais, à côté de l'épicerie, il y a une minuscule librairie.

— Oui, j'ai vu.

— J'ai eu envie de me changer les idées, avec la lecture d'un bon roman. La charmante vieille dame qui m'a reçue, masquée, avec des gants… m'a suggéré ce livre, *Les amants maudits de Spirit Lake*, qui a été traduit en ukrainien, d'ailleurs. Il est d'une auteure québécoise qui écrit toujours avec l'Abitibi en trame de fond: Claire Bergeron.

— Je ne la connais pas.

— Elle m'a assuré que découvrir la plume de cette écrivaine, c'était l'adopter. Madame Bergeron a plusieurs romans à son actif. Alors, si j'apprécie son style, si ses informations sur l'Abitibi me rejoignent et que j'aime ses intrigues, je viens de m'offrir une véritable petite mine d'or pour passer mon temps de confinement.

— Tu me feras part de ton opinion. Je lirai peut-être le livre à mon tour… En passant, est-ce que tu as pu obtenir des nouvelles d'Honoré?

— Non, malheureusement. Pauvre vieil homme… à l'hôpital… seul, qui risque de mourir sans personne à ses côtés…

— C'est affreux !

— Ça me fait davantage de peine à cause du journal du curé Davignon. Ça nous donne l'impression de connaître cet homme depuis ses jeunes années… avec sa mère, qui, à notre dernière lecture, était sur le point d'accoucher de Lucette, sa demi-sœur, qui est en même temps la tante de Raymond… c'est fou comme le passé et le présent se rejoignent.

Mathéo regarda l'heure à sa montre. Quinze heures dix. Un peu tard pour entreprendre un travail de rénovation, mais encore suffisamment tôt pour lire quelques pages du carnet du prêtre avant de préparer le souper.

Chaque jour qui passait, dans la paix et la lenteur, était fascinant. Toujours à courir, de l'éveil au sommeil, les nouveaux propriétaires du presbytère ne s'étaient jamais rendu compte qu'il existait une autre façon de vivre, qui faisait de la place au monde intérieur, celui de la pensée et des souvenirs. *Un art de vivre que l'on découvre à la retraite, si on a la chance d'y parvenir,* songea Évangéline, *d'où l'obligation d'agir aujourd'hui, en se demandant ce que l'on aimerait se rappeler demain…*

14

JOURNAL D'AUGUSTIN DAVIGNON

Val Roussillon, lundi 31 décembre 1945

Je suis fier et ému, tout à la fois. Mon presbytère, non, notre presbytère, se dresse majestueusement sur le promontoire à l'entrée du village. Je le reconnais, je pèche par orgueil... Je m'autorise cependant cette faute parce que la joie de mes paroissiens est palpable, autant que la mienne. Chaque famille, chaque membre de notre communauté a tenu à faire sa part dans la construction ou la décoration de notre maison du peuple. Chacun sera toujours le bienvenu. On m'a offert plus de catalognes que je ne pourrai en utiliser, et davantage de cadres que j'ai de murs, et pourtant, Dieu sait qu'il y en a des cloisons dans l'immense demeure de son représentant ! Étant donné son désintéressement, Dieu n'est certainement pas jaloux que je sois mieux logé que Lui, à Val Roussillon. Bien sûr, j'ai demandé qu'un crucifix soit installé dans chaque pièce.

Madame Justine Boudriault m'a prévenu que faire le ménage de ma nouvelle résidence était au-dessus de ses forces, ses tâches de mère et d'épicière prenant tout son temps. Les marguilliers m'ont suggéré d'engager une servante ; il y a un espace prévu à cet effet, séparé des autres appartements. J'ai refusé. J'aime trop ma tranquillité, pour ne pas dire ma solitude, pour encombrer mon quotidien de la compagnie d'une inconnue. Sœur Jeanne-de-Bohème m'a alors offert son aide et celle de ses compagnes pour s'occuper, à tour de rôle, de l'entretien du bureau et de la bibliothèque. Il y a de la paperasse à remplir, les mariages, les naissances, les décès, et je souhaite aussi que les livres de ma bibliothèque soient mis à la disposition de tous. Une dame du village viendra, trois jours par semaine, pour cuisiner des repas et faire le ménage en profondeur des autres pièces. Tout ça est à l'essai, nous ajusterons au fil du temps.

À l'extérieur, les travaux sont terminés. Il ne reste que l'aménagement paysager, prévu pour le printemps prochain. C'est incroyable la quantité de suggestions que nous avons reçues pour la conception des diverses plates-bandes. On m'a remis des graines, des arbustes, et j'en passe. Tous les paroissiens sont enthousiasmés à l'idée de participer aux travaux.

Je me félicite de cette idée d'un presbytère sur le cap rocheux. Voilà un projet qui a réuni tout le monde dans son élaboration, et qui m'a permis de créer des liens avec chacun des membres de ma nouvelle communauté.

Étant donné ta discrétion, cher journal, je peux bien te l'avouer, l'intensité de ce travail, mon implication totale et entière dans les plans, dans l'édification, et jusque dans la décoration de mon milieu de vie, tout cela m'a aidé dans ma difficile traversée de la période de mes retrouvailles avec Doralice. Doucement, d'un jour à l'autre, je me suis habitué à la côtoyer… en ami. Ce n'est pas toujours facile, mais je sens dans mon esprit… et dans mon corps, que le pire est derrière moi. Je prie Dieu à chaque réveil de me soutenir dans ma démarche; après tout, c'est Lui qui m'a appelé à le servir, en sachant très bien que la femme que j'aimais était vivante. Quelquefois, quand un moment de faiblesse m'assaille, je me demande pourquoi Il a ramené Doralice dans ma vie, devenue si paisible au fil des ans. Si c'est pour tester ma foi, ou la force de mes vœux, je trouve que c'est une bien mauvaise farce!

Revenons à mon presbytère.

Pour souligner la fin des travaux et mon entrée dans ma nouvelle demeure, une semaine avant Noël, j'ai proposé à la fabrique d'organiser une fête, la veille du jour de l'An. Une célébration qui réunirait tout le monde, dans la joie et l'unité. Lors de cette discussion avec les marguilliers, en présence de nos concitoyens, une dame de la paroisse m'a demandé si j'autoriserais de la danse, activité, selon elle, défendue par monseigneur l'évêque. Je lui ai répondu qu'à Val Roussillon, nous étions suffisamment évolués pour nous amuser au sein de notre communauté, sans arrière-pensées qui risqueraient de mettre en péril la réputation de l'un d'entre nous. Les jeunes, et même une grande partie des plus âgés, ont applaudi ma répartie.

Monsieur le maire Boudriault a suggéré d'attendre à l'été, pour une rencontre en plein air, plutôt que dans la salle paroissiale. Son idée fut rejetée à l'unanimité. « Les gens ont travaillé tellement fort, c'est la période des fêtes, aussi bien festoyer maintenant », a fait valoir Émile Levasseur, mon bedeau, quitte à trouver autre chose à célébrer, le beau temps venu. Émile est un joyeux luron qui chantonne du soir au matin. Je l'aime bien pour veiller au bon déroulement des offices et pour l'entretien de l'église.

Donc, ce soir, nous serons tous réunis dans la salle municipale, notre ancienne chapelle, heureux de partager la réussite d'un projet commun. Comble d'agrément, en cette veille du jour de l'An, le temps est de notre côté: aucune tempête de neige en vue. Les familles de la campagne pourront donc se joindre à la fête, sans inquiétude de rester bloquées au village et de ne pas pouvoir revenir à temps pour faire le train, demain matin.

: :

Dans la salle municipale, au son d'une musique du temps des fêtes que jouait sœur Jeanne-de-Bohème au piano, des dames et des jeunes gens décoraient la pièce en prévision des festivités à venir. Des tables, fabriquées de chevalets et de panneaux de bois, étaient placées en longues rangées, parce que la soirée serait précédée d'un souper communautaire auquel tous étaient conviés.

— Vous êtes certaine d'avoir distribué à chacune la liste de ce qu'elle doit préparer pour ce soir ? s'informa Juliette Levasseur à l'épouse du maire.

— Oui, et chacune était bien d'accord.

— Vous ne sentez pas la bonne odeur des tourtières ? fit remarquer Pénélope.

— Bien sûr, affirma Justine.

— Ce sont mes filles, elles sont à la tâche depuis très tôt ce matin. C'est une chance d'avoir un poêle à bois dans l'arrière-salle, ça permet de cuisiner sur place.

Leur conversation fut interrompue par l'entrée d'Abel Boudriault, les bras chargés de branches de sapin.

— Je peux déposer ça ici ? demanda-t-il à sa belle-mère en désignant un coin libre.

Justine lui répondit par l'affirmative.

— Votre beau-fils a eu une excellente idée d'accrocher du sapin autour de la pièce, nota Juliette en reniflant. Ça sent déjà bon.

Des garçons vinrent à la rencontre d'Abel, heureux de participer à la tâche. Les jeunes filles les suivirent, avec des rubans, des cocottes et des boules multicolores à ajouter aux branches odorantes.

Debout au milieu de ce brouhaha, le curé de la paroisse observait le va-et-vient de ses ouailles qui évoluaient en parfaite harmonie, de quoi le rendre fier. Il jeta un œil vers sœur Jeanne-de-Bohème, assise au piano. Comme si elle avait senti le poids de son regard, elle se retourna et lui sourit. Depuis seize mois qu'ils se côtoyaient quasi tous les jours, leurs sentiments d'antan avaient cédé la place à de l'estime et à de l'admiration. Une agréable amitié s'installait entre eux. S'il arrivait, à certaines occasions, que le cœur de l'un ou de l'autre ait envie d'exiger davantage, ils n'en laissaient rien paraître. Un sacrifice de plus à l'historique de leurs existences, qu'ils offraient à Dieu, pour le salut de leurs âmes éternelles. C'est ce que leur dictait l'Église, à travers ses principes sacrés, destinés à réglementer leur conduite sur la voie qui menait vers le Ciel.

En fin de journée, sous un ciel noir constellé d'étoiles, les citoyens de Val Roussillon, dans leurs vêtements d'apparat, se dirigèrent en cortège vers la salle municipale. Ils étaient accompagnés de leurs enfants, seulement ceux en âge d'assister à une fête d'adultes, puisqu'il était prévu que la soirée se prolonge au-delà de minuit, afin de pouvoir traverser ensemble vers la nouvelle année. Les plus jeunes étaient demeurés à la maison, sous la supervision d'une grand-maman, d'une tante vieille fille ou d'une personne engagée pour l'occasion, souvent une adolescente, heureuse de gagner quelques sous. L'année 1945 se terminait dans l'allégresse, la guerre était finie, les hommes étaient de retour dans leurs familles, l'avenir s'annonçait meilleur, rempli de promesses.

Assis à la place d'honneur, Augustin Davignon se remémorerait l'impression qu'il avait eue, lors de son arrivée dans la paroisse, le 24 mars 1943. Il se souvenait de son envie folle de repartir ; l'entente de dix ans, conclue avec monseigneur, lui paraissait alors une éternité. Voilà que ce soir, en regardant les gens attablés, ses ouailles, ses amis, il trouvait que le temps filait trop vite, une décennie lui semblait bien courte.

Le maire Boudriault, assis à sa droite, interrompit sa rêverie.

— Monsieur le curé, c'est le moment de dire le bénédicité, le prévint-il. Vos paroissiens attendent pour manger.

Augustin se leva et sourit à l'assistance.

— Mes amis, commença-t-il, bien chers amis, il n'y a pas de prêtre dans l'univers plus fier que moi, en cette fin d'année. Avec son relais de chemin de fer, ses moulins, ses terres fertiles, mais surtout, ses gens extraordinaires, Val Roussillon est pour moi une collectivité privilégiée, dont je m'enorgueillis d'être le pasteur. Ce soir, je nous félicite, tout le monde, pour ce superbe presbytère que nous avons érigé sur le promontoire, à l'entrée du village. Cette demeure est, et restera pour toujours, le symbole de la coopération et de l'entraide des citoyens de Val Roussillon. Nous sommes une communauté tissée serré, dans l'amour de notre prochain, pour la gloire de Dieu.

Une salve d'applaudissements salua ses mots.

— En bénissant ce repas, poursuivit-il, je rends grâce à Dieu pour Ses bienfaits et Sa générosité à notre égard à tous. Que Sa paix et Ses largesses descendent sur chacun de vous et vous conservent en excellente santé.

— La santé! clama le maire. Voilà l'essentiel!

— Maintenant, le buffet nous attend, indiqua le prêtre. Bon appétit, mes chers amis!

Une première tablée se leva. L'ordre pour aller se servir avait été tiré au hasard, quelques minutes plus tôt. Le bruit des chaises que l'on recule, amplifié par celui des voix et des rires, envahit aussitôt la salle. Augustin Davignon se cala dans son siège, heureux et satisfait du travail accompli. Sœur Jeanne avait délaissé le piano pour rejoindre Justine, derrière le buffet des victuailles. Elle lui prêtait main-forte pour superviser le service. Il était content qu'une amitié se soit tissée entre les deux femmes. Justine était une personne simple, dévouée à ses semblables, qu'il appréciait. Elle était à ses côtés depuis son arrivée dans la paroisse, et sa connaissance des lieux et des personnes lui avait permis de s'acclimater plus rapidement à sa nouvelle cure. Voilà qu'elle accueillait avec autant de grâce sœur Jeanne-de-Bohème. Au cours de l'été précédent, il les avait vues se balader dans la rue principale, en poussant le carrosse de la petite Lucette. Augustin souhaitait que Doralice se plaise à Val Roussillon. Il aimait sa compagnie et, surtout, il aurait désormais de la difficulté à s'en priver.

: :

Le repas était terminé, les tables, nettoyées et l'intensité des lumières, baissée; la salle était prête pour une soirée de danse. Abel Boudriault sortit sa guitare, son père, son violon, et Émile Boulet, son accordéon en prévision de faire swinger la compagnie. Augustin profita de ce moment pour se retirer. Son plan était de revenir quelques minutes avant minuit pour accueillir la nouvelle année en compagnie de ses ouailles. Son absence leur permettrait de festoyer dans une gaieté qu'ils ne s'autoriseraient sans doute pas sous le regard de leur pasteur. Bien que les boissons alcoolisées soient interdites, il avait remarqué la cruche de vin et le flacon vert de gros gin, dissimulés dans l'arrière-salle. Après tout, l'intempérance n'était pas un problème dans sa paroisse. C'était la veille du jour de l'An, une incartade d'un soir ne dérangeait personne, aussi il avait choisi de fermer les yeux.

Tandis que les musiciens ajustaient leurs instruments, il quitta donc la salle en douce. Sœur Jeanne et ses compagnes, Anne-des-Anges et Madeleine-de-Jésus, le suivirent pour faire un bout de chemin en sa compagnie.

— Quelle belle soirée! s'enthousiasma Madeleine-de-Jésus. Le souper était délicieux! On devrait avoir des fêtes comme celle-là plus souvent.

Anne-des-Anges approuva et, taquine, elle ajouta:

— Quel dommage que l'on soit obligées de partir avant la danse... j'aimais tellement ça me trémousser, quand j'étais adolescente.

Madeleine-de-Jésus prit sa main et toutes les deux s'élancèrent à la course vers le couvent, qui était à proximité de la salle municipale.

— Elles sont jeunes, remarqua le prêtre. C'est agréable de les voir heureuses, ensemble.

— Oui, elles s'entendent très bien, nota sœur Jeanne sur un ton qui intrigua Augustin.

Pourtant, il choisit de ne pas poser de questions. Les religieuses, aussi maîtresses d'école, accomplissaient un excellent travail auprès des enfants de la paroisse, c'est ce qui comptait à ses yeux. Tant qu'on ne venait pas lui confier de problèmes, en confession ou autrement, il préférait s'abstenir d'en chercher.

Arrivée devant le couvent, sœur Jeanne fit une halte. Quelques flocons de neige dansaient dans l'air froid quand elle se tourna vers son compagnon. Un éclair traversa son regard : l'espace d'un instant, elle se revit à la sortie du théâtre, des années auparavant… Rapidement, elle relégua ce souvenir aux oubliettes.

— Sœur Madeleine avait raison, c'était une belle soirée, se contenta-t-elle de souligner, avant de s'éloigner.

Sans un mot, le prêtre la laissa filer. Il poursuivit sa route en direction de son nouveau presbytère. *Quelle superbe résidence*, songea-t-il en l'observant, dressée dans toute sa majesté, sur un fond de ciel noir. Malgré lui, un sentiment de solitude le troubla et vint ternir sa joie…

: :

Dès que monsieur le curé avait quitté les lieux, Archibald avait tamisé les lumières et appelé les musiciens. Émile Boulet les avait rejoints, il était le *calleur* attitré des sets carrés. En quelques minutes, les couples plus âgés s'étaient rendus sur la piste et s'étaient mis à tournoyer allègrement au son de la musique, entraînés par la voix du bedeau.

Les plus jeunes, qui s'étaient regroupés autour d'une même grande table, patientaient en attendant que viennent les slows… une danse qui leur permettait d'attirer contre eux le corps de leur partenaire, dans la pénombre, sans que les parents froncent les sourcils.

À onze heures quarante-cinq, Émile Boulet, en bedeau vigilant qu'il était, commença à surveiller l'horloge. Il ne fallait surtout pas manquer le premier coup de minuit. La soirée avait été réussie. À travers la fumée de pipes et des cigarettes qui flottait dans l'air, il constatait que tout le monde semblait satisfait. Les plus âgés avaient pris la place des jeunes autour des tables, tandis que leurs enfants dansaient, enlacés. Abel Boudriault à la guitare et Justine, sa belle-mère, qui s'était assise au piano, jouaient de douces mélodies, de quoi faire rêver, en cette belle fin d'année.

Soudain, le bedeau aperçut des flammes… qui montaient derrière Abel.

— Le feu ! hurla-t-il en pointant la scène.

Abel se retourna. Les branches de sapin qui servaient de décoration étaient en feu. Il s'empara de son veston sur le dossier de sa chaise et, de toutes ses forces, il frappa contre le feu pour l'éteindre. Au lieu de l'effet escompté, des étincelles s'éparpillèrent et elles se répandirent dans la salle. En une fraction de seconde, les branches de conifères s'enflammèrent et le feu courut autour de la salle. Paniqués, les gens bondirent sur leurs pieds et, renversant leurs chaises, ils cherchèrent la sortie. À travers l'épaisse fumée, les flammes et les étincelles qui leur pinçaient l'épiderme, ils avancèrent à l'aveuglette. Des femmes tombaient, les hommes les aidaient à se relever, des cris jaillissaient de partout. Quelqu'un parvint à ouvrir la porte à l'avant de la salle. Un courant d'air froid invita la foule à se diriger dans cette direction, mais l'issue ainsi découverte était entourée d'une arche faite de branches de sapin. Elle flambait…

15

Val Roussillon, lundi 31 décembre 1945

Il était minuit moins dix. Augustin Davignon marchait lentement en humant l'air froid, le cœur submergé d'une paix profonde. Radieux, il allait rejoindre son monde pour accueillir avec eux la nouvelle année. Sans faillir à ses vœux, il était parvenu à unir ses ouailles autour d'un projet commun. Une réussite dont il pouvait se montrer fier.

Il passait devant le couvent lorsque...

— Le feu ! hurla-t-il.

Il venait d'apercevoir le rougeoiement des flammes à travers les fenêtres de la salle paroissiale. Il vit des gens quitter les lieux en trombe, pêle-mêle, à peine vêtus, en criant à tue-tête. Pour la plupart, ils s'affalaient dans la neige, se supportant les uns les autres. Le prêtre s'élança à toutes jambes vers la bâtisse, de laquelle s'échappait une horrible clameur.

Sœur Jeanne-de-Bohème venait de terminer une lettre aux enfants adultes de sa cousine Aglaé, décédée plus tôt au cours de l'année. Elle s'avança vers la fenêtre de sa chambre pour saluer les dernières étoiles de l'année 1945, avant de s'abandonner aux bras de Morphée.

Stupeur !

La salle municipale était en feu !

Sans réfléchir, elle se précipita dans le passage. Elle frappa à la porte de sœur Anne. N'obtenant pas de réponse, elle ouvrit. Le lit n'était pas défait. Sans cogner cette fois, elle entra avec fracas dans celle de Madeleine-de-Jésus. Les deux religieuses, étendues dans le même lit, émergèrent d'un sommeil profond. Elles se frottaient les yeux quand elles reconnurent leur supérieure.

— Qu'est-ce qui se passe ? demanda Anne-des-Anges, remontant le drap jusqu'à son cou.

Sœur Jeanne-de-Bohème n'avait pas de temps à perdre pour réagir à la situation incongrue. Elle lança :

— Levez-vous, et préparez le gymnase ! Sortez toutes les couvertures que vous trouverez... il y a le feu à la salle municipale.

Sans rien ajouter, abandonnant ses compagnes, demeurées bouche bée, elle se précipita dans l'escalier en jaquette de flanelle. Dans le hall, elle attrapa son manteau et enfila ses bottes. Ce n'est qu'une fois dehors, en courant en direction des lieux du drame, qu'elle réalisa qu'elle était tête nue, et en vêtement de nuit sous son manteau.

Elle vit des hommes, parvenus à s'extirper du brasier, qui cassaient des fenêtres. Supervisés par monsieur le maire, qui allait de l'un à l'autre pour prêter main-forte, ils aidaient des personnes à sortir par ces issues, hautes et étroites. C'est alors qu'elle aperçut Augustin, portant dans ses bras une femme qu'il venait de soustraire aux flammes.

Elle le rejoignit.

— J'ai fait organiser le gymnase, le prévint-elle. Le couvent est à deux pas, nous devrions y diriger les gens. Au moins, ils seront au chaud...

Archibald Boudriault l'avait entendue. Aussitôt, il donna l'ordre à ses concitoyens de se rendre à l'école, juste à côté.

— Que ceux qui en sont capables aident les blessés ! ajouta-t-il en pointant des personnes assises par terre, qui toussotaient dans la neige.

Philémon Levasseur, pompier volontaire, avait sorti le camion de la caserne d'en face et il se préparait à arroser.

— J'ai demandé à Edgar, mon garçon, de prévenir la brigade de Taschereau, lança-t-il au maire. Nous avons besoin de plus d'effectifs.

Après avoir remis la dame qu'il portait à un membre de sa famille, Augustin enleva son manteau. Il nuisait à ses mouvements. Puis il s'élança de nouveau vers la bâtisse en flammes, d'où parvenaient toujours des gémissements. Sœur Jeanne-de-Bohème le vit entrer, elle poussa un cri qui se perdit dans la cacophonie ambiante. Le toit étant sur le point de s'effondrer, retourner dans la salle à ce moment-ci était une véritable folie. Elle trembla pour lui. Autour d'elle, des hommes cherchaient leurs femmes, des épouses, leurs maris, et des parents, leurs grands enfants. Les retrouvailles étaient accompagnées de cris de joie, le contraire, ponctué de lamentations.

— Plusieurs personnes ont trouvé refuge au couvent. Les vôtres y sont sûrement, prévenait-elle les inquiets pour les encourager.

Rassurés ou non, tous prenaient la direction de l'école, où les lumières extérieures avaient été allumées. L'établissement scolaire se dressait comme un phare, au milieu d'une nuit de tempête, pour attirer les survivants.

Pendant ce temps, son écharpe enroulée autour du visage, Augustin essayait de découvrir l'endroit d'où lui parvenaient les sons. Il réalisa qu'Émile Boulet, son bedeau, l'avait suivi.

— Ma femme, l'informa ce dernier, elle n'est pas dehors.

Ensemble, ils bravaient la fumée dense, de même qu'une insupportable chaleur. À tâtons, ils avançaient avec courage vers les voix, qui s'affaiblissaient. Augustin heurta un corps, au moment où Émile repérait son épouse, étendue par terre. Pénélope se débattait, coincée sous un chevalet. Son mari l'aida à se relever et, toussant, il lui indiqua la sortie.

— Il y a quelqu'un d'autre, là-bas, la prévint-il. Va ! Je te rejoins.

— C'est maman, eut-elle le temps de lui dire, avant de disparaître dans un nuage sombre.

Émile marcha vers sa belle-mère, inerte, un peu plus loin. De son côté, le curé Davignon avait reconnu Justine, elle râlait, semiconsciente. Il la souleva dans ses bras, puis il opéra un demi-tour vers la sortie, en criant à Émile de se dépêcher. Le feu dévorait le bas de sa soutane ; il eut à peine le temps de sortir que son vêtement s'enflammait. Rapidement, il déposa son fardeau et, d'un coup sec, il fit voler les boutons dans les airs et il jeta sa tunique dans la neige.

Le docteur Omer Lacombe, présent à la soirée, évaluait les blessés et les dirigeait vers le couvent, en attendant qu'arrivent les secours de l'hôpital d'Amos. Le médecin de garde, à l'Hôtel-Dieu, avait accepté d'envoyer une ambulance et une voiture avec deux infirmières à bord pour l'assister dans les premiers soins à donner. Pour l'instant, il était penché sur Justine, que le prêtre avait extirpée des flammes.

— Vous auriez pu y rester, reprocha-t-il à son curé.

Épuisé, Augustin n'en avait cure. Il se tourna vers la salle municipale, devenue une torche vive. Il n'avait pas vu Émile qui, au péril de sa vie, avait volé au secours de sa belle-mère, Roxana. Augustin sentit monter des larmes, qui lui brouillèrent la vue.

Les pompiers de Taschereau, la ville voisine, venaient d'arriver. Il les rejoignit. Philémon n'avait jamais cessé d'arroser. Aussi, après avoir salué les nouveaux intervenants, il lui demanda s'il avait aperçu son bedeau.

— Je l'ai vu entrer… mais pas sortir, lui dit Philémon. Ça ne veut pas dire qu'il est coincé dans la salle, plusieurs sont passés par en arrière ou par les fenêtres.

Un sinistre craquement se fit entendre. Devant les regards ahuris des personnes présentes, le toit s'écroula, lançant vers un ciel d'encre une énorme gerbe d'étincelles.

— Pourvu qu'Émile soit sorti et que personne ne soit encore à l'intérieur, murmura Augustin, ne pouvant cette fois empêcher ses larmes de déborder.

Elles roulèrent, abondantes, traçant des sillons sur ses joues noircies.

Archibald posa une main sur son épaule.

— Merci, pour ma femme, lui dit-il.

— Comment va-t-elle ?

— Le docteur Lacombe vient de partir avec elle, vers le couvent. Il ne peut rien me dire, pour l'instant. Dès que les choses se seront calmées, ici, j'irai aux nouvelles.

— Je souhaite de tout cœur que Justine s'en sorte.

— Je l'espère, souffla Archibald.

Puis, troublé, il ajouta :

— Je me demande comment tout cela a commencé...

— J'ai entendu certains dire que c'était un feu de cigarettes qui aurait touché le sapinage, le renseigna Philémon, bien placé depuis le début pour surprendre les conversations.

Debout devant les ruines, le pasteur de Val Roussillon réalisait l'ampleur de la tragédie qui venait de se produire dans sa communauté. La voix brisée, incapable de réciter la moindre prière, il traça dans l'air froid un signe de la croix.

: :

La bâtisse n'était plus qu'une ruine fumante. Le curé Augustin Davignon avait compris que sa place, désormais, était auprès de ses ouailles, réfugiées dans le gymnase de l'école. Il s'y rendit, le cœur à la dérive. Avant d'entrer, il retira son col romain, qui lui semblait dérisoire, sans sa soutane. Personne n'avait envie d'entendre évoquer la volonté de Dieu dans l'inimaginable tragédie, qui frappait en plein cœur sa paroisse de Val Roussillon. Cette nuit, c'est en ami qu'il allait à la rencontre des siens.

Il poussait la porte quand il vit se pointer une ambulance, gyrophares allumés, à l'entrée de la municipalité. Elle passait au pied du rocher, où se dressait son presbytère. Sa nouvelle résidence, qu'il avait quittée dans l'allégresse quelques instants plus tôt, ne lui inspirait plus rien. L'important, en cet instant, était de rejoindre ses gens et de prendre connaissance, à contrecœur, des pertes encourues.

En pénétrant dans le gymnase, la première personne qu'il aperçut, au fond de la salle, fut sœur Jeanne-de-Bohème. Sans sa cornette, le visage mouillé, elle lui parut incroyablement fragile, comme une poupée de porcelaine entre les mains d'un jeune enfant. Assise par terre, elle tenait sur ses genoux une dame inconsciente, il s'agissait de Justine. Archibald lui avait emboîté le pas, il reconnut sa femme.

— Comment est-ce qu'elle va ? s'informa-t-il en se précipitant auprès d'elle.

Augustin n'eut pas besoin de réponse pour comprendre qu'elle était décédée, il l'avait lu dans le regard consterné que Doralice avait levé vers lui.

L'œil sec, submergé par des émotions qu'il n'arrivait pas à ordonner, Archibald souleva son épouse défunte pour la transporter un peu plus loin, dans un coin où Juliette Levasseur avait empilé des draps blancs. Cette dernière l'accueillit sans un mot, se contentant de l'aider à étendre Justine sur un édredon qu'elle avait étendu par terre.

— Prenez bien soin d'elle, lui demanda Archibald, avant de poser un baiser sur le front de sa femme défunte. Je dois m'occuper de mes concitoyens…

— Allez-y, monsieur le maire.

Juliette avait à peine terminé sa phrase qu'Honoré entra en trombe dans le gymnase. Les yeux hagards, il fit le tour de la pièce. Quand il repéra son beau-père, il se précipita vers lui.

— Maman ! cria-t-il. Vous l'avez vue ?

Archibald abaissa le regard vers le sol. Honoré suivit le mouvement de ses yeux et reconnut sa mère. Effaré, le cœur en lambeaux, il arracha sa tuque et se jeta à genoux contre le corps de celle qu'il chérissait plus que tout au monde. Secoué d'irrépressibles sanglots, il l'enlaça.

Sœur Jeanne-de-Bohème, témoin de la scène, s'empressa de le rejoindre. Elle s'agenouilla auprès de lui, puis posa avec douceur une main sur son dos. La religieuse savait que, dans une circonstance aussi dramatique, les paroles devenaient inutiles. L'essentiel, c'était que cet enfant ne se sente pas seul.

De son côté, Augustin circulait dans la salle, en compagnie d'Archibald, pour évaluer la situation, surtout pour s'assurer que tout le monde avait pu sortir de la salle paroissiale à temps. Le prêtre avait un mot d'encouragement pour chacun, pendant que le maire faisait un recensement provisoire. Une infirmière d'Amos aidait le docteur Lacombe à fabriquer des pansements – plusieurs souffraient de lésions, de légères à plus graves –, tandis que sa consœur distribuait de l'oxygène à ceux qui éprouvaient de la difficulté à respirer. Madame Eugénie Breton et sa fille Laure étaient les plus touchées ; elles présentaient des brûlures au troisième degré. Après les avoir soulagées avec de la morphine, le docteur Lacombe les fit partir en ambulance vers l'Hôtel-Dieu d'Amos.

Pénélope s'approcha de son pasteur.

— Monsieur le curé, je ne vois pas Émile ni maman, lui dit-elle, affolée. Elle n'était pas loin de moi, quand j'étais coincée sous un chevalet. On se parlait, toutes les deux. Puis Émile est arrivé, il m'a aidée à me déprendre, ensuite il est allé vers maman…

Augustin se rappela la scène, alors qu'il transportait Justine, au moment où sa soutane prenait feu. Il avait crié à Émile de faire vite.

— Il y a encore des gens, dehors, pour surveiller le brasier, encouragea-t-il Pénélope. Il doit être là. Allez rejoindre vos filles. Dès que j'ai des nouvelles, je reviens vous en donner.

Avec la rapidité de l'embrasement et la violence de l'incendie, c'était un miracle que presque tous aient survécu, calculait Archibald. Pour l'instant, le seul décès constaté était celui de Justine. Puis il y avait Émile et Roxana qui n'avaient pas été revus, ça regardait mal pour eux… Non ! Il manquait aussi Abel, son fils…

— Quel fléau que le feu ! hurla-t-il à pleins poumons.

Puis, plus bas, il ajouta à l'adresse du prêtre :

— Les incendies, c'est une véritable plaie en Abitibi. Avec nos maisons en planches, le chauffage au bois et souvent l'éclairage à la lampe à l'huile dans les rangs qui n'ont pas encore l'électricité, il y a régulièrement des domiciles, des granges ou des commerces qui flambent. Et, le plus terrible, qui font des victimes…

Les larmes aux yeux, incapable de poursuivre, il se tut. Augustin posa une main réconfortante sur son épaule, ne trouvant rien à ajouter.

: :

Val Roussillon, vendredi 3 avril 2020

Mathéo ferma brusquement le cahier d'Augustin Davignon et il le lança sur la table basse devant lui.

— C'est incroyable ! Quel rebondissement ! Jamais je n'aurais pensé, en prenant connaissance du journal intime d'un pasteur de village, que je découvrirais autant de péripéties entourant mon héritage.

— Tout allait si bien, se désola Évangéline, une larme au coin de l'œil. Ils avaient construit un magnifique presbytère, une réussite commune, grâce à un projet qui avait réuni tout le monde autour de leur curé… Et voici qu'au moment de célébrer leur succès, leur joie est obscurcie par un incendie meurtrier.

— Plus qu'obscurcie, je dirais totalement assombrie par la mort de paroissiens ! Émile, le bedeau, sa belle-mère Roxana…

— Et Justine, lui rappela Évangéline. Honoré... pauvre petit garçon ! Le voilà orphelin de ses deux parents. La prochaine fois qu'on ira à l'épicerie, il faudra prendre de ses nouvelles.

— Tu oublies Abel ? Tu crois qu'il s'en est sorti ? interrogea son mari.

— C'est sûr, cher nigaud de mon cœur ! sourit Évangéline, narquoise. Abel Boudriault, c'est le père de Raymond, l'épicier du village. Tu ne te rappelles pas ?

— Ben oui, c'est vrai ! J'avais oublié. Elle me fait un curieux effet, cette lecture qui nous plonge dans le passé des gens qui vivaient ici, à Val Roussillon, il y a des années, avec leurs descendants qui y demeurent toujours.

Leur conversation fut interrompue par un appel FaceTime, sur le cellulaire de Mathéo.

— C'est papa, dit-il à sa femme. Je le prends, ça va nous changer les idées de la tragédie de Val Roussillon.

Leur joie fut de courte durée. D'une voix hachurée, Charles leur annonça :

— C'est Joanne... un téléphone de l'hôpital de Saint-Eustache... elle...

— Elle quoi ? s'inquiéta Mathéo.

— Le médecin l'a fait transférer aux soins intensifs, l'informa Charles. Paraît que son état... se serait aggravé.

— Jusqu'à quel point ? questionna son fils.

— On m'a prévenu qu'elle était inconsciente, souffla Charles, étouffé par un sanglot. Et je ne peux pas lui rendre visite...

— Ça n'a aucun sens ! s'enflamma Mathéo. Maman ne peut pas rester seule dans un moment pareil... Elle est en danger de mort !

— On m'a dit que c'était comme ça pour tout le monde, les visites sont interdites, quelle que soit la condition du malade, se désola Charles. J'ai peur...

— Si une personne est mourante, intervint Évangéline, vous dites qu'elle ne peut voir personne de sa famille ? C'est du gros n'importe quoi !

Sur l'écran du cellulaire, Charles tenait son visage entre ses paumes et des soubresauts soulevaient ses épaules.

— Papa, murmura Mathéo, je suis avec toi... Je saute dans l'auto et j'arrive.

Son père releva la tête.

— Ne fais pas ça, surtout! Tu es en sécurité à Val Roussillon. De toute façon, tu ne pourrais rien faire de plus, et les chemins sont barrés avec les régions, on ne te laisserait pas passer.

Mathéo sentit la lourdeur de l'impuissance s'abattre sur ses épaules. La situation provoquée par la pandémie de COVID-19 lui paraissait invraisemblable. Il se sentait coincé dans un monde parallèle. Qui aurait pu prévoir un contexte de vie aussi catastrophique, moins d'un mois auparavant... et il s'agissait d'une conjoncture mondiale!

16

Val Roussillon, mardi 1er janvier 1946

À Val Roussillon, le 1er janvier 1946, le soleil se leva sur un village dévasté. Quelques tisons flambaient toujours, mais la froidure de la nuit, accompagnée d'un vent glacial, avait transformé la salle paroissiale en une sinistre structure noircie, de laquelle pendaient des stalactites de glaçons, scintillant outrageusement dans la luminosité de l'aurore. Pire encore était la détresse des cœurs, alors que, sous ces décombres fumants, se trouvaient Émile et Roxana, sa belle-mère.

Dans le gymnase, après que le dernier blessé fut parti, un bras en écharpe, que les jeunes religieuses furent montées se reposer, et les infirmières reparties pour Amos, il ne restait que le pasteur de la paroisse, la supérieure du couvent et monsieur le maire, qui veillait le corps de son épouse, en attendant la venue d'Adélard Tremblay, le thanatologue. Il y avait également Honoré, qui avait trouvé refuge contre l'épaule de sœur Jeanne-de-Bohème, tout en tenant entre les siennes la main froide de sa mère. Les trois adultes, abasourdis et épuisés, se taisaient, essayant de délester leurs esprits des images d'horreur qui les hantaient, comme s'il se fut agi d'un cauchemar. Hélas ! C'était peine perdue.

L'arrivée d'Adélard Tremblay et de son adjoint, à la première lueur du jour, interrompit le cours de leurs tristes réflexions.

Le moment était venu d'affronter la situation tragique. Le maire se leva, en même temps que la religieuse et le prêtre, pour les accueillir, tandis qu'Honoré demeura accroupi près du corps, recouvert d'un drap blanc, de sa mère. En voyant Adélard et son assistant se pencher pour la soulever et la déposer sur une civière, il frappa le thanatologue en hurlant :

— Je vous défends de la toucher ! Vous n'avez pas le droit d'emmener maman !

Puis, très bas, il ajouta :

— Elle va se réveiller… je le sais…

Sœur Jeanne s'agenouilla à ses côtés.

— Tu dois la laisser partir, mon chéri. Monsieur Tremblay en prendra grand soin.

— Je veux rester avec elle…

— Plus tard, nous irons la voir, lui promit sœur Jeanne-de-Bohème, le cœur gros, devant l'immense chagrin que vivait cet adolescent, si petit pour ses treize ans.

Hoquetant, le jeune garçon lâcha la main froide qu'il serrait entre les siennes et, spontanément, il se nicha entre les bras de la religieuse. Le visage enfoui dans son cou, il préféra ne pas regarder les deux hommes en noir transporter, avec l'assentiment d'Archibald, son mari, le corps de sa mère à l'extérieur.

Ensuite, le maire et le pasteur de la paroisse échangèrent quelques mots pour se donner rendez-vous, après la grand-messe du jour de l'An, qu'Augustin tenait à chanter même s'il prévoyait une assistance restreinte.

Archibald toucha l'épaule d'Honoré.

— Viens ! l'invita-t-il. Nous devons rentrer à la maison, en espérant qu'Abel y sera… Je ne l'ai pas vu depuis le début de l'incendie.

— Je crois l'avoir aperçu en arrivant sur les lieux, l'encouragea Augustin. Il me semble qu'il aidait des gens à fuir par l'arrière du bâtiment.

— Vous me soulagez, le remercia Archibald, mais je me demande bien où il est passé.

Sur un ton empreint de gentillesse, il s'adressa de nouveau à Honoré :

— Viens, mon bonhomme, nous…

— Non ! l'interrompit sèchement son beau-fils en bondissant sur ses pieds. Je veux rester avec monsieur le curé.

Défiant, Honoré s'accrocha à Augustin.

— Emmenez-moi au presbytère, l'implora-t-il.

Cette fois, c'est d'une voix autoritaire qu'Archibald ordonna :

— Ça suffit ! Je sais que tu as du chagrin, mais ta maison, c'est la mienne.

Honoré leva des yeux suppliants vers le prêtre, qui ne trouvait pas trop comment réagir sans froisser l'un ni peiner l'autre.

Sœur Jeanne vola à son secours. Elle s'approcha d'Honoré et, captant son regard, elle lui rappela :

— Mon chéri, il y a ta petite sœur Lucette qui t'attend chez vous. Elle aussi, elle vient de perdre sa maman. Imagine combien elle va avoir besoin de toi, tu es son grand frère. Je suis certaine que Justine, votre maman à tous les deux, serait très contente de te voir prendre soin d'elle.

Une lueur de tendresse brilla dans les yeux de l'adolescent. D'un revers de la main, il sécha ses larmes et il accepta de suivre son beau-père vers la sortie. Au moment de quitter le gymnase, il se retourna pour adresser un faible sourire de remerciement à sœur Jeanne, qui à son tour le gratifia d'un salut d'encouragement. L'avenir s'annonçait pénible pour la population de Val Roussillon.

Demeurés seuls dans l'immense salle vide, qui tantôt bourdonnait de bruits de pleurs, de toux et de voix enrouées, le prêtre et la religieuse prirent conscience de leurs apparences. Elle était sans voile, lui sans sa soutane, les mains et le visage noircis de suie. Épuisés, ils se laissèrent glisser le long du mur et se retrouvèrent assis par terre, écrasés par la catastrophe à laquelle ils avaient, bien malgré eux, participé en tant qu'acteurs principaux.

Après un long silence, au cours duquel ils tentèrent d'assimiler une réalité qui les révoltait, Augustin exprima son désespoir :

— Je ne comprends pas pourquoi chaque fois que je me rapproche d'une perspective de bonheur, un drame vient me ravir ma joie d'exister.

Surprise de cet aveu, dans ce moment tragique, sœur Jeanne demeura muette.

— Souviens-toi, lui rappela-t-il d'une voix hachurée, il y a vingt-cinq ans... pour toi et moi, c'était l'amour parfait, le beau, le grand... Même si mon père refusait ta présence dans notre famille, de mon côté, j'avais la ferme intention de te consacrer ma vie... ma vie pleine et entière ! À toi et à nos enfants !

Une larme roula sur la joue du prêtre.

— Je n'ai rien oublié, murmura la religieuse. Je me souviens de chaque détail...

— Tu sais, aujourd'hui encore, poursuivit-il, au moment où je m'habitue à t'avoir à mes côtés, dans une amitié sincère, grâce à notre projet d'un presbytère sur le pic rocheux, auquel nous avons collaboré, toi et moi, un autre drame vient ternir mon bonheur. Qu'est-ce que j'ai fait au bon Dieu pour mériter un tel courroux de sa part ?

— Ça n'a rien à voir avec Dieu... ce sont des concours de circonstances...

Le prêtre se tourna vers sa compagne et il s'empara de ses mains. Il les serra fort entre les siennes, avant de murmurer :

— Doralice, je sais pourquoi Dieu me poursuit de sa fureur... malgré tous mes efforts, je ne parviens pas à cesser de t'aimer ! J'essaie de me convaincre du contraire, pour respecter mes vœux, pour accomplir mon devoir... mais je n'y peux rien. Je t'aime !

Doralice baissa le front, elle souffla :

— Augustin, tu dis ça ce matin parce que tu es épuisé... Demain, tu vas regretter ces mots... cet aveu...

S'obligeant à reprendre ses distances de crainte d'être surpris, il précisa :

— Dès que je t'ai aperçue, moi qui te croyais morte, j'ai su que mes sentiments pour toi n'avaient pas changé, au contraire, je les ai perçus plus fort qu'auparavant. J'ai senti renaître en moi les émotions que j'éprouvais pour toi, jadis, dans mon cœur... et dans mon corps.

— Augustin, chuchota Jeanne-de-Bohème, tu ne devrais pas me dire tout ça... tu me troubles profondément.

— Ton amour pour moi est toujours vivant... n'est-ce pas ?

— Oui, avoua la religieuse, mais ce n'est pas le moment... J'aimerais que l'on remette cette conversation à une autre fois.

Le prêtre opina en s'essuyant les yeux avec un mouchoir, qu'il tira de sa poche. Puis il se leva et, pour l'aider à se relever à son tour, il tendit la main à sœur Jeanne. Il la conserva entre les siennes un instant, sans quitter son regard. Conscient qu'une paroisse en deuil l'attendait à l'extérieur, il la relâcha à regret, muet devant l'impossible.

Derrière la porte du gymnase, sœur Anne-des-Anges, venue vérifier si tout le monde était parti, n'avait rien perdu de leur conversation. Elle afficha un sourire malicieux, avant de reprendre le chemin de sa chambre. Elle ne souhaitait pas que sa supérieure la surprenne à l'épier, mais elle disposait d'un atout dans son jeu, si Jeanne-de-Bohème ramenait sur le tapis le fait de les avoir trouvées dans le même lit, sa compagne et elle...

: :

Le curé Augustin Davignon avait fait une toilette rapide, pour enlever la suie qui le recouvrait des pieds à la tête, et il avait endossé une nouvelle soutane, un vêtement qui le ramenait à son rôle de pasteur. Tantôt, il avait faibli devant Doralice en lui avouant les sentiments qu'il avait toujours pour elle... Il s'en voulait de cette défaillance à ses vœux, mais il ne la regrettait pas. C'était parfait qu'elle sache ce qu'il ressentait; surtout, il avait découvert qu'elle éprouvait la même chose que lui.

Debout à une fenêtre de côté, il apercevait son église en contrebas. Elle lui paraissait soudain misérable en comparaison de la magnificence de son presbytère. Dieu ne pouvait pas lui en tenir rigueur, l'église était bâtie lorsqu'il avait hérité de sa mère. Avec cet argent, il avait décidé de faire de la construction de son presbytère un projet communautaire, qui avait rassemblé tout le monde. En cet instant précis, il jugea ridicule de rattacher les événements d'une vie à la volonté de Dieu. Une tragédie s'était produite dans sa paroisse, qui n'était pas due au comportement de ses ouailles, ou du sien. C'est ce qu'il se promit de dire en chaire, dans quelques heures, quand il ferait face à ses gens...

Contrairement à ce qu'il avait pensé, le curé Davignon fut surpris de constater l'affluence à la messe du jour de l'An, même si les cloches n'avaient pas sonné, en l'absence d'Émile, le bedeau, mort en volant au secours de sa belle-mère. Probablement par déférence envers les familles touchées, toutes les personnes en état de marcher étaient présentes, malgré la toux de certaines, les pansements des autres... et les deuils qui touchaient tout le monde.

Au moment de son sermon, à l'instant de monter en chaire, Augustin Davignon hésita au pied de l'escalier. Plutôt que de s'élever au-dessus des siens, il choisit d'aller vers la balustrade, et là, au niveau de ses paroissiens, de s'adresser à eux en pasteur au milieu de ses ouailles, et non en prédicateur inaccessible, du haut de sa tribune.

— Mes amis, commença-t-il, la tragédie qui nous frappe n'a rien à voir avec le courroux de Dieu envers ses créatures.

Vous tous, les gens de Val Roussillon, vous êtes fidèles à vos devoirs de bons chrétiens, je m'en porte garant devant notre Créateur. Oublions la colère de Dieu, qui n'a absolument rien à voir avec le drame qui nous touche, et penchons-nous vers la détresse de plusieurs des nôtres, qui font face à des deuils. Justement, avant de quitter le presbytère, j'ai reçu un appel de Maurice Breton… j'ai le grand regret de vous annoncer que son épouse, Eugénie, est décédée au petit matin. Quant à sa fille Laure, elle va s'en sortir.

Un triste murmure parcourut l'assemblée, Eugénie était la quatrième victime de l'incendie de la nuit. Des gens pleuraient, d'autres se mouchaient, tandis que les petits enfants, d'habitude turbulents, demeuraient immobiles dans leur incompréhension de la catastrophe qui touchait chacune de leurs familles.

Assise au milieu de l'assistance, sœur Jeanne-de-Bohème éprouvait de la difficulté à respirer. Sa meilleure amie, celle qui l'avait aidée à s'installer à Val Roussillon, celle qui, par sa présence avait facilité ses retrouvailles avec Augustin, venait de la quitter. Son malaise s'accrut. Ses mains se mirent à trembler, elle avait chaud, la nef tournait dans sa tête. Elle se sentit au bord de l'évanouissement. Instinctivement, elle saisit la main de sœur Anne, à ses côtés.

— Je me trouve mal, lui murmura-t-elle. Vous voulez bien m'assister pour sortir ?

Sœur Anne se leva aussitôt. Elle prit le bras de sa supérieure pour l'aider à quitter son banc, et elles se dirigèrent vers la porte arrière.

Le départ de sœur Jeanne-de-Bohème n'avait pas échappé au prêtre, qui poursuivit son adresse à ses ouailles, debout devant la balustrade. Sans le laisser paraître, Augustin s'inquiéta… *Pourvu que ce ne soient pas mes confidences de ce matin qui la troublent à ce point,* songea-t-il. Il termina son homélie en se promettant d'aller lui rendre visite dès que possible.

17

JOURNAL D'AUGUSTIN DAVIGNON

Val Roussillon, mercredi 2 janvier 1946

Quelle tragédie ! Quatre de mes paroissiens sont décédés dans l'incendie, quatre vies perdues, dans un moment de grandes réjouissances. Et cela aurait pu s'avérer encore tellement plus dramatique. Au souper, selon Juliette Levasseur, il y avait au moins deux cents convives et plusieurs personnes se sont jointes aux festivités pour la soirée. Sans l'entraide de ceux qui ont pu fuir à temps, qui se sont ensuite portés au secours de leurs concitoyens en cassant des fenêtres dans l'urgence, et même en maîtrisant les flammes avec des pelletées de neige, avant l'arrivée de Philémon et de son boyau d'arrosage, nous aurions eu droit à une véritable hécatombe.

Hier, après la messe, je me suis joint à l'assistance pour encourager les personnes blessées qui avaient pu se rendre à l'église, en leur permettant de s'exprimer sur la chance qu'elles avaient eue de s'en sortir vivantes. Cet échange nous a également donné l'occasion de parler de ceux qui, malheureusement, nous ont quittés. Le plus touchant témoignage fut celui de Pénélope. Selon elle, Justine aurait pu se sauver si elle ne s'était pas arrêtée à ses côtés pour l'aider à se libérer des poids qui l'écrasaient. Quant à Émile, son mari, notre bedeau, il aurait survécu s'il n'avait pas bravé les flammes pour sauver Roxana, sa belle-mère. C'est en pleurant, encadrée de ses deux filles, que la malheureuse nous a livré ce poignant récit. J'ai eu le cœur chaviré à les écouter raconter…

De son côté, bien que l'on devinât sa souffrance dans ses yeux rougis, Archibald s'est tu sur le décès de son épouse, une maman avec un bébé encore aux langes.

Puis, après une collation avalée à la sauvette, et grâce à une liste dressée par Juliette au gymnase, sur laquelle elle avait recensé le nom de tous ceux qui avaient subi des blessures, même la gravité de celles-ci, j'ai pu faire le tour des familles qui avaient à la maison des personnes incapables de venir à la messe. Un pénible jour de l'An, qui s'est terminé tard en soirée, après un souper chez les Frémont, dans le 7e Rang.

Au retour, en passant devant le couvent, je me suis inquiété pour sœur Jeanne-de-Bohème… que je préférerais appeler Doralice. Avec le décès de Justine, elle a perdu sa meilleure amie. J'avais trouvé tellement agréable, au cours de l'été, de les entendre rire en émettant des idées de décoration pour le presbytère.

Petite anecdote, qu'il me fait du bien de me souvenir.

Justine avait remarqué, dans le journal Le Soleil, *une publicité pour des encadrements de reproductions de tableaux anciens, qui lui semblaient hors de prix. Il y en avait une, surtout, qui plaisait à sœur Jeanne : une illustration de Botticelli,* Les Trois Grâces, *tirée de sa peinture allégorique* Le Printemps. *Je revois leurs mines à la fois surprises et éblouies, le soir où j'ai déballé devant elles le paquet que je venais de recevoir par le train. Doralice, que je me permets ici d'appeler par son prénom, a versé une larme. Elle avait compris que ce cadeau lui était adressé… consciente que, si je m'étais procuré cette toile, c'était parce qu'elle avait mentionné l'aimer particulièrement. Je n'ai rien négligé pour doter mon presbytère de jolies choses, des meubles, des tableaux, de la porcelaine… en sachant très bien, au fond de moi, que j'acquérais ces biens comme l'aurait fait un amoureux pour sa dulcinée. Je n'y peux rien… J'aime cette femme et je l'aimerai ma vie entière. Mes vœux m'empêchent de la faire mienne, mais ils ne peuvent pas me contraindre à l'oublier.*

Ce matin, j'ai rendez-vous avec Archibald. Une rencontre est prévue à onze heures, avec un enquêteur d'Amos. L'incendie de Val Roussillon, la nuit précédant le jour de l'An, fera certainement la une de tous les quotidiens de la province ; il faut nous attendre à la visite de journalistes en quête de sensationnalisme.

Pour l'instant, je me concentre sur ce que vivent mes ouailles, touchées dans la profondeur de leur chair. J'ai des funérailles à préparer. Je dois recevoir les familles endeuillées, cet après-midi, pour les organiser. Grâce à l'acharnement des hommes du village, les corps d'Émile et de Roxana ont été retirés des ruines glacées de la salle paroissiale. Puis il y a Justine et Eugénie. Mon Dieu que j'ai mal en écrivant ces noms... Ensuite, je conserverai un moment, en fin de journée, pour passer au couvent prendre des nouvelles de sœur Jeanne-de-Bohème, qui a éprouvé une faiblesse au cours de la messe du Premier de l'an. J'y serais allé avant, dès la fin de l'office, mais je veux éviter que ma précipitation fasse jaser dans la paroisse...

: :

Comme convenu, à onze heures, le curé Davignon rejoignit Archibald à son bureau, un local attenant à l'épicerie que la municipalité lui louait depuis de nombreuses années, bien avant qu'il soit élu maire. En attendant l'arrivée de l'enquêteur d'Amos, Augustin s'informa d'Abel, que personne n'avait revu depuis la tragédie.

— Son absence commence à m'inquiéter sérieusement, reconnut Archibald.

— Même si je n'en crois rien, des rumeurs courent qu'il pourrait être le responsable de l'incendie, laissa entendre Philémon, présent pour la rencontre.

— Dans ce cas, ce serait accidentel, répliqua le prêtre. Vous avez raison, Archibald, en vous inquiétant de son silence... j'espère qu'il donnera bientôt signe de vie.

— S'il avait péri dans les flammes...

— Beaucoup de personnes l'ont aperçu, dehors, à aider des gens à fuir le brasier, même moi, précisa Philémon. Ce serait étonnant qu'il soit retourné à l'intérieur.

Le maire alluma un cigare. Le visage décomposé, il ajouta :

— Il n'y a pas que lui qui me préoccupe... il y a Lucette.

— Votre petite est malade ?

— Non, au contraire, elle est débordante de santé... enfin, elle l'était. Depuis le décès de ma femme, qui lui donnait le sein, c'est ma vieille mère qui en prend soin. S'occuper d'un bébé et tenir la maison, ça lui en demande beaucoup trop pour son âge.

— C'est vrai que Délia n'est plus très jeune...

— Monsieur le curé, vous n'auriez pas idée d'une dame de la paroisse, qui pourrait la prendre chez elle, au moins quelque temps. Ça serait mieux si c'était vous qui interveniez, plutôt que moi. Je me sens mal de vouloir placer ma fille dans une famille, alors que je viens de...

Leur conversation fut interrompue par l'arrivée d'Antoine Desnoyers. Cet homme était mandaté par le gouvernement pour enquêter lorsqu'une situation, dans la région d'Amos, nécessitait des éclaircissements. Si le cas s'avérait compliqué et dépassait ses compétences, il en référait à Québec.

Le maire et le prêtre se levèrent pour l'accueillir.

— Quel épouvantable drame ! souligna le nouveau venu en prenant place sur la chaise qu'on lui indiquait. On m'a dit qu'il y avait eu seulement quatre décès. Vous êtes chanceux qu'il y en ait eu si peu. Des branches de sapin, coupées depuis plusieurs jours, quand ça prend feu, ça flambe en une fraction de seconde.

— Quatre victimes, c'est encore trop, l'apostropha Augustin qui le trouvait peu compatissant.

— Je vous l'accorde. Mais parlez-moi du début de l'incendie. Qu'est-ce qui a bien pu causer une telle tragédie ? Je suppose qu'il s'agit d'un accident…

— Bien sûr ! se choqua Archibald. Vous n'imaginez tout de même pas que quelqu'un dans la salle a décidé tout à coup de mettre le feu, comme ça, pour le plaisir.

— Je m'excuse si je semble vous poser des questions inutiles, mais avec la glace qui tapisse les lieux du sinistre, c'est totalement impossible de découvrir des indices qui nous permettraient de connaître l'origine du feu. Voilà pourquoi j'aimerais interroger les personnes qui ont vu comment tout cela a commencé…

— Ce ne sera pas nécessaire, l'interrompit Abel en entrant dans la pièce. Le responsable, c'est moi.

— Abel, l'accueillit son père, qu'est-ce que tu dis là ? Où étais-tu passé, tout ce temps ?

— J'étais au camp de chasse… Je m'en veux tellement !

Antoine Desnoyers était dérouté par l'arrivée de ce jeune homme, qui prenait à son compte l'origine du feu. Aussi, il interrogea :

— Vous pouvez m'expliquer pourquoi vous vous sentez coupable ? Vous n'avez tout de même pas craqué une allumette pour mettre le feu aux branches de sapin ?

Abel se laissa tomber sur une chaise et il se prit la tête à deux mains.

— Abel, raconte-nous, l'incita le prêtre d'une voix à travers laquelle ne perçait aucun reproche. Il est possible que tu te sentes responsable, mais je suis sûr que tu n'es pas coupable. Tu n'as certainement pas prémédité ce qui s'est produit…

— Non ! Bien sûr que non ! Je n'ai pas voulu ça ! clama Abel.

— Alors, dis-nous ce qui s'est passé, l'invita son père.

— Je jouais de la guitare, commença le jeune homme en hoquetant. Je fumais entre les pièces de musique… c'est…

— C'est quoi ? insista Desnoyers.

— ... c'est mon cendrier, avec des mégots dedans, pas complètement éteints, qui est tombé dans le sapinage.

— Vous êtes certain qu'il est à l'origine de l'incendie ? s'informa Desnoyers.

— Absolument, lui répondit Abel. J'ai vu mon cendrier renversé dans les branches... elles brûlaient. Il n'y avait pas de feu ailleurs, juste à cet endroit. J'ai essayé de l'éteindre, mais... ç'a pris tellement vite... Tout le tour de la salle a flambé en quelques secondes ! Je n'ai pas pu... Je regrette...

Incapable de poursuivre, le jeune homme se tut, les yeux mouillés.

Le prêtre s'avança et il prit place sur une chaise, à ses côtés.

— Tu as été imprudent, Abel, reconnut-il, très imprudent de fumer si près d'un sapinage, mais tu n'es pas le seul à avoir fumé dans la salle, la nuit du jour de l'An. Personne, jamais, ne va croire que tu as jeté intentionnellement ton cendrier dans les branches.

D'un regard soulagé, Abel remercia le prêtre.

— À ce que je comprends, les responsables, c'est nous tous, conclut Archibald. C'était une très mauvaise idée d'enjoliver la salle avec du sapin, très sec en plus.

Antoine Desnoyers se leva.

— Je n'ai pas le choix de faire un rapport, les prévint-il. Nous verrons bien ce qu'en penseront les autorités.

— Je serais prêt à parier que plusieurs organisateurs d'autres paroisses ont fait comme nous, dans le temps des fêtes, ajouta Archibald. C'est une habitude propre à beaucoup de gens de décorer les salles avec du sapinage.

— Je serais étonné qu'il y ait des poursuites contre vous, Abel, ou contre ceux qui ont décidé d'utiliser des branches de sapin, déclara Desnoyers. Toutefois, je vais profiter de ce rapport pour suggérer qu'à l'avenir, ce genre de décoration soit interdit dans les rassemblements communautaires.

L'enquêteur inscrivit les noms de chacun dans son cahier, puis il demanda à Philémon de l'accompagner sur les lieux du drame, afin de prendre des photos, à joindre à son rapport. Selon son premier constat, il n'y avait rien de criminel dans l'incendie du Premier de l'an à Val Roussillon. Il lui restait à produire un compte-rendu de sa visite, on verrait bien si des recherches plus approfondies seraient exigées. Il salua à la ronde et il se retira en compagnie de Philémon.

Dès qu'ils furent partis, Archibald demanda à Abel de rejoindre sa grand-mère, à l'appartement, pour la seconder dans ses tâches, auprès de sa jeune sœur surtout.

Puis, résigné, il déclara à Augustin :

— Je suis prêt à vous suivre, monsieur le curé. Le temps est venu d'organiser les funérailles de ma femme.

Préparer des obsèques était ce que le pasteur de Val Roussillon aimait le moins dans sa cure. Augustin Davignon avait choisi la prêtrise dans un esprit de dévouement, pour aider les âmes sous sa tutelle à gagner leur Ciel. Il abhorrait cependant le moment de leur dire adieu. Dans le lointain, le sifflement du train qui entrait en gare lui rappela que, malgré le drame, la vie poursuivait son cours.

: :

Val Roussillon, samedi 4 avril 2020

La pluie tombait à verse. Il n'était que trois heures de l'après-midi et la bibliothèque était sombre comme en soirée. Évangéline, visiblement perturbée, arpentait la pièce, allant d'une fenêtre à l'autre. Elle guettait le retour de son mari, parti faire des emplettes à l'épicerie. Dès qu'elle vit leur voiture tourner dans la cour, elle se précipita à la porte de la cuisine pour l'accueillir.

Mathéo eut à peine le temps de déposer ses sacs sur le comptoir qu'elle l'invita à la suivre.

— Viens, insista-t-elle. Il faut absolument que je te montre quelque chose.

— Ça m'a l'air important, s'amusa Mathéo en lui emboîtant le pas.

Dès qu'ils furent dans la bibliothèque, Évangéline pointa le tableau de Botticelli, *Les Trois Grâces*.

— Je sais que tu vas rire de moi, mais tantôt je me suis endormie sur le divan…

— Jusque-là, je ne vois rien de drôle…

— C'est sérieux mon histoire, écoute bien ! C'est monsieur Watson qui m'a réveillée, il était grimpé sur le bureau, avec les yeux rivés sur la toile de Botticelli.

— Puis ?

— Il montrait les dents en grichant très fort. Alors, j'ai observé… j'ai vu une clarté jaunâtre qui illuminait les trois femmes…

— Un rayon de soleil, probablement…

— Il pleut à torrents.

— Un éclair, dans ce cas. J'ai entendu le tonnerre tantôt.

— Crois-le ou pas, j'ai remarqué que celle de gauche bougeait. Elle m'a fixée droit dans les yeux.

— Chérie, tu venais de te réveiller…

— Je ne suis pas folle, l'interrompit Évangéline. Je suis certaine de ce que j'ai vu, aussi clairement que je te regarde en ce moment.

Mathéo hocha la tête, puis il s'approcha de la toile. Du bout de son index, il toucha la dame de gauche. Retenant un sourire narquois, il se tourna vers son épouse.

— Sa Grâce est retournée dans sa forêt, rejoindre ses copines…

— Tannant ! Je me rends bien compte que tu ne me crois pas ! Que tu le veuilles ou non, il y a un fantôme dans notre presbytère. C'est une femme et elle cherche à nous parler.

— À toi, pas à moi.

— À toi aussi ! Rappelle-toi, tu l'as aussi aperçue au pied de notre lit et tu as spécifié qu'elle avait le visage de ta mère.

— C'était un cauchemar.

— Tu dis ça maintenant. Sur le coup, tu étais certain d'avoir vu un fantôme.

Leur discussion fut interrompue par la sonnerie du cellulaire de Mathéo. Le jeune homme sortit l'appareil de sa poche de jeans.

— C'est papa, murmura-t-il.

Il leva vers sa femme un regard inquiet.

— Pourvu que ce ne soit pas maman, qui…

18

Val Roussillon, mercredi 2 janvier 1946

Augustin Davignon répondait au désir des familles endeuillées en acceptant de célébrer des funérailles communes pour leurs proches, disparus au cours du même incendie. Il avait été convenu qu'elles se tiendraient le samedi suivant, 5 janvier.

Maurice Breton, le dernier à le rencontrer pour discuter de l'enterrement de sa femme, venait de partir. Le soir tombait. La lumière du soleil n'était plus qu'une mince ligne orangée sur l'horizon, tandis que le prêtre fermait ses livres. Il s'apprêtait à quitter son bureau, pour se rendre au couvent prendre des nouvelles de la santé de sœur Jeanne-de-Bohème, lorsqu'il entendit frapper à la porte d'en arrière, celle de la cuisine. Il n'attendait plus personne, mais dans la paroisse, chacun était au courant que son presbytère lui était ouvert, peu importe l'heure du jour ou de la nuit.

Honoré se tenait sur le seuil.

— Entre, mon bonhomme ! l'invita-t-il.

Augustin savait que cet orphelin avait besoin de chaleur et de compréhension, aussi, il proposa :

— Enlève ton manteau, on va se faire du chocolat chaud. Ça te tente ?

L'adolescent acquiesça. Il accrocha ses vêtements à la patère et, avant de s'asseoir, il tira une enveloppe de la poche de son parka.

— C'est pour vous, dit-il en la tendant au prêtre.

— Pour moi ?

— J'ai rendu visite à sœur Jeanne, ce matin. C'est elle qui me l'a remise, pour vous. Elle m'a spécifié que je devais vous la donner seulement à l'heure du souper.

— Tu sais pourquoi elle exigeait ça ?

— Elle ne me l'a pas mentionné, mais je pense que c'est parce qu'elle prenait le train à midi et qu'elle voulait être rendue loin quand vous la liriez. C'est ma déduction.

Augustin se força à sourire.

— Tu es un petit futé, Honoré.

— Je sais, répondit le garçon, satisfait de lui-même.

— Est-ce que tu l'as vue monter à bord ?

— Oui.

— Donc, elle est bien partie, murmura pour lui-même Augustin, qui soupesait la lettre, mais n'osait pas en prendre connaissance devant son jeune invité.

Il la déposa sur le bahut.

— Vous ne l'ouvrez pas ? questionna Honoré.

— Pas tout de suite.

— J'espère que sœur Jeanne-de-Bohème ne s'est pas enfuie pour toujours. Je l'aime beaucoup. Après maman, c'est la seule personne vraiment gentille avec moi. Et voilà qu'elles sont parties toutes les deux !

Le prêtre devinait l'inconfort de l'orphelin à habiter dans la maison du mari de sa mère défunte, un homme qui, dans les faits, n'avait aucune parenté avec lui. Le consoler et le soutenir était plus important que sa curiosité. Aussi, il se força à oublier le message de sœur Jeanne pour s'informer de sa vie chez Archibald.

Assis à la table, le dos courbé, le regard fixant ses mains, l'adolescent suggéra d'une voix à peine perceptible :

— Monsieur le curé, est-ce que ce serait possible que je vienne vivre avec vous, au presbytère ?

Puis, plus fort, il ajouta :

— Je ferais le ménage, vos repas… tout ce que vous me demanderiez…

En préparant les chocolats chauds, Augustin réfléchissait à la triste situation de l'adolescent. Honoré était la première personne qu'il avait aperçue en arrivant à Val Roussillon, et Justine, sa mère, lui avait été précieuse pour s'intégrer à sa nouvelle paroisse. Il aurait tellement voulu l'aider. Toutefois, il était exclu qu'un jeune garçon vienne habiter au presbytère. Soudain, une idée germa.

— Dis-moi, Honoré, est-ce que tu aimerais ça faire des études classiques ?

— C'est quoi, au juste ?

— Ce sont des cours dispensés dans des collèges, qui préparent les adolescents tels que toi à des professions libérales, comme le droit, la médecine, l'économie. Tu vois ?

— Ça doit coûter cher. Je n'ai pas d'argent…

Ce garçon est lucide et brillant, s'avoua mentalement le prêtre, qui se sentit investi d'une mission, celle de l'aider.

— Si l'idée te tente, que tu es décidé à étudier très longtemps, je pourrais te soutenir financièrement, et aussi t'assister de mes conseils, de ma présence.

— Ça devient intéressant.

— Pour ce genre d'études, toutefois, tu devras quitter Val Roussillon, tes amis, ta petite sœur…

Partir, s'éloigner, et, de surcroît, apprendre, c'était un rêve qu'Honoré chérissait, mais qu'il avait toujours cru inaccessible. Voilà que le curé de sa paroisse lui en faisait miroiter la possibilité. Sans hésiter, il répondit :

— J'accepte ! Je pars quand ?

Son enthousiasme fit rire Augustin, pour la première fois depuis le début de l'année. Oublier ses propres problèmes, en se tournant vers les autres, ouvrait au prêtre de nouvelles perspectives sur l'an de grâce 1946, qui avait si mal commencé.

Après qu'Honoré se fut retiré, lui qui trouverait désormais moins lourd d'habiter chez Archibald puisque son séjour était devenu passager, Augustin se réfugia dans son bureau. L'enveloppe qui contenait la lettre de sœur Jeanne-de-Bohème lui brûlait les doigts. Il alla s'asseoir devant la cheminée, où se consumaient encore des braises du feu de l'après-midi. Il hésitait à l'ouvrir… Ses aveux du matin du jour de l'An, lancés au cœur de sa détresse, l'avaient-ils fait fuir ? Doralice était partie, alors qu'il ressentait un profond désir de lui parler, de lui expliquer… mais pour lui dire quoi ? *C'est du temps ensemble qu'il nous aurait fallu, pour démêler l'écheveau de nos sentiments réciproques*, songeait-il.

Voilà que Doralice semblait l'avoir devancé.

Il décacheta l'enveloppe et en extirpa une feuille, couverte de la fine écriture de la religieuse.

Il lut :

Augustin,

Il est impératif que je fasse une retraite, une longue retraite, seule avec moi-même. Je dois apaiser la fébrilité de mon cœur, de mon corps et de mon âme éternelle…

Le sens de ma vie m'échappe.

Je ne crois pas au hasard… il n'y a que des rendez-vous, fixés dans le temps, auxquels nous devons trouver une finalité. Pourquoi Dieu nous a-t-il réunis, toi et moi, à un moment paisible de nos existences ? Dans l'unique but de nous troubler ? Ça m'étonnerait. Il y a une raison plus profonde à nos retrouvailles, qui m'amène à douter de la pertinence d'une vie de soumission, sans résistance.

J'ai le sentiment d'avoir épuisé mes ressources, dans le contexte actuel, pour trouver la solution à mon questionnement… Mon embarras est total, face à ma vocation. Je vais jusqu'à remettre en question les préceptes de l'Église, qui ont contrôlé chacun de mes gestes jusqu'ici. Suis-je en train de perdre la foi ? De perdre mon âme ? J'ai besoin de réfléchir.

Je pars un mois, sans la certitude de revenir à Val Roussillon. Madame Hortense Falardeau a accepté de sortir de sa retraite pour me remplacer auprès des grands, à l'école. Je défie également mon vœu d'obéissance en ne prévenant pas ma communauté de mon absence. J'en assumerai les conséquences. J'ai un endroit où me réfugier, le temps de remettre de l'ordre dans ma vie…

Augustin, sache que tu es précieux pour moi, mais j'ai une âme éternelle à préserver. Cette sauvegarde est-elle au prix de notre séparation ? C'est l'interrogation à laquelle je cherche une réponse…

Prends soin de toi,
Doralice

Augustin laissa choir la feuille sur ses genoux. Le message était signé Doralice… Ce détail présageait-il un choix qui lui serait favorable ? Captivé par le rougeoiement des braises, qu'il fixait intensément, l'homme d'Église permit à son esprit de vagabonder. Si seulement il savait où Doralice comptait se réfugier, il pourrait la rejoindre. C'est ensemble qu'ils devaient réfléchir à leur avenir. Après tout, la réponse qu'elle cherchait impliquait leurs deux existences…

: :

Val Roussillon, samedi 5 janvier 1946

Après un passage au salon funéraire, le temps de réciter une prière et de bénir les familles, Augustin s'était rendu à l'église. Debout dans la sacristie, il révisait son homélie, le prêche le plus difficile qu'il avait eu à préparer, qui s'adressait à des gens aux cœurs déchirés par des deuils inacceptables. Il la répétait pour une ixième fois quand il vit arriver Honoré, avec de grands yeux étonnés. Il n'eut pas à attendre pour connaître la cause de son émoi. Le garçon lança :

— Il y a un personnage habillé en mauve, qui vient d'entrer dans l'église. Le plus étrange : sœur Anne et sœur Madeleine lui ont embrassé la main. Vous avez une idée de qui il s'agit ?

— Monseigneur l'évêque, murmura Augustin pour lui-même. La question c'est, qu'est-ce qui l'amène ici, ce matin ?

— Peut-être vous offrir un coup de main, suggéra Honoré. J'ai remarqué que cet homme portait une soutane avec des boutons mauves, de la même couleur que sa cape et son chapeau.

Preuve que le prélat se déplaçait rarement dans les villages, Honoré ne le connaissait pas. La fois où il devait venir à Val Roussillon pour la confirmation des grands, il s'était fait remplacer par un vicaire.

Son questionnement fut bref. L'évêque entra pompeusement dans la sacristie, suivi de son secrétaire vêtu de noir et de sœur Anne, qui marchait à petits pas pressés. Le revers de la main tendue, le prélat s'avança vers le curé de la paroisse, qui n'eut pas d'autre choix que de baiser l'anneau épiscopal.

— Comme tout le monde, en Abitibi, j'ai été profondément touché par la tragédie qui s'est abattue sur votre communauté, dans la nuit du jour de l'An, s'apitoya l'évêque. Aussi, je me suis dit que ma présence, le fait de me déplacer en personne, mettrait un baume sur le cœur des gens endeuillés.

— Vous nous faites un grand honneur, c'est apprécié, mentit Augustin, qui aurait préféré vivre ce moment seul avec ses ouailles.

L'homme d'Église bomba le torse.

— J'accomplis mon devoir de père, en notre seigneur Jésus-Christ. De plus, en témoignage de mon immense compassion, je célébrerai la messe des funérailles. Vous m'assisterez, monsieur le curé.

L'évêque se tourna vers la religieuse et, d'un ton docte, il exigea :

— Sortez-moi la chasuble et l'étole, ceux pour les offices d'enterrement.

Sœur Anne chercha l'approbation de son curé, qui lui répondit d'agir en opinant de la tête.

— Pour l'homélie, poursuivit monseigneur, vous croyez que vos gens apprécieraient que ce soit moi qui…

— Non ! trancha Augustin. Sauf votre respect, votre éminence, les disparus étaient comme des membres de ma famille. Je connaissais chacun en particulier, de même que les survivants, qui les pleurent. C'est à moi de m'adresser à eux, avec la bienveillance d'un père qui réconforte ses enfants.

L'évêque fit la moue, mais acquiesça, étonné que ce prêtre de campagne ne se montre pas honoré de sa proposition.

Sœur Anne arrivait avec les vêtements sacerdotaux. Il se délesta de sa cape afin de pouvoir les enfiler.

Honoré était retourné dans la nef pour accueillir la dépouille de sa mère. Il vint les prévenir que les corbillards venaient de s'arrêter devant l'église. C'était le moment d'aller recevoir les familles et leurs défunts. Augustin suggéra à Honoré de rejoindre Archibald, mais il refusa, préférant demeurer avec lui.

Monseigneur sortit de la sacristie la tête haute, satisfait de démontrer sa sympathie aux affligés. Augustin le suivit, le front bas, des larmes au coin des yeux. Honoré marchait à ses côtés, un bénitier dans les mains. L'église était bondée. Les gens du village, mais aussi ceux des campagnes, s'étaient fait un devoir d'assister aux funérailles de quatre des leurs, partis tragiquement. Val Roussillon pleurait ses enfants, enlevés à l'amour de leurs proches pendant une nuit de festivités, celles du jour de l'An.

Au retour du cimetière, après la mise des cercueils dans le charnier, le sol gelé étant trop dur pour creuser, les dames fermières invitèrent les célébrants, les notables et les familles touchées à se réunir au presbytère. Elles avaient préparé une collation.

Pour ces gens, marqués à vie, c'était une dernière occasion de se consoler les uns les autres, en parlant de leurs chers disparus. Augustin Davignon aurait préféré être seul avec son monde et vivre ces douloureux moments dans l'intimité paroissiale, mais il n'avait pas le choix d'accepter la présence de son supérieur. Surtout que ce dernier le réquisitionna pour faire les présentations de chaque personne présente. Monseigneur ne voulait négliger personne ; ses condoléances avaient, selon lui, une inestimable valeur de réconfort.

Après le départ des invités, ayant fait montre de patience, l'évêque demanda à visiter le presbytère.

— Chaque fois que je suis passé devant, j'ai remarqué votre superbe demeure. Il faut dire que, du haut de son promontoire, elle est difficile à manquer. J'avais très hâte de venir y jeter un œil.

— Vous y êtes toujours le bienvenu.

— Je m'y sens chez moi, en effet, comme dans tous les presbytères de mon diocèse. Vous savez, monsieur le curé, même si vous l'avez payé presque entièrement de votre poche, c'est ce qu'on m'a rapporté, ce presbytère ne vous appartiendra jamais. Je peux dès demain, si je veux, vous changer de paroisse.

— Vous semblez oublier, votre excellence que nous avons une entente, vous et moi. Vous m'avez assuré, si je l'acceptais, que cette cure serait mienne pendant dix ans. Je devais recruter des marguilliers, redresser les finances de la fabrique et construire une nouvelle église. Je suis parvenu à réaliser tout cela en moins de trois ans ! Si vous voulez que ce climat de prospérité perdure, je dois demeurer ici pour consolider le tout.

— Je plaisantais ! Je suis un homme de parole. J'apprécie votre travail à Val Roussillon.

— Merci !

— Si nous effectuions maintenant la tournée de ce somptueux presbytère ?

Augustin n'éprouva aucun plaisir à ce tour du proprio, surtout que son éminence se permit de nombreux commentaires plutôt insolents dans chaque pièce qu'il visita. En entrant dans une chambre, celle qui lui était réservée, il exigea :

— Vous devrez y installer un prie-Dieu, c'est primordial ! Je suis un homme d'une grande piété. Quant au crucifix, il est minuscule… il faudra y remédier.

Augustin se contenta d'incliner la tête en signe d'assentiment.

Parvenu devant quelques-uns des vitraux qui représentaient des stations du chemin de la croix, le prélat n'eut pas d'autre choix que de s'extasier.

— Dommage que de si belles œuvres ne se trouvent pas à l'évêché, constata-t-il en leur jetant un regard envieux. C'est presque du gâchis d'installer de telles merveilles au-dessus des fenêtres d'un presbytère de campagne.

— Votre éminence a raison, se moqua subtilement Augustin. Mais, comme vous venez de le souligner, cette résidence appartient au patrimoine de l'Église, donc tout n'est pas perdu. Vous pourrez vous arrêter ici à votre convenance pour les admirer.

C'est avec les lèvres pincées que le prélat poursuivit la visite, dénotant une jalousie qu'il parvenait mal à dissimuler. Dans le bureau, véritable bibliothèque, il fit montre d'une profonde surprise.

— Cette pièce est magnifique, clama-t-il de prime abord. Mais voulez-vous bien m'expliquer ce que signifie ce tableau de femmes nues accroché à votre mur ?

— Premièrement, elles ne sont pas nues, elles sont voilées…

— Si peu !

— C'est une reproduction d'une œuvre de Sandro Botticelli, un peintre qui, vous devez le savoir, a des peintures au Vatican, à la chapelle Sixtine.

— Bien sûr, je suis au courant ! Je vous demande quand même de retirer cette toile. Je trouve le sujet inconvenant dans la pièce où vous accueillez vos paroissiens.

— Ce sera fait, mentit de nouveau Augustin, se disant qu'il lui suffirait de la dissimuler quelque part lorsque l'évêque annoncerait sa venue.

C'était rare qu'il arrivât à l'improviste, comme aujourd'hui. Sa visite inattendue était due à une occasion des plus spéciales.

Avant de partir, sur un ton difficile à décoder, l'évêque souligna :

— Je n'ai pas aperçu sœur Jeanne-de-Bohème au cours de la cérémonie à l'église, ni par la suite… Je n'entends que du bien à son sujet en tant que supérieure du couvent, enseignante aux élèves finissants, également comme directrice de la chorale. Le son de sa musique s'est rendu jusqu'à Amos, à l'archevêché, si je puis m'exprimer ainsi. J'aurais bien voulu la rencontrer… Elle est malade ?

Surpris par la question, Augustin improvisa :

— Un décès dans sa famille. Elle sera de retour ces jours-ci.

— Bien, acquiesça le prélat. Dites-lui de passer me voir à son retour. J'aimerais faire sa connaissance.

N'attendant pas de réponse, il tendit son anneau à baiser et se retira dignement, suivi du vicaire qui l'accompagnait en tant que chauffeur.

Son départ libéra Augustin d'un protocole imposé, qu'il détestait. La hiérarchie dans l'Église était pour lui un fardeau. Tous les êtres humains n'étaient-ils pas égaux devant leur Créateur ? Ce qui le troublait encore davantage, en cet instant, c'était la curiosité que son supérieur avait manifestée au sujet de sœur Jeanne. Des rumeurs sur l'intérêt qu'il éprouvait pour elle s'étaient-elles rendues à Amos ? Si oui, par quelle voie ? Jusqu'ici, ni l'un ni l'autre n'avait affiché quoi que ce soit qui puisse leur être reproché. Les quelques paroles, émises, dans un moment de profonde détresse, la nuit de l'incendie, avaient été prononcées dans un contexte intime. Il se dit que ce devait être la fatigue ou l'inquiétude qui nourrissait son appréhension. Que l'évêque d'Amos veuille mieux connaître la nouvelle supérieure du couvent était normal. Sœur Jeanne-de-Bohème était un membre important de son diocèse, après tout.

: :

Val Roussillon, samedi 4 avril 2020

Écrasé de douleur, Charles pleurait, le visage dans les mains. Mathéo, touché au plus profond de son être, avait déposé son cellulaire sur la table, en face de lui. Il tremblait, au point où il lui était devenu inconcevable de le tenir sans l'échapper.

— Joanne est morte, se désola Charles. Seule, au milieu d'étrangers, sans que je puisse lui prendre la main, c'est inadmissible…

— C'est inadmissible, répéta Mathéo.

— Nous étions mariés depuis trente-six ans. Tous les soirs, en me couchant, je la serrais dans mes bras… C'est mon bonheur de vivre que j'enlaçais… que je pressais contre mon cœur. La retraite s'en venait… nous avions de si merveilleux projets…

— Charles, je suis tellement désolée, murmura Évangéline, par-dessus l'épaule de Mathéo.

— Quand elle est partie en ambulance, il y a une semaine, poursuivit Charles, elle m'a souri… si j'avais su que j'apercevais son sourire pour la dernière fois… Elle était si belle, Joanne, quand… quand…

Un sanglot coupa sa phrase.

— Qui vous a annoncé son décès ? s'informa Évangéline.

— Un médecin de Saint-Eustache. J'ai oublié son nom. Il avait l'air épuisé. Quand je lui ai demandé si je pouvais venir, il a essuyé une larme, avant de me dire que c'était impossible de la voir, à l'hôpital. Il a ajouté que je devais contacter un entrepreneur d'arrangements funéraires et prendre des ententes avec lui.

Charles reprit sa figure entre ses mains, puis, dans un élan de rage, il les abaissa. Choqué, il éclata :

— Vous rendez-vous compte ? C'est de ma femme que nous parlons, de ta mère, Mathéo ! C'est insensé de ne pas pouvoir être auprès d'elle… Joanne est seule, dans le froid ! Elle qui rêvait d'aller dans le Sud, durant les longs mois d'hiver, quand on serait à notre retraite… Joanne, je l'aimais tellement… elle était si précieuse à mes yeux… C'est moi qui aurais dû partir !

— Charles, ne dites pas ça ! implora Évangéline.

Le malheureux éclata en lourds sanglots, alors qu'en face de l'écran de son cellulaire, son fils laissa couler des larmes à son tour, impuissant à les retenir. Mathéo n'arrivait pas à croire à la fatalité qui s'imposait à lui. Sa mère était décédée sans qu'il puisse lui offrir un dernier câlin, un ultime baiser, un seul petit au revoir…

Devant leur intarissable chagrin, Évangéline, bien que profondément troublée, posa les questions indispensables, au moment d'un événement comme celui-là :

— Dites-moi, Charles, quelles sont les démarches que vous devez entreprendre, à partir de maintenant ? Croyez-vous que, si nous venions à Saint-Eustache, nous pourrions voir Joanne ? Vous être utile ?

Charles releva la tête, il se moucha, puis, déterminé, il déclara :

— Tu as raison, ma belle Évangéline. J'étais pressé de vous prévenir. Je dois bouger. Je fais des appels et je vous reviens.

— Je t'aime, papa, murmura Mathéo.

Sitôt l'appareil fermé, il s'écroula en pleurs dans les bras de sa femme, qui le reçut avec une infinie tendresse. Évangéline se souvenait de la profondeur de la peine ressentie lorsqu'elle avait perdu Maui, qui n'avait vécu que quelques heures. Charles avait passé trente-six ans aux côtés de Joanne ; autant d'amour arraché en un seul jour… Et pour Mathéo, il s'agissait de sa maman. Il voyait s'envoler l'amour le plus inconditionnel qui puisse exister sur cette terre, et cela, sans un possible adieu. À son tour, la tête de son mari pressée contre son cœur, elle laissa couler des larmes silencieuses. Conscient de la douleur de ses nouveaux maîtres, monsieur Watson se pelotonna à leurs pieds et ronronna en guise de réconfort.

19

JOURNAL D'AUGUSTIN DAVIGNON

Val Roussillon, lundi 14 janvier 1946

La vie reprend doucement son cours. Hier, après la grand-messe, lorsque j'ai rejoint mes paroissiens à l'arrière de la nef, ils ne discouraient plus sur l'incendie. Bien sûr, il y aura toujours une cicatrice indélébile sur le cœur de chacun, sur celui des personnes éprouvées, surtout. Seul le temps fera son œuvre et parviendra à atténuer les douleurs.

À la suite d'une discussion que j'ai eue avec elle, Pénélope a accepté d'accueillir Lucette. Son mari décédé, elle a besoin de gagner des sous et Archibald s'est montré très généreux. La perte d'Émile est difficile pour elle et ses deux filles, aussi, la venue d'un bébé dans la maison devrait les égayer. J'ai également rendu visite à Maurice et à Laure, Abel était présent chez eux. Exonéré de tout blâme, le malheureux garçon comprend qu'il vivra toujours avec une certaine culpabilité. Je crois toutefois que des sentiments naissant pour la gentille Laure l'aideront à guérir. J'ai discerné des étoiles dans les yeux de ces deux-là. Et j'avoue que ça m'a fait un bien immense de voir une nouvelle aube se lever, porteuse d'espérance…

Je me mentirais à moi-même si j'essayais de nier mon désir de savoir où s'est réfugiée Doralice. Mon souhait le plus cher serait de pouvoir la rejoindre et prendre avec elle, d'un commun accord, les décisions qui nous concernent tous les deux. Comme c'est impossible, je dois accepter son choix.

Honoré passe beaucoup de temps au presbytère, à feuilleter des livres, qu'il découvre dans ma bibliothèque ou que je lui suggère de lire. Le sachant curieux, je lui ai demandé s'il avait déjà surpris sa mère et sœur Jeanne à discuter de la famille de cette dernière, ou d'amis qui lui étaient précieux. La seule chose qu'il a pu me dire, c'est qu'une fois, dans l'église, il avait entendu sœur Jeanne mentionner une cousine, décédée, qui se prénommait Aglaé, et qui avait des enfants. Impossible pour moi de faire le tour de toutes les Aglaé, mortes de surcroît, alors j'ai renoncé à retrouver Doralice. Laissons entre les mains de Dieu, et celles de sœur Jeanne, l'avenir de l'humble serviteur que je suis.

Ma joie de vivre, en ce moment, c'est de partager le plaisir d'Honoré à l'idée de partir pour Québec, l'automne prochain. Cette perspective met un baume sur la douleur profonde du décès de sa maman. Ce pauvre enfant a été durement éprouvé en perdant sa sœur et sa mère dans des incendies. J'ai écrit au supérieur du collège où j'ai fait mes études classiques, dans le but de l'y faire admettre. Je suis en attente d'une réponse. Comme je me porte garant de sa bonne conduite et de ses valeurs, je prévois qu'elle sera positive. Aussi, j'ai demandé à ma sœur Marie si elle ne connaîtrait pas une famille qui accepterait de l'accueillir, et de veiller sur lui, le temps que dureront ses études. Je préfère qu'il soit externe. De cette façon, il bénéficiera d'une plus grande liberté. Les jeunes garçons ont besoin d'une certaine indépendance pour apprendre la vie, ce que, à mon avis, il ne trouvera pas en étant pensionnaire.

Voilà où j'en suis, en attente d'une lettre de Doralice, ou de son retour parmi nous. Je n'ose pas prier Dieu de l'aider dans sa décision, j'évite même de penser à elle durant mes moments de recueillement. Doralice est une personne aimante et généreuse et je crains qu'Il veuille la garder pour Lui.

: :

Val Roussillon, mardi 15 janvier 1946

Le curé Davignon était dans la sacristie, à se préparer pour la messe de sept heures, à laquelle assistaient peu de paroissiens étant donné l'heure matinale, quand il vit entrer Honoré en coup de vent. Le garçon brandissait une enveloppe blanche.

Intrigué, il questionna:

— Veux-tu bien me dire ce que tu tiens là?

— Vous vous souvenez que je vous ai dit que je collectionnais les timbres? Je vous ai même demandé de m'en ramasser.

— Oui, je regrette de ne pas l'avoir fait. Je suis impardonnable.

— Eh bien, sœur Jeanne, elle, n'a pas oublié! Voici ce que j'ai retrouvé.

— De quoi s'agit-il? s'informa Augustin, soudain fébrile.

— L'enveloppe timbrée d'une lettre de sa cousine, datée de janvier, l'année dernière, qu'elle m'a donnée. Si je me souviens de ce qu'elle a dit à maman, Aglaé serait morte peu de temps après, en février. Et...

— Et quoi?

— Il y a l'adresse de retour, triompha Honoré.

Augustin sentit ses jambes fléchir. C'est d'une main tremblante qu'il accepta l'enveloppe que lui remit son servant de messe.

Il lut.

Le courrier provenait de Saint-Marc-des-Carrières, dans le comté de Portneuf. Un endroit connu, qu'il n'avait jamais visité. Et le nom de famille d'Aglaé était Sauvageau. Détenant ces informations, il devenait facile pour lui de retrouver sa trace. Cette cousine était décédée depuis une année seulement, des gens de la paroisse se souvenaient d'elle à coup sûr et connaissaient probablement ses enfants. Sa décision fut prise sur-le-champ, il partirait dès aujourd'hui, par le train de midi. Le prêtre était conscient que Saint-Marc n'était peut-être pas l'endroit où Doralice avait trouvé refuge, mais il ne perdait rien à y aller. Mis à part les quelques jours qu'il avait utilisés pour se rendre aux funérailles de sa mère, ça faisait des années qu'il n'avait pas eu de vacances. Le moment était venu de s'en octroyer.

: :

Le train en provenance de Cochrane, en Ontario, s'était pointé avec deux heures de retard. Il roulait maintenant au milieu de la forêt boréale, sous la lumière ambrée du crépuscule. Assis dans sa cabine, Augustin songeait à son arrivée à Saint-Marc-des-Carrières. Il était parti sur un coup de tête, sans réfléchir aux conséquences de son geste. Et si sœur Jeanne refusait de lui parler ? D'un autre côté, il était fort possible que ce ne soit pas l'endroit où elle s'était réfugiée. Monté à bord avec sa soutane, il avait prévu d'en descendre, le lendemain matin, vêtu en civil. Un prêtre en quête d'une religieuse risquait d'attirer davantage la curiosité des gens qu'un simple citoyen. La nuit tombait, il choisit de se glisser sous les draps avec dans la tête de multiples scénarios d'éventuelles retrouvailles avec Doralice, ou peut-être d'une confrontation…

: :

Saint-Marc-des-Carrières, mercredi 16 janvier 1946

Arrivé tôt en matinée, Augustin s'était renseigné auprès du chef de gare d'un endroit où il pourrait loger. Ce dernier lui avait indiqué l'hôtel Royal, à un quart de mille en direction du village. Il s'y était rendu.

Après avoir pris une douche et s'être restauré, il s'informa auprès de l'hôtelier de l'itinéraire à suivre pour trouver la résidence de feue madame Aglaé Sauvageau.

L'homme la connaissait bien.

— Sa propriété a été vendue. Je suis au courant parce que c'est mon beau-frère qui l'a achetée, lui précisa-t-il. Je ne sais pas ce qui vous amène, mais si vous voulez parler à quelqu'un de sa famille, il y a sa fille qui habite juste en face, une maison en bardeaux bleus. Vous ne pouvez pas la manquer.

— Sa fille s'appelle?

— Marielle, et son garçon, c'est Eugène.

Augustin remercia le tenancier et il prit la direction indiquée. C'était aussi celle de l'église, dont il apercevait le clocher, fièrement pointé vers le ciel. Un léger remords effleura son esprit, qu'il chassa en jetant un œil à sa montre. Il était onze heures, un moment convenable pour se présenter chez des inconnus.

Une jeune femme souriante vint lui ouvrir. Cependant, en apprenant qu'il était à la recherche de sœur Jeanne-de-Bohème, qu'il croyait de passage chez elle, son visage figea.

— Qu'est-ce qui vous fait penser qu'elle pourrait être ici?

— Une intuition...

— Je suis désolée, mais elle est fausse, lui répondit aimablement Marielle.

— Vous l'avez vue dernièrement? insista Augustin.

— Elle enseigne en Abitibi, à Val Roussillon. Vous devriez vous informer de ce côté, le renseigna Marielle, éludant sa question.

Malgré un certain doute, Augustin comprit qu'il serait impoli de s'entêter. Il salua la dame de la maison et, déçu, reprit son chemin. À côté de l'église, il apercevait le cimetière. Sans trop savoir pourquoi, il s'y dirigea, avec l'idée de dire une prière pour l'âme d'Aglaé, s'il trouvait l'emplacement où elle avait été inhumée.

Plus tard, en journée, il demanderait un taxi pour se rendre à Québec, où il pourrait rendre visite à Marie. Il y avait aussi un confrère séminariste, revu lors des funérailles de sa mère, qui l'avait beaucoup intéressé en rapportant les discours d'un certain Paul-Émile Borduas. Ce peintre préconisait une plus grande ouverture aux courants de la pensée universelle et, du même coup, il remettait en question la domination de l'Église catholique, qui maintenait le peuple dans une profonde noirceur, dans le but de mieux asseoir son pouvoir. Cet homme et ses adeptes exhortaient les gens à refuser d'obéir comme des moutons à l'autorité établie. Des idées révolutionnaires, certes, mais qui le rejoignaient dans sa conception d'une culture plus libérale, fondée davantage sur les émotions que sur une obéissance aveugle.

Perdu dans sa réflexion, Augustin ne vit pas un jeune homme s'avancer vers lui. Aussi, il sursauta au son de sa voix.

— J'étais chez Marielle, tantôt, quand vous êtes venu. Je me présente, Eugène Sauvageau, le fils d'Aglaé.

Intrigué, Augustin accepta la main tendue.

— Je vous ai aperçu de la cuisine. Vous m'avez paru très déçu de ne pas trouver sœur Jeanne-de-Bohème... C'est important pour vous de la retrouver ?

La curiosité en éveil, Augustin souhaita connaître la raison pour laquelle le garçon d'Aglaé l'avait rejoint.

— Sœur Jeanne passait une semaine chez nous tous les étés, quand ma sœur et moi étions petits. Maman racontait que c'était parce qu'elle adorait les enfants et qu'une peine d'amour dans sa jeunesse l'avait empêchée de fonder une famille, comme la nôtre.

— Intéressant, avoua Augustin. Mais pourquoi êtes-vous venu me retrouver ?

— Comme vous l'avez si bien mentionné, tantôt, c'est une intuition qui m'a poussé à le faire. On pense que ça dure toujours, la vie, mais ça peut se terminer brusquement. Je l'ai compris avec le départ subit de maman.

— Vous êtes philosophe, mon ami.

— Disons que je vois souvent l'existence à travers la lentille d'un poète. Respecter les sentiments des autres est primordial pour moi.

Augustin approuva.

— Tantôt, poursuivit le jeune homme, c'était plus que de la déception que j'ai lue dans votre regard. J'ai discerné de la tristesse…

— Vous savez où elle se trouve ? risqua Agustin, les sens en alerte.

— Oui ! C'est même moi qui l'ai conduite là où elle s'est réfugiée…

Le prêtre inspira profondément, son souhait semblait sur le point de se réaliser.

— Si vous êtes venu me retrouver, j'imagine que c'est parce que vous êtes prêt à m'en faire part, osa-t-il suggérer.

— Bien sûr. Si Marielle a promis à sœur Jeanne de ne rien révéler, on n'a pas exigé de moi une telle discrétion. Un oubli, sans doute, s'amusa Eugène.

— Qui tombe à point, se réjouit Augustin à son tour. Si je veux la voir, ce n'est nullement dans le but de nuire à sa méditation. Elle et moi, nous avons besoin de discuter… Vous l'avez très bien exprimé il y a un instant, la vie, ça ne dure pas toujours. Je suis convaincu que notre Père du Ciel n'exige pas que notre passage terrestre soit une vallée de larmes.

— C'est aussi ce que je crois. Voilà pourquoi je vous donne l'adresse où sœur Jeanne se trouve, dit Eugène en lui tendant un papier sur lequel il l'avait inscrite.

Augustin l'accepta, la main tremblante.

— Papa avait un chalet à La Tuque, sur le bord du Saint-Maurice. Nous l'avons conservé après son décès, c'est un endroit magnifique, en pleine nature. Là-bas, il faudra que vous l'appeliez Doralice Champagne. Elle a laissé ses vêtements de religieuse chez Marielle, qui lui a prêté ce dont elle avait besoin pour son mois de réflexion au milieu de la forêt.

— Je ne saurai jamais comment vous remercier, s'excusa Augustin en tendant la main à ce jeune homme qui venait de lui offrir un superbe cadeau.

— Vous y arriverez en faisant le bonheur de Doralice ! Pardonnez-moi de l'appeler ainsi, mais la personne que j'ai conduite à La Tuque, avec sa chemise à carreaux et ses grosses bottes, n'avait rien d'une nonne.

— Je vous suis reconnaissant, souligna Augustin. Vous êtes quelqu'un de généreux, Eugène.

— Ma mère adorait sa cousine. Elle serait heureuse de ce que je fais pour elle, aujourd'hui.

Puis, sans rien ajouter, Eugène tourna le dos à Augustin. La mission qu'il s'était donnée était accomplie, la suite dépendait des humains concernés. Demeuré seul, Augustin ferma les yeux, intégrant difficilement dans son esprit l'événement qui venait de se produire. Doralice ! Il était sur le point de la revoir… mais comment réagirait-elle à sa venue ? Le train en direction de La Tuque passait en soirée. Il l'avait si souvent pris qu'il connaissait parfaitement les horaires, et, comme ce convoi était le seul à relier Québec à l'Abitibi, c'était impossible de se tromper. Selon ses calculs, il avait amplement le temps de sauter à bord…

20

La Tuque, jeudi 17 janvier 1946

La nuit étendait son voile obscur sur la ville de La Tuque lorsque le train entra en gare. Il neigeait. Augustin héla une voiture taxi qui attendait et se fit conduire à l'hôtel Marineau, que lui avait conseillé l'employé du chemin de fer.

Couché sur son lit, il demeura éveillé un long moment, à anticiper l'instant où il retrouverait Doralice dans son refuge, sur les bords de la rivière Saint-Maurice. Les scénarios qu'il se faisait variaient de l'allégresse à la déconfiture. Finalement, emporté par la fatigue, il s'endormit. C'est un rayon de soleil lui caressant le visage qui le tira d'un sommeil agité, tard en matinée.

Heureux que le beau temps soit au rendez-vous, Augustin descendit déjeuner, un repas au cours duquel il s'informa de la façon dont il pouvait se rendre à l'adresse qu'on lui avait fournie.

— C'est en pleine forêt, nota l'hôtelier. Il y a bien une route, mais elle est plutôt mal entretenue en hiver. L'idéal serait de demander à Albert. Je suis convaincu qu'il se ferait un plaisir de vous y conduire, avec son traîneau et ses chiens.

Le prêtre se montra intéressé, jamais il n'avait utilisé ce moyen de transport. Il accepta ; la nouveauté rendrait la balade encore plus agréable. Après avoir effectué quelques emplettes – il avait besoin de vêtements chauds et de bottes d'hiver, ses souliers et ses claques lui semblaient déplacés pour une randonnée en traîneau –, il fut prêt à partir. Albert l'installa sous une peau d'ours, puis il lança dans l'air un cri aigu que les chiens reconnurent, car ils s'élancèrent allègrement sur le sentier. N'eût été son inquiétude à se présenter inopportunément à Doralice, l'excursion aurait été parfaite. Le soleil brillait. Les branches d'arbre, chargées de la neige de la veille, saluaient leur passage par des volées de flocons blancs, c'était magique. Augustin ouvrit grand les yeux, ne voulant rien perdre de la beauté de la nature qui l'entourait. Après une demi-heure à foncer à travers la forêt, Albert arrêta son attelage. Il indiqua à son invité un chalet en bois rond, aux allures de carte de Noël, niché dans un massif de sapins.

— Vous êtes arrivé, déclara-t-il.

En s'extirpant du traîneau, Augustin jeta un œil vers la rivière, en contrebas. Sur la rive, la présence d'une personne attira son attention. Il demanda à Albert de l'attendre un moment, au cas où il ne serait pas le bienvenu, puis il descendit rejoindre Doralice, qu'il avait reconnue. D'abord surprise, cette dernière l'accueillit d'un sourire. Ne sachant trop comment se présenter, Augustin demeura debout, figé, dans l'attente d'un mot, d'une invitation.

— J'étais loin d'imaginer te voir apparaître ici, finit par avouer Doralice d'une voix agréable. Pourtant, ça ne m'étonne pas, je pensais tout le temps…

— Je peux rester ? demanda timidement le prêtre.

— Bien sûr ! Je suis même contente que tu sois là, dit-elle en montant vers lui.

Augustin fit signe à Albert qu'il pouvait relancer ses chiens avant de descendre à sa rencontre. Dans le regard de l'autre, chacun lut le bonheur de se retrouver ensemble au sein d'une nature paisible. Se sachant seuls, ils s'abandonnèrent à une étreinte, muets de plaisir, au cœur de cet instant de grâce qui les réunissait enfin, loin des servitudes.

Après avoir déposé son maigre bagage à l'intérieur, Augustin suggéra d'aller marcher dans ce décor féérique qui les entourait. Sur le sentier, il prit la main de Doralice, qui ne la lui refusa pas. Un sentiment de plénitude, disparu depuis de nombreuses années, envahit son esprit. Chemin faisant, Doralice lui apprit que le chalet des Sauvageau n'était pas aussi isolé qu'il y paraissait. De chaque côté, à environ un demi-mile, il y avait des voisins.

— Eugène m'a dit que la plupart du temps, durant l'hiver, ces gens ne viennent que les fins de semaine. Avant de repartir, il a pris des arrangements avec un ami de La Tuque, pour qu'il passe me voir et m'apporte des provisions, ce qu'il a fait régulièrement, depuis les dix jours que je loge ici.

— Un garçon très gentil, ton neveu. C'est grâce à lui que j'ai su où tu t'étais réfugiée. Je précise qu'il n'a pas manqué à sa parole... à ce qu'il m'a dit, tu n'avais rien exigé de lui.

Doralice esquissa un sourire.

— Après la mort de mon père, ma cousine Aglaé et ses enfants sont devenus ma seule famille. C'est pourquoi j'ai été profondément choquée quand j'ai appris, plus d'un mois après son décès, qu'elle nous avait quittés. Ce manque de délicatesse des dirigeantes de ma communauté pèsera lourd dans la balance lorsque j'arrêterai ma décision.

Augustin ne répondit pas, il se contenta de resserrer ses doigts sur la main gantée de sa compagne. L'important pour lui était le moment présent, qu'il partageait avec la seule femme qu'il avait aimée avec autant de ferveur. Le chaud soleil adoucissant la froidure de janvier, c'est sans ressentir la rigueur du climat qu'ils marchèrent de longues heures, discourant légèrement sur des banalités, évitant les sujets plus sensibles pour l'instant. L'arrivée de la brunante, de même que la faim, les ramena à la réalité. La lumière du jour n'était plus qu'une mince bande orangée étalée sur l'horizon quand ils regagnèrent le chalet.

Après s'être concocté un frugal repas, ils s'installèrent à une table basse, devant le foyer, pour profiter de sa chaleur. Un tantinet mal à l'aise d'être seuls, leur intimité remontant à un quart de siècle, ils mangèrent d'abord en silence, se contentant d'apprécier la présence de l'autre. Quand Augustin se leva pour remettre des bûches dans l'âtre, Doralice l'observa. Sans sa soutane, en chemise, les manches roulées sur les avant-bras, il retrouvait à ses yeux l'attrait de ses vingt ans. Elle en profita pour le souligner :

— Depuis nos retrouvailles à Val Roussillon, je suis intriguée. Qu'est-ce qui t'a conduit vers la prêtrise ? Tu es un bel homme, instruit, l'avenir s'ouvrait devant toi, avec ses promesses de réussite, de gloire, d'argent…

— Tu oublies une promesse… celle de l'amour.

Doralice baissa le regard.

— Je t'ai pensée morte, poursuivit Augustin. J'interrogeais mon cœur et je me rendais compte que plus jamais je ne pourrais aimer avec autant d'intensité…

— C'est ce manque de plénitude qui t'a poussé vers Dieu ?

Augustin reprit place par terre, devant la flamme qui dansait de nouveau dans le foyer, et il précisa :

— Ça et autre chose. Je ne suis pas allé vers la prêtrise par dépit. Pendant les deux années qu'a duré ma réadaptation, après l'accident, j'ai côtoyé presque tous les jours un jeune aumônier, sympathique, joyeux. C'est lui qui est parvenu à me redonner goût à la vie. Grâce à ce prêtre, j'ai compris que c'est souvent en oubliant nos propres problèmes, en se penchant sur les malheurs des autres, que s'ouvrent devant nous des espoirs de bonheur.

— Je te donne raison, murmura Doralice.

— Tu vois, poursuivit Augustin, l'argent, les biens matériels, les fumées de la gloire, tout ça n'avait aucun attrait à mes yeux. La preuve, j'ai investi la majeure partie de l'héritage reçu de ma mère dans l'édification d'un presbytère, qui ne m'appartiendra jamais !

— Pourquoi l'as-tu fait alors ?

— Pour la joie de l'instant présent, c'est ce qui compte pour moi. Ce projet commun réunissait autour de moi tous les gens de la paroisse… et toi.

— Moi ?

— Il y a longtemps, pendant le bref moment de nos fréquentations, j'imaginais construire pour toi et nos enfants, un petit château au sommet d'une colline, entouré d'un jardin fleuri, qui servirait de cadre à notre amour…

— Augustin…

— Je suis prêtre. Tu es religieuse. J'en suis conscient. Mais je t'avais retrouvée, convaincu que jamais nous ne pourrions vivre ensemble. Il me restait le plaisir de partager avec toi, à travers la construction d'une magnifique demeure, la réalisation d'un rêve qui, je le savais, était impossible à exaucer pour nous deux.

— Augustin, répéta Doralice, émue, tu as le verbe… et l'âme d'un poète.

— Je suis un homme amoureux, confessa le prêtre, cherchant le regard de sa compagne.

Doralice, se sentant faiblir, préféra se lever.

— Merci, Augustin, de ta franchise. Toutefois, je… je…

Constatant son malaise devant les aveux qu'il venait de faire, Augustin bondit sur ses pieds.

— Alix, émit-il avec tendresse, reprenant le diminutif de leurs jeunes années, pour rien au monde je ne veux forcer ta décision. Tu m'as écrit que tu cherchais le sens de ta vie. Si tu es d'accord, nous explorerons ensemble les diverses possibilités qui s'offrent à nous, plus tard…

Doralice accepta, d'un timide sourire. Entendre Augustin prononcer le surnom d'Alix l'avait décontenancée. Elle frissonnait. Il était temps d'aller au lit. Aussi, elle indiqua à son invité une chambre dont elle avait eu la précaution d'ouvrir la porte précédemment, pour permettre à la chaleur d'y pénétrer.

Sur le seuil, Doralice et Augustin hésitèrent, puis, dans un élan plus fort que leur volonté, ils s'abandonnèrent à un câlin.

C'est à regret qu'Augustin se retira de la courte étreinte.

— À demain, cher ange, murmura-t-il.

Incapable de la moindre parole, Doralice se dirigea vers sa chambre. Bouleversée, les pensées à la dérive, elle se sentait emportée sur une vague si puissante qu'elle redoutait d'y perdre son âme…

: :

Après une nuit sans rêves, Augustin sortit de son lit aux premières lueurs de l'aurore. Ne pas endosser sa soutane, son premier geste matinal depuis tellement d'années, lui insuffla un parfum de liberté. Il enfila plutôt un chandail de laine par-dessus son pyjama et il se dirigea vers la cuisine. Doralice était déjà levée. Occupée au comptoir, elle lui tournait le dos. Il s'arrêta un moment pour contempler sa mince silhouette : avec ses cheveux courts, enveloppée dans un peignoir de flanelle, son allure était celle d'une adolescente. L'entendant arriver, elle se tourna pour l'accueillir. Ce sourire… Augustin aurait souhaité l'apercevoir tous les matins de sa vie.

Il prit place à la table.

— Un café et du pain doré, ça te convient pour déjeuner ? suggéra-t-elle.

Le prêtre acquiesça, sans quitter des yeux la femme qui évoluait autour du poêle à bois. Quand, après les avoir servis, elle se tira une chaise à ses côtés, Augustin amorça leur échange en soulignant la tranquillité des lieux. Puis au fil de la conversation, une fois à l'aise l'un avec l'autre, il s'enquit :

— Hier, en soirée, je t'ai parlé des raisons qui ont justifié ma décision d'entrer en théologie. Toi, Alix, contrairement à moi, tu me savais vivant… Qu'est-ce qui a motivé ton choix pour la vie religieuse ?

Doralice déposa sa fourchette.

— Je te savais vivant, mais inaccessible. Je t'ai écrit une dizaine de lettres, demeurées sans réponse. Pour une femme, ç'aurait été inconvenant d'aller frapper à ta porte. De plus, j'ignorais comment je serais reçue… Pourtant, même après avoir déménagé à Baie-Comeau avec mon père, qui avait trouvé de l'emploi sur la Côte-Nord, j'ai continué de t'envoyer des mots. Je nourrissais toujours un faible espoir. Un jour, Aglaé, qui habitait à Baie-Comeau avec sa famille, à l'époque, m'a fait comprendre que mon optimisme était inutile. Deux années s'étaient écoulées depuis notre accident… Alors, j'ai entrepris une réflexion. Je me suis rendue à Québec, pour une retraite fermée, et c'est là, dans le silence, la paix et la sérénité de Dieu, que j'ai décidé de lui consacrer ma vie. L'amour humain n'avait plus aucun attrait pour moi.

Doralice fit une pause, avant d'ajouter :

— Je n'avais jamais regretté mon choix, jusqu'à ce vendredi de septembre, à Val Roussillon…

Augustin l'écoutait attentivement, le regard triste. Le menton appuyé sur son poing, il se taisait. Aussi, elle poursuivit.

— Quand ma supérieure m'a proposé Val Roussillon, j'ai entendu prononcer le nom du curé de ma nouvelle paroisse. J'ai trouvé que c'était une étrange coïncidence, mais jamais, au grand jamais, je n'aurais pu imaginer que tu avais choisi la prêtrise. Toi, le fringant jeune homme de bonne famille, qui souhaitait devenir avocat.

— La vie emprunte des chemins qui nous échappent, parfois…

— Si j'avais su que tu me croyais morte, se désola Doralice en levant des yeux mouillés vers son compagnon, j'aurais agi autrement.

Bouleversé, Augustin maudissait son père. Toutefois, il était inutile de ressasser le passé. Seul comptait le présent et, surtout, comment Doralice et lui pourraient désormais utiliser ce temps précieux qui se profilait devant eux, dans le but de le rendre complice de leurs sentiments, sans renier leur foi.

: :

Val Roussillon, samedi 4 avril 2020

Mathéo arpentait la bibliothèque, en attente de l'appel de son père. Il avait promis de le contacter dès qu'il aurait des indications sur la marche à suivre, lors du décès d'une personne atteinte de la COVID dans un établissement public.

Quand son cellulaire résonna dans la pièce, inquiet, il se précipita pour prendre l'appel.

— Papa, murmura-t-il, retenant un sanglot, incapable d'en dire davantage.

— Ce serait inutile qu'Évangéline et toi fassiez le voyage pour venir aux obsèques, lui conseilla le nouveau veuf, car il ne peut pas y en avoir. Dans un contexte où l'on demande aux gens de ne pas se rapprocher physiquement, le processus de deuil est complexe et les entreprises de services funéraires doivent s'adapter.

— Ce qui signifie ? s'informa Mathéo.

— Seulement quelqu'un ayant habité sous le même toit que la personne décédée de la COVID-19 peut aller voir sa dépouille… et uniquement à travers une vitre. Ensuite, il faut opter pour… pour…

— Pourtant, l'OMS est formelle, je l'ai entendu à la radio. Les gens morts infectés de ce satané virus ne transmettent pas la maladie ! se choqua Évangéline.

Charles étouffa un sanglot et reprit son énoncé :

— On me demande de choisir entre l'inhumation ou la crémation… cette dernière étant fortement recommandée. De toute façon, tous les rituels funéraires sont interdits… sous prétexte que des individus en deuil ne peuvent pas retenir leurs pleurs, leurs épanchements… ou se donner des accolades…

— Qu'est-ce que tu comptes faire ? demanda Mathéo d'une voix à peine perceptible.

— Rien pour le moment. Nous sommes en attente d'une autorisation de la Direction de la santé publique pour récupérer la dépouille de… de…

Incapable d'en dire davantage, Charles hoqueta.

— Papa, sanglota Mathéo, je suis désespéré de ne pas pouvoir être avec toi. Nous vivons dans un monde de fous ! C'est épouvantable que tu sois contraint de vivre des moments aussi difficiles dans la solitude, sans notre appui.

— C'est inhumain, ragea Évangéline.

— Quand tu auras obtenu la permission… pour maman… veux-tu la voir une dernière fois ?

Charles se moucha, avant de spécifier :

— J'hésite. La regarder morte, étendue, derrière une vitre… Est-ce que je ne devrais pas plutôt me rappeler son dernier beau sourire, quand l'ambulance est venue la chercher ? Elle m'a demandé de l'attendre… en précisant qu'elle serait vite de retour à la maison…

— Papa, je t'aime, ne put que murmurer Mathéo, le visage inondé de larmes.

— Dès que ce sera possible, venez nous rejoindre, l'invita Évangéline. Et ne vous inquiétez pas pour les barrages, nous trouverons un moyen de les forcer. Il n'y a pas de soldats en armes ni de barbelés, à ce que je sache ! C'est impensable que les policiers de la région puissent se tenir là vingt-quatre heures sur vingt-quatre. Justement, hier, l'épicier m'a dit que son fils avait traversé le parc de La Vérendrye, au milieu de la nuit… et que personne ne lui avait fait obstacle.

— Tu es bien gentille, la remercia Charles. L'idée de vous retrouver va me donner la force d'accomplir la tâche qui m'incombe, le cœur déchiré, bien sûr.

— Papa, n'oublie pas que je suis avec toi… et appelle-moi toutes les heures, toutes les minutes, si tu en sens le besoin.

Charles promit, et son visage mouillé s'effaça de l'écran du cellulaire de son fils. Une nouvelle fois, Mathéo trouva refuge dans les bras de sa femme. Cette pandémie imprévue était plus que dramatique, elle était infiniment cruelle…

21

La Tuque, samedi 19 janvier 1946

Augustin et sa compagne entrèrent dans le boisé sans inquiétude, à deux heures de l'après-midi. Il serait aisé de retrouver leur chemin pour en ressortir, leurs raquettes faisaient de larges traces dans la neige. Il leur suffirait de revenir sur leurs pas. Avant d'aborder le sujet principal de leur présence dans le chalet des Sauvageau, fort délicat, ils avaient pensé aller prendre l'air en faisant une randonnée ravigotante dans la froidure hivernale.

Le décor était magique. Les sapins, lourdement chargés, laissaient s'envoler quelques flocons sur leur passage, il arrivait même qu'une branche déverse son fardeau de blancheur sur leurs têtes. Ils riaient aux éclats, comme des enfants en pleine école buissonnière. Après avoir secoué leurs tuques, ils repartaient allègrement, aussi vite que le leur permettait leurs raquettes. Sous la voûte de cette cathédrale naturelle, ils ne virent pas le temps s'obscurcir et virer à la neige. Ils marchaient depuis plus d'une heure quand ils choisirent de rentrer. Le vent venait de se lever et son cri gémissant à travers les branches n'annonçait rien de bon. Leur demi-tour était à peine amorcé qu'une neige abondante se mit à tomber. Le sous-bois devint sombre et, en peu de temps, la trace de leurs pas disparut, soufflée par le vent. Ils voyaient seulement à quelques pas devant eux.

— Il ne faut pas s'inquiéter, déclara Augustin pour rassurer Doralice. Ce boisé est peu profond, nous devrions trouver une sortie rapidement.

— J'ai froid, murmura cette dernière, que l'angoisse faisait frissonner.

— Je peux te prêter mon manteau, suggéra Augustin. Mon chandail me protégera suffisamment.

— Non, tu vas devenir tout trempé. De la laine, ça s'imbibe vite.

— Dans ce cas, viens te coller un peu, ça va te réchauffer. Puis nous pourrons repartir.

Inquiète, Doralice ne se fit pas prier pour se nicher entre les bras d'Augustin, où elle se sentait en sécurité... en étant consciente que ce n'était que provisoire. En plus de la tempête, la nuit tombait rapidement à cette période de l'année. Augustin profita de ce court intermède pour réfléchir à une façon de s'en sortir. Le repère de leurs traces dans la neige avait disparu et le froid devenait mordant.

— Bougeons, pour ne pas geler ! décida-t-il. Avec de la chance, nous trouverons une issue à cette pépinière.

Il s'empara de la main de sa compagne et ils repartirent, péniblement, en raquettes dans une neige de plus en plus lourde. Aucune lumière à l'horizon n'était perceptible. Ils étaient perdus au cœur de la tourmente.

Doralice repéra une paroi rocheuse.

— Si on s'y abritait un moment, suggéra-t-elle, mes jambes sont épuisées, elles refusent d'avancer.

Augustin se dirigea vers la saillie dans le roc, derrière laquelle ils pourraient s'asseoir à l'abri du vent. Il s'y cala, avant d'inviter Doralice à le rejoindre. Bien sûr, il était conscient que, même sans vent, le froid finirait par les engourdir. Leur arrêt devait être bref, s'ils voulaient éviter l'hypothermie.

— Nous n'avons pas été très intelligents, constata Doralice, de nous enfoncer dans le bois...

Augustin la serra contre lui, content de lui prodiguer un brin de chaleur, malgré l'anxiété qui le rongeait.

— Peut-être que la tempête va cesser, souhaita Doralice, sans conviction.

— Nous sommes ensemble... nous allons nous en sortir, la rassura Augustin.

Le vent sifflait entre les branches, la neige tombait à plein ciel et la température chutait. Augustin, bien qu'il prêchât d'y croire, n'ajoutait guère foi aux miracles... *Nous sommes ensemble*, se répéta-t-il mentalement, *ensemble vers la mort, alors que nous n'avons jamais connu la joie de l'être dans la vie.* Seule une intervention divine pouvait encore les sauver, mais le moment était mal choisi pour l'invoquer, alors qu'il s'apprêtait à renier ses vœux. Il rageait devant son impuissance, quand soudain... Les miracles existaient peut-être après tout ! Surgissant de nulle part, un énorme chien Saint-Bernard franchit le rideau de flocons blancs et avança vers eux. Nullement agressif, l'animal vint s'asseoir devant eux en frétillant de la queue. Un homme qui le suivait perça à son tour le voile de neige.

— Tiens ! Tiens ! Dis donc ! Ma vieille belle-mère avait raison, vous n'étiez pas ressortis du boisé.

Augustin se leva et il offrit sa main à Doralice, pour l'aider à se mettre debout, avant de la tendre à l'inconnu.

— Vous ne pouvez pas savoir à quel point nous sommes heureux de vous voir ! le remercia-t-il, avec effusion.

— Dites-moi, intervint Doralice, qu'est-ce que votre belle-maman vient faire dans notre sauvetage ?

— Mathilda passe de longues heures à la fenêtre, à réciter son chapelet. Tantôt, quand la tempête a commencé, elle était certaine de vous avoir aperçus entrer dans le bois, mais elle ne vous avait pas vus en ressortir. J'ai eu de la misère à la croire, mais finalement, elle a tellement insisté que je me suis habillé en me disant qu'une promenade sous la neige me ferait le plus grand bien. Avec Bernie, je suis en sécurité, c'est impossible qu'on se perde.

Bernie jappa, visiblement heureux que son maître reconnaisse ses compétences.

— Si je vous ramenais chez les Sauvageau ? Vous êtes un couple de leurs amis ? s'informa leur sauveteur en solidifiant les raquettes de Doralice.

— Oui, répondit Augustin, sans préciser davantage.

— Je me présente, Abraham Lafontaine. Après le décès de monsieur Sauvageau, je me demandais si sa femme conserverait la propriété. Puis elle est morte peu de temps après lui. Vous savez si leur fils va mettre le chalet en vente ?

— Je ne suis pas au courant, peina à dire Augustin, qui étouffait face au vent.

En raquettes dans la poudreuse, aider Doralice, qui chutait souvent, monopolisait l'entièreté de son énergie. C'est épuisés, mais reconnaissants, qu'ils revinrent au chalet.

En riant, Abraham leur fit promettre de ne plus défier la tempête.

— Remerciez votre bonne étoile, ajouta-t-il. C'est un vrai miracle que Mathilda vous ait vus, et surtout que j'aie cru ce qui me paraissait une lubie. Dieu vous aime, c'est sûr, pour m'avoir poussé à sortir au cœur de cette tourmente.

Debout sur la galerie, Augustin et Doralice saluèrent de la main l'homme qui venait de les sauver d'une mort certaine, alors qu'il disparaissait derrière le rideau de neige, suivi de son chien. Ses mots, *Dieu vous aime*, résonnaient dans leurs têtes…

: :

Après avoir tremblé de peur, de froid, et envisagé de mourir, Augustin et Doralice avaient retrouvé la sécurité du chalet avec une infinie reconnaissance, non pas envers Dieu, mais envers Abraham et sa belle-mère Mathilda.

En allumant le feu, Augustin s'interrogeait : *Si j'étais monté vers les étoiles, aujourd'hui, dans ce boisé, est-ce que j'aurais été satisfait de mon passage ici-bas ?*

Les flammes dansaient dans l'âtre quand Doralice le rejoignit avec des bols de soupe. Les deux aventuriers s'installèrent sur des coussins à côté d'une table basse et, avant de commencer à manger, ils échangèrent un regard. Frôler la mort de si près apportait des éléments nouveaux à leur réflexion. Au cimetière de Saint-Marc-des-Carrières, Eugène avait pertinemment mentionné que, la vie, ça ne durait pas toujours… Augustin prenait conscience qu'il avait bien failli en avoir la preuve, aujourd'hui.

Incapable de retenir ses émotions plus longtemps, Doralice laissa tomber sa cuillère et elle éclata en sanglots. Surpris, Augustin se rapprocha et, sans oser la toucher, il demanda :

— Dis-moi, Alix, qu'est-ce qui ne va pas ?

Devant son silence, il suggéra :

— C'est le choc ? Tu as craint de mourir, toi aussi, cet après-midi ?

Cette fois, elle releva la tête et, posant son regard mouillé sur son compagnon, elle le questionna dans un murmure :

— À quoi sert notre passage sur terre si nous le vivons privés d'amour ?

Interpellé par cette question, Augustin n'hésita plus, il l'attira contre son épaule.

— Il y a différentes façons d'aimer, commença-t-il. Souvent, les gens se complaisent dans l'une d'elles… soulager leurs semblables, par exemple. Aimer les enfants d'autrui à travers l'enseignement, comme tu le fais. Ou affectionner ses ouailles, pour l'ecclésiastique que je suis. Mais…

— Mais quoi ?

— Il peut arriver qu'un jour, par hasard, sans l'avoir prévu, le cœur batte pour une autre forme d'amour… trop humaine.

— Pour les religieuses, les prêtres, il y a les vœux perpétuels, qui nous lient à l'Église pour le restant de nos vies... Tu ne trouves pas que c'est nous aliéner ?

— Tu n'as pas tort, chère Alix, et tu n'es pas la seule à penser de la sorte. Actuellement, un courant remet en cause le contrôle que l'Église exerce sur tous les systèmes de la société, et les communautés ne sont pas exclues de cet asservissement. Il est suggéré que nous devrions cesser d'obéir sans protester à une culture rétrograde et commencer à réfléchir par nous-mêmes...

Doralice se retira de l'étreinte. Étonnée, elle demanda :

— Veux-tu bien me dire d'où tu tires ces idées... comment dirais-je... révolutionnaires ?

— Bien sûr, je te raconte. Si on mangeait en même temps ?

Les événements de la journée lui ayant creusé l'appétit, Doralice accepta la suggestion. Augustin avala quelques cuillérées de soupe, puis, pressé de partager ses théories, il commença à raconter :

— Lorsque je suis allé aux funérailles de ma mère, il y a quelques temps, j'ai croisé un camarade du Séminaire de Québec, prêtre également, qui s'intéresse à un mouvement qui remet beaucoup de dogmes en question. Des doctrines qui exhortent les gens à refuser d'obéir comme des moutons à une domination, si catholique soit-elle, qui cherchent à les maintenir dans l'ignorance...

— Tu crois qu'un jour l'obligation de soumission à nos vœux pourrait disparaître ?

— Si je me fie à ce que j'ai entendu, l'autorité incontestable de l'Église risque d'être fortement ébranlée... des changements sont à venir d'ici peu, c'est certain. Le célibat des prêtres n'a pas toujours existé, ce n'est qu'au début du deuxième millénaire que nous avons perdu le droit de nous marier...

— Tu en connais la raison ?

— Afin de nous unir davantage à Dieu, j'imagine. Avec un cœur sans partage, ça nous permet de mieux nous consacrer à notre sacerdoce. Mais, comme certains d'entre nous, je m'autorise parfois une autre vision...

— Qui est ?

— Une question de gros sous ! À l'occasion de son décès, un prêtre marié laisserait ses avoirs à sa famille, alors que s'il est célibataire, tous les biens acquis, incluant ses héritages, iront à l'Église.

Doralice fit une moue.

— Je constate que tu te permets de sévères critiques envers notre sainte mère l'Église, ce n'est pas bien pour un curé, le taquina-t-elle.

— Chère Alix, je fais peut-être fausse route. Je m'astreins toutefois à un seul commandement de Dieu : *Tu aimeras le Seigneur ton Dieu de tout ton cœur, et ton prochain comme toi-même.* Je crois que, si je suis fidèle à ces quelques mots, je ne peux pas me tromper. Le reste, les obligations, les contraintes, les devoirs imposés... ce sont des directives de soumission... Je refuse de plus en plus de me laisser asservir.

— Je ne peux pas te donner tort, approuva Doralice. Il m'arrive parfois de penser de la même manière, sans posséder tes arguments et ta facilité à les exprimer.

Augustin posa un regard tendre sur la femme à ses côtés. Avec une infinie douceur, il nota :

— Avant ton retour dans mon existence, il y a une problématique de mon sacerdoce qui n'effleurait jamais mon esprit : celle de l'amour humain dans la vie d'un prêtre. J'avais aimé, une fois, et j'avais tellement souffert de la perte de cette femme que mon cœur s'était fabriqué un rempart, devenu imprenable. Et ça m'allait bien ainsi, jusqu'à...

— Je t'en prie, n'en dis pas plus, le supplia Doralice, saisie d'un frisson incontrôlable.

— Tu as froid ?

— Non, je suis tendue...

— Dans ce cas, je connais un excellent moyen de te détendre, suggéra Augustin.

— Dis ?

— Tu vas t'enrouler dans la couverture, t'étendre sur les coussins et faire le vide dans ton esprit… Pendant ce temps, je te masserai les pieds.

— Tu es sérieux ? s'étonna Doralice.

— Absolument. Pendant que je remets des bûches dans la cheminée, installe-toi confortablement sur le tapis.

Sa tâche terminée, Augustin rejoignit Doralice et, avec délicatesse, il commença à lui masser les pieds, les chevilles et, un peu plus haut, les mollets. Les yeux fermés, cette dernière laissa vagabonder ses pensées. Son corps de femme, si longtemps privé de caresse, s'éveillait à la sensualité sous les mains chaudes de l'homme qui glissaient agréablement sur sa peau.

L'ambiance était aux confidences.

— Tu es là, murmura Augustin, tu m'as tellement manquée. J'ai maudit le snobisme cruel de mon père…

— Qui ne voulait pas d'une vulgaire servante dans sa famille, chuchota Doralice.

— C'est à cause de ce traumatisme moral que tu as traversé la rue en pleurs, sans regarder.

— J'ai peu de souvenirs de ce moment-là…

— Mon dernier, c'est d'avoir tenté de te retenir.

— Papa m'a dit que tu m'avais protégée de ton corps, Augustin, c'est la raison pour laquelle j'ai subi peu de blessures. Plus tard, lorsque tu n'as pas répondu à mes lettres, j'avais au moins cet ultime geste d'amour envers moi pour me raccrocher à la vie.

— Une autre méchanceté de mon père, qui m'a fait croire à ta mort ! Tu sais, je n'ai pas choisi la prêtrise pour priver le grand Théophile Davignon d'une descendance, portant son précieux nom. J'avais des raisons personnelles, beaucoup plus nobles, mais le résultat est le même, et je m'en réjouis.

Doralice ne commenta pas, mais elle retira ses pieds des mains de son compagnon pour s'asseoir. Éclairé par la lumière rougeoyante des flammes, Augustin put lire dans la brillance de son regard la profondeur des sentiments qu'elle éprouvait à son égard. Il s'approcha. Les lèvres frémissantes de sa compagne étaient une invitation à l'acte d'amour... Il se contenta pourtant de la serrer dans ses bras. La sexualité pouvait attendre. Son unique désir, à cet instant de sa vie, était de savourer le moment présent. Son souhait, si longtemps refréné, consistait à presser contre son cœur, contre son corps, la femme de sa vie, tendrement aimée...

: :

Abitibi, samedi 11 avril 2020

Une lune ronde et brillante éclairait la cour d'un ancien garage, là où s'étaient stationnés Mathéo et Évangéline, à quelques kilomètres de la sortie du parc de La Vérendrye. Ils étaient en communication avec Charles, qui avait choisi ce moment, entre le vendredi et le samedi saint, pour venir les rejoindre en Abitibi. Une nuit sombre aurait été préférable, mais d'un côté comme de l'autre, ils étaient impatients de se retrouver en famille, et ce, en défiant les mesures sanitaires qui restreignaient les passages entre les différentes régions de la province. Dans leur voiture, dissimulée derrière une construction en ruines, les deux jeunes gens attendaient l'arrivée de Charles, le cœur battant, tels des espions au milieu d'une guerre froide.

— C'est affreux de se sentir aussi coupables, se désola Mathéo, uniquement parce que nous venons au-devant d'un membre de notre famille.

— La COVID chamboule la vie de tout le monde, nota sa femme. Le bilan s'alourdit. Hier, j'ai entendu annoncer que la planète avait franchi la marque des cent mille décès liés à la pandémie, et cela, seulement trois mois après le premier cas, qui a été recensé en Chine.

— Si ça continue de la sorte, c'est l'économie mondiale qui va encaisser un sale coup. On a beau tourner cela sous tous les angles, c'est un désastre, ce qui se produit actuellement. Je me demande comment les diverses entreprises vont s'en tirer.

— Le pire, c'est ce que nous vivons, nota Évangéline. Joanne est partie, seule, sans personne pour lui tenir la main… et ils sont des milliers à subir cet horrible sort.

Le cellulaire de Mathéo s'illumina, un texto venait de s'afficher. C'était Charles: *Je suis à la sortie du parc. Est-ce que le chemin est libre?*

Évangéline et Mathéo jetèrent un regard aux alentours. Pour le moment, il n'y avait aucune auto-patrouille en vue… mais ça pouvait changer rapidement.

— Nous ne faisons rien de mal, s'encouragea Mathéo. Si nous nous faisons prendre, ils ne peuvent quand même pas nous emprisonner…

— Réponds à ton père que la route est dégagée. Si ça évolue, nous aviserons, décida Évangéline avec fermeté.

Mathéo texta à Charles qu'il pouvait les rejoindre.

Dix minutes plus tard, son père arrêtait sa voiture à leur hauteur. Tous les trois bondirent à l'extérieur et, sous un ciel étoilé, complice de leurs retrouvailles, ils se jetèrent dans les bras les uns des autres, laissant libre cours à leurs émotions… se fichant du virus!

Ils s'apprêtaient à remonter à bord pour reprendre la route quand un véhicule de police se pointa à l'horizon. Arrivé près d'eux, un patrouilleur en descendit, le faisceau de sa lampe-torche braqué dans leur direction.

— Qu'est-ce qui se passe, ici? s'informa l'officier. Vous faites du tourisme?

Sans trop réfléchir, Charles lança:

— Nous sommes venus chercher de l'eau de Pâques...

— De la quoi ?

— Vous êtes jeune, mon garçon, poursuivit-il, vous n'avez jamais entendu parler de cette eau. Elle a la propriété de guérir toutes les maladies... Vous ne croyez pas qu'elle puisse être utile, par les temps qui courent ?

Le policier examina le trio planté devant lui en se demandant ce qu'ils pouvaient réellement faire là, à cette heure de la nuit, à part avoir défié les consignes. Pensif, il fit le tour des véhicules. Arrivé à la hauteur de celui de Charles, il repéra l'urne funéraire, sur le siège arrière. Après une hésitation, il éteignit le faisceau de sa lampe.

— Allez cueillir votre eau, ordonna-t-il. Ça peut être bénéfique, en effet. Mais dépêchez-vous de repartir avant que je change d'idée.

Sans un mot de plus, il retourna vers son auto-patrouille et il disparut sous le couvert de la nuit.

— Joanne voulait que nous soyons réunis, affirma Charles, c'est elle qui nous a protégés.

Sans se faire prier, tous remontèrent à bord et ils prirent la route en direction de Val Roussillon. Après quelques minutes, soulagé de la panique qu'il venait de vivre, Mathéo éclata de rire.

— Fallait bien papa pour penser à l'eau de Pâques ! s'amusa-t-il. Charles n'a pas son pareil pour inventer des réponses du tac au tac.

Évangéline approuva en déposant une main complice sur la cuisse du conducteur. Un pas avait été franchi : désormais, ils seraient ensemble pour affronter l'avenir et ses aléas, inconcevables à peine quelques mois plus tôt.

22

JOURNAL D'AUGUSTIN DAVIGNON

Val Roussillon, mercredi 27 juin 1951

Les gens heureux n'ont pas d'histoire, écrivait Léon Tolstoï. Pour ma part, je crois qu'ils en ont une, si précieuse qu'ils préfèrent la protéger en la mettant à l'abri du regard des envieux… Cher journal, voilà plus de cinq ans que je te fais faux bond, trop occupé à apprécier ma vie, plutôt que de prendre ma plume pour te la raconter.

Je résume.

Après son séjour au chalet des Sauvageau, et ma visite impromptue, Alix est revenue habiter au couvent de Val Roussillon. À son retour, cependant, notre relation avait changé. De délicatesse en tendresse, portés sur les ailes d'émotions exquises, nous avons retrouvé le chemin de notre amour de jeunesse. Je le reconnais, ce n'est pas très catholique… Quoi qu'il en soit, afin de permettre à nos sentiments d'exulter, il a fallu créer des occasions pour qu'Alix passe du temps au presbytère en toute légitimité. Avec l'appui des marguilliers et des conseillers municipaux, nous avons constitué une bibliothèque dans la pièce d'en avant, qui me sert également de bureau. Depuis cinq ans, elle est ouverte à la population de Val Roussillon quatre soirs par semaine. Deux soirs par semaine, c'est Pénélope – devenue madame Archibald Boudriault – qui s'en occupe, tandis que les deux autres, c'est sœur Jeanne-de-Bohème qui en assume la charge. Si, après ses activités de bibliothécaire, il lui arrive de s'attarder au presbytère, les gens ne s'en rendent pas compte, ou alors ils ferment les yeux. Mon ministère n'est pas du tout affecté par les sentiments que je voue à Alix, au contraire, cet état de plénitude me porte sur ses ailes et mon travail en bénéficie. Tous, hommes, femmes et enfants, sont conscients que notre regroupement paroissial suscite la jalousie des habitants des municipalités aux alentours, surtout à cause de nos célébrations festives, notre bibliothèque et, je l'avoue, l'absence de pression sur les choix de vie de chacun. Pourquoi obliger une femme, qui a déjà fait son devoir, à enfanter en série au péril de sa propre existence? Grossir la cohorte des orphelins, ce n'est certainement pas le souhait de Dieu, notre père. L'important n'est-il pas d'être heureux et de distribuer à profusion cet amour autour de soi? Je suscite la réprobation de mon évêque, il ne manque pas une occasion de me le rappeler, mais il m'a promis une cure de dix ans, il tient parole. Seul compte à mes yeux le jugement de Dieu lorsque mon tour viendra de monter vers les étoiles. Ce jour-là, je remettrai mon âme entre Ses mains… et ce sera à Lui de rendre Son verdict. D'ici là, je vis en respectant Son commandement: Tu aimeras le Seigneur ton Dieu de tout ton cœur, et ton prochain comme toi-même.

En ce qui concerne Honoré, bien que son beau-père se soit remarié à la bienveillante Pénélope, il n'aime pas séjourner sous leur toit. Lors de ses vacances, à Noël ou l'été, il n'y habite que quelques jours, pour passer un peu de temps avec sa demi-sœur Lucette, qui a célébré ses six ans, le printemps dernier. Alix adore cette fillette, sans doute parce qu'elle lui rappelle son amie Justine… L'enfant ressemble beaucoup à sa défunte mère. Le reste de ses congés, Honoré demeure avec moi, au presbytère… Ce garçon est un peu ce fils que je n'ai jamais eu. Le guider sur le chemin de la réussite me fait plaisir. Ma sœur Marie, qui le côtoie régulièrement à Québec, n'a que des compliments à son égard.

Je suis convoqué chez mon évêque, à Amos. Étant donné qu'il reste encore deux ans à notre entente, ça ne devrait pas être pour me changer de cure. Ce serait devancer l'échéance. Pour l'instant, je n'ai pas réfléchi à ma vie future, je devrais dire à notre vie, celle d'Alix et la mienne, après mon départ de Val Roussillon… En ce moment, comme à chaque fin d'année scolaire depuis sa réflexion à La Tuque, elle s'octroie une semaine de vacances, chez les enfants d'Aglaé, à Saint-Marc-des-Carrières. De mon côté, son absence me permet de faire le point sur l'importance de cette relation dans ma vie… et je me rends compte qu'il m'est devenu impossible d'imaginer mon existence sans ma Doralice !

: :

Amos, samedi 30 juin 1951

Debout devant l'évêché, le curé Augustin Davignon tardait à entrer. L'impression que cette convocation marquerait un tournant dans sa paisible existence le taraudait. Mais puisqu'il le fallait, c'est avec détermination qu'il souleva le heurtoir de la large porte et qu'il le laissa retomber.

Le jeune portier, venu lui ouvrir, le prévint que monseigneur était absent. Son secrétaire le recevrait. Augustin le suivit dans un corridor à l'odeur d'encens, pour finalement s'arrêter devant un écriteau au nom du chanoine : Dosithée Letendre. L'ecclésiastique l'accueillit avec empressement :

— Son excellence s'excuse de ne pas pouvoir vous recevoir, une urgence de dernière minute. Son absence me donne enfin l'occasion de faire votre connaissance. Quand je passe devant votre presbytère, à Val Roussillon, j'ai le goût de le visiter… quelle superbe bâtisse ! Chaque fois, je me demande qui est ce curé de paroisse qui a eu l'audace de se construire une résidence, je dirais plus somptueuse que notre évêché.

— Si nous en venions au fait de ma convocation, l'interrompit Augustin, peu enclin à parler de son presbytère.

— Oui ! Oui ! Bien sûr ! s'excusa le chanoine en s'emparant d'un carton sur son bureau. Monseigneur a reçu des ordres d'en haut, de très haut...

— Je vous écoute.

— Voici de quoi il s'agit, commença Dosithée. Depuis le 19e siècle, les De Carufel, une noble famille d'Amboise, ont donné un cardinal à notre mère l'Église, et cela, à chaque génération. Le dernier de cette illustre lignée à avoir embrassé la prêtrise est né au Canada, plus précisément à Québec. Il s'agit de Paul-Armand De Carufel. Son parent, Louis-Abraham De Carufel, cardinal de la Curie, installé au Vatican, aimerait que nous prenions en charge le parcours de son neveu, afin de le préparer aux futures obligations qui lui incomberont dans quelques années, lorsqu'il rejoindra le service de notre Saint-Père le pape.

— Jusqu'ici, je comprends parfaitement votre histoire, mais je ne vois pas où se trouve ma participation dans son contexte.

— Son oncle, le cardinal Abraham, aurait pu installer Paul-Armand à l'évêché de Québec, afin de lui faciliter la tâche pour grimper les échelons de la hiérarchie dans l'Église jusqu'au collège cardinalice. Mais il préfère que son neveu commence son ascension au bas de l'échelle, dans un endroit qui, bien sûr, ne serait pas dénué de confort... alors, il a pensé à Val Roussillon. L'organisation que vous avez instituée depuis votre arrivée dans la paroisse est digne de mention, puis il y a votre presbytère... des plus confortables.

— Si je suis votre raisonnement, vous croyez que mon humble logis campagnard offrirait les commodités, le bien-être recherché, à ce descendant des illustres De Carufel...

— Le luxe, également. Votre résidence est un véritable petit château, qui est loin d'en être dépourvu, à ce que je sache. Vous êtes modeste, monsieur le curé.

Augustin Davignon se contenta d'un énigmatique sourire.

— Le jeune Paul-Armand n'a rien connu d'autre que l'opulence de la résidence de ses parents, dans la municipalité huppée de Saint-Colomb-de-Sillery, avant de poursuivre ses études au Séminaire de Québec. Son oncle souhaite le confronter à la pauvreté, mais tout de même pas l'expédier dans l'humidité d'un presbytère désuet.

— La recommandation du cardinal De Carufel me flatte, exprima Augustin, mais voyez-vous, je n'ai nullement besoin d'aide à Val Roussillon pour exercer mon ministère. J'y arrive très bien seul.

— Je m'excuse, monsieur le curé, vous m'avez mal compris. Il ne s'agit pas d'une suggestion. Paul-Armand De Carufel, récemment reçu dans les ordres, a déjà été nommé vicaire chez vous. Il entrera en fonction après la fête du Travail. Donc, il devrait vous rejoindre le mardi 4 septembre.

Augustin demeura muet, stupéfait de cette annonce qui lui déplaisait royalement.

— Vous aurez l'été pour vous faire à l'idée de le recevoir, l'encouragea Dosithée. Surtout, ne vous inquiétez pas trop. À ce qu'on m'a dit, ce jeune prêtre est quelqu'un de charismatique, une belle âme, pieux et bienfaisant. Vous apprécierez l'aide qu'il vous apportera, j'en suis certain.

Augustin se leva.

— Nous vous ferons parvenir tous les renseignements les concernant, lui et sa noble famille, précisa le chanoine en se levant pour le reconduire. Vous pourrez donc l'accueillir en toute connaissance de cause…

Désappointé à la perspective d'une présence étrangère dans son presbytère, Augustin quitta l'évêché. Ce vicaire, issu du gratin de la vieille capitale, ne lui disait rien qui vaille… pourtant, il se promit de lui laisser sa chance. Après tout, ce jeune prêtre au pedigree impressionnant lui avait été recommandé comme quelqu'un de fort aimable.

Quoi qu'il en soit, le temps d'envisager son départ de Val Roussillon était venu, plus tôt que prévu, probablement… Au retour d'Alix, dans quelques jours, il en discuterait avec elle. L'avenir les confrontait à des choix, qu'ils avaient retardés à cause des rituels heureux qu'ils avaient institués dans leurs rencontres clandestines, au presbytère. Des décisions s'imposaient, dorénavant…

: :

Val Roussillon, samedi 7 juillet 1951

Confortablement installé sur la terrasse du presbytère, profitant des reflets du soleil couchant, le curé Augustin Davignon recevait monsieur le maire, Archibald Boudriault, et sa troisième épouse, Pénélope. Sœur Jeanne-de-Bohème, revenue le jour même de ses vacances à Saint-Marc-des-Carrières, était également présente. Près de la rive, en contrebas, Honoré avait lancé sa ligne à l'eau pour enseigner ce sport à Lucette, sa demi-sœur. Leurs rires fusaient, au grand bonheur des adultes.

— Dites-moi, s'informa maladroitement Archibald, ça ne vous manque jamais d'avoir des enfants ?

— Archibald, le gronda Pénélope, ce n'est pas une question à poser.

— Mes ouailles sont ma famille, répondit Augustin.

— Quant à moi, j'ai tous les vôtres dans mes classes, leur rappela la religieuse.

— Honoré n'est pas votre fils biologique, souligna le prêtre à Archibald, pourtant, vous l'aimez, n'est-ce pas ?

— Oui, admit le maire. Je dois l'avouer, toutefois, pas autant que Lucette ou Abel, qui sont de mon sang.

Pénélope sentait naître un malaise, elle s'empressa d'ajouter :

— Pour ma part, je peux vous assurer que j'affectionne Honoré et Lucette, de la même manière que mes deux grandes filles. Je ne fais pas de différence.

Archibald jeta un œil critique vers son épouse, qui le contredisait devant témoins, puis il enchaîna :

— Changement de sujet, monsieur le curé, c'est extraordinaire le travail que vous avez accompli dans notre communauté depuis votre arrivée.

— Merci ! accepta Augustin avec un fier sourire.

— Les élus municipaux et moi, nous voyons venir l'échéance de votre contrat avec inquiétude.

— Ce n'est pas pour demain, l'encouragea Augustin, vous aurez le temps de vous faire à l'idée.

— S'il fallait que monseigneur nous envoie quelqu'un accroché à des idées rétrogrades… Je vous l'affirme, il y aurait une véritable révolution dans la paroisse ! Vous nous avez habitués à tellement de liberté et d'autonomie de choix…

— Est-ce que vous songez à prolonger votre ministère parmi nous ? s'informa Pénélope.

Avant de répondre, Augustin jeta un œil à sœur Jeanne, qu'il n'avait pas eu le temps de mettre au courant de la venue d'un jeune prêtre en septembre. Il savait que cette nouvelle la prendrait par surprise.

Malgré tout, il annonça :

— Samedi passé, lors d'une visite à l'évêché, j'ai appris la nomination d'un vicaire, ici, à Val Roussillon. Cette affectation est en prévision de mon remplacement, dans deux ans. Après mon départ, c'est lui qui deviendra votre curé…

— Il arrive quand ? s'inquiéta Jeanne-de-Bohème, qui voyait s'envoler ses moments d'intimité avec Augustin.

— Le mardi, après la fête du Travail…

— Nous n'en voulons pas ! clama Archibald. Dès lundi, je vais entreprendre de faire signer une pétition. Tous y mettront leurs griffes, je n'ai aucun doute là-dessus !

Augustin le remercia, mais il savait que sa démarche serait vaine. Monseigneur avait fait son choix. Son magnifique presbytère et sa paroisse, qu'il avait rendue florissante, allaient échoir à un descendant des De Carufel, en marche vers les hautes sphères de l'Église.

Les Boudriault étaient partis depuis un moment. Honoré et Lucette les avaient suivis. Dans la paix du soir, Alix et Augustin, qui ne s'étaient pas vus depuis deux semaines, appréciaient cet instant de grâce, sous un ciel étoilé. Ils se taisaient, laissant libre cours à leurs pensées, livrées aux ailes du vent qui les dispersait en sifflotant, dans le feuillage des arbres.

— Tu restes avec moi, ce soir ? demanda Augustin, rompant le silence.

— Sœur Anne et sœur Madeleine sont en vacances, personne n'est là pour me surveiller… alors je veux bien, accepta Jeanne-de-Bohème, le regard faussement intimidé.

— Tu m'as manqué, chuchota le prêtre. Tu sais, Alix, tu m'es devenue infiniment précieuse… J'ai besoin de ton sourire, de ta voix, de ton rire… et de ton corps contre le mien, je l'avoue sans pudeur.

Fort de cet aveu, Augustin se leva et se dirigea vers la porte du presbytère. Après un regard aux alentours, sœur Jeanne le suivit.

Dès qu'ils furent à l'intérieur, à l'abri des regards indiscrets, Augustin attira sa compagne contre lui.

— Je me suis langui de toi, chuchota-t-il en l'embrassant dans le cou.

Avide de retrouver la nudité de son corps, il la prit par la main et l'entraîna dans l'escalier. Sa soutane lui pesait, comme une chape de plomb, qui le séparait de son désir.

Arrivé à l'étage, sur le palier, il lança :

— Tu imagines l'étonnement des gens, s'ils nous voyaient… un prêtre et une religieuse, par la main, s'élancer dans les marches…

les marches du Ciel. Car c'est bien là que je t'emmène, mon bel ange, au paradis des amants !

Alix éclata de ce joli rire cristallin, qui plaisait tellement à Augustin.

La fraîcheur de la nuit entrait par la fenêtre entrouverte quand les deux amoureux se dévêtirent, l'un en face de l'autre, laissant glisser au sol leurs lourds habits noirs, fabriqués dans une étoffe de laine, afin de libérer leurs corps du poids de la religion, qui les tenait captifs. Affranchi temporairement de son sacerdoce, Augustin, le corps en émoi, caressa du bout des doigts la peau satinée de son aimée, de la naissance de son cou à la pointe dressée de ses seins. Puis il s'agenouilla devant elle et, posant sa tête sur son ventre, il l'enlaça de ses deux bras.

— Je t'aime ! Je t'aime ! Je t'aime, répéta-t-il à l'infini, tandis qu'une larme roulait sur sa joue.

Conscient de l'intensité de son amour pour Alix, de leur passé privé d'avenir à cause de la méchanceté de son père, Augustin Davignon n'avait qu'un souhait, soit de remédier à cette triste situation. Dorénavant, son unique rêve était d'orienter leurs destinées à tous les deux vers un monde à saveur de tendresse et de passion, là où leur amour pourrait s'épanouir au soleil de la vie, en toute quiétude.

Un frisson le parcourut, la nuit était frisquette. Il se redressa et entraîna Alix avec lui sous l'édredon, à la recherche d'une chaleureuse intimité. Leurs corps nus s'enlacèrent, avec délicatesse d'abord, puis avec davantage de fougue à mesure que montait le désir de ne plus faire qu'un, au sein d'un amas de draps froissés. Lorsque, dans une apothéose de jouissance, leurs corps s'arquèrent de plaisir, ce fut Alix qui, cette fois, laissa couler une larme.

Assouvis, blottis l'un contre l'autre, les deux amants s'abandonnèrent à la satisfaction des sens, qui les faisait se sentir immatériels, comme flottant au-dessus de leurs enveloppes charnelles.

— Je t'aime profondément, souffla Augustin, perçant le silence. Mon existence sans toi est devenue inimaginable… Aussi, le moment est arrivé d'envisager la suite que nous voulons écrire à notre histoire, après notre départ de Val Roussillon.

Alix tressaillit, elle se retira légèrement de l'étreinte.

— Je pense que le moment est venu de te faire part d'un secret…

Intrigué, Augustin se redressa sur un coude.

— Parle ! Tu m'inquiètes…

— À t'écouter parler, je constate que nous sommes à un tournant de nos vies… c'est bien ce que tu soulignes, n'est-ce pas ?

— Exactement. Nous aurons des décisions à prendre, concernant l'avenir que nous souhaitons nous offrir…

Alix se leva, visiblement bouleversée. Elle enfila une robe de chambre pour dissimuler sa nudité et elle alla s'asseoir devant la fenêtre. Augustin la rejoignit.

— Tu es malade ? s'enquit-il.

— Non, ce n'est pas de ma santé qu'il s'agit.

— Alors, raconte !

— Tu risques de m'en vouloir…

— Laisse-moi en juger, exigea Augustin, de plus en plus curieux.

Les mains jointes sur ses genoux, Alix commença à parler.

— Tu te souviens des enfants d'Aglaé, d'Eugène surtout, qui t'a révélé ma cachette, lors de ton passage à Saint-Marc-des-Carrières ?

— Oui, bien sûr ! Un gentil garçon !

— Il va venir nous visiter à la fin du mois d'août…

— Si c'est cela qui te cause un malaise, cesse de t'en faire. Eugène sera le bienvenu à Val Roussillon. Il pourra loger ici, au presbytère, il y a plusieurs chambres libres qui ne servent presque jamais. J'avoue que je serai heureux de le revoir… c'est en partie grâce à lui, si nous sommes ensemble, aujourd'hui.

Alix esquissa un sourire.

— Ça me réconforte que tu le prennes ainsi, mais tu n'es pas au courant de toute l'histoire…

— Parle, alors.

— Cette année, durant mes vacances à Saint-Marc, Eugène m'a questionné. Il a insisté pour savoir…

— Savoir quoi ?

— Avant de décéder, Aglaé lui a confié le secret de sa naissance…

— Qui est ? s'étonna Augustin.

Le regard plongé dans celui de l'homme qu'elle aimait, Alix murmura :

— Que sa mère… c'était moi… et pas elle.

Augustin sursauta, cet aveu l'étonnait au plus haut point. Son cœur s'accéléra et ses pensées se bousculèrent.

— Si tu es sa mère, analysa-t-il, est-ce que je suis…

— Son père ? suggéra Alix.

Augustin opina.

— Oui, c'est bien toi, lui avoua-t-elle. Aglaé avait révélé à Eugène que j'étais sa mère, mais, pour son père, elle ne lui avait rien dit. Depuis que tu es passé à Saint-Marc, à ma recherche, il y a cinq ans, il a commencé à se douter que tu pouvais être son père.

— Tout ce temps, il n'a pas cherché à savoir ?

— Il éprouvait une gêne profonde à s'informer. Sa demande risquait de me perturber, il en était conscient. Cet été, il a enfin osé… et je lui ai dit la vérité.

Bouleversé par cette nouvelle, autant que surpris, Augustin figea, incapable du moindre geste ni de la plus infime pensée rationnelle. Sa vie défilait devant ses yeux à une vitesse tourbillonnante. L'impossibilité d'arrêter cette course insensée, sur un moment précis de son existence, lui causait une sensation de vertige. Puis, soudain, un souvenir se matérialisa : une petite chambre d'hôtel dans un vieux quartier de Québec, un lit inconfortable… pourtant un coin de paradis. Les parfums de cette nuit trop brève retrouvèrent doucement le chemin de ses souvenirs… Ému, il attira Alix au creux de son épaule et, tendrement, il la serra contre lui. *Dans le domaine de la conception, les femmes occupent le haut du pavé,* songea-t-il, *car elles peuvent quitter le père de leur enfant à naître en emportant leur secret, enfoui à tout jamais sous la poussière du passé…* Les yeux grands ouverts, Augustin fixait le ciel étoilé qu'il apercevait à travers la fenêtre de sa chambre en se demandant comment il parviendrait à apprivoiser le fait d'être devenu père en une fraction de seconde.

: :

Val Roussillon, dimanche 12 avril 2020

Assis au salon, tandis que la pluie frappait les carreaux, Évangéline et Mathéo sirotaient un apéro en compagnie de leur invité. Maintenant qu'ils étaient réunis, l'avenir leur paraissait moins triste, conscients que les étapes du deuil en cours seraient facilitées par l'amour qu'ils partageaient.

La journée avait été consacrée à installer Charles dans ses quartiers, tout en lui faisant visiter les lieux. En fin connaisseur, il avait apprécié chaque détail de l'édification de ce superbe presbytère. De ses riches boiseries à ses vitraux, en passant par la beauté des plafonds à caissons et la richesse des matériaux utilisés, rien ne lui avait échappé. Aussi, après le dîner, quand Évangéline, pour le distraire de sa peine, lui avait proposé de lire le journal d'Augustin Davignon, ce prêtre qui en était l'architecte, il avait accepté avec un plaisir évident.

— Mais vous ne devrez pas dépasser le signet que nous y avons glissé, lui avait-elle spécifié. La lecture des mémoires de ce curé bâtisseur est pour nous un moment agréable que nous dégustons un chapitre à la fois. Le soir, au coin du feu, nous en discutons. C'est comme si son histoire donnait vie à notre héritage…

— Même qu'Évangéline est persuadée qu'un fantôme habite avec nous, avait ajouté Mathéo, taquin.

— Ce ne serait pas étonnant, avait admis Charles en acceptant le cahier aux souvenirs. Je ressens d'étranges vibrations entre ces murs, depuis que je suis arrivé.

Sa réponse avait réjoui Évangéline, contente d'être appuyée par son beau-père.

Pendant que les jeunes vaquaient à leurs occupations journalières, Charles s'était installé dans la bibliothèque, à côté de l'urne contenant les cendres de son épouse, et là, en sa compagnie, il avait découvert l'existence d'un prêtre avant-gardiste… et amoureux.

La pluie crépitait de plus en plus fort, aux fenêtres et sur le toit. Monsieur Watson avait trouvé refuge sur les genoux de Charles, qui sans doute lui rappelait ceux de son maître. Il ronronnait.

— À l'épicerie, en faisant les courses cet après-midi, dit Mathéo, je me suis informé au sujet d'Honoré.

— Comment va-t-il ? demanda Évangéline.

— Il aurait repris conscience, mais il est toujours aux soins intensifs.

— Ça me paraît encourageant, constata-t-elle.

— Les médecins sont toujours inquiets, étant donné son grand âge. Une pneumonie peut survenir à tout moment, selon les dires de Raymond.

— J'espère qu'il s'en sortira, souhaita Charles. Il me semble que le jeune garçon du journal du curé Davignon pourrait nous apporter des éclaircissements sur les faits relatés par son ami.

— C'est également ce que nous pensons depuis le début, lui répondit son fils. Surtout qu'Honoré était très lucide, lorsque nous lui avons parlé, avant qu'il parte pour l'hôpital.

Évangéline se leva pour allumer une lumière d'appoint. Tandis qu'ils appréciaient leur apéro, l'obscurité s'était installée. En revenant s'asseoir, elle déclara :

— Moi, ce qui me turlupine dans les mémoires de ce journal intime, c'est le fait que Doralice ait pu cacher aussi longtemps à Augustin qu'elle avait mis au monde un enfant issu de leurs amours.

— C'était différent à l'époque, lui rappela Charles. En donnant son fils à sa cousine, pour entrer en religion, Doralice en avait fait son deuil, puisque jamais cette réalité ne devait être dévoilée.

— Mais, des années plus tard, quand elle est devenue l'amante d'Augustin, elle aurait pu lui en faire part, vous ne croyez pas ? Pourquoi a-t-elle attendu aussi longtemps ?

— Les vérités que l'on tait finissent par se transformer en secrets, philosopha Charles. Le temps faisant son œuvre, elles disparaissent peu à peu sous une couche de silence, qui s'épaissit. Ça devient difficile de les extirper du passé sans risquer de blesser quelqu'un.

Une larme coula sur la joue de Charles, alors qu'il fixait, sur le piano, la photo du mariage de son père Antoine avec la belle Élodie... le couple était photographié en compagnie de Cyriac. De toute évidence, sans qu'ils le sachent, derrière leurs sourires heureux, un drame se fomentait, qui allait séparer les deux frères...

Le moment était venu de passer à la table. Les effluves agréables d'un rôti qui mijotait depuis le début de l'après-midi s'avéraient être la plus belle invitation qui fut pour les réunir en famille autour d'un succulent repas.

23

Val Roussillon, dimanche 12 avril 2020

Après le repas du soir, réfugiés dans la bibliothèque autour d'un feu de cheminée, Évangéline et Mathéo attendaient avec fébrilité le récit que Charles leur avait promis. Quelques heures auparavant, ils s'étaient montrés inquiets lorsque des larmes avaient coulé alors qu'il regardait la photo de son oncle Cyriac, le jour du mariage de ses parents. Depuis longtemps, le jeune couple se questionnait sur la cause de la rupture entre Antoine et Cyriac Desrosiers, une séparation qui avait perduré au-delà de la mort.

Charles déposa sa tasse de thé sur la table basse devant lui et, les yeux fixés sur la flamme, il commença à raconter.

— Cette triste saga familiale, c'est l'histoire de deux frères, Antoine et Cyriac, amoureux de la même femme, Élodie, ma mère. À dix-neuf ans, elle fréquentait Cyriac depuis quelques mois lorsqu'au cours d'une réunion de famille, elle a fait la connaissance d'Antoine, son frère, d'un an son aîné. Ce fut le coup de foudre.

— L'attrait du cœur est bien mystérieux, souligna Évangéline, et nous n'y pouvons rien.

Mathéo donna son accord.

— Quand l'amour s'enflamme, il n'y a pas d'autre choix que de s'incliner, conclut-il. Pauvre Cyriac…

— Il a dû énormément souffrir, s'attrista Évangéline.

— Sûrement, approuva Charles. Lorsque je me suis épris de Joanne, j'aurais été désespéré si quelqu'un était venu me la voler...

Avant de poursuivre, Charles s'essuya les yeux. En ce qui le concernait, ce n'était pas un autre homme qui lui avait enlevé sa femme, mais un ennemi invisible. S'il pouvait maudire ce ravisseur, il était toutefois incapable de le frapper de ses poings. La rage impuissante, qu'il ressentait au plus profond de ses entrailles, lui était douloureuse.

— C'est triste ce qui s'est passé, mais ça ne me semble pas suffisant pour que les deux frères finissent par se haïr autant, jusqu'au point de couper les ponts d'une façon définitive, analysa Évangéline.

— Pendant longtemps, je n'ai rien connu de leur histoire, poursuivit Charles. Je suis arrivé en ce monde dix ans après le mariage de mes parents. J'ai grandi en sachant que j'avais un oncle paternel qui vivait quelque part, mais nous ne parlions jamais de lui, à la maison. Je me suis marié en 1984 et, Mathéo, tu es né, un an plus tard. Notre joie de vivre était parfaite, même si Joanne a dû subir une hystérectomie l'année suivante. Nous avions un enfant... tu suffisais à notre bonheur.

Cette fois, ce fut Évangéline qui essuya une larme. Le souvenir de Maui effleura son esprit, comme un courant d'air froid, qui la fit frissonner. Compréhensif, Mathéo l'attira contre lui pour la réchauffer de sa tendresse.

— Tu avais neuf ans quand ta grand-mère Élodie nous a quittés, spécifia Charles à son fils.

— Je me rappelle très peu cette vieille dame, avoua Mathéo.

Charles prit la tasse devant lui et, avant de poursuivre, il but une gorgée de son thé depuis longtemps refroidi. Puis, les yeux fixés sur les flammes dansantes, il reprit le fil de son récit.

— La vie n'est pas toujours un long fleuve tranquille, comme celle de Jean-François Nicot...

— Comme qui ? s'étonna Mathéo.

— Je plaisante, admit Charles en riant, pour détendre l'atmosphère. Ce type, c'est le gars d'une chanson d'Édith Piaf, *Les trois cloches*. Les cloches sonnent à sa naissance, à son mariage et une troisième fois à son décès. De sa vie, on ne sait rien, et ils en ont fait une chanson. Alors, imaginez ce que l'on pourrait écrire sur celle de papa, de maman… et de Cyriac.

— Si je comprends bien ce que vous cherchez à nous dire, c'est qu'Élodie n'avait pas totalement oublié son premier prétendant, soupçonna Évangéline.

— Je ne sais pas si l'amour fomentait toujours sous les cendres, entre elle et Cyriac… Toujours est-il qu'après le décès de sa femme, mon père a choisi de me dévoiler le secret de ma conception, tout comme l'a fait Doralice avec Augustin, en précisant que, même si ça faisait mal, je méritais de connaître la vérité.

— Quelle vérité ? s'enquit Mathéo, soudain sur la défensive.

— J'imagine que vous avez deviné la suite, présuma Charles.

— Qu'Antoine n'était pas votre père biologique, supputa Évangéline. En réalité, votre géniteur, c'était…

— … c'était Cyriac ! compléta Mathéo, abasourdi. Je n'en reviens pas !

— C'était lui, en effet, certifia Charles.

— Du coup, Cyriac n'est pas mon grand-oncle, il est mon grand-père…

— Wow ! s'exclama Évangéline, je comprends mieux pourquoi il a fait de toi son héritier.

Mathéo se leva. Enchevêtré dans le brouillard de ses pensées, il chercha à démêler le fil des événements. Il s'avança vers la fenêtre. La pluie de l'après-midi avait cédé la place à d'énormes flocons de neige qui tombaient lentement, suspendus dans l'air. Il se tourna vers Charles.

— Quand nous nous sommes rendus ici, il y a vingt-cinq ans, tu venais d'apprendre que Cyriac était ton père ? C'est ça ?

— Oui.

— Tu m'avais emmené pour que je fasse la connaissance de mon grand-père...

— Tu as bien deviné. Quand j'ai appris la place que Cyriac occupait dans mon existence, j'ai voulu le connaître davantage. Et je tenais à ce que tu le rencontres aussi, même si tu ne devais découvrir que plus tard ce qu'il représentait pour toi.

— Ton idée était bonne. J'avoue que je suis content de l'avoir croisé au moins une fois dans ma vie. Grâce à ça, je peux l'imaginer.

Émue, Évangéline supposa :

— Cette révélation de la part de votre père adoptif a dû vous causer un choc.

— Ce secret n'a rien changé aux sentiments que j'éprouvais pour lui, les rassura Charles. Il est demeuré mon seul père, même par-delà la mort.

— C'est l'amour que l'on se porte qui crée des liens, présuma Évangéline.

— Tu as raison, reconnut Charles. Voilà pourquoi je n'ai jamais cherché à revoir Cyriac, par la suite. Je me demande aujourd'hui si c'était la bonne chose à faire... mais comme on ne peut pas revenir sur le passé, j'assume ma décision.

Toujours à la fenêtre, Mathéo était décontenancé par la situation inusitée qui venait de lui être dévoilée.

— Ainsi, c'est d'un grand-père inconnu que j'ai hérité de ce presbytère, décortiqua-t-il. Ça me fait tout drôle. C'est comme si cette vieille bâtisse prenait soudain une valeur différente à mes yeux.

— Tu avais été si peu présent dans la vie de Cyriac, nota Charles, je n'avais pas prévu qu'il ferait de toi son légataire.

— Il n'avait aucune autre famille, mentionna Évangéline. Moi, je trouve ça plutôt normal. De plus, il ne faut pas oublier que Mathéo était le petit-fils de son Élodie, une femme qu'il a probablement chérie toute sa vie…

Un silence ponctua cette vérité.

— Charles, je suis convaincue qu'une jolie histoire d'amour a entouré votre naissance, pressentit Évangéline. On ne fait pas un bébé à sa belle-sœur par la simple opération du Saint-Esprit. Je suis…

Un bruit de verre brisé, provenant du salon, interrompit sa phrase. Tous les trois s'y précipitèrent… pour découvrir que le cadre contenant la photo du mariage d'Antoine et Élodie, en compagnie de Cyriac, était tombé du piano. La vitre s'était fracassée en mille morceaux en touchant le plancher de bois franc.

— Un courant d'air, supposa Charles.

— Ou monsieur Watson, suggéra Mathéo.

— Le chat était avec nous dans la bibliothèque, et il n'y a rien d'ouvert pour provoquer un courant d'air, analysa Évangéline. Je ne vois rien d'autre que notre fantôme…

Tous se turent, et suspicieux, ils jetèrent un regard inquisiteur dans les recoins de la pièce. Puis, conscients de leur attitude superstitieuse, ils éclatèrent de rire. Ce qui n'empêcha pas Évangéline d'envisager un mauvais présage…

: :

Val Roussillon, lundi 13 avril 2020

Afin de se familiariser avec les alentours, après le déjeuner, Charles était sorti marcher. Il s'arrêta à l'épicerie. Raymond Boudriault, qui connaissait tout le monde dans la paroisse, s'avança à la rencontre de ce nouveau venu. Masqué, et maintenant une distance raisonnable, il s'informa de sa présence à Val Roussillon. En apprenant qu'il était le père des nouveaux propriétaires du presbytère et, surtout, le fils de Cyriac Desrosiers, il se montra ravi de faire sa connaissance.

— Votre père était un homme discret, fort sympathique, dit-il. Personne dans le village n'a oublié sa musique, les soirs d'été… On s'asseyait dans le parc et on l'écoutait jouer, à travers les fenêtres du presbytère. Je suis certain qu'il se rendait compte que nous étions là, à lui prêter une oreille… car il semblait se plaire à varier son répertoire.

— Je ne savais pas qu'il était un si grand musicien…

— Un virtuose, spécifia Raymond. Tiens, pendant que j'y pense, vous informerez votre garçon qu'Honoré Plamondon est finalement sorti des soins intensifs. Mathéo me demande régulièrement de ses nouvelles. Le médecin qui m'a prévenu par téléphone m'a dit qu'il resterait à l'hôpital pour un bon moment encore… en espérant qu'il ne fera pas de rechute. Il a tout de même quatre-vingt-huit ans. Mais à ce qu'il paraît, pour l'instant, il serait hors de danger.

— Une excellente nouvelle, en effet. Tous n'ont pas la même chance, énonça tristement Charles.

Raymond approuva, puis il s'excusa, son boucher l'appelait à l'arrière du magasin. Charles en profita pour effectuer quelques emplettes et il reprit la direction du presbytère. Chemin faisant, c'est l'image de Cyriac qui flottait dans ses pensées. Cet homme était son père, pourtant, de sa vie d'homme, de musicien et d'amoureux, il ne savait rien. Pour la première fois, en songeant à lui, il sentit monter une boule d'émotion qui le troubla…

Évangéline et Mathéo furent contents d'apprendre qu'Honoré était sorti des soins intensifs.

— Pourvu que tout aille bien pour lui, souhaita le jeune homme. Honoré sera pour nous un véritable puits d'information. Imaginez ! Il a vu construire notre presbytère. Et il a connu le curé Davignon… sœur Jeanne-de-Bohème et Cyriac. Ils étaient les meilleurs amis du monde au cours des dernières années de sa vie.

— Peut-être que, grâce à lui, nous en apprendrons davantage sur ton grand-père, suggéra Charles.

— Qui est également ton père, lui rappela son fils.

— Maintenant que je suis ici, sur les lieux où il a terminé sa vie, il m'arrive de m'en vouloir de ne pas avoir renoué avec lui, après de décès de papa… si je peux encore appeler Antoine ainsi.

Évangéline prit entre ses mains la photo sans cadre et, émue, elle observa les visages figés dans le temps. Ces trois personnes avaient vécu, aimé et quitté ce monde… On pouvait parler d'eux, imaginer leurs sentiments, leurs rêves, mais, en réalité, ils étaient montés vers les étoiles en emportant leurs secrets les plus intimes…

24

JOURNAL D'AUGUSTIN DAVIGNON

Val Roussillon, mardi 28 août 1951

Je suis fier du travail accompli depuis mon arrivée à Val Roussillon, il y a maintenant plus de huit ans. Notre communauté s'est dotée de marguilliers intéressés et performants. J'ai redressé les finances. Nous n'éprouvons plus aucun problème à recueillir la dîme, et les sommes amassées lors des quêtes sont au-delà des espérances du secrétariat de l'évêché. Comme l'argent entre à profusion, monseigneur n'intervient pas dans la façon dont je gère ma paroisse.

Le plus important dans l'exercice de mon ministère, c'est de m'assurer que mes gens sont heureux, qu'ils vivent dans la sérénité et l'amour de Dieu. Je n'impose aucune obligation à fréquenter les offices ni ne fais de pression sur les femmes pour encourager les familles nombreuses. Pourtant, chaque dimanche, mon église est remplie au maximum de sa capacité, tandis que les enfants ont des mamans vivantes, en excellente santé. J'ai la ferme conviction que c'est dans la valorisation et le respect de nos semblables que se développe une solide coopération.

Après l'incendie de la salle paroissiale, les rassemblements festifs ont connu une baisse, puis, lentement, les gens ont recommencé à se réunir, dans l'amitié. Je trouve essentiels ces regroupements, ils créent des liens entre les diverses familles... des rapprochements qui ont, dans certains cas, conduit à des mariages, que j'ai eu le plaisir de bénir.

Quand je quitterai Val Roussillon, dans deux ans, ce sera avec la satisfaction du devoir accompli. Mon superbe presbytère va me manquer, mais, comme les biens de ce monde m'intéressent peu, le plus difficile sera de laisser derrière moi ces personnes qui, au fil du temps, sont devenues davantage des amies que des âmes sur lesquelles on me demandait d'exercer une sévère autorité. Ce furent, jusqu'ici, huit années de bonheur, et ce, en grande partie grâce à la présence de sœur Jeanne-de-Bohème à mes côtés. J'éprouve à son égard des sentiments que je ne peux pas nier… Mettent-ils mon âme en péril? Je suis convaincu que non. L'amour, dans son authenticité, a été le seul commandement prêché par Dieu. Celui que je porte à Alix n'enlève rien à la vénération que je voue à Dieu.

En ce moment, ma préoccupation principale est la venue du vicaire De Carufel, prévue pour le 4 septembre. De tout cœur, je souhaite que ce jeune prêtre adopte la manière collaborative que je préconise pour gérer ma paroisse, plutôt que la méthode oppressive recommandée par l'Église. Une chose est certaine, quelle que soit son attitude, je demeurerai le curé de Val Roussillon jusqu'à mon départ.

Cher journal, je disserte sur la pratique de mon ministère… un peu comme si je cherchais à oublier que ce matin, pour la première fois de ma vie, je me sens pris au dépourvu devant les événements à venir. Comment vais-je réagir à la situation inusitée qui se prépare? Tantôt, après le dîner, un homme va descendre du train, mon fils. Depuis qu'Alix m'a annoncé ma paternité au début de juillet, je tente de me familiariser avec ce statut insolite, que jamais je n'avais envisagé. Cet état de fait me rend heureux et m'effraie tout à la fois…

: :

Debout sur le quai de la gare, la supérieure du couvent de Val Roussillon attendait son neveu, en compagnie de Pénélope, devenue à son tour, au fil du temps, une amie, quelquefois une confidente. Lucette les accompagnait, sa poupée dans les bras. L'enfant éprouvait une affection particulière pour la religieuse, en grande partie parce qu'elle l'emmenait avec elle au presbytère pour s'occuper de la bibliothèque. Parfois, avant de quitter les lieux, elle la conduisait au salon et lui enseignait des notes de piano, en lui apprenant de courtes mélodies.

Nerveuse à l'idée de revoir son fils, surtout de le présenter à son père, Jeanne-de-Bohème se changeait les idées en se remémorant sa venue à Val Roussillon. Cette immense gare l'avait surprise. La municipalité était un carrefour ferroviaire, une étape dans le voyage de beaucoup de gens, en provenance ou en direction de Québec, de Rouyn ou de Cochrane, en Ontario. Au milieu du va-et-vient sur le quai, elle remarqua Honoré, appuyé contre le mur. Le petit garçon de son arrivée était devenu un grand jeune homme de dix-neuf ans. Elle lui adressa un sourire.

Honoré était impatient de voir descendre du train ce fameux Eugène Sauvageau, dont le prêtre et la religieuse avaient parlé si souvent au cours de l'été. Curieux de nature, il avait surpris quelques bribes de conversation entre eux, qui laissaient planer un mystère sur leur visiteur… des non-dits qu'il avait bien l'intention de percer. Depuis le premier jour, la place qu'Augustin Davignon occupait dans sa vie était précieuse, et cela, bien au-delà des études qu'il lui payait à Québec. Orphelin très tôt, il avait trouvé en cet homme une figure paternelle.

Avec simplicité, sans arrière-pensée, Pénélope nota :

— C'est très aimable de la part de monsieur le curé d'accueillir votre neveu au presbytère.

— Je crois que c'est dans la nature de ce prêtre d'être hospitalier, lui répondit la religieuse. Vous vous souvenez sans doute, l'an dernier, quand le père de sœur Madeleine est venu la visiter… Il l'a reçu avec plaisir, une longue semaine.

— C'est vrai que, pour des hommes, dormir au couvent, ce serait inconvenant. Pour les gens de passage, il y a l'auberge, ici, au deuxième étage de la gare. Quoique, avec le restaurant en bas et les clients qui y traînent toute la nuit, c'est plutôt bruyant. Il y a aussi l'hôtel Plaza au milieu du village, que je ne conseille à personne. Ce lieu est encore plus étourdissant que la gare, avec son bar et sa musique forte jusqu'à deux heures du matin, parfois.

— Le curé Davignon considère son presbytère comme la maison du peuple, souligna sœur Jeanne.

— Vous n'avez pas tort. Avec la bibliothèque installée dans son bureau, son piano à votre disposition pour donner des cours et sa grande terrasse où il se plaît à tous nous accueillir, c'est un endroit des plus agréables. En passant, votre neveu, Eugène, est-ce qu'il est marié ? J'ai cru comprendre qu'il venait seul…

— Sa femme et ses deux filles, des jumelles, Florence et Emma, ne sont pas du voyage. Une prochaine fois, peut-être.

— Qu'est-ce qu'il fait dans la vie, Eugène ?

Le sifflement du train interrompit leur conversation. Le monstre d'acier entamait le dernier virage avant d'entrer en gare. Tous reculèrent d'un pas, dans un mouvement instinctif de protection. Lorsque la locomotive, avec ses wagons à la remorque, passa devant eux dans un crissement de frein, le courant d'air engendré souleva une fine poussière, qui les obligea à cligner des yeux.

Bien qu'impatient, mais surtout prudent, Augustin s'était abstenu de venir à la gare accueillir son garçon. Les Bédard, une famille qui habitait au 10e Rang, avaient opportunément requis sa présence auprès de leur patriarche en fin de vie. Il avait promis à Alix d'être de retour pour le souper, qu'il souhaitait partager avec elle… et leur fils.

Sans lui sur le quai de bois, sœur Jeanne-de-Bohème tentait de paraître indifférente, mais ses mains tremblaient. Elle les joignit. Bien qu'ils se soient déjà vus, et qu'ils aient passé quelques moments ensemble à Saint-Marc-des-Carrières, elle était consciente que ce serait la première fois que les deux hommes se retrouveraient face à face, libérés du secret qu'elle avait porté seule de si longues années. Fébrile, elle guettait la sortie d'Eugène.

— Est-ce que c'est lui ton neveu ? pointa Lucette en indiquant un homme en costume, qui avait mis pied à terre.

— *Votre* neveu, la réprimanda Pénélope. Vouvoyer les adultes, c'est plus poli.

— Oui, murmura sœur Jeanne, c'est lui.

En sautillant, sa poupée à bout de bras, Lucette alla à sa rencontre. Elle le prit par la main.

— Viens, l'invita-t-elle. Ta matante va être bien contente de te voir.

Eugène avait déjà repéré sa mère au bout de la plate-forme et son regard furetait autour d'elle, à la recherche de son père.

Honoré s'avança vers lui :

— C'est monsieur le curé que vous cherchez ?

Puis, sans attendre de réponse, il ajouta :

— Il est parti au chevet d'un malade. Mais soyez rassuré, il est impatient de vous rencontrer… Je l'ai entendu en faire part à sœur Jeanne, ce matin, à la sortie de la messe de sept heures.

Eugène avait rejoint sa mère, il se pencha pour lui faire la bise.

— Comment s'est passé votre voyage ? s'informa Pénélope.

— Bien, répondit-il vaguement, parcourant les alentours des yeux.

Malgré les informations du jeune garçon, l'absence de son père l'intriguait. Peut-être n'était-il pas aussi heureux que lui de cette rencontre… Il n'eut toutefois pas à s'inquiéter très longtemps, Lucette leur cria :

— Regardez ! C'est monsieur le curé qui arrive !

Augustin venait de stationner son automobile près de la gare. Il en descendit et, sous le chaud soleil de cette belle journée de fin d'été, il s'avança à la rencontre du nouveau venu, la main tendue.

— Monsieur Sauvageau, soyez le bienvenu à Val Roussillon, le salua-t-il. Votre tante m'a beaucoup parlé de vous, je suis impatient de faire plus ample connaissance.

Honoré prit la valise de leur visiteur, sur le quai, et il se dirigea vers la voiture du prêtre. Augustin, sœur Jeanne et Eugène lui emboîtèrent le pas. Arrivé près du véhicule, Honoré déposa le bagage par terre et rejoignit Pénélope et Lucette, qui l'attendaient pour rentrer à la maison. Pour satisfaire sa curiosité, il devrait user de patience.

Dans le rétroviseur, Augustin observait son fils, assis sur la banquette arrière. De nombreuses questions affluaient à ses lèvres, sur son enfance, ses études, sa profession… Étonnamment, Eugène était avocat, comme les Davignon, depuis des générations. L'image de l'honorable juge Théophile Davignon effleura son esprit. Son père avait causé son malheur en levant le nez sur la mésalliance que constituait à ses yeux une union entre lui et Alix, la fille d'un simple ouvrier d'usine… Voilà que cet amour avait néanmoins porté ses fruits. Augustin ne put s'empêcher de sourire à cette évocation. Ému, ce qu'il parvint à demander à Eugène ne fut que des banalités : si le voyage avait été bon, s'il avait bien dormi ou s'il avait faim. Heureusement, ils allaient habiter sous le même toit. Du temps leur serait octroyé pour faire connaissance et nouer, si possible, quelques liens affectifs.

En arrivant devant le presbytère, Augustin s'étonna d'apercevoir une automobile stationnée dans son allée, un véhicule qu'il n'avait jamais vu. La bibliothèque était fermée et il n'avait pris aucun rendez-vous pour l'après-midi. Qui pouvait l'attendre… à l'intérieur, car personne n'arpentait la cour. L'intrus semblait n'avoir éprouvé aucune gêne à entrer, sans y avoir été autorisé.

À peine dans le hall, Augustin et ses invités virent un prêtre venir à leur rencontre, un véritable colosse de plus de six pieds, au faciès jeunot toutefois.

— J'ai frappé, les informa ce dernier, mais n'obtenant pas de réponse, je me suis permis d'entrer. Après tout, je suis maintenant chez moi, dans ce presbytère… superbe, soit dit en passant.

Augustin comprit rapidement qu'il s'agissait de Paul-Armand De Carufel arrivé avec une semaine d'avance. À contrecœur, il lui tendit la main.

— Ces personnes qui vous accompagnent, indiqua Paul-Armand, elles habitent aussi avec nous ?

Augustin fit les présentations, en commençant par la religieuse.

— Sœur Jeanne-de-Bohème est la supérieure du couvent, précisa-t-il, une école mixte, pour les jeunes de la première à la septième année…

— Des garçons et des filles ensemble, ça n'a aucun bon sens ! s'exclama le nouveau vicaire. Vous ne trouvez pas ça imprudent, monsieur le curé ?

— Ce sont des enfants, lui rappela Augustin.

— Dès le berceau, il faut protéger l'âme de nos petits. Voilà une situation à laquelle nous allons devoir remédier. Nous construirons un collège.

Un malaise profond suivit sa phrase.

— Et ce jeune homme, qui vous accompagne, je peux savoir de qui il s'agit ?

Cette fois, Augustin choisit de s'imposer.

— Monsieur De Carufel, vous êtes le bienvenu à Val Roussillon. Mais je vous prie de ne pas oublier que je suis le curé de cette paroisse, et que vous arrivez chez nous en tant que vicaire.

Paul-Armand haussa les épaules et pinça les lèvres.

— Maintenant, si vous permettez, ajouta Augustin, je vais conduire mon invité, Eugène Sauvageau, c'est son nom, à sa chambre. Eugène est le neveu de sœur Jeanne, il logera ici pendant son séjour à Val Roussillon. Ce serait mal perçu qu'il dorme au couvent, avec trois religieuses... J'imagine que, sur ce point, vous serez d'accord avec moi ?

Sentant le ton monter, Jeanne-de-Bohème comprit qu'il était temps pour elle de s'esquiver.

— Eugène, je vais t'attendre pour le souper au couvent, le prévint-elle.

D'un signe de tête complice, ce dernier acquiesça. Puis il suivit son hôte vers le grand escalier qui menait à l'étage. Une fois en haut, Augustin se dirigea vers la chambre réservée à monseigneur l'évêque, qu'il avait choisie pour loger son fils, puisqu'elle n'était jamais occupée. Quelle ne fut pas sa surprise d'y découvrir une valise déposée sur le lit.

— Je n'ai pas eu le temps de vous prévenir, s'excusa Paul-Armand qui leur avait emboîté le pas. J'ai fait le tour du proprio, et c'est celle qui convient le mieux pour que j'élise domicile...

— Cette pièce est réservée à monseigneur, souligna Augustin, d'une voix autoritaire.

— Son Éminence l'a-t-il déjà occupée ? ironisa Paul-Armand.

— Non, dut admettre Augustin.

— Ce serait étonnant qu'il le fasse à l'avenir, anticipa le nouveau vicaire. L'évêché d'Amos est à trente minutes de route d'ici. Aussi, j'ai décidé d'en faire la mienne. Si jamais son Excellence nous faisait l'honneur de rester à dormir, c'est avec plaisir que je la lui céderai pour le temps de son séjour. Maintenant, si vous permettez, j'aimerais m'installer.

Augustin préféra ne pas s'imposer. Paul-Armand De Carufel avait choisi un bien mauvais moment pour se présenter à Val Roussillon, il venait contrecarrer les plans qu'Alix et lui avaient élaborés pour recevoir leur fils et faire sa connaissance en toute quiétude.

Après avoir installé son invité dans une chambre du fond, pour les deux nuits que durerait sa visite, Augustin n'eut pas d'autre choix que de le laisser quitter le presbytère pour aller retrouver sœur Jeanne, qui l'attendait au couvent. Sur le pas de la porte, haussant le ton, sachant qu'il était écouté de Paul-Armand, il suggéra :

— Si jamais vous aviez le temps, ce soir, après le souper, ce serait gentil de me rejoindre. Nous pourrions aller marcher sur la plage, en contrebas, ça nous donnerait l'occasion d'échanger et de nous connaître. Sœur Jeanne est précieuse auprès des élèves de la paroisse, j'ai beaucoup d'intérêt à découvrir les membres de sa famille.

Eugène promit de venir, à la tombée du jour, vers huit heures. Satisfait, Augustin l'escorta jusque sur la galerie. En le regardant s'en aller, il fut étonné de constater à quel point, de dos, avançant à grandes enjambées les mains dans les poches, Eugène avait, à s'y méprendre, l'allure de son grand-père Théophile...

: :

Sans entrain, le curé Davignon avait partagé son repas du soir avec son vicaire. La préparation avait été facile puisqu'il n'avait eu qu'à réchauffer les mets que sœur Jeanne avait cuisinés en prévision du souper avec leur fils. Faisant contre mauvaise fortune bon cœur, il avait tenté de mettre le nouveau venu au courant du fonctionnement de la paroisse. Ses efforts avaient toutefois été vains, il avait dû se contenter de l'écouter palabrer sur lui-même. Au fond, il avait trouvé bien de le laisser s'exprimer ; son esprit était ailleurs. Les quelques bribes qu'il avait retenues des élucubrations de ce descendant des De Carufel étaient ses origines. Le prêtre était issu d'une puissante famille d'Amboise, à preuve, la broche à leurs armoiries, qu'il portait en permanence sur le revers d'une poche de sa soutane.

D'un autre côté, puisqu'il fallait bien lui trouver des qualités, le jeune homme était dynamique, la tête remplie de projets innovateurs pour la paroisse. L'idée de construire un collège pour les garçons n'était pas mauvaise après tout. Val Roussillon était une communauté florissante et sa population allait en grandissant. Augustin se promit de revenir sur cette suggestion, plus tard, lorsqu'il aurait l'esprit libéré de ce qui le préoccupait en ce moment… la présence de son fils à Val Roussillon.

Comme convenu, quand Eugène frappa à la porte, à huit heures précises, Augustin ne se fit pas prier pour le suivre et échapper ainsi au verbiage de l'héritier des De Carufel. Un sentier rocailleux menait du pied de la terrasse à la grève. Le père et le fils l'empruntèrent en silence. Arrivé au bord de l'eau, Augustin ne put s'empêcher de faire remarquer à Eugène, qui l'avait précédé sur le chemin, à quel point sa silhouette, sa démarche surtout, lui rappelait Théophile, son grand-père. Une observation que le jeune homme ne releva pas. Il attaqua plutôt directement le vif du sujet, soit la façon dont il avait appris qu'il était un enfant adopté.

— Quand ma mère m'a mis au courant de mes origines, quelque temps avant son décès, surtout lorsqu'elle m'a dit que j'étais le fils d'une religieuse, j'avoue avoir subi un choc.

— Je n'en doute pas, reconnut Augustin.

— Heureusement que je n'ai pas appris ce même soir que mon père était un prêtre, ajouta Eugène, un sourire indéfinissable au coin des lèvres. J'aurais été inquiet pour le salut de mon âme, moi, conçu dans le péché de deux personnes consacrées à Dieu…

— Nous n'étions ni curé ni religieuse au moment de ta conception, releva Augustin en éclatant de rire.

L'humour avec lequel son fils acceptait les faits plaisait à Augustin. De la même façon que, lui, il avait le don de laisser le passé derrière pour se concentrer sur le présent. Ce qui était une des lois du bonheur en ce monde. Il lui en fit le constat.

Les dernières clartés du crépuscule accentuaient l'ombre des conifères qui longeaient la plage. Elle s'allongeait à l'infini sur le lac scintillant, éclairé par les millions d'étoiles qui perçaient le firmament. Le souffle de la brise atténuait la pesante chaleur de la journée.

Les deux hommes effectuaient quelques pas en silence, se réjouissant de la présence l'un de l'autre, quand un cri vint rompre leur tranquillité. C'était Honoré. Il courait vers eux, en agitant un papier dans l'air. Il s'agissait d'un télégramme.

— Philémon m'a dit que c'était urgent, précisa-t-il en le remettant au prêtre.

Augustin déchira le pli et il le lut. Puis il releva la tête.

— C'est de ma sœur, annonça-t-il à son fils, Théophile… ton grand-père… est mourant. Marie me supplie de venir d'urgence.

Le bruit des vaguelettes, heurtant la rive, servait de fond sonore à cette annonce. Eugène et Honoré fixaient Augustin, n'osant pas s'informer du choix qu'il ferait. Tous les deux savaient que la relation entre Augustin et le vieil homme était tendue.

— Rentrons, décida le prêtre.

Sans rien ajouter, le télégramme froissé dans la main, il se dirigea vers le presbytère, qui se dressait sur un fond de ciel noir. *Dans l'existence de chacun vient l'ultime rendez-vous*, songeait-il, *le moment de rendre des comptes*. Par son orgueil et ses préjugés, Théophile avait brisé sa vie et lourdement écorché celles de sa mère et de sa sœur. Méritait-il qu'il aille à son chevet, au dramatique instant de quitter ce monde, pour comparaître devant son Créateur ? Comme il l'avait fait lors du décès de sa mère, il choisit d'y aller pour Marie, et non pour le mourant, qui n'avait vécu que pour lui-même, pour sa gloire et son prestige, sans faire le moindre effort pour mériter l'amour des siens…

25

JOURNAL D'AUGUSTIN DAVIGNON

Val Roussillon, mercredi 29 août 1951

Il y a d'étranges coïncidences dans l'existence… Mon père se prépare à quitter ce monde, au moment où ce petit-fils qu'il a souhaité frappe à la porte de nos vies. Le télégramme, reçu à l'instant où Eugène et moi nous apprêtions à faire connaissance, est venu faciliter notre discussion. J'ai pu lui raconter brièvement les raisons de notre séparation, à sa mère et moi, en lui promettant des détails dans le train qui nous conduira à Québec. Après avoir prévenu son épouse, Eugène a accepté sans hésiter de m'accompagner au chevet de Théophile, sans être au courant avec exactitude de ce que j'attends de lui. Comment pourrais-je le lui dire, puisque moi-même, je ne sais pas comment je réagirai en revoyant sur son lit de mort cet homme, qui n'a eu de père que le nom ?

J'étais choqué que Paul-Armand De Carufel devance son arrivée, mais voilà que les événements font que c'est une excellente chose. Ce matin, après la messe de sept heures, je lui ai expliqué dans les grandes lignes le fonctionnement de la paroisse. Je l'ai trouvé suffisamment attentif, et dégourdi, pour en assumer la responsabilité durant mon absence. Il a insisté pour que je parte tranquille, surtout pour que je prenne le temps qu'il faut pour conduire mon père à son dernier repos. Dans son attitude, j'ai senti une profonde sympathie à l'égard de l'étape, oserais-je dire difficile, que je traverse. Je me suis retenu de le détromper sur les véritables sentiments que je ressens, car ils sont personnels. À bien y réfléchir, ce jeune homme deviendra peut-être un excellent vicaire, il me semble empathique et généreux.

J'ai peu dormi cette nuit. Je fus assailli par de nombreux souvenirs : de mon amour pour Alix, de son rejet par mon père, en passant par l'accident qui, selon ce qu'on m'avait dit, lui avait coûté la vie. Sans oublier la découverte de ma paternité. Si je ne peux rien faire pour redresser ce qui fut, je dois à la postérité, qui exigera des comptes, de ne pas rater mon avenir. Je souhaite que les décisions que je prendrai, à compter de ce jour, soient garantes de la splendeur de l'histoire que je veux laisser aux générations futures, au soir de ma vie…

: :

Québec, jeudi 30 août 1951

La gare du Palais résonnait du bruit familier des inconnus, pressés, qui s'entrecroisaient à l'arrivée ou en partance. Des gens qui jamais ne se reverraient, raison pour laquelle ils évoluaient indifférents les uns aux autres.

Ne l'ayant pas aperçue sur le quai, Augustin cherchait sa sœur dans la salle des pas perdus. Le haut puits de lumière en vitrail inondait l'immense hall de la clarté crue du matin. Il cligna des yeux. En les ouvrant, il vit Marie surgir devant lui, souriante dans sa robe de coton fleuri. Elle s'accrocha à son cou.

— Je nourrissais l'espoir que tu viennes, lui chuchota-t-elle à l'oreille.

— Je n'allais pas te laisser seule dans un moment pareil. Encore une fois, sois bien certaine, je suis ici pour toi et pas pour lui.

Les effusions passées, la jeune femme se tourna vers le compagnon de son frère, qui l'observait attentivement.

— Je te présente Eugène Sauvageau, lui dit Augustin. Quant à savoir qui il est, c'est une longue histoire…

— Que vous me raconterez, j'espère ? souhaita-t-elle en acceptant la main tendue de l'inconnu.

Augustin la rassura, et ensemble, tous les trois, ils se dirigèrent vers l'automobile de Théophile, que Marie conduisait, dorénavant. Dès qu'ils furent installés dans l'habitacle, elle leur annonça que, selon le médecin traitant, les heures du juge Davignon étaient comptées. S'ils voulaient avoir une chance de le voir vivant, surtout encore lucide, il fallait se rendre à l'hôpital directement, sans faire un détour par la maison.

Au cours du trajet vers l'hôpital Saint-François d'Assise, Augustin présenta son fils à sa sœur. À leur arrivée sur les lieux, Eugène choisit de les laisser en tête à tête pour un moment.

— Je me rends à la chapelle, les prévint-il. Quand vous jugerez ma présence opportune, venez me chercher.

Augustin apprécia cette discrétion. De la sorte, il pourrait préparer le terrain ou omettre de parler de lui à son père. Sa décision dépendrait des circonstances ou de l'accueil reçu.

Pour le moment, Marie et lui attendaient dans l'antichambre, tandis que les infirmières prodiguaient les soins d'usage à leur patient. Assise bien droite sur une chaise de bois, Marie triturait un mouchoir entre ses mains.

Augustin déposa les siennes par-dessus.

— Tu as de la peine de le voir s'en aller ? demanda-t-il d'une voix incertaine.

Marie posa sur lui un regard limpide, avant d'avouer :

— Justement non, et c'est ce qui me trouble. Comment une fille, digne de ce nom, peut-elle se réjouir du décès de son père ? Je ressens son départ comme une délivrance. Tu me trouves inconvenante… ou immorale ?

— Chère Marie, lui répondit Augustin en l'attirant contre son épaule, à mon avis, tu es une sainte femme d'avoir négligé ta propre vie pour prendre soin de cet ingrat.

Marie se redressa, un sourire sur ses lèvres frémissantes.

— Tu sais, Augustin, je n'ai pas tout sacrifié. Même si ça le choquait que je cherche à m'instruire, moi, une catherinette sans avenir, j'ai profité de ces années de réclusion à m'occuper de lui pour fréquenter l'école normale, à mi-temps. Cette année, à la fin de juin, j'ai obtenu mon diplôme d'enseignante.

— Marie, tu m'épates ! clama Augustin. Mille fois bravo !

— Quand notre père sera parti, si tu es d'accord, je postulerai un emploi de maîtresse d'école à Val Roussillon et je...

— Attends, l'interrompit son frère. Il ne me reste que deux années à faire pour terminer mon travail dans cette paroisse. De plus, ces derniers temps, je songe à partir avant la fin de mon terme.

Dans la voix d'Augustin, Marie décela une vibration qui lui était inconnue. Elle suggéra :

— Ce fils que tu viens de me présenter... il a une mère, j'imagine... Est-ce qu'elle est aussi de retour dans ta vie ?

— Oui, mais ce n'est pas l'endroit pour en...

Sa phrase fut interrompue par l'arrivée d'une infirmière. Le juge Davignon était confortablement installé, prêt à recevoir ses enfants.

Elle les invita à entrer.

Le moribond grisâtre, squelettique, à la respiration sifflante, n'avait plus rien de l'arrogant magistrat Théophile Davignon, cet homme imbu de sa puissance, qui avait fait trembler les murs des prétoires, autant que l'existence des gens, sur lesquels étaient tombés ses verdicts.

Ses épais sourcils s'arquèrent en apercevant son fils.

— Tiens, tiens... Tu es venu... souffla-t-il péniblement.

Debout au pied du lit, Augustin le toisait, sans un mot.

Le juge s'adressa à sa fille.

— Toi, sors d'ici ! lui ordonna-t-il sèchement. Je dois parler à ton frère, et cela, sans témoins.

La colère provoqua chez lui une quinte de toux, que ses enfants observèrent, sans émotion. Une fois remis, le teint toujours bleuâtre à la recherche d'oxygène, il foudroya Marie du regard. Elle avait déjà compris qu'elle devait quitter la chambre, c'est la toux inquiétante de son père qui avait retardé sa sortie. Augustin la retint un instant. À voix basse, il l'enjoignit d'aller chercher Eugène et de lui demander de se tenir prêt, advenant que l'occasion se manifeste de le présenter à Théophile.

Puis, dès que la porte se fut refermée sur elle, il s'adressa à son père :

— Je peux savoir de quoi vous souhaitez m'entretenir ?

Un rictus souleva le coin des lèvres du vieillard.

— Je suis un homme chanceux... j'ai un fils prêtre... et je suis mourant... haleta-t-il. J'ai besoin de ton absolution, pour... pour m'ouvrir les portes du Ciel.

Surpris, Augustin recula d'un pas, puis avec détermination, il lança :

— Je regrette, père ! Pour obtenir ce laissez-passer, vous devrez demander à l'aumônier de l'hôpital.

— Pourquoi ? Tu as cette compétence...

— Pour absoudre les péchés de quelqu'un, je dois croire en sa contrition... et je ne distingue chez vous aucun repentir. Vous avez gâché ma vie, en affirmant que la femme que j'aimais était morte...

— Ce n'était qu'une vile boniche !

— Plutôt une femme de cœur, laquelle, si vous l'aviez acceptée, aurait fait de vous un grand-père heureux et fier...

— La servilité... ne peut engendrer que la servilité, s'époumona Théophile.

— Cher père, je suis désolé de vous contredire, mais cette vile servante, comme vous l'appelez, vous a donné le petit-fils dont vous rêviez.

— De quoi parles-tu ? s'étonna le juge.

— Il se prénomme Eugène, et cet homme n'a rien de servile, au contraire. Comme vous l'auriez souhaité, il est un digne représentant de Thémis, un avocat qui a devant lui une brillante carrière.

Les yeux exorbités, Théophile tentait de comprendre les paroles de son fils.

— Malheureusement pour vous, Eugène ne porte pas ce précieux nom de Davignon, que vous auriez tellement souhaité voir se perpétuer…

Le vieux juge dévisageait son fils, à la recherche de la vérité. Se moquait-il de lui ?

— Je ne vous mens pas ! clama Augustin. Vous aimeriez le connaître, ce descendant, né d'une femme que vous avez chassée de votre maison ?

Théophile ne répondit pas, mais son regard chamboulé acquiesçait pour lui.

Augustin alla ouvrir la porte et il invita Eugène à entrer. Ce dernier s'approcha du lit, ému, mal à l'aise. Ce vieillard en fin de vie était une des racines de son existence… un être que l'on disait sans cœur, qui avait séparé ses parents avant sa naissance. Pourtant, en l'observant, il ne voyait qu'un homme malade, terrassé par le passage du temps, sur le point de rendre son âme à Dieu. Conscient que ce n'était pas à lui de juger de ses actes, il prit place sur une chaise à côté du lit et, s'emparant d'une main décharnée, il la pressa entre les siennes. Au moment de quitter ce monde, toute personne a le droit de se réchauffer au sourire de quelqu'un d'indifférent à son passé. En sondant son cœur, c'était ce qu'Eugène ressentait, en cet instant, de l'indifférence… ni amour ni aversion.

: :

Québec, mardi 4 septembre 1951

La foule s'était pressée, nombreuse, aux funérailles de l'éminent juge Théophile Davignon. Ses enfants, Augustin et Marie, avaient accueilli les condoléances de chacun avec respect, mais sans émotion. Pour eux, le moment était venu de passer à autre chose, surtout pour Marie qui, à vingt-neuf ans, voyait se profiler une liberté qu'elle n'avait jamais connue. Eugène avait assisté discrètement aux cérémonies officielles, en compagnie de son épouse, Rose-Anna. Le moment aurait été mal choisi pour souligner sa filiation avec le défunt, puisqu'il était le fils d'un prêtre.

Augustin et lui s'étaient quittés en se promettant des retrouvailles aussitôt que possible. Tous deux désiraient créer des liens et l'avenir s'annonçait propice à leurs souhaits.

En ce mardi de septembre, assis dans l'antichambre du notaire Achille Morin, qui les avait convoqués pour la lecture du testament, le frère et la sœur demeuraient silencieux, errant malgré eux à travers les souvenirs qu'ils conservaient de leur défunt père. Ni l'un ni l'autre ne ressentaient de la tristesse de son départ, c'était une étape à traverser, simplement.

La secrétaire de l'homme de loi les invita à la suivre. Elle les introduisit dans le bureau de son patron et ferma la porte derrière eux. Achille Morin se leva à leur entrée, poliment, il leur désigna les sièges devant lui.

— Permettez-moi tout d'abord de vous offrir mes condoléances. Le juge Davignon était davantage qu'un client, il était un ami. Sachez, toutefois, qu'un notaire n'intervient jamais dans les décisions de ceux qui se présentent devant lui…

— Si j'interprète ce que vous tentez de nous faire comprendre, suggéra Augustin, c'est que les dernières volontés de mon père n'auraient pas été les vôtres. C'est exact ?

Le notaire hocha la tête, en signe d'assentiment, puis il ouvrit le dossier devant lui. Après avoir parcouru à haute voix les propos d'usage, il en vint aux désirs formels du défunt.

— À mon fils Augustin, lut-il, je lègue cette clé…

Le notaire l'agita dans l'air et il poursuivit.

— … elle ouvre un tiroir de mon bureau, à l'intérieur duquel se trouve un coffret que je souhaite lui remettre. Comme mon garçon affirme ne pas avoir d'attachement pour l'argent, encore moins pour le mien, je lègue donc ma fortune, incluant meubles et immeubles, à ma fille, Marie.

Un profond silence envahit la pièce. Achille fut étonné de voir un sourire naître sur les lèvres du prêtre déshérité.

— Voilà qui est parfait, déclara Augustin en se levant. Je n'aurais pas osé espérer mieux.

Après avoir pris la clé sur le bureau, il quitta la pièce. Marie prévint le notaire qu'elle repasserait bientôt, et elle partit à son tour, rejoindre Augustin, qui était déjà sorti de l'immeuble.

— Je te certifie que je ne savais rien du testament de notre père, lui assura-t-elle, visiblement mal à l'aise.

Augustin lui indiqua un banc, dans le parc d'en face.

— Si nous allions nous asseoir un instant ? proposa-t-il.

À peine assis, Augustin éclata de rire, au grand étonnement de Marie.

— Ne t'en fais pas pour moi, l'invita-t-il. Je hais l'argent… j'ai utilisé l'héritage de maman pour faire construire un presbytère, qui ne m'appartiendra jamais.

— Et si ta vision était différente aujourd'hui, suggéra sa sœur. Il y a ton fils… et sa mère, que je ne connais pas… mais que j'aimerais bien rencontrer.

Les yeux perdus au loin, vers un avenir qu'il ne connaissait pas, Augustin se taisait. Marie eut le sentiment que ce qu'elle venait de mentionner l'interpellait.

— De toute façon, enchaîna-t-elle, je n'ai pas besoin d'autant de sous pour être heureuse. Quand je toucherai mon héritage, j'en déposerai la moitié à ton nom…

— Ce ne sera pas nécessaire, je ne veux rien de lui !

Marie posa une main sur celles de son frère.

— Cet argent m'appartiendra… je pourrai en disposer à mon gré. Ne prends pas de décision maintenant. Va plutôt vérifier ce que contient le coffret que tu…

Augustin se leva.

— Tu as raison, allons voir ce que m'a légué le juge Théophile Davignon. Je serais bien étonné que ce soit une lettre d'amour… ce misérable n'a jamais eu la moindre idée de ce que voulait dire ce mot !

: :

La pièce était sombre. Augustin avait invité Marie à l'accompagner dans le bureau de leur père pour l'ouverture du fameux coffret, mais elle s'était abstenue d'accepter. Les propos de Théophile, quand il abordait le sujet de son fils, ne laissaient rien présager de bon ; elle était inquiète. Dans le but de protéger la pudeur de son aîné et de lui permettre de donner libre cours à ses émotions, il était préférable qu'il soit seul, d'autant plus que le contenu de cette cassette ne la concernait certainement pas. Cependant, comme elle redoutait une méchanceté de la part de Théophile, elle se permit de demeurer à l'affût, derrière la porte close…

C'est d'une main tremblante qu'Augustin mit la clé dans la serrure, en tentant de se persuader que la cruauté de son père ne pouvait plus l'atteindre. Mais au fond de lui, malgré la volonté de s'en détacher, une lancinante douleur le torturait. Le tiroir contenait une cassette de métal, qu'il sortit de sa cachette pour la déposer sur le bureau. Il l'ouvrit. Sur le dessus d'une pile de lettres, une enveloppe lui était adressée ; c'était l'écriture de Théophile.

Il en retira la missive.

Je ne voulais pas semer le déshonneur dans notre famille en acceptant que tu maries une servante, donc, après votre accident, je t'ai fait croire au décès de ta boniche. J'ai même trouvé un emploi lucratif à son père, sur la Côte-Nord, pour l'éloigner définitivement de toi. Ce que je n'avais pas imaginé, c'est que tu serais stupide au point de consacrer ta vie à Dieu, une folie qui m'a privé d'une descendance. Aussi, je te retire de mon testament. Je te laisse en héritage les lettres d'amour que cette bonne à tout faire t'a écrites… C'est beaucoup de paperasse, de la part d'une défunte, n'est-ce pas ?

Augustin échappa la feuille à ses pieds. Au moment de rédiger ce mot, Théophile ne savait pas que Doralice était revenue dans sa vie, encore moins qu'elle lui avait donné un fils… *Quel choc il avait dû éprouver en voyant Eugène* ! se réjouit-il intérieurement. *Surtout que son ultime cruauté de me révéler post mortem que la femme que je chérissais était vivante lui a rebondi en plein visage.*

Au fond de la cassette, retenues ensemble par une cordelette, une pile d'enveloppes lui étaient adressées.

— Les lettres d'Alix, murmura Augustin en s'en emparant avec la délicatesse d'un amant, effleurant la peau de sa bien-aimée.

Une larme roula sur sa joue. Ce que son père avait prévu être un coup de poignard dans le cœur de son fils s'avérait être un précieux cadeau, surgi d'un lointain passé. Augustin leva le paquet d'enveloppes à la hauteur de son nez, afin de humer à travers le papier, les parfums de l'amour, que chacun des mots de Doralice dégageait…

26

JOURNAL D'AUGUSTIN DAVIGNON

Val Roussillon, dimanche 9 septembre 1951

Le train a pris beaucoup de retard. Au lieu d'arriver en début d'après-midi, samedi, tel que prévu à l'horaire, je suis rentré au presbytère au milieu de la nuit. Les événements des derniers jours se bousculent dans ma tête, aussi, je n'ai pas sommeil. Cher journal, si tu savais à quel point mon esprit s'égare.

Ce n'est qu'après avoir accepté d'aider Marie à régler les affaires du juge que j'ai pu quitter Québec. Sur le quai de la gare, elle a renouvelé sa proposition de partager son héritage avec moi... j'ai de nouveau refusé. Consciente que je vis une étape incertaine de mon existence, elle m'a offert du temps pour y réfléchir. Je lui sais gré de me permettre cette méditation.

Je m'étais réservé le voyage en train pour faire la lecture des lettres d'Alix... quelle incroyable variété d'émotions elles ont suscitée dans mon for intérieur! À l'abri des regards, réfugié sur le lit de ma cabine, il m'a été impossible de retenir mes larmes. Dès que je ferme les yeux, des mots valsent dans ma tête comme une longue farandole... Tu es ce qu'il y a de plus précieux dans ma vie... Sans ta présence, plus rien n'a de sens... Il m'est devenu inimaginable d'envisager l'avenir sans toi... Écoute la pluie, elle te porte mes mots d'amour... Je t'en prie, écris-moi... *Puis ses* Je t'aime, *à l'encre souvent étalée par une larme... Et finalement...*

Ton silence est éloquent, tu n'entendras plus parler de moi... *De combien d'amour elle a dû faire preuve, pour ne jamais mentionner sa grossesse? Elle souhaitait que mes sentiments envers elle soient authentiques, se refusant à m'attacher par devoir. En cet instant, je n'ai qu'un désir, prendre Alix dans mes bras, la serrer contre mon cœur et lui dire à mi-voix ces mots si tendres que la cruauté du destin m'a empêché de lui murmurer. Avec la présence au presbytère de Paul-Armand De Carufel, je vais devoir user de stratégie pour me retrouver seul avec elle...*

Parlant de mon nouveau vicaire, en traversant le garage cette nuit, j'ai remarqué qu'il y avait déjà entrepris des travaux et aussi dans la salle de bain à l'étage. Décidément, ce jeune prêtre n'a pas attendu pour s'approprier les lieux. Comme je désire préserver mon autorité, je vais devoir mettre les choses au clair avec lui. Maintenant, si je veux dormir une heure ou deux avant d'aller dire la messe de sept heures, il est temps que je me glisse sous les draps. Le soleil ne va pas tarder à poindre...

: :

Au réveil, Augustin regretta de ne pas avoir fait sonner son réveil: les aiguilles indiquaient neuf heures quinze. Après s'être habillé en vitesse, il se précipita à l'église sans déjeuner; il avait raté la première messe, il ne devait pas manquer celle de dix heures.

Campé sur ses longues jambes, les mains dans les poches et le regard sombre, monsieur le maire l'attendait sur le perron. Il le salua, ajoutant:

— À votre mine déconfite, je devine que quelque chose ne va pas.

Sans répondre à son curé, le magistrat le prit par le bras et l'entraîna à l'écart. Une fois à bonne distance, certain de ne pas être entendu des paroissiens qui affluaient pour l'office, il siffla entre ses dents:

— Votre vicaire… il faut nous débarrasser de lui, et au plus sacrant !

— Archibald, vous êtes devant l'église, lui fit remarquer Augustin. Faites attention aux termes que vous employez.

— Tout le monde se plaint de lui, à commencer par les jeunes gens. Imaginez-vous qu'hier soir, à la nouvelle salle municipale, alors qu'ils étaient réunis sous la supervision de parents, ce fou est entré en trombe et il les a chassés à cor et à cri, comme s'il avait voulu faire déguerpir les voleurs du Temple. Et ce n'est qu'un exemple… il y a les confessions qu'il exige chaque semaine, les robes des femmes qu'il trouve provocantes, les enfants à l'école, les garçons d'un bord, les filles de l'autre… Et j'en passe !

— Je prends bonne note de ce que vous me rapportez. Je suis de retour, je vais m'atteler à rétablir les choses, tenta de le rassurer Augustin, conscient qu'il y avait un problème à régler. Si nous allions assister à la grand-messe, maintenant.

— C'est cet énergumène qui va la chanter et faire le sermon ?

— Je suis arrivé cette nuit, je n'ai pas le choix de…

— Si vous l'aviez entendu, dimanche dernier, l'interrompit le maire. Je vous le dis, il a précipité tout le monde de la paroisse dans les feux de l'enfer.

Cette fois, Augustin ne put retenir un sourire.

— Venez, Archibald, je vais tenter de tous vous sortir des flammes de la géhenne, lui promit-il.

En se retournant, Augustin aperçut sœur Jeanne-de-Bohème au pied des marches, elle lui souriait. Son rythme cardiaque s'accéléra. Depuis qu'il avait lu ses lettres, Alix, déjà présente dans ses pensées, occupait désormais la meilleure place. Ce dimanche de septembre, ce n'est pas le curé de Val Roussillon qui pénétra dans l'église, ce fut l'amoureux de la supérieure du couvent d'à côté.

La messe terminée, Augustin s'excusa auprès de son vicaire, qui l'attendait à la porte de la sacristie, de le laisser rentrer seul au presbytère. Pénélope, l'épouse du maire, les avait invités à dîner, lui et sœur Jeanne-de-Bohème.

Si les yeux de Paul-Armand avaient pu lancer des poignards, c'est les pieds devant qu'il aurait quitté l'église.

— Dans ce cas, ne soyez pas trop long. Votre absence a assez duré, l'admonesta son subalterne. Nous avons à discuter, vous et moi… d'une servante, entre autres, qui pourrait nous faire à manger. Je déteste cuisiner.

— Bien sûr !

— De nombreux changements s'imposent dans cette communauté, auxquels il est pressant de remédier, sinon, je devrai prévenir monseigneur de la lascivité de votre autorité…

— Ça suffit ! le coupa Augustin, qui en avait assez entendu. Je vous l'ai dit, et je vous le répète, le curé de Val Roussillon, c'est moi, et ce, jusqu'à mon départ, dans deux ans. Vous devrez vous y faire, sans cela, c'est moi qui demanderai à l'évêché de vous attribuer une autre paroisse !

Sans attendre de réplique, Augustin rejoignit Pénélope et sœur Jeanne, qui l'attendaient en compagnie de Lucette, à l'arrière de la nef.

En discourant joyeusement, réchauffés par le chaud soleil de midi, ils se dirigèrent vers l'épicerie. Augustin savoura ces quelques instants de bonheur, offerts par la vie : marcher à côté de celle qu'il aimait. Il ne pouvait plus nier l'évidence, le prêtre cédait la place à l'homme, et ça devenait irréversible…

: :

Val Roussillon, lundi 10 septembre 1951

Pendant qu'elle finissait de ranger les livres dans la bibliothèque, sœur Jeanne demanda à Lucette d'aller au salon et d'en profiter pour pratiquer les gammes qu'elle lui avait enseignées.

— Je te rejoins dans quelques minutes, la prévint-elle.

En s'installant sur le banc du piano, Lucette ne remarqua pas que monsieur le vicaire était assis au fond de la pièce, à lire son bréviaire. Aussi, elle sursauta quand il prit place à ses côtés.

— Tu joues bien pour une petite fille de ton âge, souligna-t-il.

— Merci, lui répondit l'enfant.

— Je vais te montrer une chanson, dit-il en commençant à pianoter l'air de *Au clair de la lune.*

— C'est joli, reconnut Lucette.

— Tu aimerais que je t'apprenne ?

— Bien sûr.

Sans lui demander la permission, le prêtre souleva la fillette et il la plaça sur ses genoux. Surprise, elle se raidit, mais n'osa pas résister. Paul-Armand prit sa main et il la guida sur les premières notes. Puis il suggéra :

— Tu veux essayer toute seule ?

— Oui.

Tandis que, concentrée sur sa tâche, Lucette tentait de reproduire l'air de la chanson, le vicaire fit glisser une main le long de sa cuisse, jusqu'à l'aine. Pétrifiée, la petite cessa de jouer et se tint coite. Le méprisable personnage en profita pour rejoindre l'élastique de sa petite culotte et il introduisit sa main à l'intérieur. Ne rencontrant aucune résistance de la part de sa victime, il descendit son index jusqu'à toucher sa vulve. Prise de tremblements, Lucette se débattit pour s'arracher à sa poigne. Elle finit par réussir à sauter à terre, mais Paul-Armand la retint fermement par le bras.

— Si tu parles de ça à quelqu'un, tu vas brûler en enfer, la menaça-t-il, à voix basse, contre son oreille.

Horrifiée, l'enfant s'enfuit en courant. Elle se précipita à l'extérieur, passant devant sœur Jeanne, entrée silencieusement dans la pièce.

— Qu'est-ce qui se passe ? s'informa la religieuse, qui avait eu le temps d'apercevoir l'enfant sauter des genoux du vicaire.

— Je n'y comprends rien, lui répondit nonchalamment le prêtre. Tout allait bien. Je lui enseignais à jouer *Au clair de la lune*, quand soudain mademoiselle a décidé de partir, comme ça, sans prévenir… peut-être un devoir en retard ou un avertissement de sa mère de ne pas traîner après l'école. Les enfants sont tellement imprévisibles.

Sœur Jeanne jeta un œil par la fenêtre, Lucette courait à toutes jambes en direction de chez elle. Elle se dit que le vicaire avait probablement raison : la fillette s'était souvenue de quelque chose de pressant. Aussi, elle le salua et, à son tour, elle quitta le presbytère pour rejoindre ses compagnes, qui l'attendaient au couvent pour partager leur repas du soir. La scène à laquelle elle venait d'assister la turlupinait, cependant. Ce n'était pas dans les habitudes de Lucette de s'enfuir de la sorte, en faisant claquer la porte derrière elle. De plus, elle avait oublié son sac d'école sur un fauteuil. Le vicaire De Carufel avait rougi à son entrée, de cela elle était certaine… Cet homme de stature imposante avait assis la petite Lucette sur ses genoux. Il n'y avait là rien de mal, elle était si petite qu'elle atteignait difficilement les touches du clavier. Mais c'était tout de même ce qui avait dû le faire se sentir mal à l'aise, à son arrivée dans la pièce. Quoiqu'il en soit, elle se promit d'être attentive au comportement du prêtre envers l'enfant.

: :

Val Roussillon, mardi 14 avril 2020

Réunis dans la bibliothèque, Mathéo et son père écoutaient Évangéline lire à haute voix un passage du journal du curé Davignon. La jeune femme leva la tête et déposa le cahier sur ses genoux.

— Je suis convaincue que cet affreux vicaire était un pédophile. Sœur Jeanne a bien fait de partager ses soupçons avec Augustin.

— Moi, ce qui m'intrigue, reconnut Charles, c'est la façon dont le prêtre et la religieuse vont parvenir à se donner du temps, seuls tous les deux. Depuis quelques années, ils jouissaient d'une grande liberté au presbytère, et là, les voici coincés avec cet intrus. Ils seront incapables de s'offrir la moindre intimité.

— Il reste peu de pages au journal d'Augustin, soupesa Évangéline en soulevant le cahier. Je crains que nous ne connaissions jamais la fin de leur histoire d'amour…

— Il y a Honoré, leur rappela Mathéo. Notre vieil ami détient le tome deux de leur épopée, qui est sûrement écrite dans sa mémoire. Il avait dix-neuf ans, en 1951, ses souvenirs de cette époque doivent être clairs et précis.

Évangéline hocha la tête, puis elle reprit sa lecture, en date du jeudi, 4 octobre 1951 :

« *Incapable de nous retrouver seuls à l'abri des commérages et sachant que nous avons à prendre une décision qui impliquera la suite de nos vies, Alix et moi avons convenu de profiter du congé de l'Action de grâces pour nous absenter de Val Roussillon. Elle est partie hier, mercredi, sous prétexte d'un rappel dans sa communauté. Quant à moi, je quitterai le presbytère demain, vendredi, pour supposément me rendre à Québec. En réalité, tous les deux, nous descendrons du train à La Tuque, afin d'aller passer quelques jours au chalet des Sauvageau. Eugène est prévenu, il nous a laissé la clé à l'endroit habituel. Je néglige mon ministère auprès de mes ouailles, j'en suis conscient, mais je réalise qu'il devient impossible d'agir quand le cœur n'y est plus…* »

Interrompue par monsieur Watson, qui venait de sauter sur ses genoux, Évangéline déposa le journal sur la table, à ses côtés.

— Si on remettait la suite à demain soir, suggéra-t-elle.

Mathéo leva les yeux de son cellulaire, sur lequel il fouillait depuis quelques minutes.

— Vous n'allez pas me croire ! clama-t-il.

— Quoi ? demandèrent en chœur ses interlocuteurs.

— Paul-Armand De Carufel… il est toujours vivant et…

— Raconte ! s'impatienta sa femme, curieuse.

— Monsieur vit au Vatican et, tenez-vous bien… il est cardinal ! s'exclama-t-il en bondissant de son siège.

À cet instant précis, l'encadrement des *Trois Grâces* de Botticelli se décrocha du mur et tomba sur le sol.

— Notre fantôme non plus n'en revient pas ! s'amusa Évangéline.

Mathéo s'empressa d'aller le ramasser.

— Ouf ! Le cadre n'est pas brisé, se réjouit-il.

Charles s'approcha à son tour et il prit le précieux objet.

— Demain, à la première heure, je vais m'occuper de changer la fixation, promit-il, celle-ci s'est rompue. Vous vous souvenez… Augustin s'était procuré cette peinture pour plaire à sa chère Alix. Elle avait versé une larme en constatant que ce cadeau lui était adressé. C'était au début de leurs retrouvailles…

Évangéline comprit qu'à travers l'amour qu'Augustin portait à Alix, son beau-père retrouvait un peu de celui qui l'avait uni à Joanne, pendant de si nombreuses années, avant qu'un sournois et cruel virus les sépare à jamais. Elle se leva pour le réconforter d'un câlin. En le serrant dans ses bras, elle sentit que Charles trémulait d'un sanglot retenu, ce qui fit remonter chez elle le chagrin de la perte de son enfant, quelques mois plus tôt. Heureusement, ils étaient réunis tous les trois. L'amour qu'ils ressentaient les uns pour les autres était le remède idéal pour pallier leur douleur de survivre à la perte d'êtres chers.

27

La Tuque, samedi 6 octobre 1951

Le train fit un bref arrêt, le temps pour le seul passager qui descendait à La Tuque de mettre pied à terre. Le chef de gare le salua, intrigué qu'il n'ait pas d'autre bagage que la valise qu'il tenait à la main. L'homme devait connaître la ville, car il partit à pied dans sa direction.

Il faisait doux, en ce début d'octobre. Augustin profita de sa longue marche vers l'hôtel Marineau pour réfléchir à sa vie, à sa vocation de prêtre, surtout. Son ministère auprès de gens lui avait été salutaire après avoir cru à la mort de celle qu'il aimait et il s'était dévoué sans compter. Il avait trouvé refuge dans son sacerdoce en distribuant autour de lui bienveillance et générosité. Le reproche qu'il adressait à l'Église, c'était d'enchaîner ses membres à vie en sachant pertinemment qu'une destinée n'est jamais une longue ligne droite. Il devient impossible à l'être humain de performer, de demeurer à la hauteur de sa tâche, le jour où il ne se sent plus à sa place au sein d'une communauté, si bien organisée soit-elle.

En s'inscrivant à l'hôtel, au milieu de la nuit, Augustin avait réservé les services d'Albert pour le conduire au chalet des Sauvageau. Aussi, dès les premiers rayons de soleil, l'homme se présenta, avec son camion, prêt à prendre la route. Le trajet lui parut plus court que la première fois, en traîneau à chiens. Durant le parcours, il n'eut pas à prononcer une seule parole, se contentant d'écouter la volubilité de son chauffeur qui lui permettait de concentrer son attention sur ses retrouvailles avec Alix. Cette femme merveilleuse était l'essence de sa vie. Désormais, il devenait inconcevable d'envisager l'avenir sans sa présence à ses côtés. Au cours des siècles, de grands personnages de l'Histoire avaient renoncé à des positions enviables, à des trônes, par amour… à son tour, il était à ce carrefour de sa vie où un choix s'imposait.

Les quelques pas qui le séparaient du chalet lui semblèrent interminables, tellement il était impatient de retrouver Alix. Debout au milieu de la cuisine, elle l'attendait, un sourire timide sur les lèvres. Il avait anticipé ce moment avec un espoir si profond, qu'il lui parut invraisemblable qu'ils soient soudain seuls, ensemble, au milieu de nulle part. Augustin se délesta de son manteau de drap, qu'il déposa sur une chaise, et il franchit la courte distance vers l'amour… celui indéfectible qu'il éprouvait pour Alix. Elle ouvrit les bras pour l'accueillir, dans sa vie, dans son cœur et contre son corps.

— Tu as faim ? s'informa-t-elle, troublée, au sein de l'étreinte.

— Oui, de toi, murmura Augustin.

Émue, Alix ferma les yeux.

— Ce n'est pas très catholique ce que je vais dire, s'amusa le prêtre, mais ce qui m'inspire en ce moment, c'est l'image de ta nudité, ta nudité habillée de sentiments… Si tu me donnes le temps de me rafraîchir, je me ferai un immense plaisir de partager avec toi cette sublime vision de nous deux.

— J'ai l'impression de t'entendre me réciter un poème, dit Alix d'une voix ténue, où se mêlait le malaise et le désir.

— Ce sont des mots que je ne peux pas retenir, répondit Augustin en prenant sa main pour l'entraîner vers la chambre.

Ils s'allongèrent côte à côte sur le lit.

— Il y a tellement longtemps que je rêve de cet instant d'intimité, chuchota Augustin en l'enlaçant. Chère Alix, tu m'es devenue indispensable...

— C'est aussi ce que je ressens.

— Qu'allons-nous devenir, toi et moi, un prêtre et une religieuse, attachés à l'Église par des vœux absurdes ? Que pouvons-nous faire pour être ensemble ?

— Fuir, très loin ! suggéra spontanément Doralice, à la surprise d'Augustin.

— Tu es sérieuse ?

Se moulant le plus possible au corps de son compagnon, elle ajouta :

— Mon plus cher désir... depuis si longtemps, est d'être ta femme. Alors, je ne vois que cette solution...

— Nous enfuir ?

— Exactement. Commencer une nouvelle vie ailleurs, sous de faux noms si cela s'avère nécessaire...

— Tu as pensé à Eugène, notre fils, et à sa famille ?

— Je n'ai pas de plan précis, mais il y aurait certainement moyen de le mettre dans la confidence, de même que ta sœur Marie.

— Oui, j'imagine que c'est faisable, réfléchit Augustin, à haute voix.

— D'ici quelques années, comme tu sembles le croire, les règlements de l'Église vont changer...

Augustin se souleva sur un coude, de son index, il dessina la courbe parfaite du menton de sa compagne.

— Alix, j'avoue que tu m'étonnes, s'émerveilla-t-il. Une si petite femme, avec de si grandes idées de... de désobéissance.

— Les femmes ne manquent pas de caractère, spécifia-t-elle. C'est une perception que les hommes nous attribuent, simplement.

— Je t'aime, constata Augustin en l'attirant de nouveau contre son corps. Mon désir de toi est immense. Je te veux mienne… je te veux libre… je te veux heureuse, surtout.

— Je suis tout ça quand je suis dans tes bras, conclut Alix. C'est là, libre d'aimer et d'agir, que je souhaite terminer mon parcours ici-bas. Si pour réaliser ce rêve, je dois rompre mes vœux, quitter ma communauté, ce sera fait sans regret.

Le soleil inondait la pièce de ses chauds rayons automnaux, quand les deux amants, nus et comblés, s'abandonnèrent au plaisir de la chair, dépourvus d'entraves. Leur choix était fait, ils allaient partir vivre ailleurs. Avec l'argent de l'héritage que Marie avait offert à son frère, et qu'il accepterait, ils pourraient s'installer quelque part, là où ils risqueraient le moins possible d'être reconnus. Une petite maison, un jardin, voilà tout ce dont ils avaient besoin pour être heureux.

: :

Val Roussillon, mercredi 10 octobre 1951

Pour une fois, le train était à l'heure. Le contrôleur venait d'annoncer qu'ils arriveraient à la gare de Val Roussillon dans dix minutes. Augustin regardait défiler le paysage familier en se rappelant les doux moments de la fin de semaine qu'il avait passés au chalet des Sauvageau, en compagnie d'Alix. Cette intimité, à la fois complice et amoureuse, c'était ce que tous les deux souhaitaient connaître jusqu'à la fin de leurs jours. Alix était rentrée à Val Roussillon, pendant que lui s'était rendu à Québec, prévenir Marie qu'il acceptait son offre. Il s'était gardé, pour le moment, de faire part de ses plans à sa sœur, craignant qu'elle tente de le dissuader. Son projet était de quitter Val Roussillon à la fin des classes, au mois de juin. Les huit mois à venir leur donneraient le temps, à tous les deux, de peaufiner leur projet…

Le train venait de s'immobiliser, Augustin se leva, heureux de descendre et de retrouver sa paroisse... mais surtout, de revoir Alix. En passant devant le couvent, il remarqua que les élèves étaient en récréation, leurs rires et leurs cris étaient agréables à entendre. Sœur Madeleine, qui l'avait aperçu, vint à sa rencontre.

— Je dois vous parler, l'interpella-t-elle.

— Quelque chose ne va pas ? s'inquiéta-t-il, n'apercevant pas sœur Jeanne dans la cour.

— Je suis surtout troublée, lui répondit-elle.

— Parle ! Tu m'intrigues.

— Lundi, sœur Jeanne est rentrée de son voyage à notre maison mère, et, le même soir, notre supérieure lui a téléphoné, pour l'obliger à revenir à Nicolet... et sur-le-champ ! À peine descendue du train, elle a dû le reprendre. Ça n'a aucun sens !

Augustin comprit que les autorités de Nicolet avaient été prévenues de l'absence de sœur Jeanne, qui avait usé de subterfuge, pour s'absenter de son poste d'enseignante. Quelqu'un les avait avertis, c'était certain.

— Jeanne-de-Bohème a laissé une enveloppe pour vous.

— Fallait le dire plus tôt, s'énerva Augustin. Donne-la-moi !

— Je l'ai déjà remise à monsieur le vicaire. Comme ça, j'étais sûre que vous l'auriez dès votre arrivée.

Sans s'excuser de son emportement inhabituel, il partit à grandes enjambées en direction du presbytère, pressé de discuter avec son vicaire, qu'il soupçonnait d'être à l'origine de la délation.

Selon son habitude, le prêtre préféra entrer par la cuisine, plutôt que par la porte d'en avant. Béatrice, la fille aînée de Pénélope fut surprise de le voir, et lui encore plus de la trouver en tablier, occupée aux fourneaux.

— Qu'est-ce que tu fais là ? s'informa-t-il.

— Des tartes...

— Je voulais dire ici, au presbytère.

— Oh ! C'est monsieur le vicaire qui m'a engagée. Je pensais que vous étiez au courant... Il m'a dit qu'il ne pouvait pas se passer d'une servante, pour le ménage et les repas. Il m'a installée ici, dans la petite chambre de bonne. Je...

Augustin posa sa valise sur le parquet et, sans attendre la fin des explications de Béatrice, il partit à la recherche de son vicaire. Il le trouva assis au salon, dans son fauteuil préféré, à lire son bréviaire. Il se planta devant lui et, fâché, il dut fournir un effort pour éviter de s'emporter.

— Primo, qu'est-ce qui vous a pris d'engager du personnel sans me consulter ? interrogea-t-il.

L'interpellé leva les yeux vers lui, affichant un air suffisant, il suggéra :

— Si c'est primo, j'imagine qu'il y a un secundo...

— En effet ! C'est vous qui avez téléphoné à la maison mère des sœurs de l'Assomption, à Nicolet ?

— J'avais une information pressante à demander à sœur Jeanne. Elles ont été bien étonnées, à Nicolet, que la supérieure de notre couvent ait prétexté se rendre chez elles, alors qu'elle n'y était pas allée... Vous étiez au courant qu'elle se trouvait ailleurs ? En tant que curé de la paroisse, sûrement son directeur de conscience, elle a dû vous faire des confidences...

Sur le bord d'éclater, Augustin lança :

— Il y a un tertio, monsieur le vicaire ! Je vous conseille de demeurer à votre place et d'éviter à l'avenir d'intervenir dans des affaires qui ne vous concernent pas...

— La respectabilité de notre paroisse m'intéresse, au contraire. Vous avez très bien rétabli les finances, réorganisé les marguilliers... ce que vous me semblez avoir négligé, cependant, c'est la réputation de votre communauté, monsieur le curé Davignon. Depuis mon arrivée, je constate un laisser-aller troublant, auquel je compte bien remédier...

Sidéré devant la tirade de son subalterne, Augustin, à bout de patience, s'emporta.

— Ça suffit ! cracha-t-il. Vous avez une lettre pour moi, je vous prie de me la donner. Mais ne pensez pas vous en tirer si facilement. Je déteste l'insolence… je remets simplement notre conversation.

En se dirigeant vers le bureau d'en avant, qui servait également de bibliothèque, le vicaire jeta nonchalamment :

— Vous croyez que sœur Jeanne-de-Bohème reviendra parmi nous ? Le peu de fois que je l'ai vue, elle m'a paru très efficace… comme supérieure du couvent.

Augustin prit sur lui de ne pas réagir. Ce jeune Paul-Armand De Carufel lui tapait royalement sur les nerfs. *Pourvu qu'il n'ait pas pris connaissance du mot qu'Alix m'a adressé. J'imagine qu'elle s'est montrée prudente*, tenta-t-il de se rassurer en emboîtant le pas à son vicaire. L'enveloppe était scellée, il la saisit et se dirigea vers la cuisine pour récupérer sa valise et ensuite monter à sa chambre. Il avait besoin de solitude, pour réfléchir… Le départ d'Alix de Val Roussillon, s'il s'avérait permanent, rendrait plus compliqué l'exécution de leur plan.

Une fois à l'abri des regards, il décacheta la lettre.

Il lut :

Monsieur le curé,

Alix avait pris ses précautions, consciente que son mot pouvait être lu.

Il poursuivit :

J'ai bon espoir d'être promptement de retour à Val Roussillon. J'enseigne aux grands, qui passeront cette année leur certificat d'études, et je ne vois personne capable de me remplacer sur-le-champ. Il est de mon devoir envers ces jeunes gens de terminer avec eux l'année scolaire. C'est ce que je plaiderai auprès de ma supérieure, si cela s'avère nécessaire.

Sœur Félicité-de-Marie, notre responsable à Nicolet, est une amie de noviciat. Je ne sais pas de quoi on m'accuse, mais n'ayant rien à me reprocher, je compte sur son bon jugement pour être de retour auprès de mes élèves dès lundi prochain.

Salutations distinguées,
Jeanne-de-Bohème

Augustin déposa la lettre bien en vue sur sa table de chevet, convaincu que Paul-Armand chercherait à en prendre connaissance dès qu'il aurait le dos tourné. Les mots d'Alix étaient encourageants, mais, à tout hasard, il choisit de se rendre discuter de cette affaire avec le maire. Archibald avait une dent contre Paul-Armand De Carufel, il se ferait un plaisir de prendre les choses en main si des complications survenaient pour empêcher le retour de sœur Jeanne.

— Ne m'attendez pas pour souper, informa-t-il son vicaire en traversant le salon. Je vais rester à manger chez des amis, avec lesquels je veux discuter de l'absence de la supérieure du couvent.

En sifflotant, Augustin franchit le seuil de la porte avant. Sur la galerie, il se retourna pour contempler ses vitraux, illustrant le chemin de la croix. Les couleurs vives brillaient de mille feux dans la lumière ambrée du crépuscule ; c'était d'une impressionnante beauté. Son presbytère allait lui manquer…

Les journées raccourcissaient rapidement en cette mi-octobre, le temps était frisquet. Il releva le col de son manteau et accéléra le pas. *Pourvu qu'Alix revienne sans problèmes*, songea-t-il, incapable toutefois d'invoquer l'intervention de Dieu, son souhait le plus cher n'allant pas dans le sens de ses vœux de chasteté.

28

JOURNAL D'AUGUSTIN DAVIGNON

Val Roussillon, mardi 16 octobre 1951

C'est avec beaucoup de soulagement, je l'avoue, que j'ai vu revenir sœur Jeanne-de-Bohème, après seulement quelques jours d'absence. La vie à Val Roussillon peut ainsi reprendre son cours normal, au grand dam de notre vicaire, qui a éprouvé énormément de difficulté à dissimuler sa déception en la voyant de retour parmi nous.

Ce désagréable épisode nous a fait comprendre, à Alix et à moi, que nous devrons davantage user de prudence. Les moments de face-à-face, au cours desquels nous pourrons parler de notre projet, devront avoir lieu en public, à l'église ou au couvent, chez des amis parfois. À compter de maintenant, nous éviterons de nous isoler lors de rencontres, pour que les gens autour de nous croient, chaque fois que nous discuterons à l'écart, qu'il s'agit des problèmes de l'école ou des affaires de la paroisse.

Paul-Armand a entrepris, hier, une tournée des rangs pour visiter les familles, afin de s'assurer, j'imagine, que chacune fait bien son devoir. Après la grand-messe, alors que nous dînions à la salle à manger du presbytère – avant son arrivée, je me contentais de la cuisine, mais chez les De Carufel, à ce qu'il paraît, il faut respecter le décorum –, il m'a entretenu de sa vision pour redresser la moralité de nos ouailles, dont les âmes, selon lui, seraient sur le chemin de la perdition. Il a souligné entre autres choses les bingos au sous-sol de l'église, le dimanche après-midi, et davantage les réunions du samedi soir, à la salle municipale. Autant de conduites, à son avis, qui mènent directement sur la route de l'enfer. Des jeux d'argent ! Des danses collées ! Que peut-il y avoir de plus dommageable pour la pureté des âmes et des corps ? m'a-t-il questionné, d'une voix outragée. Comme je réagissais peu à son envolée oratoire, il m'a demandé la permission de faire sa propre évaluation, pour ensuite produire un rapport sur les comportements qu'il jugeait déviants et sur lesquels nous devrions nous pencher, lui et moi. Je lui ai donné ma bénédiction, en me disant que, si ça pouvait l'occuper autrement qu'à espionner mes faits et gestes, ce serait pour moi une libération. Il sera toujours temps, à la présentation de son compte-rendu, d'imposer mon veto à ce qui ne me conviendra pas.

Oublions mon vicaire.

Aujourd'hui, profitant de ce que l'on appelle l'été des Indiens, monsieur le maire a décidé de récompenser les grands, les finissants de la classe de sœur Jeanne, en les invitant à son camp de chasse, sur l'île aux Canards. Le départ est prévu à onze heures. Archibald devra effectuer quelques allers-retours, puisqu'il est impossible de faire monter tout le monde en même temps dans son bateau à moteur. Pénélope, qui a préparé un pique-nique avec l'aide de sa fille Béatrice, sera du voyage, ainsi que sœur Jeanne et moi. Nous ne serons pas trop de quatre adultes pour surveiller tout ce beau petit monde. Bien sûr, ça comprend Archibald, qui sait se montrer un véritable boute-en-train dans des activités de ce genre.

Cher journal, il est temps pour moi de rejoindre le groupe et de profiter de ce bel automne pour festoyer sous le soleil du bon Dieu… une façon de faire que je privilégie, au lieu de celle de mon vicaire qui recense des problèmes imaginaires.

: :

Val Roussillon, mardi 16 octobre 1951

Il avait fallu trois voyages, de vingt minutes chacun, pour transporter tout le monde sur l'île aux Canards. À voir le plaisir des élèves, toutefois, l'expérience en valait le coup. Arrivées dans le premier groupe, Pénélope et sœur Jeanne avaient dressé une table en plein air. Lorsque la dernière personne mit le pied sur l'île, l'angélus sonnait au clocher de l'église de Val Roussillon. Affamés, les jeunes se précipitèrent autour des victuailles, il fallut l'intervention du curé Davignon pour les modérer. Il les invita à dire d'abord le bénédicité pour remercier Dieu pour ce délicieux pique-nique. La trêve fut brève, car le signe de croix à peine complété, les assiettes se remplirent, et, dans un flot de paroles assourdissant, chacun y alla de son histoire, avec ses voisins de table. Tous riaient et se taquinaient, observés par les adultes, un peu à l'écart.

— Ça me réjouit de les voir ainsi, garçons et filles, s'amuser sainement, souligna le curé Davignon. Il m'arrive de penser qu'à trop les mettre en garde, et en les séparant à cause de leur sexe, ça les pousse à tenter des expériences dangereuses, qui pourraient leur être évitées si on les renseignait adéquatement, sans cachotteries.

— À Val Roussillon, tous fréquentent la même école, nota Archibald, c'est un premier pas. J'ai entendu dire que votre nouveau vicaire voulait faire construire un collège pour les garçons. Est-ce exact ?

— L'idée n'est pas mauvaise, s'empressa de répondre Augustin. Des hommes pour enseigner aux garçons, aux plus vieux surtout, cela pourrait s'avérer pertinent. Ils ont besoin de modèles à cet âge…

Le prêtre ne put terminer sa phrase, un ballon venait de le frapper en plein front. Il bondit sur ses pieds et courut s'insérer dans la partie de ballon-volant : les garçons d'un bord, les filles de l'autre. Un trait dessiné au sol servait de filet, ce qui n'enlevait rien au plaisir du jeu.

Archibald avait apporté ses agrès de pêches et une boîte d'appâts, de gros vers dans de la terre noire. Il fut rejoint par les plus tranquilles, qui se plurent à mettre leur ligne à l'eau, parfaitement à l'aise dans la patience de l'attente d'une prise. C'est auprès de ce groupe que Pénélope et la religieuse trouvèrent refuge pour échanger, tout en demeurant attentives à ce qui se passait aux alentours.

À trois heures, une heure avant le retour, Augustin convoqua les élèves autour d'un bon feu, qu'il avait pris plaisir à allumer. Après la distribution de fruits, en collation, il les invita, à tour de rôle, à parler de leurs projets d'avenir. Les adultes furent émerveillés de les entendre. À cet âge, où tous les rêves sont permis, les idées de ces jeunes étaient éblouissantes.

Le temps semblait vouloir se gâter, aussi, Archibald sonna l'heure du premier départ à trois heures trente, au lieu de quatre heures, comme prévu. Bien sûr, il y eut un élan de protestation, mais le capitaine du bateau demeura ferme. Son embarcation était de belles dimensions, cependant, ça prenait plus d'un aller-retour pour ramener tout le monde au quai.

Au dernier voyage, il restait les adultes et quatre élèves. La charge recommandée était de six personnes ; il lui arrivait d'en faire monter davantage par beau temps, quand le lac était calme comme au début de la journée. Mais cette fois, avec le vent qui se levait et enflait les vagues, il préféra s'en tenir à la mise en garde, quitte à effectuer un transport de plus.

— La sécurité veut que les étudiants partent pendant que les conditions sont toujours favorables, détermina Augustin. Deux adultes devront rester sur l'île…

— Ça ne peut pas être moi, constata Archibald, un sourire taquin au coin des lèvres, je suis le capitaine du navire. Comme ce serait manquer de galanterie de laisser deux femmes sur une île perdue, il faut, monsieur le curé, que ce soient vous et sœur Jeanne, qui attendiez mon retour.

Le prêtre et la religieuse échangèrent un regard indécis.

— Je ne vois pas d'autres solutions. Jamais je ne vous laisserais seul avec mon épouse sur une île déserte, clama Archibald en éclatant de rire. Vous risqueriez de la persuader de m'abandonner... pour entrer chez les nonnes !

Tous, les adolescents compris, joignirent leur hilarité à la sienne, pendant que Pénélope sautait à bord.

Debout sur le quai, fouetté par le vent, Augustin et sœur Jeanne les regardèrent s'éloigner, inquiets de constater les rebondissements du bateau au gré des vagues. Heureusement, Archibald connaissait bien son embarcation et, à en croire ses histoires de pêche, il n'en était pas à son premier grain sur l'eau.

Augustin et Alix trouvèrent refuge dans le camp de chasse. Ils en avaient pour une vingtaine de minutes avant le retour de l'embarcation, si ce n'était davantage à cause du mauvais temps. Vêtus de leurs habits religieux, ils ressentaient un malaise à éprouver le désir de s'embrasser. Puis, ne pouvant résister à cette attirance, ils joignirent leurs lèvres, au moment précis où un coup de tonnerre fit trembler la baraque.

— Tu crois que c'est un avertissement du Ciel, suggéra Augustin, ne pouvant se retenir d'afficher un large sourire.

La pluie, frappant avec fracas le toit de tôle, lui vola la réponse d'Alix. Il n'eut pas besoin de l'entendre pour comprendre qu'elle ne craignait point les foudres du Ciel. Après avoir retiré sa cornette, elle se lova au creux de son épaule.

— Tu me manques, murmura-t-elle.

— C'est passager, l'encouragea Augustin. Je n'ai pas eu l'occasion de t'en parler, mais, après Noël, je retournerai à Québec pour prendre possession de l'argent que m'a promis Marie. Je préfère du liquide, des coupures de cent dollars... mais nous discuterons de cela plus tard. Viens t'asseoir sur le lit. Profitons de ces quelques minutes d'intimité imprévue pour nous retrouver. J'ai tellement besoin de ta chaleur…

Sans un mot, les deux amants s'appuyèrent l'un contre l'autre. Ils avaient des milliers de choses à se dire, mais le temps leur était compté. Aussi, ils privilégièrent le silence, laissant leurs corps savourer la simple joie d'être réunis.

L'éblouissante lumière d'un éclair, suivi d'un fort coup de tonnerre, rompit leur tranquillité. Augustin sortit sa montre à gousset, pour constater qu'Archibald était parti depuis plus d'une heure.

— Il attend sûrement la fin de l'orage pour revenir nous chercher, supposa-t-il.

— J'avoue que c'est plus prudent, reconnut Alix. Je ne serais pas à l'aise de monter dans son bateau par un temps pareil.

Augustin ouvrit la porte pour jeter un œil sur le lac, les fenêtres étaient trop sales pour y voir quelque chose. Un déluge l'accueillit, puis un éclair fendit le ciel de haut en bas, suivi d'un coup de tonnerre. Il referma.

— Il est cinq heures trente, constata-t-il, et cette tempête n'est pas près de se calmer. De plus, la noirceur vient tôt à cette période de l'année.

Il se tourna vers Alix.

— Je crains que nous soyons condamnés à passer la nuit sur l'île aux Canards, lui souffla-t-il d'une voix faussement résignée.

Alix s'avança vers lui.

— Dans ce cas, faisons contre mauvaise fortune bon cœur, blagua-t-elle en se collant contre lui, les lèvres offertes à ses baisers.

Le son de la pluie sur le toit de tôle, quelques éclairs pâlots et le bruit du tonnerre qui s'éloignait, servirent de toile de fond à leurs ébats, enveloppés de tendresse. Privé l'un de l'autre par la présence du vicaire, cet intermède leur permit de renouer avec les caresses savoureuses qui les transportaient au-delà du réel, dans le doux paradis des sens.

C'est en cherchant à oublier la propreté douteuse des draps du camp de chasse qu'Alix, après l'amour, retrouva sa place au creux de l'épaule d'Augustin. Elle moula son corps nu au sien et, assouvie, elle laissa filer ses pensées sur les ailes mystérieuses de la nuit.

À trois heures, Augustin fut éveillé par le silence. L'orage avait cessé. Le ciel était sûrement dégagé, un rayon de lune valsait sur le pied de leur couchette. Une inquiétude traversa son esprit : *si Archibald décidait de venir les quérir, avant l'aube, pour éviter les cancans ?* Il était temps de se rhabiller. Un long moment, il observa Alix, si calme dans son sommeil... son cœur tressaillit d'amour. Il se pencha vers son front pour l'éveiller d'un baiser. En ouvrant les yeux, Alix lui sourit, visiblement intriguée de se retrouver dans ce camp de chasse. Puis, prenant conscience de l'endroit, elle remonta le drap sur ses seins nus, avant de demander :

— Quelqu'un est arrivé pour nous chercher ?

— Pas encore, mais c'est possible à tout instant. Il vaut mieux remettre nos vêtements... mais auparavant, laisse-moi t'embrasser une dernière fois, suggéra-t-il, lascif, l'enlaçant d'une étreinte sensuelle.

Son corps d'homme réagit aussitôt. Oubliant les secours qui pouvaient se pointer, il chercha un consentement dans ses yeux, en vérifiant de son index la lubrification de son sexe. Puis il se hissa par-dessus elle et la pénétra langoureusement, pour ne plus faire qu'un, dans un va-et-vient exquis, qui les conduisit vers l'extase.

Une heure plus tard, emmitouflés dans des draps de laine, un café chaud à la main, une religieuse et un prêtre regardaient les étoiles s'éteindre une à une, au firmament du Bon Dieu. Augustin prévoyait qu'Archibald arriverait tôt, aussi, il ne fut pas surpris en voyant un canot-moteur percer le nuage de brume qui recouvrait la surface du lac. Ils reconnurent Abel. Le jeune homme mit pied à terre et s'avança vers eux.

— Mon père n'est pas avec vous ? s'étonna-t-il.

— Non... il devrait ? s'inquiéta Augustin.

— On le croyait avec vous deux. Hier, en fin d'après-midi, Pénélope m'a dit qu'il avait insisté pour faire un dernier aller-retour, afin de sauvegarder votre...

Abel se tut sur ce sujet épineux, et il enchaîna :

— On pensait qu'incapable de revenir, à cause du mauvais temps, il avait choisi de passer la nuit ici, avec vous.

— Mon Dieu ! s'exclama sœur Jeanne. J'espère qu'il ne lui est rien arrivé de fâcheux.

— Il a pu accoster plus loin, la visibilité était nulle pendant l'orage, suggéra Augustin, qui se voulait rassurant. Il pleuvait à torrents...

Abel jeta un œil aux alentours, mais les rives du lac étaient couvertes d'un long brouillard effiloché, qui rendait les recherches quasi impossibles.

— Je vous ramène au village, proposa-t-il. Et s'il n'est toujours pas rentré, je reviendrai avec de l'aide pour scruter les berges.

Une fois les passagers à bord de l'embarcation de Philémon Levasseur, qu'Abel avait empruntée, ils prirent la direction du quai. Ils voguaient depuis à peine cinq minutes, lorsque soudain, à travers un banc de brume qui se dissipait, une masse apparut à la surface... il s'agissait d'un bateau renversé. Abel se leva pour mieux voir.

— Papa, murmura-t-il en s'approchant.

Dès qu'ils furent près, le garçon reconnut celui de son père.

— Papa ! hurla-t-il cette fois en se laissant retomber sur son siège. Ça n'a aucun sens...

— Il est peut-être parvenu à nager jusqu'à la rive, l'encouragea Augustin.

Abel jeta vers le prêtre un regard désespéré.

— C'est impossible… il ne sait pas nager, hoqueta-t-il.

Sœur Jeanne ferma les yeux et joignit les mains. Pendant qu'elle et Augustin savouraient la vie, bien au chaud dans le camp de chasse, Archibald basculait dans l'eau glacée et perdait la sienne… Quelle monstruosité du destin !

Recroquevillé dans son coin, Abel tremblait de tous ses membres. Augustin l'invita à lui céder son siège, une incitation à lui passer le volant qu'il accepta comme un somnambule, les yeux hagards. L'important, maintenant, c'était de rejoindre Val Roussillon et de demander l'aide de plongeurs pour retrouver le corps de monsieur le maire et le rendre à sa famille. Des larmes s'accumulaient sur les joues du prêtre tandis qu'il dirigeait sa barque vers le quai, en contrebas de son presbytère. C'est la vue voilée, qu'il accosta.

: :

Val Roussillon, jeudi 16 avril 2020

Les yeux embués, Évangéline posa sur ses genoux le journal du curé Davignon.

— Comme c'est triste, murmura-t-elle. Nous ne savions pas que le grand-père de Raymond était décédé aussi tragiquement. Son fils Abel et sa fille Lucette ont dû vivre une peine atroce quand le corps de leur père a été repêché.

— Et Pénélope, sa femme, ajouta Charles d'une voix ténue.

Mû par un appel indéfinissable, le trio se leva et sortit sur la terrasse. Dans la lumière éthérée de cette belle fin de journée, l'île aux Canards, dressée au loin comme un mirage, émergeait des flots meurtriers. Leur folle du logis les conduisit à cette fatale journée du 17 octobre 1951 et ils imaginèrent Pénélope, debout sur cette même terrasse, entourée du curé Davignon, de sœur

Jeanne-de-Bohème, des membres de sa famille et des gens du village, à guetter le retour des plongeurs, qui lui ramèneraient le corps de son homme.

Pour tous les trois, Charles, Mathéo et Évangéline, qui avaient subi un deuil récemment, il était facile d'éprouver les affres du chagrin qu'avait dû endurer cette femme, face à l'absence d'un être cher, dont plus jamais elle ne ressentirait la chaleur. Surtout que ce n'était pas la première fois que Pénélope était confrontée à une perte aussi dramatique; le père de ses filles était mort brûlé en accomplissant un acte de bravoure.

Dans les dernières lumières du crépuscule, Charles, veuf depuis peu, lança ce questionnement:

— Comment croyez-vous que, dans un contexte pareil, le curé Davignon a pu la consoler? En invoquant la volonté divine? Ou en lui rappelant que Dieu éprouve celles qu'Il aime? Foutaises que tous ces beaux principes!

Sur ces paroles, Charles, visiblement choqué, retourna à l'intérieur. Demeuré seul avec Évangéline, Mathéo l'attira dans ses bras. Dans la fraîcheur du soir, il huma le parfum de sa chevelure, des effluves de la vie qu'il fallait apprécier au présent, puisque l'avenir de chacun demeurait un illustre inconnu…

29

JOURNAL D'AUGUSTIN DAVIGNON

Val Roussillon, jeudi 18 octobre 1951

Cette nuit, les événements d'hier me hantaient à tel point, que c'est à peine si je suis parvenu à fermer l'œil quelques minutes. Je me revoyais sur le quai, à côté de Pénélope, à surveiller au loin les deux plongeurs venus d'Amos. De nombreuses personnes de Val Roussillon avaient mis leur bateau à l'eau pour aider Abel à inspecter les rives de l'île aux Canards. Au milieu de l'après-midi, la majeure partie des citoyens de notre municipalité, hommes, femmes et enfants, étaient réunis sur la plage, quand le vicaire De Carufel s'est pointé, en grande pompe, pour bénir les chercheurs. Debout à l'extrémité du quai, ce colosse, son goupillon à la main, a aspergé le lac en direction de l'endroit où l'embarcation d'Archibald s'était renversée.

Son cérémonial terminé, il a dit, à voix haute pour être certain d'être entendu de tous, que cet homme avait perdu la vie pour sauver la réputation de deux personnes, sans nous nommer, inconscientes de leur devoir de respectabilité, qui avaient délibérément choisi de rester seuls sur l'île, sans chaperon. Heureusement, Dieu est miséricordieux, a-t-il ajouté, en haussant davantage le ton, Il pardonne les écarts de conduite et l'absence d'honneur !

C'est alors que Pénélope s'est dressée devant lui et qu'elle lui a craché à la face que, si sœur Jeanne et moi étions demeurés sur l'île aux Canards, c'était à la demande de son mari qui voulait mettre tous les jeunes en lieu sûr avant l'orage. Puis les joues baignées de larmes, elle s'est adressée à la foule, pour leur dire qu'effectivement, après s'être assuré que les enfants étaient en sécurité, Archibald avait décidé, malgré ses conseils, de faire un dernier aller-retour. Que c'était dans le but, justement, de préserver notre réputation, à sœur Jeanne et à moi, sachant trop bien que, si nous passions une partie de la soirée ou de la nuit seuls sur l'île, les cancans se déchaîneraient dans la paroisse. De nouveau, elle s'est tournée vers le vicaire pour lui lancer au visage que, si Archibald avait agi de la sorte, c'était à cause des sacro-saintes exigences de la religion catholique de toujours vouloir sauver la face et de son obsession à trouver des péchés partout. Elle a terminé en lui assénant, haut et fort, que c'était lui, le pire des calomniateurs ! Si Paul-Armand lui a rétorqué quelque chose, ses mots se sont perdus dans les huées qui montaient de la foule. Se voyant chahuté, notre cher vicaire est retourné vers le presbytère, ravalant son mépris, le menton haut et le bec pincé.

Ce n'est qu'en fin d'après-midi, à la brunante, que le corps d'Archibald a été ramené au quai, à sa femme et à ses enfants. J'étais là pour l'accueillir et bénir sa dépouille avant qu'il soit conduit, respectueusement, dans le plus grand silence malgré l'affluence de gens, en haut du promontoire où l'attendait le corbillard. En ce moment, je médite sur la brièveté de la vie, me disant que vieillir est un cadeau qui ne va pas au mérite. Savourons l'existence, tandis qu'elle nous est prêtée…

: :

Val Roussillon, samedi 29 décembre 1951

À Val Roussillon, la vie avait suivi son cours, et l'amour, reprit ses droits. En cette superbe matinée d'hiver, Abel Boudriault, debout devant l'autel, attendait sa promise. Son cœur bondit dans sa poitrine lorsque les portes arrière s'ouvrirent et livrèrent passage à la très jolie Laure Breton, de blanc vêtu. La jeune femme, rougissante sous son voile de dentelle, n'avait d'yeux que pour lui. Leurs regards, accrochés l'un à l'autre, pétillaient d'un tendre sentiment, impossible à dissimuler. Lucette précédait la future mariée, un coussin de soie entre les mains, sur lequel étaient déposées les alliances. La fillette souriait à la foule des parents et amis, oubliant pour quelques instants qu'Archibald, son père, était privé du bonheur de voir son fils épouser la femme de ses rêves.

Abel avait pris la suite à l'épicerie, en insistant auprès de Pénélope pour qu'elle demeure avec lui et sa sœur, dans les appartements qu'ils habitaient au-dessus du commerce. Avec l'arrivée d'une nouvelle femme dans la maison, la veuve avait décidé de déménager chez son aînée, Artémise, qui s'était mariée l'été précédent, mais Laure était intervenue.

— Vous êtes notre maman à tous, lui avait-elle fait valoir. J'aimerais beaucoup que vous continuiez à vivre avec nous... surtout avec nos bébés qui ne manqueront pas de venir.

Maîtresse de maison depuis quelques années, Pénélope se sentait chez elle en ces lieux ; aussi, elle avait accepté. Surtout que Béatrice avait quitté son emploi au presbytère et logeait déjà avec sa sœur. Personne n'avait compris pour quelle raison la jeune femme, qui semblait se plaire dans son travail au presbytère, était partie, sans prévenir, pour se réfugier chez Artémise, au grand plaisir de cette dernière, toutefois, qui allait accoucher au début du printemps.

Debout devant les futurs époux, Augustin jeta un regard circulaire sur les gens présents dans la nef. Il sourit d'abord à sœur Jeanne-de-Bohème, assise à l'orgue, qui venait de jouer la célèbre marche nuptiale de Wagner. Puis, avec circonspection, il fit le tour des invités, pas du tout surpris d'y retrouver la majorité de ses ouailles, car un mariage à Val Roussillon réunissait non seulement les membres de la famille, mais aussi les amis. Depuis son installation au sein de cette communauté, huit ans auparavant, neuf, en mars prochain, il considérait chacun comme un ami ou une amie. Devenir leur confident par la confession, également par des échanges au coin du feu dans leur foyer respectif ou sur la terrasse du presbytère, les belles soirées d'été, avait créé entre eux des liens précieux. Il regrettait de devoir les quitter, à la fin des classes, en juin, sans explication... De toute manière, il ne devançait leur rupture que d'une année. Son regret était de ne pas pouvoir garder contact avec certains d'entre eux, qu'il appréciait, comme Honoré, debout à ses côtés, toujours son servant de messe, à dix-neuf ans, quand il n'était pas à l'extérieur pour ses études.

Laure et Abel avaient le regard levé vers lui, en attente de ses paroles qui les uniraient pour la vie. Le prêtre comprit qu'il était temps de délaisser ses pensées personnelles pour se consacrer à eux, si beaux au cœur de leur jeunesse. C'est avec une infinie tendresse qu'il leur demanda s'ils acceptaient de se prendre pour époux, pour le meilleur et pour le pire, jusqu'à ce que la mort les sépare.

Ce serment lui en rappela un autre, que lui-même avait prononcé, de nombreuses années auparavant, sans en évaluer toutes les conséquences. Un serment qu'il s'apprêtait à rompre, puisqu'il ne lui trouvait plus aucun sens. Le don de soi qu'il avait fait à Dieu le privait aujourd'hui de sa liberté. L'Église catholique enchaînait ses membres à vie, sachant très bien que, pour certains, viendrait l'heure des doutes...

: :

Val Roussillon, dimanche 22 juin 1952

Assis dans la sacristie, Honoré attendait l'arrivée du prêtre pour la célébration de la grand-messe, à laquelle tout le monde assistait toujours avec plaisir. La perspective des beaux jours rendait les paroissiens heureux et, souvent, ce premier dimanche de l'été, un dîner communautaire était organisé. Cette année, le mauvais temps qui perdurait avait obligé à le repousser à la semaine suivante.

Honoré commençait à s'inquiéter, car, depuis l'avant-veille, il n'avait pas aperçu le curé Davignon, ni dans le village ni dans la cour du presbytère. Son automobile n'était pas dans l'allée, il est vrai qu'il la mettait régulièrement dans le garage. Mais ça ne lui ressemblait pas de s'absenter sans prévenir…

Comme le temps passait et qu'il n'arrivait pas, Honoré décida d'aller s'informer auprès de sœur Jeanne, habituellement au courant de ses déplacements. Son étonnement grandit, en ne la voyant pas installée à l'orgue selon son habitude. Les deux autres religieuses du couvent étaient venues à la messe de sept heures, dites par le vicaire De Carufel, elles n'étaient donc pas là pour le renseigner. Il lui restait monsieur le maire. Depuis le décès d'Archibald, le premier magistrat de Val Roussillon était Philémon Levasseur, le chef de gare.

— Je suis aussi intrigué que toi, lui répondit ce dernier, il est en retard de vingt minutes. Je n'imagine pas d'autre solution que d'aller nous informer au presbytère. Le vicaire De Carufel est certainement au courant de la raison de son absence.

— Je n'en vois pas d'autres que celle qu'il soit malade, suggéra Honoré. Il est toujours tellement ponctuel.

Philémon prévint l'assemblée des fidèles de sa démarche et, en compagnie d'Honoré, il quitta l'église pour se rendre au presbytère.

Après avoir sonné à la porte à plusieurs reprises, et n'obtenant pas de réponse, Honoré qui connaissait les cachettes de son ami, alla quérir la clé sous un pot de fleurs, et ils purent entrer. Il n'y avait personne à l'intérieur, le vicaire était absent. Sur la table de la cuisine, il y avait un mot :

Ne m'attendez pas pour dîner, et probablement pour souper. Eusèbe Lafleur, du 10e Rang, est venu me chercher, son père est mourant.

Paul-Armand

— Ça ne nous avance pas, constata Philémon. Voulez-vous bien me dire où monsieur le curé peut être passé, un dimanche matin, avec la grand-messe à célébrer ?

— Ça devient intrigant. Je vais voir au garage si son auto s'y trouve, suggéra Honoré, joignant le geste à la parole.

Elle n'y était pas.

— Rendons-nous au couvent, peut-être que sœur Jeanne en sait davantage, proposa Philémon.

Ce fut sœur Madeleine qui répondit à la porte. Elle les introduisit dans le hall.

— Que puis-je pour vous ? s'informa-t-elle.

— On voudrait parler à votre supérieure, la renseigna Honoré.

— Nous ne l'avons pas vue depuis vendredi en fin de journée…

Stupéfait, le chef de gare demanda :

— Et ça ne vous inquiète pas ?

Madeleine-de-Jésus hésita. Avant la venue de Paul-Armand De Carufel, il arrivait qu'elle découche, mais effectivement, depuis qu'il était là, elle rentrait dormir tous les soirs au couvent. Elle répondit :

— J'en ai fait mention à notre vicaire, à la messe de sept heures.

— Et ? voulut savoir Philémon.

— Il m'a dit de ne pas m'en faire, que monsieur le curé aussi s'était absenté. Ils devaient être partis ensemble, chez des amis, ou par affaires, mais qu'ils seraient certainement de retour pour la grand-messe.

— Ce que vous dites n'a aucun bon sens, décréta Philémon.

Puis il se ravisa :

— Il est vrai que l'auto n'est pas au garage… Mais pour quel motif ils… ? Se pourrait-il que… ?

Honoré se refusait de croire à une fugue, une telle idée lui paraissait ridicule.

— Le vicaire De Carufel a probablement raison, dit-il. Quelqu'un a dû les inviter à la dernière minute ou ils ont été obligés de s'absenter pour une affaire pressante…

Les deux hommes échangèrent un regard ambigu, cette double absence avait tout de même un aspect étrange. De multiples scénarios leur venaient en tête. Déroutés, ils décidèrent d'un commun accord de prévenir les gens qui attendaient pour la messe à l'église. Quelqu'un aurait peut-être remarqué quelque chose d'inhabituel dans le comportement, ou les allées et venues, du curé et de la supérieure du couvent.

Il était trop tôt pour s'inquiéter…

: :

Val Roussillon, dimanche 19 avril 2020

Après avoir lu la dernière page du journal du curé Davignon, datée du 12 juin 1952, Évangéline s'était renseignée auprès de Raymond, qui lui avait conté en quelques mots les souvenirs d'Honoré sur la découverte de l'absence d'Augustin et de sœur Jeanne, un dimanche matin. Elle avait imaginé la surprise des paroissiens…

Devant Charles et Mathéo, elle ne put s'empêcher de noter:

— Je trouve étrange qu'Augustin ait quitté Val Roussillon sans emporter son journal intime. Les derniers mots qu'il a libellés sont pour raconter qu'il a entre les mains l'argent remis par sa sœur, en coupures de cent dollars, que tout est prêt pour leur départ, à lui et à Alix, et qu'ils vont monter à bord du train à tour de rôle, comme s'ils s'en allaient en vacances, chacun de leur côté, pour se retrouver à La Tuque et, de là, prendre la clé des champs…

— Et il y a l'automobile qui n'était plus là, selon les souvenirs d'Honoré, rapportés par Raymond… C'est étrange puisqu'ils prévoyaient partir en train, nota Charles.

Mathéo suggéra :

— Comme les mesures de distanciation sont moins sévères, nous pourrions essayer d'obtenir une rencontre avec Raymond, sur la terrasse par exemple, en plein air. Il pourrait sûrement nous en dire davantage que d'évoquer quelques souvenirs à son épicerie. Après tout, son père Abel a aussi vécu à cette époque, il a dû lui en parler.

Évangéline se leva pour se rendre à l'ordinateur.

— Nous avions décidé de ne pas faire de recherches sur le web au sujet de notre prêtre et de sa compagne avant d'avoir terminé la lecture du journal, se souvint-elle. Voilà, c'est fait ! Je peux donc entreprendre des investigations.

— N'oublie pas qu'ils avaient prévu changer de noms, observa son mari.

— Tu as raison, lui répondit-elle. Mais il faut bien commencer quelque part.

Elle tapa les deux noms sur son clavier : Augustin Davignon et Doralice Champagne. Avec sa maîtrise de l'internet, elle ne tarda pas à dénicher les actes de naissance de ces deux personnes, des informations sur leurs études, leurs entrées en religion… mais aucun certificat de décès les concernant. Ils avaient donc réellement changé de nom. Ses recherches seraient plus longues, mais, déterminée, elle se donna le défi de les retrouver.

30

Val Roussillon, dimanche 19 avril 2020

Le temps était frais, en ce dimanche d'avril. Après avoir enfilé des vêtements chauds, toutefois, la terrasse s'avérait être un endroit agréable pour discuter. Raymond avait accepté sans hésiter l'invitation de Charles à venir les rencontrer au presbytère.

— En plein air, en se tenant à bonne distance, lui avait fait valoir ce dernier, il n'y aura aucun risque de contagion.

Comme à tout le monde, l'isolement pesait à l'épicier. Même si beaucoup de gens circulaient dans son commerce, il avait peu de temps pour leur adresser la parole, tellement chacun était pressé de rentrer chez lui pour se mettre à l'abri du virus.

Isolé dans un coin de la terrasse, Raymond respirait l'air pur à pleins poumons. Il faisait face aux membres de la famille de Cyriac Desrosiers, un homme qu'il avait vu arriver dans la paroisse il y avait près de trente ans, quelqu'un que tous avaient apprécié.

— Ce presbytère, dont vous avez hérité, a une très longue histoire, fit-il valoir. Je devrais plutôt dire, de nombreuses histoires, au fil des années.

— Bien sûr, vous êtes trop jeune pour avoir connu celui qui en a conçu les plans, Augustin Davignon, supposa Charles.

— En effet, je suis né au début janvier 1955, quelques années après son départ de Val Roussillon.

Raymond fit une pause. De toute évidence, un mystère planait sur le départ d'Augustin et il ne semblait pas enclin à vouloir en discuter.

Il enchaîna :

— Si vous le souhaitez, je peux vous parler de Cyriac. Quel homme charmant ! Discret… amoureux…

— Amoureux ? s'étonna Charles.

Raymond huma de nouveau les effluves de la nature printanière, si agréables, en cette mi-avril, avant de commencer à évoquer ce qu'on lui avait raconté.

— Deux ans après le départ du curé Davignon, commença-t-il, mon père m'a dit que sa sœur, Marie Syrinie, est venue se renseigner sur sa disparition, ici même, à Val Roussillon. On ne lui a pas fourni de réponses, mais, comme elle avait apprécié l'endroit, elle a fini par s'y installer. Elle est devenue maîtresse d'école, au couvent, et elle n'est jamais repartie.

— Pendant toutes ces années, vous dites qu'elle n'a jamais eu de nouvelles de son frère ? s'étonna Mathéo.

— Pourtant, Augustin s'était promis de lui en donner, précisa Évangéline.

— Qu'est-ce que vous voulez dire ? s'étonna Raymond. Vous êtes tous trop jeunes pour avoir parlé au curé Davignon…

Évangéline agita le cahier trouvé dans le bureau du prêtre.

— C'est grâce à son journal intime que nous avons appris beaucoup de choses à son sujet… seulement jusqu'à son départ d'ici. Les années qui ont suivi sont également un mystère pour nous.

— Que nous souhaiterions bien percer, ajouta Mathéo.

De son côté, Charles espérait en savoir davantage sur Cyriac, que Raymond avait côtoyé.

— Si vous reveniez aux amours de mon père, lui suggéra-t-il. Je l'ai si peu connu…

Raymond afficha un air nostalgique.

— Comme je vous l'ai souligné, il y a quelque temps, Cyriac était un pianiste de talent.

— Oui, se souvint Évangéline, les gens se réunissaient dans le parc pour l'écouter, les fraîches soirées d'été.

— Exact, acquiesça l'épicier. Je ne pense pas me tromper en croyant que c'est grâce à sa musique qu'il a conquis le cœur de la belle Syrinie, qu'aucun homme n'avait intéressée, auparavant. Un an après l'emménagement de Cyriac au presbytère, elle, qui avait pris sa retraite depuis un bon moment, a vendu sa maison et elle s'est installée avec lui. Selon les estimations de mon épouse - moi, je ne compte pas ce genre de choses –, ils auraient vécu ensemble pendant dix-huit ans.

— J'ai rendu visite à Cyriac en 1995, et il n'avait pas de femme avec lui…

— Syrinie s'absentait quelquefois pour rendre visite à des amies de jeunesse, à Québec, je crois. À un neveu aussi, à Saint-Marc-des-Carrières, si mes souvenirs sont exacts… des bruits ont couru qu'il était le fils d'Augustin et de sœur Jeanne.

Mathéo éclata de rire.

— Pour une fois, les rumeurs étaient vraies ! s'exclama-t-il. Le curé Davignon et sœur Jeanne-de-Bohème avaient eu un enfant, avant d'entrer en religion…

— Ben ça alors ! clama Raymond. Est-ce qu'Honoré était au courant ?

— Je n'en sais rien, avoua Charles. Il faudrait le lui demander. Au fait, comment va-t-il, ce cher Honoré ?

Raymond fit la moue.

— Mieux, dit-il, mais comme il ne peut pas rentrer chez lui sans aide à domicile, et que c'est impossible d'en trouver dans le contexte actuel, le médecin m'a annoncé qu'il était en attente d'une place en résidence.

— Si nous le prenions avec nous ? lança spontanément Évangéline.

— Savez-vous s'il est autonome pour ses soins ? s'enquit Charles, plus conscient des exigences que l'état d'un convalescent octogénaire pouvait réclamer.

— Ce serait à voir avec le docteur, répondit Raymond. Mais pensez-y bien avant de confirmer une telle offre. Honoré est un vieillard malade de quatre-vingt-huit ans…

Charles, Mathéo et Évangéline échangèrent un regard. Dans leurs esprits, Honoré était toujours le jeune homme du journal intime d'Augustin et il n'avait que dix-neuf ans. Ils demandèrent à Raymond de s'informer et, de leur côté, ils promirent d'y réfléchir.

: :

Val Roussillon, mardi 21 avril 2020

Les dernières lueurs du crépuscule coloraient la bibliothèque d'une jolie teinte ambrée lorsque les Desrosiers terminèrent un FaceTime avec Honoré Plamondon. Les yeux du vieil homme étaient encore pétillants, surtout quand il avait aperçu monsieur Watson, lequel, en entendant sa voix, avait sauté devant l'iPad et léché l'écran. Tous avaient éclaté de rire et le matou avait miaulé d'une façon nouvelle pour ses gardiens.

Honoré avait une élocution hésitante, mais claire, et il leur avait souligné qu'il se déplaçait aisément à l'aide de sa marchette. Ne voulant pas lui donner de faux espoirs, ils avaient évité de lui mentionner que cet appel était dans le but de l'évaluer, pour savoir si ce serait possible de l'accueillir au presbytère. Après s'être informés de sa santé, et l'avoir rassuré sur celle de monsieur Watson, ils s'apprêtaient à mettre fin à la communication, quand un souvenir avait surgi dans l'esprit d'Honoré.

— Mathéo, je suis impardonnable, avait-il lancé. J'aurais dû t'en parler avant, mais j'ai oublié…

— Oublié quoi ?

— J'ai une lettre pour toi, que m'a remise Cyriac quelques mois avant son décès. Il sentait sa fin approcher, je crois. Tu la trouveras dans la table de nuit, près de mon lit. Ton nom est écrit sur l'enveloppe, tu ne peux pas te tromper.

Puis, le regard triste, il les avait remerciés d'avoir pensé à lui.

— Vous venez de me faire un immense plaisir, avait-il ajouté, alors que son image disparaissait de l'écran de l'iPad.

Bien sûr, cet appel terminé, Mathéo n'avait plus qu'une seule idée en tête: aller chercher la lettre de son grand-père.

Ce qu'il fit sur-le-champ.

De retour au presbytère avec la précieuse enveloppe, il rejoignit Évangéline et Charles, qui l'attendaient dans la bibliothèque. Devant leurs yeux intrigués, il la soupesa; elle devait contenir plusieurs feuilles, car elle était épaisse. Il la décacheta d'une main fébrile, conscient qu'elle contenait probablement l'histoire d'une vie, qui avait précédé la sienne et celle de Charles.

Il commença sa lecture à haute voix:

Mathéo,

Si tu lis cette lettre, c'est que je suis parti vers un autre monde, meilleur à ce que l'on dit, et que tu as hérité, à ton immense surprise j'en suis convaincu, de mon presbytère. J'aurais pu joindre ces mots à mon testament, mais j'ai préféré qu'ils te soient remis par Honoré, mon grand ami depuis près de trente ans. Après m'avoir lu, tu auras sûrement des questions à poser, et si quelqu'un peut te répondre, ce sera lui.

Je vais commencer par le début, en espérant que Charles, mon fils, sachant que je te léguais mes biens, t'a prévenu que j'étais ton grand-père. Une belle et douloureuse histoire, tout à la fois, que celle de notre filiation. Tu es un homme à la mi-trentaine, qui connaît les aléas de l'amour, alors je ne t'apprendrai rien en te disant qu'un cœur amoureux a soif de l'être cher…

À vingt ans, j'étais épris d'Élodie, qui ne l'était sûrement pas de moi, car il a suffi d'un seul regard de mon frère Antoine pour qu'elle me quitte pour lui. J'ai souffert en silence, faisant mine d'être heureux de leur bonheur. Puis les années passèrent, neuf précisément. Je ne parvenais pas à trouver l'âme sœur, et, de leur côté, Antoine et sa femme n'arrivaient pas à faire un enfant. Je pourrais ici entrer dans les détails et te raconter à quel point j'étais toujours épris d'Élodie, mais je laisse cette partie à ton imagination.

Allons droit au but.

En septembre 1959, Antoine s'est absenté pour ses affaires, durant une longue semaine… courte à mon cœur aimant. Élodie s'est rapprochée de moi, avec l'intention, je le sais aujourd'hui, d'essayer de tomber enceinte. Elle espérait que ce qui ne marchait pas avec son époux pourrait s'avérer différent avec moi. Nous nous ressemblions comme des jumeaux, mon frère et moi, elle était persuadée que son mari n'y verrait que du feu si elle mettait au monde un bébé de moi. Quand son mari est rentré de voyage, elle s'est de nouveau éloignée de moi… Son plan avait fonctionné, elle était enceinte. Ce qu'elle ne savait pas, toutefois, c'est qu'Antoine, inquiet de ne pas concevoir d'enfant, avait passé des examens, et savait qu'il était stérile ; une obstruction des voies génitales, irréductible.

Dès la première année de vie de Charles, il nous ressemblait tellement, à nous, les frères Desrosiers, qu'Antoine a su que le fautif ne pouvait être que moi. Pourtant, il n'a rien dit de son infécondité à Élodie, il l'aimait suffisamment pour ne pas gâcher son bonheur d'être mère. Sa colère a été reportée sur moi… c'est devenu insoutenable, alors je suis parti rouler ma bosse ailleurs. Une confrontation entre nous aurait dévoilé ma paternité, et peiné Élodie… Mes sentiments pour elle étaient si forts que j'ai préféré fuir, plutôt que d'avoir à me justifier. Ce qu'Antoine ne sut jamais cependant, c'est qu'Élodie est demeurée en contact avec moi, à son insu. Régulièrement, elle m'a fait parvenir des photos et quelques mots pour me parler de Charles, mon fils. Comme tu le constates, Mathéo, chacun de nous veillait précieusement sur ses secrets.

Je me suis installé dans l'Ouest canadien et, ça va te faire sourire, je suis devenu chercheur d'or. Je n'ai pas fait fortune, mais j'ai été heureux! J'ai connu des femmes de passage, sans jamais m'attacher à l'une d'elles suffisamment pour l'épouser. Puis, au début de la soixantaine, j'ai senti qu'il était temps de revenir au Québec. C'est par hasard que j'ai emprunté la route qui passait par l'Abitibi... et devant ce presbytère un peu délabré. Sur le terrain, en façade, un écriteau annonçait qu'il était à vendre. Les vitraux de couleurs étincelaient dans le soleil couchant... j'ai eu un premier coup de foudre. Je dis un premier, parce que, ayant tellement bourlingué, ce que je croyais impossible s'est produit sans que je m'y attende. Mon vieux cœur de bohème, à la vie vagabonde, s'est épris d'une femme, follement, comme s'il retrouvait ses vingt ans, quand il avait battu pour Élodie. Les gens de Val Roussillon l'appelaient Marie, mais moi, j'ai préféré son second prénom: Syrinie.

Syrinie avait soixante-neuf ans, et moi soixante-deux, quand notre bonne étoile nous a réunis dans ce qui allait devenir la plus belle épopée de chacune de nos existences. N'est-ce pas merveilleux, lorsqu'on songe aux milliards d'étoiles qui brillent au firmament, que deux d'entre elles se reconnaissent? Nous étions destinés l'un à l'autre, tant la douceur, la tendresse et l'amour se sont naturellement installés entre nous. Il m'en avait fallu du temps, et des pas sur des chemins inconnus, pour arriver jusqu'à cette femme. Je pouvais enfin déposer mes bagages, ici, dans ce presbytère, et savourer le dernier versant de ma vie, en compagnie d'un ange de douceur...

— Comme c'est émouvant, ne put s'empêcher de constater Évangéline. En plus d'être musicien, Cyriac était un poète. L'amour, le vrai, celui qu'on croit n'exister que dans les romans n'a pas d'âge!

Mathéo sourit à sa femme et il reprit sa lecture :

Au fil du temps, Syrinie m'a fait part de la raison pour laquelle elle était venue à Val Roussillon, près de quarante ans avant que nos chemins se croisent. Son frère, le curé Augustin Davignon, qui avait fait construire cette magnifique bâtisse dont tu es le nouveau propriétaire, avait quitté ces lieux sans la prévenir. Elle était au courant de son histoire, de ses sentiments pour sœur Jeanne-de-Bohème, avec laquelle il avait eu un enfant dans sa jeunesse. Elle lui avait remis une énorme somme d'argent, héritée de leur père, en coupures de cent dollars, car il lui avait parlé de ses projets d'abandonner la prêtrise. Avec Alix, la femme qu'il aimait, il prévoyait s'installer ailleurs, très loin, où elle et lui ne seraient pas connus. Ils avaient convenu de changer de noms. Cependant, il avait promis à sa sœur que, dès qu'ils seraient fixés quelque part, il trouverait un moyen de l'informer, pour qu'à son tour, discrètement, elle prévienne Eugène, leur fils.

Ce qu'il n'a jamais fait.

Syrinie avait hérité de son père, aussi, elle n'était pas sans le sou. Elle a investi de grosses sommes dans des agences de détectives privés, convaincue que ces hommes finiraient par les retrouver, au moins, localiser leur automobile, ce qui les mettrait sur une piste. Pendant quinze ans, elle n'a pas baissé les bras. Puis, un jour, des pêcheurs à la ligne ont repéré la carcasse d'une voiture, sous un pont, immergée dans un lac à quelques kilomètres de l'entrée du parc de La Vérendrye. Il a fallu peu de temps aux enquêteurs pour reconnaître l'immatriculation de celle du curé Davignon. Des recherches ont été entreprises pour retrouver des corps, mais ce plan d'eau était reconnu comme un lac sans fond, tellement il était profond en son centre.

À compter de cette découverte, Syrinie a prévenu son neveu et elle a cessé ses investigations… sans perdre espoir, toutefois, qu'elle reverrait Augustin. Quand je l'ai rencontrée en 1991, ces événements s'étaient produits trente-neuf ans plus tôt. Augustin, né avec le siècle, en 1900, était probablement décédé. Il ne faut pas oublier qu'elle avait vingt-deux ans d'écart avec son frère. Jusqu'à son dernier souffle, en 2010, elle a souhaité savoir ce qui s'était passé pour qu'il disparaisse de la sorte, sans jamais leur donner de nouvelles, à elle ni à son fils.

Si notre relation amoureuse fut pour Syrinie le grand bonheur de sa vie, l'absence inexplicable de son frère fut son fardeau.

Cher Mathéo, toi qui habites maintenant ce presbytère qu'Augustin Davignon a fait construire, dans ces lieux où il a connu l'amour d'Alix, je me disais que peut-être, avec les moyens techniques de nos jours, que moi, je ne maîtrise pas, tu pourrais investiguer… Malgré la poussière du temps, il reste peut-être dans cette vieille bâtisse, des indices de leur passage qui pourraient te servir sur le Net. Découvrir ce que sont devenus Augustin et Alix… Sont-ils morts ? Se sont-ils aimés ? Ce serait le plus beau cadeau que je pourrais faire à la mémoire de mon adorable Syrinie. Également à la descendance de ces deux amants, que la religion catholique a brimés dans les sentiments qu'ils éprouvaient l'un pour l'autre.

Même si je ne vous ai pas réellement connus, Charles et toi, vous avez fait partie de mon existence, et vous avez vécu virtuellement à mes côtés, toutes ces années, en partie grâce à mon échange discret avec Élodie. Vous trouverez les photos qu'elle m'a fait parvenir dans la bibliothèque, elles sont dissimulées entre les pages du roman de Proust : À la recherche du temps perdu.

J'ai connu le bonheur dans ce presbytère. En te le laissant en héritage, je te souhaite, dans l'enceinte de ces murs, de ressentir tout l'amour que je te portais, et de le perpétuer à travers notre descendance. Tu es mon éternité, Mathéo… Que vos rêves les plus chers, à Charles et à toi, se réalisent !

Mon cœur de père n'a jamais eu la joie de serrer régulièrement contre lui son fils et son petit-fils… alors, permettez-moi, à l'instant de quitter ce monde, de le faire en pensée et de vous dire à quel point je vous ai toujours aimés.

Avec mon indéfectible amour,
Cyriac

Tandis que, la voix chevrotante, Mathéo achevait sa lecture, Charles essuya une larme. Dans des moments comme celui-là, Joanne lui manquait particulièrement. C'est avec elle à ses côtés qu'il s'était imaginé devenir vieux, en conservant un cœur d'enfant toujours prêt à s'émerveiller. Joanne avait le don de souffler sur ses chagrins, petits et grands, dès qu'ils se pointaient le bout du nez. Voilà qu'un mortel virus l'avait arrachée à ses bras et qu'elle était partie, emportant avec elle le pouvoir d'exorciser sa tristesse. Il envia Mathéo, qui avait trouvé refuge entre les bras de sa femme.

Sans se parler, dans un regard échangé, tous les trois comprirent qu'ils iraient à l'hôpital chercher Honoré et qu'ils l'intégreraient à leur bulle d'isolement. La douceur de vivre qu'ils pourraient lui offrir en l'enveloppant de petits soins, mais surtout de leur affection, les aiderait à surmonter la peine qu'ils ressentaient de ne pas avoir tenté de connaître Cyriac, un homme de cœur. De plus, force était de se l'avouer, le vieil homme possédait des réponses à leurs divers questionnements…

31

Val Roussillon, jeudi 23 avril 2020

Depuis trois jours, au Québec, les mesures de santé publique permettaient la réouverture des chantiers de construction, ainsi que de rénovation, pour les livrables le 31 juillet 2020. La nouvelle avait intéressé Mathéo, c'était son domaine, mais comme il était en congé, et qu'il avait une grande confiance dans son équipe, il se sentait rassuré. D'un autre côté, il devenait plus facile, pour son père et lui, de se procurer les matériaux dont ils avaient besoin pour le travail au presbytère.

Ce jeudi, ce qui retenait leur attention, c'était l'arrivée d'Honoré au sein de leur bulle de confinement. Les démarches entreprises avaient porté leurs fruits, le médecin traitant du vieil homme avait signé son congé. Mathéo était parti, tôt en matinée, pour le chercher à l'hôpital Sainte-Thérèse d'Amos. Ce qui, quelques mois auparavant, se serait avéré une affaire de routine, soit le retour d'un convalescent dans sa communauté, était devenu un processus quasi aussi difficile que la tentative de destitution de leur voisin du sud à la couette orange, au début de l'année. Par chance, contrairement aux Américains, ils avaient obtenu gain de cause : Honoré habiterait avec eux.

Assise à la fenêtre du salon, Évangéline vit la voiture de son mari entrer dans l'allée et ses passagers en sortir. Le vieillard qui gravit l'escalier du presbytère, au son de l'angélus de midi, n'avait rien du fringant octogénaire qui avait frappé chez eux à sept heures trente du matin, le lendemain de leur arrivée à Val Roussillon. Honoré tenait debout, c'était ça d'acquis. Elle s'empressa d'aller lui ouvrir la porte, celle de la bibliothèque plus facile d'accès, et elle l'accueillit avec un large sourire.

— Vous êtes tellement gentils de me recevoir, la remercia son invité en lui rendant son sourire.

— Le plaisir est pour nous, le réconforta Évangéline.

— Sans vous, je me serais retrouvé au CHSLD… et dans ces endroits-là, ils sont pressés de vous mettre une couche aux fesses, ajouta le vieil homme, appuyant ses dires d'un clin d'œil à ses hôtes.

Mathéo prit son manteau et il lui offrit un fauteuil, devant l'âtre, où flambait un bon feu. Honoré était à peine assis que monsieur Watson sauta sur ses genoux, miaulant ses reproches d'une voix rauque ; d'évidence, il lui en voulait de s'être absenté aussi longtemps. Dès que son maître déposa une main sur son dos, le félin ferma les yeux et ses ronronnements émergèrent, comme une vague d'amour. Honoré aperçut le cahier sur la table basse. Il le pointa de son index et il murmura :

— C'est fou ce que je vais dire, mais ça ressemble à quelque chose que j'ai déjà vu… le journal intime d'Augustin Davignon.

— Vous l'avez déjà vu ? s'étonna Mathéo.

— Alors c'est bien ça ! Oui, quand j'étais très jeune. Je venais souvent passer du temps au presbytère à l'époque et, je l'avoue, j'étais pas mal *fouilleux*. Au début, il le laissait sur sa table, dans sa chambre. C'est après l'arrivée de sœur Jeanne-de-Bohème qu'il l'a rangé ailleurs.

— Tiens ! Tiens ! s'amusa Évangéline, à croire qu'il s'était aperçu que vous étiez un écornifleur.

Honoré prit le journal entre ses paumes et son visage s'assombrit.

— Après le mystérieux départ de notre curé, je suis venu ici, plusieurs fois, en l'absence du vicaire De Carufel, bien sûr, pour fouiller. J'aurais aimé mettre la main dessus... comme je ne l'ai jamais trouvé, je me suis dit qu'il l'avait emporté avec lui. Voulez-vous bien me dire où vous l'avez déniché ? J'ai tellement regardé partout...

Le vieil homme fit une pause, qu'Évangéline et Mathéo respectèrent, espérant une suite. Plus bas, il murmura :

— Je souhaitais, à travers ce journal, comprendre la raison pour laquelle il était parti.

— L'explication est dans ce cahier, confirma Évangéline, mais...

Honoré lui coupa la parole et supposa :

— C'est parce qu'il était amoureux de sœur Jeanne... Est-ce que je me trompe ?

— Vous ne vous trompez pas, lui dit Mathéo. Mais son histoire s'arrête brusquement. Nous espérions que vous pourriez nous raconter la suite.

Les yeux de l'octogénaire s'embuèrent.

— Si vous permettez, je voudrais d'abord le lire, avant de vous parler de ce que je pourrais savoir de plus, implora-t-il ses hôtes. Plus tard, je pourrai compléter avec mes souvenirs...

— Bien sûr, accepta Évangéline.

Nostalgique, Honoré serra le cahier contre sa poitrine.

— Syrinie a tellement espéré revoir son frère... À son dernier souffle, alors que Cyriac et moi nous étions à son chevet, elle nous a fait promettre de ne pas cesser les recherches, même si, en 2010, Augustin était devenu trop âgé pour être encore vivant.

Le journal pressé contre son cœur, le vieil homme avait fermé les yeux, il paraissait somnoler, comme son chat, alangui sur ses genoux. Évangéline et Mathéo rejoignirent Charles, qui les attendait au salon. Ce dernier se leva à leur arrivée. Sans poser de questions sur leur invité, il se dit prêt à poursuivre les travaux de rénovation.

— Si on commençait par les cadres des fenêtres, proposa-t-il. Le vitrail est magnifique, ce serait bien de le mettre en valeur avec de nouvelles boiseries.

Évangéline donna son accord. Décoratrice jusque dans l'âme, elle ne pouvait nier la richesse de ce chemin de croix, en verre de couleurs.

— Pendant que tu nous prépares quelque chose à nous mettre sous la dent, je vais me rendre à la quincaillerie, suggéra Mathéo à sa femme. On m'a prévenu que nos robinets sont arrivés.

— J'ai hâte de pouvoir enfin prendre une douche, avoua Évangéline en se dirigeant vers la cuisine.

La pièce, fraîchement peinturée, avait une odeur de renouveau. Les gros travaux à cet endroit, comme refaire les armoires au complet, avaient été repoussés ; les salles de bains avaient davantage besoin d'amour.

: :

Val Roussillon, dimanche 26 avril 2020

Levé avant le soleil, Honoré était assis à une fenêtre de la bibliothèque, les yeux fixés sur l'église, qu'il distinguait à peine dans les premières lueurs de l'aurore. Évangéline l'avait entendu bouger et quitter la chambre d'en bas, celle de la bonne, que Cyriac avait occupée, les dernières années de sa vie. Comme elle ne s'endormait plus, elle décida de le rejoindre, espérant recueillir ses confidences. Depuis qu'il se concentrait sur le journal d'Augustin, Honoré refusait de parler de cette période. Souvent, pendant sa lecture, il faisait des pauses, et le regard perdu dans le vague, il semblait retourner vers son passé. Dans ces moments-là, ses yeux retrouvaient l'éclat de leur jeunesse.

En entrant sur la pointe de pieds, Évangéline remarqua que son invité ne lisait pas. Le journal était posé sur ses genoux et des larmes inondaient son visage, raviné par les années, sans qu'il cherche à les essuyer. La jeune femme eut le cœur chaviré... Pour elle, ce cahier était un roman, avec des personnages quasi fictifs, alors que, pour Honoré, c'était sa propre histoire qu'il retrouvait à travers celle du prêtre. Et la vie ne l'avait pas épargné... ! Orphelin de père en bas âge, il avait perdu sa sœur et sa mère dans des incendies, puis son beau-père s'était noyé quelques années plus tard. Voilà maintenant que le curé Davignon et sœur Jeanne, devenus ses ancrages, l'avaient quitté à leur tour.

Sans se retourner, mais la devinant dans la pièce, Honoré s'adressa à Évangéline, d'une voix éraillée.

— J'ai terminé la lecture de ce journal, lui dit-il.

Instinctivement, comme si elle anticipait d'importantes confidences, Évangéline activa discrètement la fonction magnétophone de son cellulaire. Honoré sortit un grand mouchoir de sa poche et il s'essuya les joues avant de poursuivre :

— Vous aviez raison, la réponse à nos questionnements se trouve dans ces écrits... Je me doutais qu'il existait un grand attachement entre Augustin et son Alix, comme il l'appelait quand ils étaient seuls tous les deux...

— Et que vous écoutiez aux portes ?

Honoré esquissa un sourire coupable :

— Je savais qu'ils s'étaient connus plus jeunes, et qu'ils étaient surpris de s'être retrouvés, mais je ne pouvais pas imaginer, avec ma vision d'adolescent, à quel point les liens qu'ils partageaient pouvaient être solides... et impérieux.

— Vous avez été amoureux, Honoré ?

— Oui, c'est une autre histoire... mais qui me permet tout de même de comprendre la profondeur et la force attractive de l'amour. Le vrai, le grand, c'est un sentiment qui s'impose en maître absolu, auquel il faut se soumettre, si on veut être heureux en ce bas monde. Je suis certain que c'est à cet appel qu'Augustin et Alix ont répondu…

— Sans vous donner de nouvelles, à Syrinie, à Eugène ou à vous ?

— C'est la question que je me posais depuis près de soixante-dix ans… En lisant ces pages, j'ai obtenu certaines réponses.

— Vous pouvez m'expliquer ?

Le vieillard s'essuya de nouveau le visage ; des larmes ruisselaient, malgré lui.

— Vous n'avez pas connu l'époque où la religion catholique régnait en roi et maître sur son troupeau, ses brebis soumises, qui devaient lui obéir au doigt et à l'œil. Se soustraire à son devoir, c'était mériter les flammes de l'enfer pour l'éternité… et c'est long l'éternité.

Évangéline ne put retenir un léger rire, qui amusa Honoré.

Il poursuivit :

— À lire ces pages, je me rends compte qu'Augustin et Alix nous savaient heureux, Syrinie, Eugène et moi… Ils avaient promis de nous donner des nouvelles, mais ç'aurait été pour eux prendre un gros risque. Si les autorités ecclésiastiques avaient découvert où ils se cachaient, elles n'auraient pas eu de cesse de les harceler… peut-être même seraient-elles parvenues à désorienter leurs consciences, au point de les contraindre à revenir à la vie religieuse, sous leur coupe.

— Vous croyez que les supérieurs de leurs communautés respectives auraient pu aller jusque-là ?

— Je vous l'ai souligné : à l'époque, les ministres du Culte misaient sur le fait de nous faire sentir coupable, pour nous obliger à vivre à genoux. L'âme, qu'il fallait protéger à tout prix, était un argument de taille. Perdre son âme, c'était une conséquence désastreuse de nos actes, qui nous privait à tout jamais de la vie éternelle. Augustin et Alix avaient été prêtre et religieuse, ils conservaient certainement en eux des reliquats de cette soumission… qu'ils redoutaient de voir ressurgir.

— Vous m'étonnez… j'ai entendu parler du poids de la religion, mais je ne croyais pas que ça pouvait peser aussi lourd sur les consciences, et le choix des gens.

— Tu as raison, mon enfant, il faut l'avoir vécu pour comprendre la pesanteur de l'oppression que constituaient les obligations de notre sainte mère l'Église catholique, au milieu du siècle dernier.

— Vous imaginez que c'est pour échapper à ce probable harcèlement que vos amis, le curé Davignon et sœur Jeanne-de-Bohème, seraient partis sans laisser de traces derrière eux ?

— Ce journal m'en a convaincu. On voit à travers les mots d'Augustin à quel point ils étaient amoureux l'un de l'autre…

— Ce qui veut dire que jamais vous n'avez pensé qu'ils étaient morts dans l'accident de leur automobile, dans le parc de La Vérendrye ?

— En effet, je me disais qu'il s'agissait d'une mise en scène pour nous faire croire à leur décès. Chaque fois que je suis venu dans ce presbytère, un endroit que tous les deux affectionnaient, je les ai sentis en moi, bien vivants. Pour les avoir côtoyés presque quotidiennement, et avec mon sens de l'observation… je dirais légendaire, j'étais absolument certain qu'ils étaient partis ensemble.

Sa tirade fut interrompue par la chute sur le plancher de la toile des *Trois Grâces*, de Botticelli.

— Encore notre fantôme ! accusa Évangéline. Charles l'avait pourtant fixée solidement, c'était impossible qu'elle puisse tomber de nouveau.

— Eh ben ! Vous aussi, vous avez fait la connaissance du spectre de la maison ?

Une question qui étonna Évangéline. Elle demanda :

— Vous avez une idée de l'époque à laquelle ce curieux fantôme s'est installé ici ?

— Je n'en sais trop rien, s'excusa Honoré le plus sérieusement du monde. La première à avoir mentionné sa présence, ce fut Syrinie, à ma connaissance.

Évangéline alla ramasser le tableau.

— Cette fois, c'est la cordelette qui s'est rompue, nota-t-elle en le posant sur le bureau. Une chose difficile à prévoir.

Après cette constatation, elle reprit place devant son invité.

— Honoré, j'aimerais beaucoup que vous nous racontiez ce qui s'est passé à Val Roussillon, après le mystérieux départ d'Augustin et d'Alix. Cela a dû produire une véritable onde de choc dans la paroisse.

Le vieil homme serra le journal entre ses mains et, le regard tourné vers l'église, il se rappela clairement le prêtre et la religieuse, comme s'il les avait quittés hier. Évangéline avait raison, la population, abandonnée à l'autorité du vicaire De Carufel, en avait subi de lourdes conséquences. Dès que le déjeuner fut terminé, tout le monde s'assembla au salon, et Honoré remonta pour eux le cours de ses souvenirs…

32

Val Roussillon, mercredi 25 juin 1952

Après discussion avec le vicaire et les marguilliers, le maire Levasseur avait choisi d'attendre après les festivités de la Saint-Jean-Baptiste pour s'inquiéter de la disparition du curé de la paroisse ainsi que de la supérieure du couvent. Après tout, ils étaient des adultes responsables.

Ce mercredi matin, toutefois, constatant que leurs absences inexpliquées se prolongeaient, il avait réuni le conseil municipal. D'un commun accord, il avait été décidé de prévenir d'abord l'évêché, qui jugerait s'il fallait entreprendre une enquête ou non.

Le secrétaire de son Excellence fut donc dépêché sur les lieux. Une fois mis au courant des faits, il les avait jugés suffisamment graves pour faire venir d'Amos une personne qualifiée, le lieutenant de police Adalbert Vachon, et lui confier l'affaire.

L'homme se présenta à Val Roussillon davantage intrigué qu'inquiet. Il entreprit ses investigations en se rendant d'abord au presbytère, en compagnie du maire Philémon Levasseur, qui l'avait accueilli à l'Hôtel de Ville. À leur grand étonnement, lorsqu'il le fit entrer, le vicaire De Carufel était aux abois.

— Ce matin, raconta-t-il à bout de souffle, quand j'ai ouvert le coffre-fort... l'argent de la tombola, au profit de la fabrique...

vous savez, le tirage qui s'est tenu le 15 juin... à la fête des Pères... tout ça avait disparu.

— Cette loterie a eu lieu il y a plus d'une semaine, se souvint le maire. Vous êtes certain que l'argent n'a pas été déposé à la banque ?

— Absolument ! Le curé Davignon m'avait donné la responsabilité d'effectuer ce dépôt. C'est lui-même qui avait mis les revenus dans le coffre, en ma présence. Je m'étais promis d'aller à la banque lors de mon prochain passage à Amos, qui était aujourd'hui, en fait.

— À part ça, il ne manque rien d'autre ? s'informa Vachon d'une voix suspicieuse à l'endroit de l'ecclésiastique, qu'il ne connaissait pas.

— Oui, il manque notre curé ! cracha Paul-Armand, le menton haut, fâché de sentir des soupçons peser sur sa noble personne.

Le lieutenant Vachon comprit qu'il n'en apprendrait pas davantage de ce prêtre pour l'instant, aussi, il décida de se rendre au couvent. Il reviendrait plus tard pour visiter les lieux, en particulier la chambre du curé Davignon. Philémon Levasseur lui emboîta le pas et, sous un soleil radieux, ils franchirent à pied la courte distance qui les séparait de l'établissement d'enseignement.

Les deux hommes furent reçus par sœur Anne-des-Anges, qui les introduisit au parloir. Dès qu'ils furent assis, elle s'empressa de leur faire savoir qu'elle avait communiqué avec la supérieure de leur maison mère, à Nicolet, et que cette dernière s'était montrée surprise de l'absence de Jeanne-de-Bohème. Il n'y avait eu entre elles aucune conversation laissant entrevoir un déplacement quelconque à la fin de l'année scolaire ou au cours de l'été.

— Vous, sœur Anne, vous n'avez eu connaissance de rien ? s'informa le maire. Quelque chose qui pourrait nous orienter ? Le moindre indice pourrait nous aider. Les gens ne disparaissent pas comme ça, d'un claquement de doigts.

Nerveusement, la jeune religieuse triturait entre ses mains un mouchoir de dentelle, laissant deviner une gêne, qui n'échappa pas à l'enquêteur.

— Soyez bien à l'aise de nous parler, la rassura-t-il. Tout ce que vous nous direz ne peut que favoriser nos recherches.

— Je ne voudrais surtout pas nuire à la réputation de sœur Jeanne, s'excusa Anne-des-Anges. Elle est tellement gentille avec nous, avec tout le monde, d'ailleurs.

— Soyez rassurée, la réconforta Philémon, chacun connaît la bonté de Jeanne-de-Bohème dans la paroisse. Son absence nous inquiète, c'est pour ça que nous souhaitons savoir ce qui s'est produit pour qu'elle parte de la sorte, sans prévenir personne.

— Monsieur le curé non plus n'est pas là, n'est-ce pas ? s'informa Anne-des-Anges.

— Il est parti lui aussi, répondit Vachon. Êtes-vous au courant de liens... disons particuliers, qui existeraient entre eux ?

Sœur Anne-des-Anges baissa la tête et elle balbutia :

— Oui, il y en avait.

— Dans ce cas, racontez-nous ! ordonna l'enquêteur, soudain curieux.

La jeune religieuse jeta un regard vers le maire, qui l'encouragea en opinant de la tête.

La voix chevrotante, elle commença à parler :

— Avant que le vicaire De Carufel s'installe au presbytère, l'été dernier, il arrivait quelquefois que sœur Jeanne... que sœur Jeanne...

Incapable d'en dire davantage, elle essuya avec son mouchoir la sueur qui perlait sur son front.

— Poursuivez ! insista rudement Vachon.

Levasseur fit signe au lieutenant de police de le laisser intervenir, une demande à laquelle ce dernier se prêta de bonne grâce.

— Sœur Anne, dit Philémon sur un ton qu'il voulut paternel, nous ne souhaitons que du bien à votre supérieure. Racontez-nous tout ce que vous savez, cela restera entre nous.

Le regard de la religieuse croisa celui de son interlocuteur ; elle n'y lut que de la gentillesse. Aussi, elle reprit son discours.

— Avant que le nouveau vicaire s'installe dans la paroisse, il arrivait parfois que sœur Jeanne… que sœur Jeanne, hoqueta-t-elle, passe toute la nuit au presbytère…

Vachon hocha la tête, surpris de la réponse.

— Vous en êtes certaine ?

— Je n'invente rien…

— À votre idée… quelle était sa raison de dormir au presbytère ?

Sœur Anne jeta au détective un regard chargé de reproches, puis décidé à révéler la vérité, elle déclara :

— Monsieur le curé et notre supérieure se connaissent depuis leur jeunesse… je pense qu'ils ont été amoureux, il y a longtemps.

— Eh bien, ça alors ! Si ce que vous racontez est vrai, ça change complètement l'angle de mon enquête. Je dirais qu'il ne s'agit pas là d'une disparition, mais plutôt d'une fugue !

— Je ne suis pas une menteuse, se fâcha la religieuse. Pourquoi j'inventerais une histoire pareille ?

Adalbert Vachon se tourna vers le maire.

— Vous étiez au courant qu'il existait une relation intime entre votre curé et la supérieure du couvent ? s'informa-t-il.

Ce dernier fit la moue, avant d'avouer :

— Il nous est arrivé d'avoir des doutes… mais jamais de certitudes.

— Quand vous dites… nous, vous parlez de qui ?

Philémon hocha la tête, s'abstenant de préciser.

Adalbert Vachon en déduisit que cette relation n'était un secret pour personne, au sein de la communauté de Val Roussillon. Il avait entendu des rumeurs, à savoir que cette paroisse jouissait d'un statut particulier. Selon ce que les gens racontaient, le poids de la religion ne pesait pas lourd sur les épaules des ouailles du curé Davignon, un homme d'Église, compréhensif… et libre penseur. Voilà qu'il découvrait que ces ouï-dire semblaient exacts.

: :

Val Roussillon, dimanche 13 juillet 1952

Réunis dans la cour arrière, les Boudriault profitaient du beau temps pour souper en plein air. Bien sûr, leur discussion portait sur l'étrange départ du prêtre et de la religieuse, qui, même s'ils les savaient amoureux, les étonnait. Après les révélations de sœur Anne, l'enquête sur leur disparition avait été mise en veilleuse, à la demande de l'évêché. Les indices recueillis avaient orienté la conclusion du lieutenant Vachon vers la fugue de deux tourtereaux follement épris, qui avaient choisi de déserter leur cage. En quittant Val Roussillon, Vachon avait promis de garder le dossier ouvert, mais chacun avait compris que ses mots signifiaient qu'il serait déposé sur une tablette quelconque, en attente d'un possible retour des fugueurs.

— Un détail, auquel je n'adhérerai jamais, déclara Abel, c'est que notre curé se soit emparé des revenus de la tombola.

— Surtout, qu'à ma connaissance, ajouta Honoré, sa sœur lui avait remis une somme d'argent plutôt confortable.

— Comment ça se fait que tu es au courant de ça, toi ? le taquina Laure, la jeune épouse d'Abel. Tu as encore écornifié, vilain curieux…

— Moi, curieux ? Ben voyons ! Au contraire, je suis la discrétion incarnée.

Tous éclatèrent de rire, ce qui eut l'heur d'amuser le principal intéressé.

— Parlant de gros sous… si ce que je sais est exact, c'est Augustin Davignon qui payait tes études, nota Abel.

— C'est vrai.

— Sans cette aide, est-ce que tu vas pouvoir les continuer? Je ne suis pas riche, mais, si nécessaire, je peux te filer un coup de pouce…

— C'est réglé pour la session d'automne, le renseigna Honoré. Puis, dès que je serai à Québec, je me chercherai un emploi, de soir ou de nuit. Je trouverai bien le moyen de poursuivre mes…

Leur conversation fut interrompue par l'arrivée de Jules Dubuc, un petit gars de la paroisse, qui travaillait à Amos, à l'étude du notaire Grandbois.

Abel se leva pour aller à sa rencontre et il l'invita à leur table.

Après avoir salué à la ronde, Jules déclara qu'il était là par affaire. Il s'adressa à Honoré.

— Mon patron, maître Grandbois, voulait te convoquer. Comme je venais chez mes parents, cette fin de semaine, je lui ai suggéré de te rendre visite et de te remettre les papiers qui te concernent.

Honoré fut surpris par les propos de Jules, qu'il connaissait depuis toujours. Aussi, il lança à la blague:

— Dis-moi vite que j'hérite d'une fortune… je me demandais justement comment je ferais pour payer mes études.

En sortant des documents de la mallette qu'il avait déposée sur la table, Jules esquissa un sourire.

— Tu n'hérites pas d'une fortune, mon vieux, précisa-t-il. Toutefois, tu en auras suffisamment pour payer tes études universitaires jusqu'à l'obtention de ton diplôme.

Étonné, le jeune homme devint sérieux, il constata:

— Je n'ai aucune famille… Veux-tu bien me dire quel généreux donateur vole à mon secours?

Jules bomba le torse, et d'un air solennel, il annonça:

— Ton bienfaiteur, c'est Augustin Davignon!

— Quoi? lancèrent en chœur les gens réunis autour de la table.

— Tu sais où il se cache, en déduisit Abel. Vite, raconte-nous!

Tous fixèrent le nouveau venu, attentifs au secret que, de toute évidence, il s'apprêtait à leur dévoiler.

— Je vais décevoir vos attentes, commença Jules, parce que la visite du curé Davignon, à l'étude de maître Grandbois, remonte au printemps, à la fin du mois de mai. Il est passé chez nous afin de mettre en fiducie une somme d'argent à ton intention, à condition toutefois que tu poursuives tes cours. Sinon, elle ira à de bonnes œuvres.

Abel et Honoré échangèrent un regard.

— À travers ce geste, nous obtenons la certitude qu'il avait planifié sa fuite, conclut le bénéficiaire du legs. Augustin Davignon avait tout prévu, c'est à peine croyable.

— Il t'avait pris sous son aile, lui rappela Pénélope. Il ne voulait pas partir en brisant sa promesse de te soutenir dans ton rêve de devenir notaire.

— Un prêtre tellement généreux, souligna Laure, des larmes plein les yeux.

Abel leva son verre.

— Je dirais que le moment est venu de leur souhaiter, à notre bon curé et à la femme qu'il aime, de couler des jours heureux. Tant pis pour les grandes langues... qu'elles ravalent leur venin !

— Jamais, Augustin et son Alix, les nomma affectueusement Honoré, n'auraient pu connaître la joie de vivre, la sérénité, en demeurant liés par les obligations de la religion catholique, qui les soumettaient à sa volonté.

— Ils étaient épris l'un de l'autre depuis leurs années de jeunesse, précisa Pénélope. Ils ont besoin de paix et de liberté, pour être heureux. J'espère que c'est ce qu'ils trouveront.

Dans un respectueux silence, les pensées des personnes présentes s'éparpillèrent au gré des souvenirs que chacun conservait de ces deux personnes, attachantes et chaleureuses, qui étaient passées dans leurs vies en ne semant que du réconfort et de la bienveillance.

: :

Val Roussillon, lundi 27 avril 2020

La pluie crépitait sur le toit de tôle, tandis qu'Honoré finissait de raconter une nouvelle page de son histoire. Évangéline, Charles et Mathéo demeuraient muets, ne pouvant qu'être émus de ce récit, qui les ramenait des années en arrière, au cœur du journal du curé Davignon, qu'ils avaient lu avec beaucoup de curiosité. Ils avaient l'impression que cette lointaine époque se matérialisait devant eux, à travers les propos de leur invité.

— Dites-moi, Honoré, après avoir reçu votre diplôme, êtes-vous revenu vivre à Val Roussillon ? demanda Charles, rompant le silence.

Le vieil homme toussota.

— À la fin de mes études, j'ai connu une jeune femme, Marion. Sa famille habitait dans Charlevoix. Je l'ai épousée et nous nous sommes installés dans sa région.

— Vous avez eu des enfants ? s'intéressa Évangéline, dont le quotidien était encore souvent assombri par le deuil de sa petite Maui.

— Nous n'avons pas eu cette chance, lui répondit Honoré. Ce fut le plus grand regret de notre vie à deux.

— Je vous comprends, lui confia la jeune femme d'une voix triste. Nous avons perdu une fille, il y a quelques mois.

Honoré posa sur elle son regard usé, mouillé des larmes du passé et, mettant une main sur les siennes, il lui prédit :

— Croyez-en un vieux sage, ma belle chouette, vous ne l'oublierez jamais, mais vous aurez d'autres enfants. Vous êtes pétillante de vie…

Mathéo craignait de voir la peine de son épouse ressurgir, aussi, il changea de sujet, pour demander :

— Au cours de toutes ces années, est-ce qu'il vous est arrivé de penser, très fort, qu'Augustin et son Alix reviendraient ? Après tout, ils avaient un fils et des petits-enfants…

— Quand j'habitais dans Charlevoix, j'ai revu Eugène, une fois... c'était il y a longtemps. Il n'avait reçu aucune nouvelle et j'ai compris à son ton qu'il préférait ne pas s'étendre sur le sujet.

— Je comprends, souligna Évangéline, ils venaient à peine de se connaître... et voilà que son père et sa mère disparaissent. Cela a dû être douloureux pour lui.

Honoré acquiesça d'un signe de tête, puis il enchaîna:

— Pour répondre à ta question, oui, j'ai cru très fort à un possible retour. À la fin des années soixante, au début des années soixante-dix, lorsque l'Église catholique est tombée de son piédestal, puis que les prêtres et les religieuses ont commencé à défroquer, j'ai été convaincu qu'ils reviendraient parmi nous.

— Vous aviez raison, l'appuya Charles. L'Église a perdu le puissant ascendant grâce auquel elle soumettait ses membres.

— Mais ça ne s'est pas produit... Probablement qu'ils étaient décédés, quelque part, là où ils avaient choisi de refaire leurs vies...

— Au fait, se souvint Évangéline, en effectuant des recherches sur le Net, nous avons découvert que votre fameux vicaire De Carufel avait été nommé cardinal, à Rome!

— Je sais, répliqua vertement Honoré, j'ai suivi son ascension.

— Comment ça s'est passé avec lui, quand il est devenu votre curé? Est-ce qu'il est demeuré longtemps dans la paroisse?

— Assez pour semer le chaos! ajouta Honoré, les lèvres pincées.

— Je sens que vous ne l'avez pas aimé, remarqua Charles. Une prochaine fois, quand vous serez reposé, est-ce que vous accepteriez de compléter votre récit en nous parlant de lui?

Le vieillard les observa, tous attentifs à ses paroles. Il comprenait leur intérêt à découvrir le fin mot de l'histoire, puisque lui-même le cherchait encore, après tellement d'années. Grâce aux technologies de l'heure, ces trois-là auraient peut-être plus de chance que lui. Il s'informa:

— Vous saviez que Béatrice, la fille de Pénélope, vit toujours? Elle habite à la résidence: Les Jardins du Patrimoine, à Amos. À quatre-vingt-onze ans, elle a toute sa tête...

— Béatrice ! s'étonna Évangéline. Non ! Je n'en savais rien. Ce serait super de la rencontrer ! Comme vous, elle a connu tous les personnages, si je peux m'exprimer ainsi, du journal du curé Davignon.

Jeune femme à l'époque, Béatrice avait travaillé au presbytère, songea Évangéline. *Toujours lucide, elle pourrait peut-être apporter une touche féminine au portrait d'Augustin Davignon et de Jeanne-de-Bohème…*

33

Val Roussillon, dimanche 2 janvier 1955

L'horloge sonna les douze coups de minuit. Une nouvelle année commençait péniblement pour la famille Boudriault. Depuis la veille, en plein dîner du Nouvel An, Laure avait ressenti ses premières contractions. Âgée de vingt-trois ans, elle s'apprêtait à donner la vie à son troisième enfant. Abel aurait préféré espacer les naissances, mais le curé de la paroisse, Paul-Armand De Carufel avait fait valoir son point de vue : une femme devait faire son devoir selon la volonté de Dieu, en ne mettant aucun obstacle à sa fécondité, sinon elle risquait d'aller brûler dans les flammes de géhenne pour l'éternité. Abel se refusait de croire qu'il s'agissait là de la volonté de Dieu… mais Laure croyait le contraire, et sa crainte dominait sa raison.

Dans la chambre de sa parturiente, le docteur Omer Lacombe se sentait impuissant et le travail était trop avancé pour la transférer à l'hôpital d'Amos. Assisté de Pénélope, il lui confia à mi-voix :

— Je suis inquiet. Nous devrions faire venir le prêtre…

— C'est à ce point ? s'affola Pénélope.

Le médecin ressentait un malaise profond, ce genre de situation était des plus pénibles pour lui. L'accouchée était une enfant à ses yeux et, pressée par ce Paul-Armand De Carufel venu contredire son avis médical, elle était redevenue enceinte alors que sa santé ne le lui permettait pas. Il n'avait jamais eu ce problème, au cours des années du curé Davignon, un ecclésiastique empathique, capable de se mettre à la place de chacun de ses ouailles, hommes ou femmes… mais il les avait abandonnés. Dans des situations telles que celle-là, le médecin en voulait à son pasteur de les avoir laissé tomber de la sorte.

— Oui, répondit-il à Pénélope, à moins d'un miracle, je crois impossible de les sauver tous les deux.

— Oh ! Mon Dieu !

— Même d'en sauver un, ajouta-t-il plus bas, pour lui-même.

Comme s'il avait prévu la demande, Abel entra dans la chambre en compagnie du curé de la paroisse. Paul-Armand De Carufel avait entendu les derniers mots du docteur, aussi, il s'empressa de dicter :

— Dans un cas comme celui-là, il n'y a pas à hésiter ! C'est l'enfant qu'il faut sauver !

Abel sursauta.

— Jamais, au grand jamais ! cria-t-il avec désespoir. Docteur, je vous en prie, sauvez Laure ! J'ai besoin d'elle… des enfants, j'en ai deux, et nous pourrons en avoir d'autres.

— Tut ! Tut ! Ne parlez pas ainsi, lui reprocha le curé, la tête haute. La volonté de Dieu est que…

— Je me fiche de ce que pense votre Dieu, du haut de son Ciel, le coupa Abel en s'avançant vers le lit de sa femme. Docteur, s'il vous plaît… je l'aime tellement.

Déchiré, le médecin s'adressa au prêtre.

— Bénissez cette jeune maman, lui dit-il, et sortez de la chambre. Si les choses se compliquent, je vous appellerai aussitôt.

Pénélope profita de cet instant pour s'approcher d'Abel.

— Va attendre dans la cuisine, lui chuchota-t-elle à l'oreille. Je reste avec Omer, auprès de ta femme, et je te promets que tout sera fait pour la sauver… elle, mais aussi ton enfant.

Impuissant, Abel quitta la chambre en compagnie du prêtre, qu'il regrettait d'être allé quérir. Honoré, en visite pour la période des fêtes, était installé au salon. Il le rejoignit, négligeant Paul-Armand De Carufel, qui prit place dans un fauteuil de coin, sous le crucifix, en joignant les mains, les yeux baissés. Le lourd silence qui régnait dans la pièce était percé uniquement par les cris de Laure, qui se faisaient entendre avec une régularité désarmante… de plus en plus faiblement.

Dans les premières lueurs de l'aurore, le prêtre s'excusa, il devait s'absenter. En ce premier dimanche de l'année, il avait des messes à célébrer. Après être passé voir la parturiente pour une ultime bénédiction, Abel refusant qu'il lui donne les derniers sacrements, il quitta la résidence des Boudriault, au grand soulagement de tous. Il était sorti de la maison depuis à peine quinze minutes, que les pleurs d'un nouveau-né se firent entendre.

— Ma femme ! cria Abel en bondissant de son siège.

Il se précipita dans la chambre.

Assis au pied du lit, les mains maculées de sang, le docteur Lacombe semblait épuisé. Il leva la tête à l'entrée du père… et il lui sourit.

— Je les ai sauvés tous les deux, murmura-t-il. Abel, vous avez un fils… et une femme bien vivante.

Pénélope s'avança vers Abel, avec dans les bras, un minuscule petit être vagissant qu'elle lui présenta. L'heureux père lui jeta un regard rapide, avant de se précipiter au chevet de sa femme. Il prit une de ses mains entre les siennes et il l'embrassa, la mouillant de larmes chaudes.

— Nous l'appellerons Raymond, chuchota Laure, la voix éraillée, mais des étoiles au fond des yeux.

— Et ce sera notre dernier bébé, quoi qu'en disent tous les curés de ce monde, dicta Abel. Deux filles et un garçon, c'est une très belle famille.

Le médecin approuva, convaincu qu'un autre accouchement serait fatal à la jeune femme. Épuisé, Omer Lacombe peina à quitter la chambre, porté toutefois par l'immense joie de n'avoir pas eu à choisir entre la mère et l'enfant.

: :

Val Roussillon, mercredi 5 janvier 1955

Pénélope courait à toutes jambes en direction du presbytère. Afin de ne pas se retrouver seule avec monsieur le curé, à une heure aussi tardive, elle avait demandé à Béatrice de l'accompagner. Pour une raison que les femmes taisaient, toutes se sentaient mal à l'aise en présence de ce dernier. Arrivée à la porte de la bibliothèque, elle frappa avec force, pour être certaine qu'il puisse l'entendre. Son automobile était dans l'allée, il était chez lui, mais peut-être déjà couché, à dix heures trente du soir. Elle cogna une seconde fois, toujours sans réponse.

Béatrice, qui avait travaillé au presbytère et y revenait pour de l'entretien à la demande des marguilliers, uniquement de jour, connaissait l'endroit où était cachée la clé. Elle souleva un pot à fleurs et la vit.

— Nous ne devrions pas entrer sans être invités, s'inquiéta Pénélope.

Béatrice mit résolument la clé dans la serrure.

— Je crois savoir où se trouve notre vénéré pasteur... venez, suivez-moi.

Les deux femmes s'introduisirent à l'intérieur et Pénélope demanda à haute voix s'il y avait quelqu'un. Seul le silence lui répondit. Béatrice prit alors la direction de la cuisine et elle ouvrit la porte du corridor qui menait au garage. Assis devant le cellier, dans un confortable fauteuil qu'il avait installé à cet endroit, Paul-Armand ronflait, un cigare éteint entre les doigts.

— C'est là qu'il vient pour se saouler, précisa Béatrice. Il s'endort souvent avec un cigare allumé. Ici, comme tout est en pierres et en béton, il ne craint pas pour un incendie.

Pénélope se tenait debout, immobile de stupéfaction, à côté de ce prêtre qui prêchait l'abstinence, au point d'avoir institué dans la paroisse une unité du Cercle canadien Lacordaire, une association qui œuvrait contre l'alcoolisme et dont la devise, qu'il répétait haut et fort, était : « Honneur, santé, bonheur. »

— Pour ce qui est de l'honneur, on repassera ! se choqua Pénélope en jetant un œil aux bouteilles vides, éparpillées sur le plancher de béton.

— Vous croyez qu'on devrait tenter de le réveiller ? demanda Béatrice.

Pénélope hésita un instant. Avec les saignements qui n'en finissaient plus, Laure était en danger de mort… mais conduire cet ivrogne à son chevet ne servirait qu'à empirer le drame qui se jouait, dans l'appartement, en haut de l'épicerie. Le docteur Lacombe avait déjà appelé l'ambulance pour transférer Laure à Amos. Elle devait être sur le point d'arriver. Elle serait probablement là avant qu'elle et Béatrice parviennent à faire ouvrir un œil à ce soûlon, aussi, elle décida de le laisser cuver son vin. L'âme de Laure était d'une blancheur immaculée. Advenant le pire, ce n'est pas une bénédiction de plus qui allait changer quoi que ce soit à son droit d'entrer au Ciel.

En sortant du presbytère, Pénélope et Béatrice virent passer le véhicule prioritaire en direction de chez les Boudriault. Elles le suivirent au pas de course. Quelques minutes plus tard, l'ambulance repartait avec à son bord une jeune maman en hémorragie, un médecin inquiet et un mari affolé, tandis que Raymond, un nouveau-né vagissant, restait derrière… Béatrice serra les lèvres, bien décidée à ne jamais se marier. *Pour une femme*, songea-t-elle, *la liberté se trouve dans le célibat.*

: :

Val Roussillon, mercredi 29 avril 2020

Alertés par les miaulements à la porte de leur chambre de monsieur Watson, qui habituellement était silencieux la nuit, Évangéline et Mathéo se levèrent et le suivirent jusqu'à la cuisine.

— Je vais voir si Honoré est dans sa chambre, prévint la jeune femme.

Elle revint aussitôt.

— Honoré n'est pas dans son lit ! lança-t-elle. Sa porte était ouverte, alors j'ai jeté un œil à l'intérieur… il n'y avait personne !

— Il n'est quand même pas rentré chez lui en pleine nuit, s'inquiéta Mathéo. Fais le tour de la maison, je vais jeter un œil dehors.

— D'accord, accepta Évangéline.

Mathéo choisit de passer par le garage. Il ouvrit la porte de la cuisine, qui donnait sur le corridor menant à l'abri d'auto. Ce qu'il aperçut le statufia : écrasé par terre, devant le cellier qui ne servait plus depuis longtemps, le vieil homme paraissait dormir, le dos appuyé contre le mur de béton. Monsieur Watson lui tenait compagnie, lové sur ses genoux.

— Oh ! Pourvu qu'il ne soit pas… s'alarma-t-il en se précipitant à ses côtés.

Dès qu'il le toucha, Honoré sursauta. Désorienté, il jeta un regard circulaire, avant de balbutier :

— La dame blanche ! Vous ne l'avez pas vue ?

— Il n'y a personne avec vous, le renseigna Évangéline, qui les avait rejoints.

— Elle est venue dans ma chambre… je l'ai suivie…

Honoré se redressa, puis il se frotta les yeux de ses deux poings.

— Elle était là, j'en suis certain… une grande forme blanche… mince… c'était une femme…

— Vous avez observé ses mains ? s'informa Évangéline, se rappelant le spectre qu'elle croyait avoir déjà aperçu dans ce presbytère.

— Pourquoi ? voulut savoir Honoré, qui retrouvait ses esprits.

— Je l'ai vu aussi, au début de notre séjour ici. L'entité transparente qui flottait dans notre chambre avait la trace d'une alliance à l'annulaire gauche… qu'elle aurait perdue, ou qu'on lui aurait retirée…

Honoré parut étonné, il répondit :

— Non, je n'ai rien remarqué. Ça me rappelle quelque chose, cependant… Il me semble que Syrinie a déjà souligné ce détail…

— Syrinie aussi l'a aperçue ?

— C'est ce qu'elle racontait.

Évangéline se tourna vers son mari.

— Tu vois que je ne suis pas folle… il y a bien un fantôme… une fantômette… dans notre presbytère.

Mathéo afficha un sourire conciliant.

— Bon ! Si vous êtes trois à l'avoir croisée, je me range de votre côté. Maintenant, si nous allions déjeuner, suggéra-t-il en aidant Honoré à se mettre debout.

Quelques minutes plus tard, attablés à la cuisine, en compagnie de Charles qui les avait rejoints, Mathéo servit à tous un café fumant. Malgré cela, Honoré n'arrivait pas à se réchauffer, il frissonnait. Évangéline alla quérir un chandail de laine.

— C'est trop gentil, la remercia le vieil homme en l'endossant.

— C'est que je tiens à vous garder parmi nous, s'amusa-t-elle à lui rappeler. Vous vous êtes endormi avant de terminer votre histoire, hier soir…

— J'en étais où ?

— Au moment où le curé De Carufel cuvait son vin, dans le corridor où l'on vient de vous trouver… mais surtout l'instant où Laure partait en ambulance.

Honoré ferma les yeux un bref instant, avant de les rouvrir et de déclarer :

— Je ne me suis pas endormi, hier… j'ai fait semblant. Ce souvenir me ramenait des émotions trop fortes… Vous savez, même si c'est intéressant de plonger dans le passé des gens, ce n'est pas chose facile...

— Si je comprends, osa Évangéline, Laure serait décédée...

— Oui.

La jeune femme essuya une larme.

— Elle est morte à l'hôpital, poursuivit Honoré, accompagnée de l'aumônier, qui a eu le temps de lui donner les derniers sacrements.

— De toute façon, s'emporta Mathéo, une maman de trois enfants n'avait pas besoin d'une bénédiction pour que les portes du Ciel s'ouvrent devant elle... si jamais il existe.

— Ses petits ? Raymond, que nous connaissons, et ses deux petites filles, s'inquiéta Charles, qui en a pris soin ? Leur père ? Abel s'est-il remarié ?

— Abel est toujours resté veuf. Béatrice, qui refusait de se retrouver sous la coupe d'un homme, est demeurée à ses côtés. C'est elle qui a élevé les trois enfants.

— Une femme bienveillante, reconnut Évangéline.

— Au début, poursuivit Honoré, les commères du village doutaient de sa moralité... une vieille fille qui habite sous le toit d'un veuf ! Puis les années soixante-dix sont arrivées, avec leur vent de liberté... Alors, elle et Abel ont enfin osé afficher ce qu'ils étaient, un couple amoureux.

— Une histoire triste, qui s'est quand même terminée d'agréable façon, philosopha Charles. Comme je me plais à le répéter, chaque vie est un roman, avec ses joies et ses peines...

— Sauf que nous ne connaissons pas la fin de celui d'Augustin et de son Alix, leur rappela Mathéo. J'avoue que ça me turlupine. Je me demande si Béatrice pourrait nous en dire davantage, nous révéler des indices qui permettraient d'orienter nos recherches sur le web.

La journée printanière s'annonçait belle, mais, en pleine pandémie, les mesures de la santé publique n'autorisaient pas les visites dans les résidences pour personnes âgées. Il fut décidé qu'on attendrait qu'une occasion se présente. Pour l'instant, la seule chose possible était de poursuivre les rénovations, ainsi que la décoration de ce curieux presbytère, reçu en héritage.

34

Val Roussillon, dimanche 12 juillet 2020

La terre entière était mise sur pause. La course folle à la performance avait cédé la place à la lenteur. Pour ceux et celles qui ne craignaient pas pour la survie de leur entreprise, ce moment de répit, cet isolement dans leur milieu de vie, leur permettait de redécouvrir un monde qu'ils avaient trop souvent mis de côté, faute de temps : celui de la maison familiale et de ses occupants.

Sur fond de tristesse, il y avait ceux que la pandémie avait privés d'un être cher, dans des conditions inhumaines de solitude. Charles et son fils étaient de cette sombre cohorte. La nuit, seul dans sa chambre, Charles laissait libre cours à son chagrin, pleurant dans son oreiller cette femme qu'il avait tant aimée et avec qui il avait espéré vieillir. Le jour, il s'empêchait d'évoquer son nom, dans le but d'éviter de raviver la peine de Mathéo qui, lui, avait perdu sa mère. Son garçon avait la chance d'avoir une épouse bienveillante, dans les bras de laquelle il pouvait se réfugier, dans les moments de nostalgie.

Cet héritage en Abitibi représentait pour eux une soupape à leurs émotions. Le vieux bâtiment avait besoin d'amour et les deux hommes possédaient les compétences pour lui en donner. Honoré s'amusait à les voir discuter des rénovations, puis à dessiner des plans et, enfin, à effectuer les tâches avec la promptitude d'habiles travailleurs de la construction. La salle de bain à l'étage avait été entièrement rénovée et la cuisine commençait à prendre allure, avec les comptoirs style vieillot qui avaient été installés la veille. Le vieil homme était reconnaissant à ces jeunes, ce qui incluait Charles, au début de la soixantaine, qui lui demandaient des suggestions, dans le but de respecter l'architecture d'antan, à l'époque du curé Davignon. Bien sûr, Honoré savait que le trio avait la compétence pour se passer de ses conseils, mais il trouvait aimable de leur part de le consulter.

Ce dimanche 12 juillet, Évangéline se rendait à Amos, en compagnie d'Honoré, rencontrer Béatrice dans sa résidence pour gens âgés. La première vague de la COVID-19 était terminée, selon les mesures de la Santé publique, et cette période octroyait enfin certaines libertés. À la résidence, Les Jardins du Patrimoine, les visites étaient restreintes à deux personnes, aussi, c'est elle qui avait été choisie pour discuter avec la vieille dame des événements d'autrefois.

Prévenue par Raymond de leur visite, Béatrice les reçut avec plaisir, assise dans une balançoire, à l'extérieur de son immeuble.

Évangéline fut émue de constater la joie de Béatrice lorsqu'elle accueillit Honoré. De loin, elle leva les bras et les referma sur son cœur, comme si elle lui faisait un long câlin.

Taquine, elle lui reprocha :

— J'ai su que tu avais attrapé la COVID, ce printemps… comme d'habitude, j'imagine que tu avais pris des risques. Je te défends bien de partir avant moi !

Honoré promit de suivre son conseil, puis il présenta Évangéline :

— C'est le mari de cette belle jeune femme, Mathéo, qui a hérité du presbytère du curé Davignon. Cyriac était son grand-père…

— Je le croyais vieux garçon, celui-là, sans enfant.

— C'est une longue histoire, je te raconterai. Figure-toi qu'en effectuant des réparations, ils ont découvert un journal qui a appartenu à notre bon curé Davignon.

— Ça alors ! Est-ce qu'il contenait des données nouvelles ? s'informa Béatrice, l'esprit alerte pour son âge. Des indications qui pourraient nous renseigner sur l'endroit où Augustin et son Alix auraient trouvé refuge ?

— Non, répondit Évangéline. Je comptais sur vous, sur vos souvenirs de cette époque, quelque chose que vous auriez vu, ou entendu, qui nous apporterait des indices pour effectuer de nouvelles recherches, avec les outils technologiques actuels.

La vieille dame esquissa un sourire espiègle.

— J'avais découvert qu'il existait une relation amoureuse entre notre curé et la supérieure du couvent, avoua-t-elle, même s'ils faisaient vraiment tout pour la cacher. Un petit mot par-ci, un sourire par-là, surtout quand ils avaient l'occasion de se retrouver ensemble, dans la bibliothèque, par exemple.

— Tu écoutais aux portes ? la taquina Honoré.

— Pas plus que toi, vilain curieux !

Honoré baissa les yeux, admettant son défaut, puis il invita Béatrice à poursuivre.

— Je me doutais qu'à la fin de son contrat avec l'évêché, continua-t-elle, Augustin Davignon prendrait la clé des champs avec celle que je l'entendais appeler Alix, dans le privé, en l'absence du vicaire, alors que je vaquais à mes occupations, dans une autre pièce. J'étais jeune, j'avais de bonnes oreilles, et surtout, l'amour me faisait rêver. Alors, je me plaisais à leur imaginer une histoire.

Béatrice soupira, avant d'ajouter en confidence :

— Ils étaient si beaux, ensemble, quand ils s'effleuraient du bout des doigts, ou qu'ils se caressaient des yeux…

— C'est vrai qu'avec ton travail au presbytère, tu étais aux premières loges pour surprendre de petits gestes, ou de brèves conversations, mais qui en disaient long sur leurs sentiments.

— En effet.

— Tu avais l'air d'aimer ce travail, souligna Honoré. Et un jour, tu es partie sans prévenir, en refusant de nous donner une explication… Tu accepterais d'en parler, maintenant ?

Béatrice fronça les sourcils et son regard s'assombrit. Elle sembla réfléchir un instant, puis elle se pencha vers ses invités.

— Je vais vous révéler un secret, leur confia-t-elle. Une chose que je n'ai jamais dite à personne, parce qu'à l'époque, il fallait éviter de manger du curé, comme on disait, sous peine d'aller brûler en enfer.

— Ça concerne Augustin Davignon ? s'étonna Honoré.

— Non. L'autre… le vicaire… celui qui est devenu cardinal ! dénonça Béatrice.

— Racontez-nous, l'invita Évangéline avec douceur.

La nonagénaire soupira et, au prix d'un visible effort, elle se mit à parler.

— Au début, quand ce fameux De Carufel m'a engagée, j'étais heureuse de travailler au presbytère, admit-elle. Le curé Davignon était un amour de prêtre, un homme gentil, respectueux, tellement fin… avec un si beau sourire.

— C'est vrai, reconnut Honoré.

— De Carufel était moins sympathique, mais correct, jusqu'à…

Béatrice fit une pause. D'évidence, la suite était un pénible souvenir. Quand elle recommença à discourir, sa voix était devenue rauque.

— Vous n'allez peut-être pas me croire, se justifia-t-elle.

— Vous avez toute ma confiance, l'assura Évangéline.

Encouragée, la vieille dame reprit son inconfortable récit.

— Une nuit, je dormais dans ma petite chambre de bonne, près de la cuisine, et je me suis réveillée avec l'impression qu'il y avait quelqu'un d'autre dans mon lit… c'était lui, le vicaire De Carufel ! Flambant nu, cracha-t-elle, avec entre les jambes un gros… un gros machin… J'avais vu des pénis d'enfant aux couches, mais jamais celui d'un homme, encore moins en érection. J'ai figé, incapable de réagir.

Béatrice s'essuya les yeux, après tellement d'années, ce moment la blessait toujours. Elle fit l'effort de continuer.

— Il a grimpé par-dessus moi et... et... j'ai eu très mal. Je ne savais rien de l'acte sexuel entre un homme et une femme... je ne comprenais pas ce qui m'arrivait. Les odeurs... son haleine... j'avais envie de vomir.

Honoré toussota. Il aurait aimé s'approcher et serrer son amie dans ses bras, mais il fallait respecter les distances autorisées.

— Béa, tu aurais dû en parler, murmura-t-il. On se doutait qu'il s'était passé quelque chose, quand tu es partie sans dire un mot... mais jamais que c'était à ce point-là.

— Ce n'est pas tout, ajouta Béatrice, d'une voix qui reprenait de l'assurance. Quelque temps avant que je devienne sa victime, j'avais entendu Paul-Armand se disputer avec sœur Jeanne-de-Bohème, elle lui faisait des reproches au sujet de Lucette... je n'ai pas trop bien compris de quoi ils discutaient, mais le ton employé était mauvais.

— Cet homme était un violeur ! Il pouvait également être un pédophile... Et dire qu'il est cardinal aujourd'hui, et au Vatican ! s'emporta Honoré.

— La compagnie de ce vicaire était effectivement des plus désagréables, soupira Béatrice. J'ai toujours pensé que c'était à cause de lui que notre curé avait devancé son départ d'une année. Augustin Davignon avait de quoi survivre, il n'était pas dans la rue ; sa sœur lui avait remis une somme d'argent...

— Comment tu sais ça ? s'informa Honoré.

— J'ai entendu le vicaire De Carufel lui dire qu'il devrait donner cet argent à l'évêché... le menaçant d'en parler lui-même à monseigneur. Des années plus tard, quand Syrinie est devenue mon amie, elle m'a confirmé qu'elle avait fait ce don à son frère.

Évangéline attrapa la balle au bond.

— Parlant de Syrinie, avança-t-elle, qu'est-ce qu'elle en pensait, qu'Augustin et Doralice n'aient jamais donné de nouvelles, surtout à leur fils ?

Avant de répondre, Béatrice observa la belle jeune femme, assise devant elle. Raymond l'avait prévenue que le couple qui vivait au presbytère venait de perdre un bébé, et que cet héritage paraissait être pour eux une soupape à leur malheur.

— Vous savez, Évangéline, la maternité n'est pas ressentie par nous toutes de la même façon. Il arrive que le contexte d'une existence en change la perspective, osa Béatrice, davantage à l'époque où mettre un enfant au monde hors mariage était perçu comme une offense à Dieu, et la pire humiliation qui soit, pour une femme.

— Pourquoi est-ce que vous me rappelez ça ?

— Souvenez-vous... Doralice avait donné son petit à l'adoption. Lorsqu'Eugène a appris qu'elle était sa mère, il était un homme marié et père de famille. Et ce fut la même chose pour Augustin... qui n'a pas élevé son garçon.

— C'est vrai, admit Évangéline.

— Je vous raconte ça, parce que c'est ma réflexion personnelle, sur la raison pour laquelle Augustin et Alix n'ont pas contacté leur fils... ils le savaient heureux sans eux. À l'époque, pour Eugène, le fait de révéler qu'il était le fils illégitime d'un prêtre et d'une religieuse aurait fait scandale. D'une certaine façon, ses parents biologiques lui ont épargné ce fardeau...

Évangéline et Honoré se turent. La vieille dame apportait un éclaircissement sur la question la plus sombre de la fugue d'Augustin et de Doralice : comment un père et une mère pouvaient-ils avoir abandonné leur fils, sans jamais lui donner de nouvelles ?

Béatrice serra son châle autour de ses épaules, le vent venait de se lever. Évangéline et Honoré se rendirent compte qu'il était temps de prendre congé. D'ailleurs, une aide-infirmière approchait avec un fauteuil roulant.

Avant de les laisser partir, Béatrice ajouta :

— Je comprends votre curiosité. Si je peux me permettre un conseil, toutefois, dites-vous qu'Augustin et Doralice avaient droit à l'amour. Souhaitons-leur d'avoir trouvé le paradis qu'ils cherchaient pour vivre leur bonheur au grand jour.

— Quelle grande dame ! reconnut Évangéline en la regardant s'éloigner.

Ce n'est pas la maternité qui crée les mamans, songea-t-elle, *c'est l'amour.* Béatrice avait élevé trois enfants qu'elle n'avait pas mis au monde et son cœur débordait d'un profond sentiment maternel, ça se devinait dans la bonté de ses mots.

: :

À leur retour au presbytère, Évangéline et Honoré trouvèrent Charles et Mathéo en compagnie de Raymond, assis sur la terrasse.

— Alors, s'informa Raymond, maman Béa vous a appris quelque chose de nouveau ?

Sans répondre à la question, Évangéline alla s'asseoir auprès de son mari et lui prit la main.

— C'est une femme formidable que je viens de rencontrer. Vous avez eu de la chance de l'avoir, quand votre mère est décédée, souligna-t-elle en s'adressant à Raymond.

Ce dernier opina.

Évangéline poursuivit.

— Nous avons tendance à imaginer que les émotions des gens sont les mêmes que les nôtres... Béatrice m'a fait comprendre qu'il n'en est rien.

— Explique-nous, l'invita Mathéo.

— Je croyais que l'amour parental était inconditionnel, le même chez tous, quel que soit le contexte. J'imaginais impossible qu'Alix et Augustin n'aient jamais donné de nouvelles à leur fils... c'est pour ça que je les pensais morts.

— Et ? voulut savoir Charles.

Évangéline leur raconta en détail sa conversation avec la nonagénaire, insistant sur le fait qu'ils avaient plutôt protégé Eugène de l'opprobre public en ne dévoilant pas les circonstances de sa naissance, pour enfin conclure :

— Avec ce point de vue en tête, j'en déduis que nos deux tourtereaux ont trouvé leur île au soleil, et qu'ils y ont vécu heureux. Ça ne vaut pas la peine d'investiguer davantage.

— Tu as raison, l'encouragea Mathéo. Ces deux-là ont choisi leur destin, n'allons pas déranger leur juste sommeil.

— Mais il y a autre chose, se choqua Évangéline, bien plus grave que la fugue amoureuse d'un prêtre et d'une religieuse.

Ce fut Raymond qui s'informa :

— Quelque chose qui concerne maman Béa ?

Évangéline se tut. Elle avait parlé spontanément... Du regard, elle consulta Honoré.

Ce fut lui qui prit la parole.

— J'ai appris aujourd'hui un drame qui m'a mis hors de moi... Raymond, le vicaire De Carufel a... il a abusé de Béatrice quand elle travaillait au presbytère. C'est pour cette raison qu'elle avait quitté son emploi.

— Quoi ? se choqua l'épicier.

Il bondit sur ses pieds.

— Il faut dénoncer ce monstre ! hurla-t-il.

Honoré se leva et il rejoignit l'homme en colère.

— Reviens t'asseoir, l'invita-t-il. Je suis, comme toi, enragé, mais nous devons y réfléchir avant d'entraîner Béatrice dans une histoire telle que celle-là.

— Elle n'est certainement pas la seule à avoir subi les outrages de cet homme abject, ne dérageait pas Raymond. Il faut le dénoncer !

Impuissants, Charles, Évangéline et Mathéo se taisaient, révoltés cependant qu'un abuseur sexuel soit cardinal, au Vatican, et qu'il termine ses jours dans la paix et la tranquillité.

— Malgré son âge avancé, ses actes ignobles doivent être connus, cracha Raymond. Il aura la place qu'il mérite… dans les flammes de l'enfer !

C'est à peine croyable tous les événements que les murs de ce presbytère pourraient nous raconter, songea Mathéo.

35

Val Roussillon, dimanche 20 décembre 2020

Au début du mois de décembre, au Québec, la pandémie avait atteint les 150 000 cas de gens infectés. Aussi, pour le temps des fêtes, le gouvernement décréta que les régions passaient au palier d'alerte maximale. Une interdiction de se déplacer d'une à l'autre fut prononcée, pour une période allant jusqu'au 11 janvier. De plus, seules les personnes résidant à une même adresse avaient la permission de se côtoyer pour les célébrations de fin d'année. Il y avait une exception, toutefois, pour les personnes vivant seules, qui pouvaient se joindre à une bulle familiale.

Raymond Boudriault, veuf, dont les deux enfants habitaient à l'étranger, se joignit à la bulle du presbytère, heureux de retrouver Honoré, qui l'avait vu grandir. Tous auraient bien aimé pouvoir inclure Béatrice dans leur cocon, mais les soins qu'elle exigeait s'avéraient trop lourds. D'ailleurs, elle était plus en sécurité dans sa résidence, surtout qu'un vaccin avait été trouvé et qu'elle faisait partie de la clientèle prioritaire à le recevoir.

Après sa visite à la vieille dame, en juillet, Évangéline avait espéré qu'elle accepterait de dénoncer l'immonde cardinal De Carufel, cet être immonde qui avait sali la fraîcheur de sa jeunesse en abusant d'elle.

— Vous n'avez sûrement pas été son unique victime, avait-elle évoqué, pour l'encourager à parler. Si vous révéliez ses agissements, ça conduirait certainement à plusieurs autres dénonciations.

Mais Béatrice s'y était opposée.

— Je n'ai plus la force pour ça, s'était-elle excusée. Ce qui me console, c'est que la justice divine s'occupera de lui, un jour… et qu'il ira brûler en enfer pour l'éternité.

Évangéline ne croyait pas aux flammes de la géhenne, elle était donc demeurée sur sa faim, sachant que ce porc, vêtu de pourpre, prélassait sa vieillesse au Vatican. Dans son for intérieur, elle invoquait ce Ciel, auquel elle ne croyait pourtant pas, pour lui souhaiter les pires malheurs… quoique, à quatre-vingt-quinze ans, le monstre avait plus de vie derrière que devant.

En cette soirée de décembre, leur cohorte était réunie au salon. Tous étaient très contents des rénovations effectuées sur ce bel héritage. Après neuf mois de travaux, quasi à temps plein, COVID oblige, le vieux bâtiment avait retrouvé la majeure partie de sa gloire d'antan. Les magnifiques vitraux, éclairés par les lumières de Noël installées à l'extérieur, jetaient dans la pièce une clarté festive.

— Je me plais à imaginer le curé Davignon, fier de son œuvre, souligna Évangéline, accueillir ici, dans le plus grand secret, sa tendre Alix. C'est pour elle qu'il avait érigé ce superbe presbytère… une sorte de Taj Mahal à la gloire de celle qu'il chérissait.

— Honoré, vous qui les avez vus évoluer dans ces lieux, lui rappela Mathéo, quels sont les souvenirs les plus précis que vous gardez de ce couple ? Car, bien que prêtre et religieuse, ils en formaient un, et des plus épris, selon le journal d'Augustin que nous avons retrouvé.

Le vieil homme ferma les yeux un instant, à la recherche du passé, puis il les rouvrit avec des étoiles au fond des prunelles.

— J'étais jeune, commença-t-il, et orphelin... Pour moi, Augustin Davignon a été comme un père, dans ses agissements et dans ses conseils. Puis sœur Jeanne est arrivée dans la paroisse. Dès son installation, elle est devenue la meilleure amie de ma mère, Justine... je me souviens de leurs rires à toutes les deux.

Honoré afficha un sourire nostalgique, avant de baisser les yeux.

— Après le décès de maman, qui avait épousé ton grand-père, spécifia-t-il à l'adresse de Raymond, et lui avait donné une petite fille, Lucette, je me réfugiais souvent ici, au presbytère, quand il m'arrivait de me sentir de trop. Je me souviens particulièrement d'un matin, très tôt, alors que je venais rejoindre monsieur le curé, pour l'accompagner à l'église et servir sa messe... je les ai vus par la fenêtre de la cuisine. Les rideaux étaient fermés, mais il y avait une fente, j'y ai mis mon nez... mes yeux, je devrais dire.

— Et ? voulut savoir Évangéline, avide de connaître quelques détails de cet amour interdit.

— Ils déjeunaient... en robe de chambre. Je les ai observés, caché dans l'ombre, pendant un bon moment.

Tous se taisaient, désireux de découvrir la suite.

— J'avoue que je trouvais cette situation étrange, mais ils semblaient tellement heureux, à discuter et à rire... puis Augustin s'est penché vers sœur Jeanne... vers Doralice, je devrais dire, et il l'a embrassée sur les lèvres...

— Oh ! Quelle belle image, s'extasia Évangéline

— Aujourd'hui, je pense comme toi, mon enfant. Sur le coup, cependant, moi qui ne connaissais rien de l'amour, encore moins des sentiments interdits, j'ai été stupéfait, déclara Honoré. Je me souviens de m'être enfui à toutes jambes et de m'être réfugié à l'église pour attendre l'arrivée du curé Davignon, qui venait dire sa messe.

— Honoré, j'adore vous écouter raconter, avoua Mathéo. De savoir que ces événements se sont passés ici, dans mon presbytère, reçu en héritage d'un grand-père inconnu, et qui a résidé dans ces lieux, dans cette pièce… J'ai l'impression de pénétrer à l'intérieur d'un roman et de partager la vie de ces lointains personnages.

— C'est vraiment agréable de vous écouter, confirma Charles.

Mathéo se leva.

— Maintenant que notre cellier est bien garni pour le temps des fêtes, qu'en diriez-vous si j'allais nous chercher une autre bouteille ? s'informa-t-il à la ronde. La soirée est encore jeune…

L'accord de chacun lui fut aussitôt acquis. D'un pas allègre, il se dirigea vers la cuisine. Moins d'une minute plus tard, un bruit assourdissant résonna dans tout le bâtiment. Une secousse comme si un mur s'écroulait, dans un fracas de verres brisés. Tous se précipitèrent vers la cuisine, là où se trouvait l'entrée menant au cellier… elle était envahie de poussière de béton, qui entrait par la porte, demeurée ouverte.

— Mathéo ! hurla Évangéline, comprenant que c'était le mur du cellier qui venait de s'affaisser.

Elle fonça dans la poussière, Charles s'empressa de la retenir.

— Attends ! dit-il. Laisse-moi faire, je vais y aller.

Charles descendit les trois marches vers le corridor… trop de débris et de résidus voletaient dans l'air, il ne voyait rien.

— Mathéo, cria-t-il, tu es là ?

— Oui, lui répondit son fils.

— Mon Dieu, merci ! Tu es blessé ?

— Non, je ne pense pas, toussota l'interpellé.

Évangéline avait entendu la voix de son mari. Elle soupira d'aise, tandis que Raymond alla rejoindre les deux hommes sur les lieux de l'affaissement. Honoré plaisanta sur leur réserve de vin, dont il ne devait plus rester de bouteilles intactes.

À mesure que le nuage de poussière se dissipait, les hommes, debout dans le corridor, constataient l'ampleur des dégâts.

— Le mur avait quelques fissures, nota Mathéo, nous aurions dû effectuer des travaux de consolidation avant de déposer des bouteilles de vin dans le cellier.

— C'est solide un mur de pierre ! À moins d'avoir été érigé par un amateur, ça ne s'écroule pas de la sorte, nota Charles.

Mathéo s'avança le premier vers l'amas de cailloux, afin de vérifier si des bouteilles de vin avaient survécu à la catastrophe.

Soudain, épouvanté, il poussa un cri :

— Merde ! C'est impossible !

— De quoi tu parles ? demanda son père en s'approchant à son tour.

— Mon Dieu ! constata-t-il. C'est une main…

— Une main de femme, compléta son fils… la gauche, elle porte une bague à diamant…

Évangéline, qui n'avait rien perdu de leur conversation, descendit les rejoindre. Horrifiée, elle murmura :

— C'est la main de la dame blanche, desséchée… au lieu d'une trace à l'annulaire, elle porte un anneau de fiançailles.

— Nous ne sommes pas dans un roman, intervint Charles. Il ne s'agit pas ici d'un fantôme… mais bien d'une femme, morte, assassinée…

— Doralice, hoqueta Évangéline, au bord de l'hystérie.

Mathéo se pencha pour tasser une lourde pierre et dégager le bras de la victime.

— Il ne faut rien toucher, l'arrêta Raymond, nous sommes sur une scène de crime, qui date de très loin, mais une scène de crime tout de même.

Instinctivement, tous reculèrent et, longeant le mur opposé au cellier, ils remontèrent à la cuisine. Assommés par ce qu'ils avaient découvert, ils se laissèrent tomber sur les chaises autour de la table. Incrédules, ils se regardaient, incapables de prononcer un mot, les yeux agrandis par l'horreur de leur découverte. Tous étaient trop bouleversés pour émettre une opinion sur les multiples scénarios qui s'entrechoquaient dans leur tête.

Finalement, Honoré, moins secoué, car il n'avait rien vu, prit l'initiative de la suite à donner à l'événement qui venait de se produire.

— L'unique chose à faire, statua-t-il, c'est de prévenir les autorités.

Machinalement, Mathéo extirpa son cellulaire de sa poche de chemise, il souffla dessus pour en retirer la poussière et il composa le 911. Puis il mit son appareil sur haut-parleur et le déposa au centre de la table, afin que tous puissent participer à l'appel, si cela s'avérait nécessaire.

Une dame répondit.

Ce fut Mathéo qui, fébrilement, lui annonça avoir trouvé une femme écrasée sous le mur de pierres de son cellier.

— La personne dont vous parlez, est-ce qu'elle respire encore ? s'informa l'employée.

Malgré la gravité du moment, secoués par leur découverte, tous pouffèrent à cette demande.

— Non, elle ne respire plus, la renseigna Mathéo, maîtrisant son envie de rire.

— Vous en êtes certain ? Vous avez pris ses signes vitaux ?

— Le décès remonte à plus de soixante ans, articula difficilement Charles. Nous sommes convaincus du décès.

— Quoi ? Vous me faites marcher ? s'emporta la préposée.

Maîtrisant ses émotions, Mathéo reprit son sérieux et déclara :

— Non, excusez-moi ! J'ai dit une femme, mais j'aurais dû spécifier qu'il s'agit d'un squelette. Je sais qu'il s'agit d'une femme parce qu'elle porte une bague à diamant à l'annulaire gauche.

C'est sur un ton apparemment douteux que la préposée prit les renseignements nécessaires à l'intervention policière. Puis Mathéo éteignit son téléphone et il suggéra :

— Si nous allions attendre au salon. Je ne me sens pas à l'aise, ici, c'est trop près de… du…

Sans un mot, tous acquiescèrent à son invitation et le suivirent dans la pièce d'en avant. Abasourdis, ils reprirent chacun leur siège, en silence. Leur fou rire nerveux avait cédé la place à l'ahurissement. Faute de vin, Charles servit un cognac à chacun.

— Nous avons besoin d'un remontant, spécifia-t-il en remettant un premier ballon à son fils.

— Je n'arrive pas à me faire à l'idée, émit Honoré. Je viens d'obtenir une réponse à des décennies de questionnement…

— … soit qu'Alix… et je présume qu'Augustin se trouve aussi sous les gravats… n'ont jamais quitté leur presbytère, compléta Évangéline.

— Quelqu'un a commis ces meurtres, déclara Charles, pragmatique. Ils ne se sont pas emmurés là par inadvertance.

— Et si ce n'était pas eux ? suggéra Évangéline, qui refusait de croire à une fin aussi tragique pour la charmante histoire d'amour qu'elle avait imaginée entre un prêtre et une religieuse.

— Dans mon souvenir, ce cellier a été érigé à la demande du vicaire De Carufel, un amateur de grand cru. D'ailleurs, rappelez-vous, dans l'album du soixante-quinzième anniversaire de la paroisse, que vous avez déniché dans la bibliothèque, il y a une photo de Paul-Armand, posant fièrement, un cigare à la main, devant son cellier…

— Il aurait osé se pavaner devant ce mur, derrière lequel se trouvaient ses victimes ? se fâcha Évangéline.

— Rien ne prouve que ce soit lui l'assassin, lui fit remarquer Mathéo.

— Qui d'autre veux-tu que ce soit ? Lui seul habitait ici avec les victimes, nota son épouse.

— Personne d'autre n'a été porté disparu, à cette époque, se rappela Honoré, à haute voix.

— Des meurtres qui datent de soixante… soixante-huit ans, calcula Charles. La culpabilité de quelqu'un sera difficile à prouver… pour ne pas dire impossible.

Les supputations de chacun allèrent bon train, jusqu'à ce que des flashs de lumière annoncent l'arrivée des forces de l'ordre, ainsi que d'une ambulance.

Mathéo alla ouvrir.

— On nous a signalé qu'un accident avait eu lieu à votre adresse, peut-être mortel… C'est bien vous qui avez appelé le 911 ?

— Oui, c'est moi, lui répondit Mathéo. Si vous voulez me suivre.

Mathéo conduisit les deux agents dans le corridor, là où le cellier venait de s'affaisser. La poussière était complètement retombée, ce qui leur permit d'apercevoir davantage qu'une main… d'évidence, deux corps squelettiques, desséchés, reposaient contre le mur du fond, au milieu des débris. Le policier le plus haut gradé n'eut pas à réfléchir longuement : la scène de meurtre qui s'offrait à sa vue nécessitait des compétences plus expérimentées que les siennes.

36

Val Roussillon, mardi 22 décembre 2020

Les habitants de Val Roussillon étaient sous le choc. Le cellier du presbytère s'était affaissé et, derrière, deux corps avaient été découverts. Pour les plus âgés, il n'y avait aucun doute possible, il s'agissait du curé Davignon et de sœur Jeanne-de-Bohème, mystérieusement disparus au début de l'été 1952. Un pan de l'histoire de leur communauté s'éclaircissait.

Un détective de Montréal, Serge Dubois, reconnu pour ses compétences en matière criminelle, s'était vu attribuer la pénible enquête en temps de pandémie. Sa première démarche avait été de consulter le dossier constitué à l'époque, lors de la disparition du prêtre de la paroisse en même temps que celle de la supérieure du couvent. Il se rendit compte que les investigations avaient été menées si promptement, qu'on pouvait dire qu'elles avaient été bâclées, à la demande de l'évêché, pour conclure qu'il s'agissait d'une fugue… qui devait être tue dans la mesure du possible, pour sauvegarder la réputation de l'Église.

Aujourd'hui, c'était différent.

Un curé de campagne et une religieuse : de fugueurs amoureux à victimes de meurtre, titraient les médias, mis au courant de cette étrange affaire en quelques clics.

Dubois évita de prêter attention aux rumeurs. Tout devait être passé au peigne fin et, avant de révéler les noms des personnes décédées, il fallait s'assurer de leur identité. L'homme de la situation, celui qui pouvait le mieux le renseigner, était Honoré Plamondon : le vieillard avait des souvenirs très nets de cette lointaine époque.

— Si je peux me permettre, je vous inviterais à consulter le dossier médical d'Augustin Davignon, lui avait conseillé le vieil homme. Je me souviens qu'il nous avait raconté que, dans la vingtaine, il avait été heurté par une voiture. Cet accident lui avait causé de multiples fractures. Doralice était avec lui, mais elle aurait été moins affectée physiquement. Selon ce que je me rappelle avoir entendu, elle avait eu le bras droit fracturé.

Une recommandation que Dubois s'était empressé de noter.

Puis il avait visité chaque pièce du presbytère, pour la plupart fraîchement rénovées, pour en conclure que la seule partie à isoler pour son enquête, était le corridor de pierre où se trouvait le cellier, de même que le garage, qui lui servirait d'endroit pour étaler les exbibits découverts sous les amas de cailloux et de béton.

Ce mardi, pendant que deux de ses hommes, masqués et distancés dans la mesure du possible, passaient la scène de crime au peigne fin, Dubois demanda à s'entretenir avec Honoré. Les meurtres, qu'il avait à élucider, dataient probablement de soixante-huit ans. Il ne s'agissait pas d'une mince affaire.

Installé au salon, près de l'arbre de Noël, récemment décoré, Dubois ne put s'empêcher de remarquer la beauté des vitraux.

— Le travail d'un grand artiste, reconnut-il. C'est étrange de découvrir de telles œuvres d'art dans un presbytère de campagne.

— Le prêtre, derrière le cellier, était un amateur d'art, lui fit savoir Honoré d'une voix nostalgique.

Pour cet entretien, tous étaient présents. Honoré avait insisté pour qu'ils soient là, car, même s'ils n'avaient pas vécu à l'époque du curé Davignon, ils avaient lu son journal. À travers les mots d'Augustin, chacun s'était fait une idée des événements qui avaient eu lieu ici.

— Un journal ? s'étonna Dubois, éloigné de leur groupe. Il va falloir me le remettre.

— Bien sûr, acquiesça Évangéline en se levant pour aller le quérir à la bibliothèque.

— À part cet écrit, insista le détective, est-ce qu'il existe d'autres documents pouvant servir à mes recherches ?

Mathéo lui tendit l'album du soixante-quinzième anniversaire de la fondation de la paroisse.

— Vous y trouverez des articles sur sœur Jeanne, sur le curé Davignon, de même que sur son successeur, le vicaire De Carufel.

De retour au salon, Évangéline posa le cahier sur une table où l'enquêteur pourrait le récupérer en partant.

— Dites-moi, monsieur Plamondon, commença Dubois, vous qui avez côtoyé ce prêtre, qui avez lu son journal et qui connaissiez aussi sœur Jeanne… ce double meurtre vous surprend-il ? Ou si c'est une chose à laquelle vous aviez pensé ?

— Ça m'a effleuré l'esprit, je l'avoue, mais je refusais d'y croire. Je me suis persuadé qu'ils étaient partis ensemble et qu'ils avaient été heureux, quelque part.

— Maintenant que nous savons que cette femme et cet homme ont été assassinés, avez-vous un coupable en tête ?

Les personnes présentes échangèrent un regard, puis Charles fit signe à Honoré, le plus apte à émettre une opinion, de s'exprimer.

— Je me fais le porte-parole de nous tous, assuma Honoré en vous disant que le seul coupable possible, selon nous, serait le vicaire Paul-Armand De Carufel, un être vil et cupide comme il s'en fait peu.

Étonné d'une réponse aussi rapide, et surtout aussi catégorique, Serge Dubois suggéra :

— Il s'agit là d'une accusation lourde de conséquences. Qu'est-ce qui vous amène à suspecter ce vicaire De Carufel ?

— Différentes raisons... Entre autres, après la disparition du curé Davignon, il a commencé à dépenser follement, en alcool fin, en cigares, en voitures de luxe. D'évidence, il avait touché un gros lot... c'est la rumeur qui courait dans la paroisse pour expliquer ses extravagances. Aujourd'hui, avec ce que nous savons, je dirais qu'il lançait par les fenêtres l'argent que la sœur du curé Davignon avait remis à son frère, pour qu'il puisse s'enfuir avec la femme qu'il aimait...

— Cette femme... c'était sœur Jeanne-de-Bohème ? analysa Dubois.

— Oui, vous découvrirez leur histoire dans le journal intime d'Augustin Davignon.

Le détective se leva et arpenta le fond de la pièce.

— Pour émettre des accusations, surtout de meurtre, il faut des preuves solides. Vos suppositions ne seront pas suffisantes. Ces meurtres datent de longtemps, soixante-huit ans si vos calculs sont justes. Le vicaire dont vous parlez est probablement décédé.

Honoré esquissa un amer sourire, avant de déclarer :

— Non, il est bien vivant. Et croyez-le ou pas, il est cardinal... au Vatican !

— Quoi ? Vous dites que vos soupçons pèsent sur la personne d'un cardinal ?

— Et il y a plusieurs charges contre lui, ajouta Évangéline.

— Que voulez-vous dire ? s'étonna Dubois.

D'une voix assurée, Évangéline lança :

— En plus d'être un assassin et un voleur, cet homme d'Église est un violeur... une victime peut en témoigner, Béatrice Boulet, qui a subi ses assauts. Elle l'a également entendu se disputer avec sœur Jeanne, concernant une fillette, pour une raison d'attouchement... donc un pédophile de surcroît !

— Et ce n'est malheureusement pas tout, compléta Honoré. Béatrice a aussi été témoin d'une dispute au cours de laquelle De Carufel exigeait du curé Davignon qu'il remette à l'évêché le don reçu de sa sœur, ce qui prouve qu'il savait pour l'argent.

Dubois reprit place sur son fauteuil.

— Comme vous dites, conclut-il, ce personnage me semble être quelqu'un d'abject et de cupide. Sur une dénonciation de votre dame Béatrice, nous pourrions le faire arrêter pour viol... mais ça ne fera pas de lui un assassin pour autant. Pour l'inculper de ce double meurtre, nous aurions besoin d'une preuve concrète, solide, ce que nous ne possédons pas. Un doute subsistera toujours.

: :

Dans les résidences pour personnes âgées, les visites étaient de nouveau interdites, à cause de la montée des cas de contamination à la COVID-19. Le détective Dubois avait discuté avec le médecin de Béatrice et obtenu de lui qu'une infirmière accompagne sa patiente, pour une rencontre, via Zoom, sur la découverte morbide qui venait d'être faite au presbytère de Val Roussillon.

Au préalable, Béatrice avait été instruite des faits, un véritable choc pour elle, qui avait toujours voulu croire qu'Augustin et son Alix avaient vécu leur histoire d'amour dans la paix d'une oasis de bonheur.

Souhaitant la mettre à l'aise, Dubois avait demandé à Honoré d'interroger la vieille dame à sa place, alors qu'il se tiendrait en retrait.

Béatrice accepta de répéter ce qu'elle avait raconté à Évangéline, à la mi-juillet, mais en s'empressant d'ajouter que jamais elle n'accepterait de témoigner publiquement de l'abus qu'elle avait subi. Quant aux conversations qu'elle avait entendues entre sœur Jeanne et le vicaire De Carufel, ou celle de ce dernier avec le curé

Davignon, elle préférait les taire. Sa mémoire défaillante lui jouait souvent des tours, ses dires manqueraient d'assurance et de précision.

Serge Dubois comprit rapidement qu'il lui était impossible de compter sur la vieille dame comme témoin à charge. Toutefois, elle avait confirmé ce qui lui avait déjà été dit, l'orientant vers un coupable que jamais il n'aurait soupçonné... un cardinal, vivant au Vatican, dans l'entourage du pape. C'était, selon une vieille expression, à y perdre son latin...

: :

Val Roussillon, jeudi 24 décembre 2020

L'enquête avait été suspendue pour la veille de Noël, le jour même et le lendemain. Au soulagement des résidents du presbytère, les corps avaient été retirés des décombres et envoyés à Montréal, pour expertise. Toutefois, le corridor et le garage, qui contenait les exbibits retrouvés sur place, étaient toujours sous scellés.

Le plus touché par la macabre découverte de deux squelettes, enfouis derrière le mur du cellier, c'était Honoré, qui les avait connus, en chair et en os. Pour lui, ils n'étaient pas que les personnages d'un journal intime, ils étaient des personnalités importantes de son passé. C'était grâce à la participation financière d'Augustin qu'il avait pu terminer ses études et devenir notaire. Mais bien au-delà de l'argent, ce prêtre avait été son confident, son ami, son modèle masculin au cœur d'une enfance privée de père. Pour lui qui s'était plu à l'imaginer vivant, heureux quelque part à savourer son amour interdit avec la femme de sa vie, la découverte de leur décès pesait lourd sur son bonheur actuel. La compagnie de ses amis, accueillants et chaleureux, l'aidait cependant à faire le deuil de ces personnes, qu'il avait profondément aimées.

Pour Charles, Mathéo et Évangéline, la perte de Joanne, emportée par la COVID-19, au cours de l'année, était beaucoup plus douloureuse que celle de ces deux personnes qu'ils n'avaient connues qu'à travers les pages d'un journal. Charles vivait son premier Noël sans sa femme et Mathéo avait perdu sa mère. Leur peine, ils la partageaient avec des milliers de gens sur la planète qui, au terme de cette année 2020, pleuraient des disparus. Ils avaient le sentiment de faire partie d'une longue chaîne humaine de gens unis les uns aux autres par l'absurdité du destin, qui les avait plongés au cœur de deuils invraisemblables, à cause d'un minuscule virus, hélas, ignoblement meurtrier.

Avec la pandémie qui faisait toujours rage, Mathéo était content d'avoir prolongé son congé jusqu'au printemps. Ici, à Val Roussillon, l'air était pur. Souvent, avec son père et Évangéline, ils partaient pour de longues marches en raquettes, sur le lac gelé. Bien sûr, avec les événements des derniers jours, la majorité des conversations portaient sur les décès d'Augustin et d'Alix, sauvagement assassinés. Toutefois, en cette belle nuit de Noël, afin d'illuminer leur temps des fêtes, une décision commune avait été prise, soit celle d'appliquer une trêve au chagrin et de célébrer le moment présent dans la joie d'être là, vivants et ensemble.

Raymond était arrivé, tôt après le souper, avec une nouvelle réserve de vin qu'il avait commandée à son fournisseur, de bons crus choisis avec Charles, qui se targuait d'être un fin connaisseur. Évangéline et Mathéo s'étaient mis aux fourneaux en promettant aux trois hommes, confortablement installés au salon, qu'ils auraient un réveillon surprise digne des repas d'antan.

Dans le but de respecter les traditions, ils commencèrent par une messe de minuit, présentée à vingt-deux heures, sur le grand écran de leur téléviseur, pandémie oblige. La cérémonie débuta avec une belle voix de ténor, qui entonna le *Minuit, Chrétiens*. Assis à côté d'Évangéline, Honoré eut un frisson en imaginant le curé Davignon, debout dans son église, près de l'autel, à écouter ce chant. Il l'avait vu le faire à maintes reprises, dans ses jeunes années, quand il était son servant de messe. Une larme roula sur sa joue. Témoin de son émoi, Évangéline glissa un bras sous le sien et elle se pressa contre lui pour le réconforter.

À la fin de la présentation, Charles éteignit le téléviseur et lança les festivités en allant chercher une bouteille de champagne. Tandis qu'il s'efforçait d'en retirer le bouchon, il s'adressa à ses proches, si précieux, réunis autour de lui :

— Cette année 2020 qui s'achève a été pénible pour nous tous. Mes enfants, Évangéline, Mathéo, vous avez dû vous accrocher pour survivre à la perte de votre bébé, et voilà qu'une pandémie frappe et vient nous ravir ma femme, ta mère, Mathéo.

La voix de Charles flancha, il dut faire une courte pause, que tous respectèrent en silence. Puis, il poursuivit :

— Ce presbytère, un héritage arrivé soudainement, d'un grand-père inconnu, est devenu notre refuge. En nous activant à lui redonner son lustre d'autrefois, à découvrir ses mystères, nous avons transformé nos peines en énergie de survie.

— Tu as raison, papa, énonça Mathéo, la remise en état de ce bâtiment a été pour nous une thérapie.

— Quant à vous, Honoré, qui avez failli perdre la vie, et vous, Raymond, les nomma Charles, nous vous considérons désormais comme des membres de notre famille venus combler le vide laissé par nos disparus. Bienvenue dans notre bulle !

Le bouchon sauta. Charles remplit les flûtes et les distribua autour de lui.

— Si nous portions un toast à la nouvelle année, proposa-t-il, qu'elle soit meilleure que celle qui s'achève.

Évangéline posa sa coupe sur la table.

— J'ai une meilleure idée, suggéra-t-elle.

Les regards, étonnés, se tournèrent vers elle. Mathéo prit son épouse par la taille et leva son verre.

— Je vous propose de boire à la santé… à la santé de notre enfant, à naître, à la fin de juin.

— Une nouvelle vie à éclore, au début de l'été, ajouta Évangéline, souriante, des étoiles au fond des prunelles.

Le premier, Charles enlaça la jeune femme, que tous entourèrent, ravis de l'excellente nouvelle. Dans l'esprit des convives de ce réveillon de Noël, au presbytère de Val Roussillon, le drame des derniers jours cédait la place au présage de jours heureux.

37

Val Roussillon, mardi 29 décembre 2020

Malgré leurs efforts, pour les occupants du presbytère, il était difficile d'oublier que, durant de si longues années, ce lieu avait été le tombeau du curé Davignon et de la femme qu'il aimait, sœur Jeanne-de-Bohème. Dans d'autres circonstances, sans le contexte pandémique, ils auraient peut-être été contraints de quitter leur demeure pour laisser libre cours à l'enquête. Quoique, après une si longue période, il était impossible que des indices aient subsisté à l'intérieur du bâtiment. D'autant plus que, depuis leur prise de possession en mars 2020, chaque pièce avait été nettoyée de fond en comble et rénovée.

Ce mardi matin, Dubois était revenu avec quelqu'un d'habilité aux fouilles en profondeur de scènes de crime : Martial Provencher.

— S'il y a encore quelque chose à découvrir, ce qui me surprendrait, Martial le trouvera, avait-il souligné en leur présentant le policier, qui se tenait à distance.

Honoré ne doutait pas de l'identité de l'assassin, mais le plus douloureux pour lui, c'était d'imaginer les circonstances entourant les deux meurtres. En l'absence d'Évangéline, dont il souhaitait préserver la sensibilité, il s'informa auprès de Dubois s'il avait reçu le résultat des autopsies.

Ce dernier répondit par l'affirmative, ajoutant :

— Le prêtre est décédé d'un coup à l'arrière du crâne... Un seul a suffi, tellement il était violent.

— Ce maudit De Carufel ! siffla Honoré entre ses dents. Un seul coup de sa part ne m'étonne pas, c'était une pièce d'homme, six pieds, trois pouces, deux cents livres au moins.

— Vous dites ? interrogea Dubois.

— Rien qui vaille la peine, répondit le vieillard. Poursuivez.

— Quant à la dame, elle a eu la nuque brisée.

— Quelle horreur ! ne put retenir Mathéo en grimaçant.

Dubois se tourna vers Honoré.

— Vous aviez une vingtaine d'années lors de ce drame... Vous souvenez-vous de l'entrepreneur qui a construit le cellier ?

— Vaguement... pour peu que je me souvienne, c'était un Bernier. Valmont, je crois. Un retraité qui effectuait des travaux de maçonnerie pour occuper son temps. Il est décédé depuis belle lurette.

Dubois nota le nom, qui pourrait lui être utile, et il s'apprêtait à prendre congé quand le son de son cellulaire résonna dans la pièce. Il répondit. La conversation fut brève.

— C'était quelqu'un de l'évêché, renseigna-t-il son auditoire. Un certain Laurent Demers, avocat à ce qu'il m'a précisé. Il vient pour m'entretenir des investigations en cours.

— Il n'y a rien surprenant là-dedans, déclara Charles, un prêtre et une religieuse ont été assassinés. Déjà qu'à l'époque, selon vos dires, Dubois, l'enquête sur leur disparition avait été bâclée... à la demande de l'évêque lui-même.

— En effet.

Puis, se tournant vers Honoré, l'enquêteur ajouta :

— Ce Demers souhaite que vous soyez présent. Vous êtes un des rares témoins encore vivants. Il sera ici dans une heure, au plus tard.

Pendant que Dubois rejoignait Martial Provencher dans le corridor, Mathéo, Charles et Honoré partirent à la recherche d'Évangéline, qu'ils retrouvèrent au salon.

Ils lui firent part de la visite attendue.

— Je suis horrifiée à l'idée d'entendre des détails de ce drame, avoua-t-elle. Aussi, je vais me retirer dans ma chambre.

Mathéo choisit de l'accompagner à l'étage, mais en se promettant de redescendre à l'arrivée de l'avocat.

Étant donné les normes préventives qui avaient cours, Charles proposa à Dubois que ce rendez-vous ait lieu dans le garage, un endroit chauffé, là où se trouvaient d'ailleurs les différents objets, précieusement répertoriés, qui avaient été recueillis sous les décombres.

Dubois comprenait sa réticence à bouleverser leur intimité, déjà malmenée par les événements. Il accepta la suggestion. Des chaises furent apportées et placées de façon à respecter les mesures sanitaires.

Une heure plus tard, solennel, vêtu d'un habit noir et portant un col romain, l'ecclésiastique se pointa, comme convenu.

D'un geste étudié, il retira son chapeau et se présenta :

— Maître Laurent Demers. Je suis chanoine à l'archevêché de Montréal et avocat. Son Excellence m'a donné le mandat de superviser l'enquête en cours et de le tenir au courant. Deux membres de notre belle et grande famille, de l'Église catholique romaine, ont été retrouvés assassinés… c'est peu commun. Bien que ce crime ait été perpétré il y a de très nombreuses années, cela mérite notre respect et notre attention.

Après qu'il eut pris place, Dubois lui résuma l'affaire, des circonstances de l'affaissement du mur du cellier à la découverte des corps. Parmi les objets recueillis dans le tombeau, il y avait également une mallette de cuir, aux initiales d'Augustin Davignon, qui avait dû contenir une forte somme d'argent.

— Qu'est-ce qui vous laisse croire qu'une petite fortune s'y trouvait ? s'informa l'avocat, sceptique.

— Sa sœur, Syrinie, lui avait remis la moitié de son héritage, soixante-quinze mille dollars, un énorme montant pour l'époque, lui rétorqua l'enquêteur.

— Des qu'en-dira-t-on de village... Avez-vous la preuve de ce que vous avancez ?

Honoré intervint.

— Après la disparition de son frère, Syrinie est venue s'installer à Val Roussillon. C'est elle qui nous a fait part de ce partage avec son frère. Béatrice et moi pouvons en témoigner.

— Qui est Béatrice ? voulut savoir Me Demers.

Honoré, Charles et Mathéo, qui assistaient à l'entretien, échangèrent un regard. Ce fut Charles qui répondit à sa question :

— Une vieille dame qui pourrait vous en dire beaucoup au sujet du vicaire De Carufel...

L'avocat leva une main pour l'interrompre, puis il déclara :

— Dans ce cas, je passerai la voir, si ça s'avère nécessaire. J'aime apprendre les événements de la bouche des témoins eux-mêmes, et non de celles d'autres personnes.

Charles se contenta de hocher la tête.

— Si vous me parliez des résultats des autopsies, poursuivit Me Demers, se tournant vers Dubois.

L'interpellé sortit de sa mallette une feuille sur laquelle étaient rédigées les différentes étapes des examens anatomiques. Il la tendit à Demers.

— Résumez-moi ce qui est écrit, lui ordonna ce dernier. Je n'ai pas besoin de tous les détails... sordides.

L'enquêteur lui répéta ce qu'il avait déjà dit à Charles, Honoré et Mathéo.

Maître Demers grimaça.

— C'est inimaginable, dans un presbytère ! se choqua-t-il. L'assassin était un monstre !

Dubois hocha affirmativement la tête.

— À ce jour, vos soupçons se portent-ils sur quelqu'un en particulier ?

— Quand ces événements se sont produits, le curé Davignon vivait en compagnie de son vicaire, Paul-Armand De Carufel, analysa Dubois.

— Paul-Armand De Carufel… le cardinal ? s'étonna Me Demers.

— Lui-même.

— Il ne fait tout de même pas partie de vos suspects !

— Ces deux hommes habitaient seuls ici… Oui, je l'ai dans ma mire. Pensez-vous à quelqu'un d'autre ?

— Je ne sais pas, moi, des voleurs ? Dans le rapport, sur leur disparition, il y a des années, il est noté que les revenus d'une tombola s'étaient envolés… et vous venez de parler d'une importante somme d'argent, que le défunt aurait reçue de sa sœur.

Un sourire sceptique au coin de la bouche, Honoré avança :

— Vous pensez vraiment que des bandits de grand chemin, après leur méfait, se seraient donné la peine de camoufler les corps derrière un mur de pierres qu'ils auraient érigé… avant de s'enfuir ?

L'avocat pinça les lèvres, pris au piège de sa suggestion ridicule. Puis, la tête haute, il se reprit :

— Pourquoi est-ce que ce ne serait pas l'entrepreneur, celui qui construisait le cellier ? Il peut avoir aperçu la mallette, remplie de gros billets de banque…

Silencieux, chacun analysa l'idée.

Fier de son hypothèse, Demers s'empressa d'enchaîner :

— J'imagine que vous êtes d'accord avec moi pour dire qu'il fallait quelqu'un qui disposait de temps au presbytère.

Me Demers leur laissa un moment pour réfléchir avant de poursuivre :

— Lui, cet entrepreneur, il en avait. Il suffisait qu'il choisisse l'instant propice, en l'absence du vicaire De Carufel…

— N'oublions pas que ce sont deux personnes qui ont été tuées, spécifia Charles, dont l'une n'habitait pas ici.

— Dans mon souvenir, ajouta Honoré, le maçon était quelqu'un d'âgé. Je ne pense pas qu'il aurait eu la force de…

— À mon humble avis, l'interrompit Demers, je viens de soulever un doute raisonnable quant à votre théorie sur la culpabilité du cardinal De Carufel. Avant de conclure en lançant des accusations contre un… saint homme, assurez-vous d'avoir des preuves directes, solides, non pas uniquement circonstancielles qui, elles, ne tiendront pas la route.

— Je ne suis pas en mesure de porter des accusations, nota Dubois. Je mène une enquête. Quand elle sera terminée, je remettrai les résultats à mes supérieurs, et ce sont eux qui aviseront.

— Vous saviez que votre saint homme était un violeur ? ne put s'empêcher de proférer Honoré, encore sous le choc des révélations de Béatrice.

Me Demers bondit sur ses pieds.

— Vous avez des preuves de ce que vous avancez ? l'interrogea-t-il, le regard sombre.

— La personne concernée ne veut pas porter plainte, mais je…

— Dans ce cas, taisez-vous ! fulmina l'avocat.

— Cette dame se refuse à parler du viol, souligna Honoré, mais elle a signé un document sur lequel elle dit avoir surpris le vicaire De Carufel sommer le curé Davignon de remettre son héritage à l'évêché. Il était donc au courant que sa sœur Syrinie lui avait donné de l'argent.

— Vous présumez, mon ami !

Sans se laisser démonter par le ton de l'avocat, Honoré enchaîna :

— De plus, cette femme reconnaît avoir entendu sœur Jeanne reprocher à De Carufel des gestes déplacés envers une fillette…

— Ça suffit ! s'emporta Demers. Ce sont là des ragots de vieille dame que vous devriez avoir honte de répéter !

Se tournant vers l'enquêteur, il menaça :

— Quant à vous, tenez-vous-en aux faits ! N'oubliez pas que Paul-Armand De Carufel est toujours vivant et extrêmement lucide. Ce serait affreux de ternir la réputation d'un haut dignitaire de l'Église, ami du pape, par des calomnies, sans fondement ! Le seul fait qu'il cohabitait avec le curé Davignon, à l'époque, ne fait pas de lui son assassin. Quant aux souvenirs d'une vieille dame, ils seront difficiles à prouver, sans soulever un doute raisonnable.

Puis, Me Laurent Demers se dirigea vers la sortie.

— Si c'était lui, votre cher cardinal, l'assassin ? cracha Honoré. Vous n'aimeriez pas connaître la vérité à son sujet ?

Le chanoine stoppa sa marche. Il se retourna et jeta un œil courroucé à Honoré, puis, la tête haute, il quitta les lieux. Sa mission était accomplie. Sans preuve directe, il était impossible de relier le cardinal De Carufel à ces doubles meurtres. Plus de soixante années de poussière accumulée recouvraient les événements de cette lointaine époque. Ce n'étaient pas les suspicions d'un vieillard, ou les ouï-dire d'une nonagénaire, qui risquaient de constituer des preuves irréfutables.

: :

Val Roussillon, mercredi 30 décembre 2020

En quittant le presbytère, la veille, Serge Dubois avait promis qu'aujourd'hui, 30 décembre, serait la dernière journée de son enquête sur les lieux du drame. Les scellés seraient retirés et les travaux pour dissimuler toute trace des événements qui s'y étaient produits pourraient enfin être effectués.

Assis à la table du déjeuner, tous étaient attristés par la fin tragique des amants du presbytère, comme ils appelaient désormais Augustin et Alix.

— Le plus pénible, souligna Honoré, c'est de savoir que ces deux malheureuses victimes, d'un être répugnant et sans conscience, ne seront jamais vengées.

— Parce que vous êtes certain que le coupable est le vicaire De Carufel ? interrogea Charles.

— Absolument ! Si sœur Jeanne avait dénoncé haut et fort son comportement de pédophile, ça lui aurait bloqué l'accès à une nomination au Collège cardinalice. Une idée qu'il ne pouvait pas supporter. Quelle honte, face à sa famille !

— C'est vrai qu'il faisait partie d'une longue lignée de cardinaux, nota Évangéline, sa famille comptait sur lui pour perpétuer la tradition.

— Un autre motif à ses gestes vils était sûrement l'appât du gain, suggéra Mathéo. C'est une petite fortune qu'Augustin avait reçue de sa sœur et il était au courant.

— En effet. Ça conforte mon assurance de sa culpabilité, ajouta Honoré. Si vous aviez vu sa façon de vivre, après le départ… après la mort d'Augustin. C'est incroyable à quel point il jetait l'argent par les fenêtres. Cet odieux personnage avait des goûts de luxe !

— Dommage qu'on ne puisse rien prouver, s'apitoya Mathéo, faute de preuves directes. Commettre des crimes aussi abjects et s'en sortir la réputation indemne !

— Il y a une question qui me vient, nota Évangéline. Plutôt que d'emmurer les corps, pourquoi est-ce que le vicaire De Carufel ne les a pas mis dans le coffre de l'auto, quand il est allé la précipiter au fond d'un lac, à l'entrée du parc de La Vérendrye ?

— Tu imagines s'il s'était fait prendre sur la route, avec deux cadavres dans son coffre-arrière, lui répondit spontanément son mari. C'en aurait été fini de ses rêves de grandeur.

— Oui, en effet, admit sa femme.

— Ça me rappelle qu'à l'époque, précisa Honoré, il y avait un bus de nuit qui traversait le tout nouveau parc de la Vérendrye, qui avait été inauguré en 1950. Et si mes souvenirs sont exacts, l'arrêt pour les passagers se trouvait à quelques milles à peine de l'entrée, pas très loin du lac sans fond où des années plus tard l'automobile du curé Davignon a été retrouvée.

— Ça explique bien des choses, constata Charles.

— Songeons plutôt à Augustin et à Alix, suggéra Évangéline.

Tous se montrèrent d'accord.

— Faute d'avoir eu l'avenir dont ils avaient rêvé, ajouta la jeune femme, au moins, ils vivent dans nos cœurs.

— C'est bien dit, la félicita Honoré.

Leur conversation fut interrompue par l'arrivée de Serge Dubois, accompagné de Martial Provencher, qui venait récupérer les objets retrouvés auprès des corps, des pièces à conviction, soigneusement répertoriées, qui seraient maintenant expédiées dans un laboratoire médico-légal.

Honoré choisit de suivre Martial au garage, pour jeter un œil, une dernière fois, aux choses qui lui rappelaient Augustin. Dans le but de faire croire à une fuite préméditée, l'assassin avait emmuré plusieurs objets personnels, incluant des vêtements, des livres qu'Augustin aurait pu avoir apportés avec lui, s'il s'était agi d'une fugue.

Le cœur lourd, Honoré ne touchait à rien, mais il observait Martial ranger chaque pièce dans un contenant approprié. Ces quelques objets disparates étaient ce qui subsistait du grand homme qui avait fait ériger ce presbytère…

Soudain, son attention fut attirée par un truc minuscule, un bijou en apparence, inséré dans une enveloppe transparente.

— Ça ! pointa-t-il. Où est-ce que vous l'avez déniché ?

Provencher n'en savait rien. Il prit le sachet et lut :

— Broche qui se trouvait sous le squelette de l'homme.

— Oh ! Mon Dieu ! Mon Dieu ! clama Honoré en se prenant la tête à deux mains.

D'une voix forte, il lança un appel :

— Mathéo ! Charles ! Venez vite !

Inquiets, les deux hommes accoururent, suivis de Serge Dubois.

— Qu'est-ce qui se passe ? s'inquiéta ce dernier.

— Regardez, les incita Honoré, en pointant de nouveau l'objet sous scellés. Cette broche, toujours attachée à un bout de tissu... noir... elle a été découverte sous le corps d'Augustin.

— Et ? voulut savoir l'enquêteur, étonné de la fébrilité du vieillard.

Honoré afficha un large sourire et il annonça :

— Voilà une preuve de la culpabilité du vicaire De Carufel !

Dubois n'y comprenait rien.

— Expliquez-nous, l'invita-t-il.

— Cette broche, commença Honoré, elle est aux armoiries de la dynastie des De Carufel depuis des siècles. Paul-Armand la portait constamment, avec orgueil, sur le revers de son col ou sur sa soutane...

Attentifs, tous l'écoutaient. Il poursuivit :

— Elle a dû être arrachée, avec un morceau de sa soutane, quand il a jeté le corps de sa victime dans ce caveau.

— Vous la reconnaissez... sans crainte de vous tromper ? vérifia Charles.

Honoré réfléchit un instant, puis il dicta :

— Jetez un œil aux photos de l'époque ! Je me souviens que, dans l'album du soixante-quinzième de la paroisse, il y avait des clichés de notre vicaire, à son arrivée à Val Roussillon, où il affichait fièrement les armoiries de sa famille...

— De toute façon, si ce sont, comme vous dites, des armoiries de famille, il sera facile de créer le lien, déclara Dubois en détaillant le précieux objet, d'un regard pétillant. Surtout qu'il a fallu un sacré coup, pour qu'elle vienne avec un bout de tissu.

— À part le vicaire De Carufel, personne d'autre ne peut avoir perdu cette broche sous le corps du malheureux prêtre assassiné, poursuivit Honoré, en fermant les yeux, le cœur en liesse.

— C'est à peine croyable, murmura Mathéo, grâce à une petite broche de rien du tout, le coupable de meurtres dégoûtants va payer pour ses crimes !

— Ne présumons pas trop vite, suggéra l'enquêteur. Mais effectivement, comme vous dites, il s'agit là d'une preuve directe que De Carufel était présent sur les lieux lorsque les corps des victimes ont été déposés derrière le mur du cellier.

Honoré avait des larmes au coin des paupières. Pour lui, un procès, de même que le verdict de jurés ou d'un juge ne s'avéraient pas nécessaires. Cette broche, aux armoiries des De Carufel, venait lui prouver, sans l'ombre d'un doute, la culpabilité de l'ignoble vicaire. La suite appartenait maintenant à la justice des hommes.

38

Val Roussillon, mardi 5 janvier 2021

À la une des médias du monde entier, la pandémie de COVID-19 avait été détrônée: le puissant cardinal Paul-Armand De Carufel, ami du pape, venait d'être arrêté en Toscane, où il se reposait pour ses vacances de fin d'année. Le haut dignitaire de l'Église catholique romaine était soupçonné d'un double meurtre, perpétré soixante-huit ans plus tôt, au Canada, dans une paroisse du nom de Val Roussillon, sise dans la province de Québec. Le crime datait de si loin, et la faute était à ce point inconcevable, que les journalistes refusaient de se commettre en ajoutant des détails dont ils n'avaient pas personnellement vérifié la source. *Précisions à venir*, citait la majorité d'entre eux.

Christian Lambert parcourait l'article paru dans le *Journal de Montréal* avec le sentiment de lire des noms déjà entendus, Augustin Davignon et Doralice Champagne... Des bribes de conversations avec sa mère, Florence, revenaient à sa mémoire. Il y a bien longtemps, elle lui avait parlé d'aïeux, qui avaient vécu dans ce village d'Abitibi, Val Roussillon. Ne se sentant pas concerné, il avait prêté peu d'attention à son récit... qui relatait l'épopée de parents biologiques que son grand-père Eugène aurait retrouvés, et perdus aussitôt dans des circonstances nébuleuses, dont il ne conservait aucun souvenir. Le texte de ce matin l'interpellait au plus haut point. Et si ces « amants du presbytère », dont parlait le chroniqueur, comptaient parmi ses ancêtres ? Il décida de téléphoner à sa mère pour en apprendre davantage.

: :

Val Roussillon, mercredi 6 janvier 2021

Tandis que la découverte de corps, emmurés dans leur presbytère, s'étalait à la une des journaux, les occupants des lieux bénissaient la pandémie, qui empêchait la cohue de médias et de curieux de se précipiter devant chez eux, à la recherche de sensations fortes. Une interdiction gouvernementale de se déplacer dans les régions de la province, dont l'Abitibi, était en vigueur jusqu'au 11 janvier. Avec plus de deux cent mille cas d'infection répertoriés au Québec et les décès de personnes arrachées cruellement à leurs proches, qui se comptaient par centaines, deux macchabées ensevelis depuis des décennies ne rejoindraient les imaginaires que le temps bien court de s'apitoyer sur leur décès, en s'interrogeant sur les circonstances de leur mort. Puis ils replongeraient dans le contexte actuel, déroutant, d'une page de vie qui s'écrivait au présent, soit celle de la pandémie.

Pour la population de Val Roussillon, c'était différent. La nouvelle avait été accueillie comme la fin stupéfiante d'un roman. Tous, dans la paroisse, se souvenaient ou avaient entendu parler, d'une façon ou d'une autre, de la mystérieuse disparition du curé Davignon et de sœur Jeanne-de-Bohème. Sans l'avoir souhaité, avec leur départ inexplicable, les « amants du presbytère » étaient entrés dans la légende de leur patelin.

En allumant le téléviseur, ce mercredi après-midi, Charles comprit que les événements concernant Val Roussillon seraient relégués aux entrefilets. Des manifestants pro-Trump prenaient d'assaut le Capitole pour bloquer la certification de Joe Biden en tant que président élu des États-Unis. Les sympathisants radicaux du président sortant, Donald Trump, incités par son discours enflammé au cours duquel il répétait que l'élection lui avait été volée, envahissaient les lieux, pillant et tuant au passage.

— Venez voir ! C'est à peine croyable ce qui se passe à Washington ! lança Charles à ses enfants et à Honoré.

— Un véritable coup d'État, clama Honoré, dès la première minute.

Sur l'écran, un chapitre de l'Histoire de la plus grande puissance du monde s'écrivait en direct. Abasourdis, tous prirent place autour de Charles, et intrigués, ils attendirent la suite de la manifestation. Cette journée du 6 janvier, ils en étaient conscients, allait marquer de façon dévastatrice la démocratie contemporaine à travers la planète, éclipsant bien sûr les événements de moindre importance.

La sonnerie du téléphone d'Honoré résonna dans la pièce, à la surprise du vieil homme, qui recevait rarement des appels. C'était Serge Dubois. Il l'informa que les cendres du prêtre et de la religieuse pouvaient être rendues à leurs familles.

— L'Église catholique me paraît frileuse à les réclamer, lui fit-il valoir, alors je m'adresse à vous. Peut-être que vous leur connaissez de la parenté.

Honoré hésita et finit par répondre :

— Ça fait si longtemps que ce drame a eu lieu. Même aux funérailles de la sœur du prêtre, il y a plusieurs années, personne de sa famille n'était présent. Je suggère que vous nous les remettiez. Augustin pourrait être inhumé près du presbytère qu'il a fait construire, en compagnie de la femme qu'il aimait.

Dubois promit d'en parler à ses supérieurs, en ajoutant que la proposition faite devrait être acceptée. Ces deux décès n'avaient rien de commun, ils dataient de près de trois quarts de siècle. Puis il raccrocha.

Charles expliqua :

— Au printemps, j'ai pensé déposer les cendres de Joanne en terre, ici, dans le cimetière de Val Roussillon. Si votre suggestion est approuvée, elle se sentira moins seule en compagnie d'Augustin et d'Alix.

— Je suis d'accord, déclara Mathéo. C'est à l'ombre de son presbytère qu'Augustin Davignon doit reposer, à côté de la femme de sa vie, pour l'éternité. Maman sera en agréable compagnie avec eux.

— Ce serait le vœu le plus cher de Joanne, j'en suis convaincue, certifia Évangéline.

Le moment était chargé d'émotions. Chacun, plongé dans ses pensées, médita sur notre passage sur terre, une bien courte odyssée, imprévisible, qui se clôt invariablement par un départ vers l'inconnu…

: :

La journée, forte en rebondissements, tirait à sa fin. Retirés dans la bibliothèque, à l'abri des échos de ce monde, les occupants du presbytère sirotaient un digestif, appréciant la paix du soir.

— Je me répète peut-être, commença Évangéline, mais je me plais à imaginer les quelques années au cours desquelles Augustin et Alix ont vécu heureux, ici, dans cette pièce et dans les autres appartements de ce magnifique bâtiment.

— C'est bien, l'encouragea Charles. Il faut oublier leur triste fin pour nous rappeler uniquement leurs instants de bonheur. Ça nous aidera à effectuer le deuil de ces gens que nous avons découverts avec plaisir à travers les pages d'un journal intime.

— Une histoire, dont j'étais un personnage, souligna Honoré, nostalgique.

En entendant la voix de son maître, monsieur Watson, niché au sommet d'un rayon de la bibliothèque, sauta sur la desserte installée par Évangéline pour éviter que ne se trouve de nouveau sur le sol le cadre des Grâces de Botticelli. Le matou l'accrocha au passage et le fit basculer sur le meuble d'abord, puis sur le plancher. Le cadre en bois, fragilisé par de multiples chutes, se fracassa en plusieurs morceaux.

— Ce meuble… une précaution qui n'en valait guère la peine, se désola la jeune femme en voyant son mari essayer de réparer les dégâts.

Honoré s'empara de la peinture, privée de sa protection de verre, pour la mettre à l'abri. Le carton derrière l'image se détacha et un papier voltigea dans les airs, pour se retrouver par terre.

— Qu'est-ce que c'est ? s'informa Évangéline auprès de Mathéo, qui l'avait ramassé.

Ce dernier scruta la feuille, puis, étonné, il leva les yeux.

— Vous n'allez pas le croire… C'est signé : Alix.

Incrédules, tous se turent. Mathéo prit place sur un fauteuil et, ému, il commença à lire :

Je suis dans la bibliothèque… je ne sais pas trop pourquoi j'écris ces mots. Parce que je suis nostalgique ou parce que je suis inquiète des gestes que nous nous apprêtons à poser ? Quand je suis arrivée ici, cet après-midi, je m'attendais à y trouver Augustin.

Il était absent.

Le vicaire De Carufel m'a expliqué qu'un homme du 8e Rang, Éphrem Beauchamp, est venu le chercher, sur le coup de midi, pour assister sa mère mourante. Une dernière démarche de pasteur pour lui. C'est l'ambiance des lieux qui me trouble, l'odeur, le silence, plus lourd que d'habitude. Sans doute que des remords affectent ma conscience, elle a été poussée à rude épreuve, mais je l'assume tellement j'anticipe de bonheur.

Notre intention de quitter Val Roussillon me dérange l'esprit et me fait vivre de l'inquiétude. Quand un projet, qui nous tient particulièrement à cœur, est sur le point de se concrétiser, il est normal de ressentir la crainte qu'un obstacle surgisse...

J'ai retiré de la chaîne à mon cou la bague que m'a donnée Augustin, hier soir, en me demandant si j'étais prête à partager sa vie, pour le meilleur comme pour le pire. Je viens de la glisser à mon annulaire, pour quelques minutes de rêve...

Notre plan est au point.

Nous profiterons des fêtes de la Saint-Jean pour disparaître et voler vers ce grand bonheur, à deux, que nous entrevoyons au bout du chemin. Je ne pensais jamais être aussi heureuse, un jour, dans ma vie... Dès que nous nous serons fixés quelque part, nous trouverons un moyen d'entrer en contact avec Eugène, notre fils. Sans lui, notre bonheur ne serait jamais complet.

Tiens, l'encadrement des Grâces *de Botticelli s'est de nouveau décroché du mur... J'ai une idée. Je vais insérer ce mot sous le carton, à l'arrière, une façon pour moi de demeurer présente dans ces lieux où j'ai connu la joie d'aimer et d'être aimée. Si quelqu'un le déniche, un jour, dans plusieurs années c'est certain, car il est rare de défaire un encadrement, il aura la preuve de la beauté et de la pureté des sentiments, qui nous unissaient, Augustin et moi. Il comprendra que, sans les contraintes aberrantes de notre sainte mère, l'Église catholique romaine, nous aurions pu vivre notre amour en toute quiétude, sans avoir besoin d'aller nous cacher au bout du monde.*

Alix

Mathéo laissa retomber la feuille sur ses genoux. Ses yeux baignaient dans l'eau quand il murmura :

— Voici des mots écrits quelques minutes à peine avant que... que... elle portait la bague d'Augustin, qu'elle n'a pas eu le temps de retirer...

— Lequel était déjà mort, c'est certain, imagina Charles.

Honoré prit la lettre dans ses mains et il l'observa un moment, ému, comme on examine une relique surgie du fond des âges.

— Je crois que les objets possèdent une force attractive, que nous ne leur connaissons pas, mais qui sera découverte un jour, prophétisa-t-il. Ce papier, ce testament d'amour, je devrais dire, voulait qu'on le trouve... voilà la raison pour laquelle ce tableau s'est si souvent décroché du mur.

Puis le vieil homme remit la lettre à Évangéline.

— Alix souhaitait que quelqu'un découvre l'aveu de ses sentiments, évoqua-t-il. Ses mots te reviennent, mon enfant. Qui mieux que toi, une personne aussi sensible qu'elle l'était, peut comprendre l'ardent désir que cette femme ressentait de pouvoir jouir de son rêve, en toute liberté ?

Évangéline accepta avec d'infinies précautions la feuille qu'on lui tendait, puis elle la serra contre son cœur. Dans la bibliothèque, tous se taisaient, respectueux de l'instant solennel que le passé leur offrait.

: :

Val Roussillon, jeudi 7 janvier 2021

Les premières lueurs de l'aurore dessinaient des arabesques sur le mur de la chambre quand Évangéline ouvrit les yeux. Une forme transparente ondulait au pied de son lit, la même que les fois précédentes. Elle ne ressentit aucune peur lorsqu'une longue main s'avança vers elle... la marque déjà vue à l'annulaire gauche avait été remplacée par la bague à diamant, celle que portait Alix sous l'amas de gravats.

— C'est vous ? chuchota Évangéline.

La dame blanche inclina la tête en signe d'assentiment. Sous le voile, qui glissa sur le côté de son visage, Évangéline distingua le sourire de sœur Jeanne-de-Bohème, agrémenté de la fossette à la joue droite, qu'elle avait aperçue sur les photographies. Puis la créature éthérée ondoya vers le plafond pour s'évanouir dans une traînée de fumée vaporeuse.

Évangéline ressentit un profond état de bien-être, qu'elle savoura en posant les mains sur son ventre, qui commençait à s'arrondir. Soudain, pour la première fois depuis qu'elle se savait enceinte, elle sentit une bulle monter à la surface et venir chatouiller l'intérieur de son corps de maman. *Ce sera une fille*, chuchota une voix infiniment perceptible, à l'intérieur d'elle-même. La jeune femme eut envie de réveiller son mari, qui dormait à ses côtés, puis elle refréna son élan. Le moment qu'elle vivait, de communication filiale avec son enfant à naître, lui était précieux ; elle choisit de s'en délecter intimement, avant de le partager.

ÉPILOGUE

Val Roussillon, samedi 8 juillet 2023

C'était une merveilleuse journée d'été. Bien qu'elle ait laissé des traces indélébiles sur son passage, la pandémie de COVID-19 n'était plus qu'un mauvais souvenir. À Val Roussillon, comme ailleurs, la vie avait repris un cours normal. En ce superbe matin, dans le parfum de fleurs et le chant des oiseaux, Mathéo sirotait son premier café, assis sur la terrasse de son presbytère. Une nouvelle mine avait été découverte au nord de Val Roussillon, aussi, en accord avec son oncle et partenaire, Stéphane Morand, ils avaient ouvert une succursale de leur entreprise en Abitibi. Un contrat pour la construction d'une multitude de maisons leur avait été offert, ce qui, du coup, permettait à Évangéline de demeurer à la maison… au presbytère, pour s'occuper de leur fillette à plein temps, une période cruciale dans la vie de leur enfant.

En survolant les nouvelles du *Journal de Montréal*, son attention fut attirée par un article à la page sept, qui titrait : *Le cardinal déchu, Paul-Armand De Carufel, a été retrouvé mort dans son lit.* Et la chronique se lisait ainsi : *Au moment où allait s'ouvrir son procès, à la Cité du Vatican, pour le meurtre d'un curé et d'une religieuse survenu dans les années cinquante au Canada, le vieux prêtre a été convoqué devant le tribunal divin. Dieu juge sans témoin et sans jury. Comme Il voit tout, selon l'adage, il est à prévoir que la justice rendue sera sans appel...*

— Et que la peine infligée sera lourde, comme un séjour permanent dans les flammes éternelles de l'enfer ! poursuivit Mathéo à haute voix, en souhaitant que ce lieu existe toujours.

— Tu parles tout seul, s'étonna Évangéline en venant le rejoindre, sa fillette dans les bras.

Il lui présenta le journal.

— Lis.

Évangéline déposa Alix par terre et prit place à côté de son mari. Pendant que l'enfant courait retrouver monsieur Watson, alangui au soleil, elle commença la lecture, pour bien vite s'interrompre.

— C'est ce qui pouvait arriver de mieux, déclara-t-elle, que ce monstre meure avant son procès et qu'il soit soumis à la justice divine. Pour cet orgueilleux, avoir été avili par le Saint-Siège à la face du monde, s'être fait enlever sa charge auprès du pape, renié publiquement par ce dernier et voir ses biens... sa fortune, je devrais dire, lui être retirée et mise sous scellés... voilà sa punition ici-bas ! Ce démon, qui espérait quitter ce monde auréolé de gloire, après avoir tué de sang-froid, est sûrement décédé dans la solitude, en subissant l'opprobre de ses anciens compagnons du Collège des cardinaux. Je suis certaine que Paul-Armand De Carufel rêvait de somptueuses funérailles, en présence du pape... j'imagine qu'il sera inhumé au petit matin, dans la plus grande discrétion.

— Tu as bien dit, c'était un démon ! Voilà ce que la postérité retiendra de cet assassin, vêtu de la pourpre cardinalice ! compléta Mathéo.

— Il sera vite oublié. Mais parlons plutôt de la fête d'Alix, suggéra Évangéline. C'est déconcertant que notre bout de chou ait deux ans, aujourd'hui. Le temps passe trop vite !

Le regard des deux parents se porta sur l'enfant aux boucles blondes, qu'ils avaient choisi d'appeler Alix, en mémoire de la femme de ce presbytère, de l'ombre blanche, disparue une nuit d'hiver, pour ne plus jamais revenir. En souvenir de sa présence dans leur vie, sœur Jeanne-de-Bohème avait laissé à Alix sa jolie fossette... c'est ce que voulait croire Évangéline en voyant se dessiner le creux si mignon à la joue droite de sa fille, lorsqu'elle souriait.

: :

Les Desrosiers et Honoré se dirigeaient vers le cimetière, afin de remplacer les fleurs devant les pierres tombales, lorsqu'ils aperçurent un homme et une femme, debout près des stèles de sœur Jeanne-de-Bohème et du curé Davignon.

Charles s'approcha le premier et les salua.

— Mon épouse repose ici, indiqua-t-il en désignant le monument de Joanne. Elle est décédée durant la pandémie.

Puis, désignant celle du prêtre et de la religieuse, il demanda :

— Vous connaissiez ces gens ?

— Non, répondit l'homme, je ne les ai jamais rencontrés, mais, sans eux, je ne serais pas ici...

Évangéline s'avança.

— Si je comprends bien, vous êtes le descendant d'Alix et d'Augustin ?

La dame lui sourit, une fossette se creusa à sa joue droite.

— Ces deux personnes étaient mon grand-père et ma grand-mère, prononça-t-elle sur un ton de fierté. Il y a un bon moment que mon fils Christian et moi, nous voulions venir prier sur leurs tombes... mais il y avait la pandémie, et j'ai une faiblesse pulmonaire...

— Vous êtes Florence ou Emma ? interrogea Mathéo.

La dame parut étonnée.

— Je suis Florence, Emma est décédée.

— C'est peu de temps avant sa mort que grand-père Eugène a parlé de ses véritables origines à maman, précisa Christian, et aussi d'une tante, Syrinie, qui était venue le voir à quelques reprises. Je crois que ce fut très difficile pour lui de se sentir abandonné par ses parents biologiques.

— Quand j'ai appris qu'Augustin et Doralice ne s'étaient pas enfuis, qu'ils avaient été assassinés, j'ai regretté que papa soit parti, avoua Florence. Il aurait enfin compris la raison de leur silence, qui l'avait profondément blessé.

— Surtout qu'ils avaient l'intention de le contacter dès qu'ils seraient installés quelque part, ajouta Charles.

— Vous êtes devin ? s'étonna Florence.

Évangéline égrena un joli rire.

— Vous avez raison de le croire, émit-elle, mais c'est plutôt parce que nous avons trouvé un document qui en témoigne... une lettre de Doralice, dissimulée derrière une peinture.

Florence ne put retenir une larme, qu'elle essuya d'un revers de la main.

— Il était temps que nous venions à Val Roussillon, déclara-t-elle. Je sens que je vais enfin pouvoir faire la paix avec la tristesse de leur histoire... et n'y voir que la beauté.

— Surtout que votre grand-père Augustin a également laissé un journal, dans lequel vous découvrirez la profondeur des sentiments qu'il éprouvait pour sa tendre Alix... et pour son fils, Eugène, nota Mathéo.

— Je me suis demandé comment vous nous connaissiez, Emma et moi, nota Florence. C'est par ce journal.

Évangéline approuva d'un sourire.

— Maintenant que leur assassin est décédé et que le procès n'aura certainement pas lieu, le procureur devrait nous le rendre, précisa Charles.

Florence chancela, Christian s'approcha pour la soutenir.

— Si vous nous accompagniez au presbytère, les invita Honoré, qui jusque-là s'était tu. Vous savez, j'ai été le servant de messe du curé Davignon et l'élève de sœur Jeanne-de-Bohème... Je peux vous raconter mes souvenirs, si le cœur vous en dit.

À cette annonce, la mère et le fils eurent un pincement au cœur, ils sourirent au vieil homme. Dans son regard flottaient des bribes du destin d'un couple amoureux, trahi par la cruauté d'un homme sans conscience.

Évangéline tourna les yeux vers Alix, assise au pied de la pierre tombale de sœur Jeanne-de-Bohème. La petite jacassait allègrement, dans ses mots d'enfant.

— Tu parles avec qui ? s'informa-t-elle.

— Avec mon amie, répondit la bambine.

— Ton amie ? s'étonna sa mère. Tu sais comment elle s'appelle ?

— Oui... Alix, comme moi.

Surprise, Évangéline scruta la stèle, sur laquelle s'était installé un joli papillon blanc. Ses ailes frémissaient dans la brise légère de cette magnifique journée d'été. À tout hasard, se souvenant de l'ombre blanche, elle sourit au lépidoptère. Augustin et Doralice pouvaient reposer en paix, la perpétuation de leur mémoire était assurée. Ils vivraient pour toujours dans le cœur de leurs descendants et dans celui de ceux qui les aimaient, par-delà la mort.

REMERCIEMENTS

Je remercie du fond du cœur la belle équipe des Éditions Druide, qui m'accueille au sein de sa famille pour une douzième année consécutive. Bien sûr, avec en tête de peloton mon éditrice, Anne-Marie Villeneuve, directrice littéraire de la collection « Reliefs », dans laquelle je m'insère avec assurance, grâce à ses judicieux conseils.

Depuis les débuts de ma passion littéraire, il y a Daniel Bergeron, mon frère, et Joanne Morin, sa compagne, qui se font un immense plaisir d'être mes premiers lecteurs. Grâce à leur vigilance et à nos intéressantes discussions concernant la conception de mon récit, le manuscrit que je présente à ma maison d'édition est toujours hautement peaufiné.

Cette année, il y a deux personnes que je tiens à remercier particulièrement : Yolande Rousseau et Claude Bureau, les propriétaires du gîte Le Presbytère à Colombourg, en Abitibi. L'écriture de ce roman avait commencé par ce mot : presbytère. Afin de m'imprégner de l'atmosphère de ce genre de demeure, je suis allée, avec mes fidèles compagnons, résider et dormir à leur hébergement : https://www.gitelepresbytere.net/. Mon équipe et moi avons été reçus avec moult égards, heureux qu'ils étaient de collaborer au développement de mon intrigue. Après m'avoir relaté plusieurs faits cocasses, Claude m'a remis le livre du soixante-quinzième anniversaire d'une paroisse de la région, un document qui contenait une section sur l'historique de la vie religieuse de l'époque. Cette publication m'a grandement aidée à orchestrer les hauts et les bas de la nouvelle aventure que je concoctais. De plus, il m'a fait découvrir dans son presbytère un mystérieux couloir, dissimulé entre les appartements des prêtres et ceux de la bonne… une anecdote qui m'a inspiré l'étrange ombre blanche, laquelle, dans mon roman, ondule la nuit dans les pièces obscures.

Bien sûr, sans vous, chers lectrices et lecteurs, qui êtes de plus en plus nombreux chaque année à m'inviter chez vous, dans l'intimité de vos maisons, je ne connaîtrais pas la douce félicité de recevoir l'encouragement de vos mots si gentils. Votre présence tangible à mes côtés m'insuffle la passion de continuer à écrire, et m'ouvre une fenêtre sur le bonheur… qui est celui de nourrir votre imaginaire de mes histoires, si soigneusement élaborées à votre intention.

Je ne peux terminer mes remerciements sans être reconnaissante à la vie de m'accorder le sublime privilège de vieillir… en santé.

CLAIRE BERGERON

Me voici une nouvelle fois à notre rendez-vous annuel. Comme je vous en ai déjà parlé, chaque été durant les mois de juillet et d'août, je dépose ma plume pour permettre à mes méninges de trouver un brin de repos. Ce qui ne m'empêche pas, toutefois, de songer à l'intrigue d'un prochain roman, dont je commencerai la rédaction au début de septembre.

L'été dernier, alors que je passais d'agréables vacances à Saint-Pascal-de-Kamouraska, un mot a jailli dans ma tête : presbytère. Vous allez me dire qu'un mot, c'est peu, pour amorcer une intrigue... et vous avez raison. Cependant, dans mon imaginaire fertile, ce mot a fait naître des personnages, qui l'un après l'autre, ont cherché à s'installer dans mon subconscient... Il me restait à leur orchestrer une histoire.

Et pour ce faire, afin de m'imprégner d'une ambiance propice, je suis partie pour l'Abitibi accompagnée de Joanne et de Daniel, mes premiers lecteurs, et, bien sûr, de mon adorable Pierre. Depuis que cet homme est dans ma vie, son amour me donne des ailes. Nous avions réservé une chambre dans un gîte au nom des plus inspirants : Le Presbytère. Croyez-le ou non, alors que je dormais paisiblement auprès du compagnon de mes nuits, dans cette résidence aux murs pourtant discrets, la pléiade des personnages que je tentais de construire a dansé pour moi une véritable sarabande, évoquant des destinées éparses et des rêves inaccessibles. Au réveil, j'avais le sentiment d'avoir voyagé dans le temps... Il me restait à tout mettre en ordre pour, finalement, concocter le roman que vous venez de lire, ou d'écouter. C'est fascinant, la naissance d'une intrigue littéraire, et c'est toujours un plaisir pour moi de vous offrir, chaque printemps, depuis maintenant quatorze ans, celle issue de ma créativité vagabonde...

https://clairebergeron.com
https://fr.wikipedia.org/wiki/Claire_Bergeron
https://www.facebook.com/claire.bergeron.718
info@clairebergeron.com

FSC
www.fsc.org
MIXTE
Papier | Pour une gestion forestière responsable
FSC® C103567

ACHEVÉ D'IMPRIMER EN FÉVRIER 2025
SUR DU PAPIER CERTIFIÉ FSC®
SUR LES PRESSES DE MARQUIS IMPRIMEUR
QUÉBEC (CANADA)